国家级示范性高等院校实用型精品规划教材

毕业生就业指导

主 编：雷国营 陈旭清

副主编：陈菁华 陈 煦

图书在版编目(C I P)数据

毕业生就业指导/雷国营，陈旭清主编. --天津：天津大学出版社，2010.11 (2011.2重印)
国家级示范性高等院校实用型精品规划教材
ISBN 978-7-5618-3778-8

Ⅰ. ①毕… Ⅱ. ①雷… ②陈… Ⅲ. ①大学生—就业—高等学校—教材 Ⅳ. ①G647.38

中国版本图书馆CIP数据核字(2010)第225448号

出版发行 天津大学出版社
出 版 人 杨欢
地 址 天津市卫津路92号天津大学内(邮编:300072)
电 话 发行部:022-27403647 邮购部:022-27402742
网 址 www.tiup.com
印 刷 河北省昌黎县第一印刷厂
经 销 全国各地新华书店
开 本 148mm×210mm
印 张 9.375
字 数 142千
版 次 2010年11月第1版
印 次 2011年2月第2次
定 价 20.00元

前　言

近年来，大学生就业难已成为全社会高度关注的焦点和社会难题。面对日益严峻的就业形势，做好大学生的就业指导工作已成为高职院校一项紧迫任务。要做好大学生的就业指导工作，就需要认真探寻就业指导的客观规律，为大学生提供及时而科学的指导和服务。为此，我们针对大学生的特点和求职择业的需要，在总结大学毕业生就业指导工作经验的基础上，参考国内外就业指导的成熟做法，融入现代就业指导的新理念、新方法、新途径，编写了《毕业生就业指导》教材。

本教材从高职生的就业形势与政策、就业基本程序、就业心理调适、就业能力养成、求职过程指导、职业适应与发展、创业素质养成这七个方面着手，本着理论与实践相结合、普遍性与特殊性相结合、理论指导与技术指导相结合的原则，着重达成三个教育目标。一是引导大学生树立正确的就业意识，树立发展职业生涯的自主意识，树立积极正确的人生观、价值观和就业观念，把个人发展和国家需要、社会发展相结合，确立职业的概念和意识，愿意为个人的职业生涯发展和社会发展主动付出积极的努力。二是充实大学生就业基础知识，引导大学生了解职业发展的阶段特点，认识自身特性、职业特性以及社会环境特征，了解就业形势与政策法规，掌握劳动力市场信息、职业分类知识以及创业的基本知识。三是培养大学生具备基本的就业技能，包括就业信息获取、求职材料制作、就业途径及人事代理、择业心理调适、就业协议签订、劳动者权益保护和人际交往技能等。

在本书编写过程中，参考了大量国内外书刊文献资料，在此，对所涉及的作者和相关人士表示崇高的敬意和诚挚的感谢！

由于编写时间仓促和编者水平有限，书中错漏之处在所难免，敬请各位专家学者和广大读者批评指正。

编　者

2010 年 11 月

目　录

第一章

就业形势与政策

就业，就的正是社会的“业”，了解就业环境对于大学生是必要的，也是迫在眉睫的。知道水深水浅，大学生的职业梦想才能更好地变成现实。在我国，毕业生就业制度是随着我国经济体制的不断发展完善而逐步走向成熟的。在过去，毕业生拿着派遣证，以“国家干部”的身份到国有企事业单位工作，不需要签订任何形式的契约，这是一种单一的、不自主的就业方式。1993 年，中共中央、国务院颁发了《中国教育改革和发展纲要》，明确指出改革高等学校“统招统配”和“包当干部”的就业制度。1995 年，原国家教委出台了《普通高等学校毕业生就业暂行规定》。2000 年，教育部将毕业生就业的“派遣证”改为“报到证”，从而建立了毕业生就业的自主地位，为进一步深化改革奠定了基础。2002 年，国务院办公厅转发教育部等部门《关于进一步深化普通高等学校毕业生就业制度改革有关问题意见》的通知文件下发，确定了我国的现行就业机制为“市场导向、政府调控、学校推荐、学生与用人单位双向选择”。2005 年 6 月 29 日，中共中央办公厅国务院办公厅印发《关于引导和鼓励高校毕业生面向基层就业的意见》的通知，使应届毕业生到基层去就业、创业成为主流。就业市场的不断变化让面对就业的大学生不得不时刻关注相关的政策和规定。

第一节　毕业生就业环境现状与前景

在毕业生就业制度改革的同时，我国高等教育也从“精英教育”时代走进了“大众化教育”时代。2000 年全国高校毕业生人数是 106 万，2001 年是 117 万，2002 年是 145 万，2003 年是 212 万，2004 年是 280 万，2005 年是 338 万，2006 年是 413 万，2007 年是 495 万，七年间翻了两番还多。近年来，社会对大学生就业的关注度越来越高，大学生就业环境现状与前景成为一个社会普遍关注的话题。大学生的就业到底面临一种怎样的形势，国家对大学生就业有哪些积极的政策，这是每一名面临就业的毕业生首先要了解的问题。

一、当前大学生的就业形势

在高等教育进入大众化阶段后，大学生的就业形势发生了根本性的变化，主要表现在以下几个方面。

1. 日趋提高的社会要求

世界发展速度的加快，对中国发展有着重要影响。作为具有一定知识文化的大学毕业生，他们必须直面就业竞争日益激烈的形势。就业，成为了这场竞争的前线，有时更像是单项选择的过程。用人单位（尤其是具有一定吸引力的用人单位）接收毕业生的标准越来越高。他们不仅挑选名校和高学历的毕业生，而且注重毕业生的综合素质；不仅注重毕业生的自荐、面试和笔试，而且也非常重视毕业生在校期间的学习和表现；不仅要求毕业生学习成绩好，政治素质、思想道德素质高，而且要身心健康、诚实可信、踏实肯干，具有强烈事业心和团队精神；复合型、外向型、开拓型及具有创新意识的学生日益受到用人单位的青睐；毕业生的实际动手能力已成为许多用人单位所要考核的内容；取得一些技能证书也成为一些地区和单位接收毕业生的基本条件之一。此外，越来越多的用人单位为了选到优秀的毕业生，已不局限于参加校园招聘会，而是很早进驻学校单独进行招聘，或经常与学校保持联系，随时物色合适人选。总之，用人单位接收毕业生已从“数量型”转为“质量型”，他们

选择人才更加注重素质、能力。就业市场不再仅仅是招人，而开始转向招“优秀人”。

2. 明显改变的就业观念

网络日趋普及，当代的大学生很多时候也不再是那个等待苹果来敲脑袋的孩子，他们开始积极应对市场变化，不断改变和调适着自己。而这一系列转变中，大学生就业观念的改变十分明显。广大毕业生的自主择业意识不断增强，不再等待“分配”，而是提早准备，主动出击，在全面提高自身素质、增强自我实力的基础上，通过多种渠道广泛联系用人单位，推销自己。而且，毕业生选择单位的标准也发生了变化，不再仅以用人单位所有制的性质为择业界限，而是勇于到各种所有制经济实体和单位就业，不再仅注重用人单位的地理位置、经济效益和福利待遇，更侧重于用人单位的发展前景、工作环境和用人机制；不再过度强调专业对口，而是更关注人职匹配度的实现。毕业生就业渠道也逐渐多元化，毕业生不仅参加学校组织的招聘会，通过学校获得就业信息，而且也充分利用社会上的人才交流大会来落实就业去向，部分人还借助于家长、亲朋好友、校友、同学的推荐来获取就业信息，签订就业协议。针对当前的就业形势，有的毕业生采取了“先就业后择业再创业”的策略，有的则宁愿暂时待业，继续复习，立志考研深造。总之，毕业生就业观念的变化，使其就业空间扩大了，就业领域拓宽了，就业渠道增多了。

3. 走向“买方”的就业市场

马克思的市场理论渗透于社会生活中，就业市场也不例外。随着大学生就业过程中的市场化趋势日益明显，大学生与社会需求之间的关系也表现得极为突出，有些专业“供不应求”，供需比达到1∶30，有的专业“供大于求”，甚至无人问津。显然，大学生就业基本趋于市场化，价格机制在就业市场上的调节作用也越来越大。大学生就业由过去的“卖方市场”转变为“买方市场”。可以预见，在今后相当长的一段时间内，毕业生同层次间挤占岗位的效应将呈增强的趋势。同层次、相同专业但来自不同学校的毕业生，其在就业过程中形成的培养质量和个人特色方面的竞争将格外激烈。由于目前的人才市场是“买方市场”，许多单位在选拔人才过程中出现“人才高消费”现象，导致研究生抢占本科生岗位、本科生抢占专科生岗位的局面。预计随着我国研究生毕业人数的增加，这种形势将进一步加剧。

4. 急剧转变的就业方式

面对我国广大市场的现实需求，国内中小企业、民营经济已迅速发展起来，它们与大学毕业生存在着强烈的供需关系。为了吸引更多拥有一定知识的大学生，各类中小企业为高校毕业生提供的就业机会已经远远超过了大中型企业。据有关部门统计，近年来到三资企业、民营企业就业的毕业生和参加灵活就业的毕业生，以及自愿到艰苦地区、艰苦行业就业的毕业生人数均明显增多，这也说明高校毕业生已经开始了理性的思考。虽然毕业后暂时找不到全职工作的毕业生人数有所增加，并且各个层次的毕业生都有，但毕业生和家长们的心理承受能力普遍增强。有关专家表示，我国大学生就业形势在今后几年内将呈现两大趋势：一是大学生就业层次将会逐步下降，大学生将从社会精英转向普通劳动者；二是大学毕业生资源不再短缺，大学生就业将主要面向中小企业、面向基层。

5. 矛盾突出的就业过程

尽管大学生已经开始转变就业观念、适应市场变化，但不能回避的一点是就总体而言，目前高校毕业生的数量与各行各业的需求量相比还是远远不够。当下所谓的“就业难”主要表现在毕业生在地区分布和结构的不平衡上，包括专业结构矛盾、地域结构矛盾、学历结构矛盾，等等。地区之间的供需不平衡也是影响毕业生就业的主要因素，东部沿海地区对毕业生的需求量较大，西部欠发达地区能提供的就业岗位较少，即使是同一专业，在不同地区的需求情况也大不相同。这就使得就业过程的矛盾依然存在并更加突出。

6. 失业率上升的毕业初期

2001 年毕业生在离校时未落实或未完全落实就业岗位的人数约为 30 万，2002 年约为 40 万，2003 年约为 60 万，2004 年约为 70 万。根据国外高等教育由精英化教育向大众化教育转变过程中的经验和特点来看，大学生毕业后 1~5 年内失业率较高，但总体上要低于社会的平均失业率，

而且待遇高于社会上其他没有受过高等教育的人。因此，我们也需要理智地看待大学生“毕业即失业”的现象，理解自己也理解别人，以积极乐观、满怀理想、不断进步的心态来应对种种挫折。

二、影响大学生就业的因素

大学生的就业问题并非是一个简单的问题，造成这一问题的因素也较为复杂多样。我们主要从以下三个方面来分析。

1. 社会大舞台：我国正处于就业高峰期

三十年来，中国经历了社会体制转轨和经济转型，发生了快速而巨大的变化。在我国改革开放初期，为了振兴经济，开始有限度地鼓励人才流动。目前我国正处在改革开放后的第四次人才流动期。在这次流动中，四股劳动大军纷纷涌向中国的劳动力市场：一是大学毕业生人数激增，而社会整体需求则保持相对平稳或略有增长；二是随着农民收入的增加，越来越依赖于非农就业的工资性收入，农村劳动力向城镇转移的步伐还将进一步加快；三是随着我国加入世界贸易组织五年过渡期的结束，国企改革力度的加大和经营机制的转换，下岗工人数量会继续增加；四是“海归”人数增加。我国制订和实施的留学人才回归计划，吸引了越来越多的海外学子归国寻找发展机会，他们获得了国内大学生无法比拟的优先权和企事业单位的青睐。然而由于经济发展提供的就业岗位有限，有些“海归”人员也变成了“海待”。如此多的就业人员一同涌向狭小的就业市场，客观上增加了国内大学毕业生的就业难度，加剧了就业岗位少而就业需求增加之间的矛盾。

为了解决就业问题，很多人提出了保持经济增长的办法，要求我国的年均经济增长率达到 7%以上。遗憾的是，这一办法的效果越来越有限。国际上分析，经济增长与就业增长关系的方法一般采用就业弹性这一指标。按照国际惯例，经济增长一般伴随着就业的增长，但是我国经济增长的就业弹性呈现出波动不定且总体明显下降的趋势。从 20 世纪70—80 年代的平均 0.34（1990 年的异常变动除外）降到 90 年代以后的0.118，下降了 65.3%。这表明经济增长对就业的吸收能力在逐步减弱，因而单纯依靠经济增长来解决就业问题存在着明显的不足。有关专家称，劳动力资源过剩将成为新世纪我们必须面对的社会问题。未来10年我国农业和工业失业人员较多，此外，电信业、金融业、保险业、石化产业、信息产业等行业也会减员增效，出现较多的失业人员。但是，我国未来新增就业机会也不少，甚至有些行业能够大量增加就业机会。专家预测，加入世界贸易组织（WTO）后我国纺织业新增就业机会将达282.5万个，服务业新增就业机会将达266.4万个。此外，钢铁工业、房地产业、家电业、食品业、商业等也将会出现繁荣的景象，因而也会相应地创造更多的就业机会。

2. 高校营养基：高校专业设置与市场需求变化错位

高校，这个大学生成长和成才的温暖窝，往往也影响着大学生的成事和成功。提供大学生知识和文化的高校，赋予学生各领域的基础知识，培养学生道德、素质，给予学生锻炼能力和完善自我的机会。然而，我们也能在身边的高校中发现高校专业设置与市场需求变化错位这一普遍现象。很多高校的专业设置和调整不是面向市场需求，而是单纯立足于自身师资条件，招生和专业设置与市场需求脱节，结果导致大学生就业过程中的结构性矛盾，成为制约毕业生就业的重要因素。经过几年大学学习后，却发现自己所学专业很难有对口岗位或是对口岗位竞争过于激烈，而其他冷门岗位却没法就业。这给毕业生带来了巨大的矛盾和艰难的心理调适，让大量的毕业生难以找到称心的工作；同时，更多的用人单位也很难物色到专业对口的人才，只能以高价进行招聘，扰乱了就业市场的良性竞争。

3. 个人小理想：毕业生择业期望与用人单位实际需求的矛盾

我国教育的飞速发展使得很多人圆了大学梦，跨进了大学门。可是，"大众化"教育意味着高校毕业生不完全能占据传统意义上的"精英"岗位，而是要到更广泛的行业、更广泛的领域中去就业。处于朝气勃发的年轻人有太多的奋斗梦想，经过了四年的酝酿已迫不及待地要去实现。能实现吗？往往不能。因此，造成了大学生择业观与人才市场需求的矛盾。一方面表现为大学生就业的薪资期望与用人单位所提供的实际待遇之间的矛盾，大学生对薪资的期望普遍高于用人单位所提供的待遇；另

一方面表现为大学生的自我意向与用人单位实际需求之间的矛盾。很多大学生头脑中精英意识过强，对薪资和职位的要求较高，眼高手低，不能胜任理想职位。由于他们不能恰当地给自己定位，造成“高不成，低不就”的现象，出现大学生就业市场“就业不难择业难”的窘境。造成一部分大学生宁愿待业或做临时工作，也不愿意“屈就”。

三、大学生就业环境的前景

展望就业市场的种种风云变幻，瞬息万变的现状令人堪忧。大学生需要了解并洞悉就业市场，需要调适就业心理，还需要满怀希望地看待就业环境的前景。就业是民生之本，在世界范围内，就业已经成为每一个国家发展所要面对的难题之一。在人口众多且经济增速较快、劳动参与率很高但经济增长的就业弹性下降，经济增长率较高但经济结构不协调，社会保障制度还不健全的大环境下，要实现充分就业更是党和政府关注的主要问题。

党的十六届三中全会通过的《中共中央关于完善社会主义市场经济体制若干问题的决定》指出，“把扩大就业放在经济社会发展更加突出的位置”，“鼓励企业创造更多的就业岗位”，“注重发展劳动密集型产业”，“注重扶持中小企业”。这些措施表明，我国的新增劳动力将获得更多的就业机会。同时指出，“实现投资主体多元化，使股份制成为公有制的主要实现形式”，“清理和修订限制非公有制经济发展的法律法规和政策，消除体制性障碍”。这使每个人能够以平等身份、相同起点参与竞争，迎来更加宽松、宽广的个人创业新天地。可以预见，我国的就业岗位潜力将得到更有效、更充分的开掘。

党的十六届四中全会通过的《关于加强党的执政能力建设的决定》提出了一个全新的思想——构建社会主义和谐社会。同时指出：“社会主义和谐社会是全体人民各尽其能、充满创造活力的社会，是全体人民各得其所和利益关系得到有效协调的社会，是稳定有序、安定团结、各种矛盾得到妥善处理的社会。”这充分说明社会主义和谐社会应该是实现了充分就业的社会。充分就业包括两层含义：一层是从数量上看，每个人都有一份工作；另一层是从质量上看，每个人在其工作岗位上都能充分发挥自己的才能。这是有机联系的两个方面。在传统计划经济条件下，国家通过户籍制度、人事制度、劳动工资制度等把每个人固定在某一岗位上，这虽然可以说是每个人都有工作，但显然不能算是充分就业。充分就业是指在市场经济条件下，通过政府与市场的共同作用所达到的社会全体成员的人尽其才、才尽其用、能位相适、按劳取酬。2004年底中央经济工作会议更是提出把积极扩大就业、努力完善社会保障体系、逐步理顺分配关系、加快社会事业发展作为维护群众利益、促进社会公平、构建社会主义和谐社会的重要任务。

大学生就业问题也正是在这种大背景下受到关注的。2003 年公布的《中国教育与人力资源问题报告》指出，在发达国家和新兴工业化国家，接受高等教育的人口比率较高。美国和韩国接受高等教育的人口分别占全国总人口的35%和23%。我国每百人中接受大专以上教育的不足5人。因此，大力发展高等教育是提高我国国民素质、促进经济发展的重要途径。

由于今后几年社会对高校毕业生的需求上升幅度不会有大的变化，而毕业生却逐年增加，可以预计，大学生就业竞争将日益激烈。因此，大学毕业生要准确、全面地了解党和国家的大政方针，辩证地看待国际、国内形势，特别要正确地看待国家在前进中出现的困难和问题，树立正确的择业观和必胜的信心。充分利用实习、见习和各种社会实践活动，正确认识社会、认识自我，选择好就业的定位和方向，树立起面向市场、面对就业竞争的信心和勇气。只有将个人的发展融入到国家和民族的伟大事业中去，青春才能多彩，人生才能闪光。

2003年，“大学生志愿服务西部计划”启动。该计划每年招募一定数量的普通高等学校应届毕业生，到西部贫困县的乡镇从事为期1～2年的教育、卫生、农技、扶贫，以及青年中心建设和管理等方面的志愿服务工作。2006 年，高校毕业生“三支一扶”计划启动。该计划每年招募2万名左右高校毕业生，主要安排到农村基层乡镇从事支教、支农、支医和扶贫工作。可以说高校的毕业生到基层建功立业的主旋律已经唱响。

高校毕业生既面临着发展机遇，又面临着严峻挑战。一方面，社会为应届毕业生提供了更多的施展才干的空间和职业岗位以及相关优惠政策；另一方面，由于劳动人事制度的改革和干部任用制度的创新，国有

企业改革的深化和中国加入 WTO 后所带来的冲击等一系列影响，社会对劳动者素质提出了更高的要求，高校毕业生必须深刻认识就业的整体趋势，准确把握各种机遇，才能实现自身的充分就业。

第二节 国家现行就业政策

有这样一则实例：展鸿途是东北某高校的毕业生，在校期间品学兼优，2002 年毕业时被学校推荐到北京某单位，展鸿途也以优异的表现通过了单位的考核，与该单位签约。可是当他去单位报到时却因为体检不合格被单位退回了学校，展鸿途一气之下跑到广州和朋友合伙经商。他既没有回校办理相关手续，而且还将户口迁移证明、报到证等撕毁。起初他的生意做得还不错，2006 年展鸿途生病，治疗期间发现其合伙人已吞掉了他全部财产（由于他没有落户口，注册时用的全都是合伙人的名字）。贫病交加的展鸿途无奈只好回到东北老家，可是由于他一没户口、二没档案，连低保户都申请不了，只能回到学校要求改派。但是他的户口迁移证明、报到证已毁，学校也无法解决。

展鸿途的例子在大学毕业生就业过程中需引起关注。自主择业不是自由择业，现阶段在我国，户口、档案还是不应轻易放弃的。大学生在择业前要认真学习和掌握国家、地方有关就业的政策，在政策的指引下实现自己的就业。现在有部分毕业生把户口迁移证明、报到证等放置一边就去城市打工，可一旦遇到需要户口、档案的时候，就成了难以解决的问题。所以，毕业生还是要按政策规定的规范操作程序就业，避免不必要的麻烦。

为了大学生能更顺利地毕业、妥善处理毕业相关事宜，避免因己疏忽而造成的不良影响，本节集中探讨国家现行的就业政策，以示警惕。

一、国家关于大学生就业的相关政策

2002 年 3 月，国务院办公厅转发了由教育部、公安部、人事部、劳动保障部四部委联合下发的《关于进一步深化普通高等学校毕业生就业制度改革有关问题意见的通知》（国办发[2002]19 号文件，以下称《通知》）。

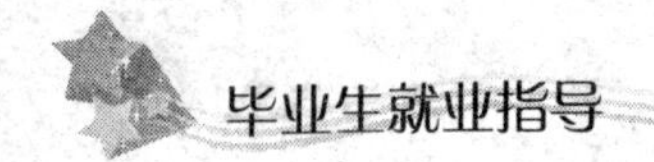

《通知》明确提出普通高等学校毕业生是宝贵的人才资源，合理使用高校毕业生人才资源是落实科教兴国战略的重要措施之一，并明确提出了“建立市场导向、政府调控、学校推荐、学校与用人单位双向选择的就业机制”，成为新形势下高校毕业生就业的纲领性文件。之后有关部委又出台许多与之相配套的文件，下面介绍几个重要文件的主要内容。

1.《通知》的主要内容

1）认清形势，深化改革。

高校扩招后，高校毕业生数量迅速增加，随之产生了新的问题，一些地方出现了就业困难。从总体来看，目前高校毕业生数量与各行各业的需求量相比还远远不足，高校毕业生在地区的分布和结构上也不平衡，所以就业困难只是结构性的。那么解决这一问题，就需要进一步解放思想、转变观念，深化高校毕业生就业制度和社会用人制度等方面的改革。建立市场导向、政府调控、学校推荐、学校与用人单位双向选择的就业机制，努力实现高校毕业生的充分就业。

2）进一步完善高校毕业生就业工作管理体制。

在国务院领导下，教育部、人事部、国家计委、财政部、劳动保障部、公安部等有关部门密切配合，共同做好高校毕业生就业工作。省（自治区、直辖市）人民政府要成立由政府主管领导牵头，有关部门参加的领导协调机构，统筹做好高校毕业生就业工作。要抓紧调查研究，认真研究分析未来几年高校毕业生的就业形势，把高校毕业生就业工作纳入到当地经济和社会发展的整体规划中，提出深化改革、妥善解决高校毕业生就业问题的具体措施。

3）加快调整人才培养结构。

高校要加快调整高校学科专业结构和人才培养结构，提高教学质量，使高校培养的人才能更好地适应实际的需要。进一步加大社会急需的专业招生数量，对教学质量不高、专业设置不合理而导致高校毕业生就业率过低的学校和专业要减少招生数量，直至停止招生。

4）拓宽高校毕业生到基层就业的渠道。

引导高校毕业生到基层、到中小企业就业是解决高校毕业生就业问题的主要途径。具体包括：鼓励和支持高校毕业生到农村基层支教、支农、支医、扶贫等工作，经过两三年锻炼，根据工作需要选拔优秀人员到县、乡、镇机关，学校或企事业单位担任领导工作，或充实到金融、工商、税务、审计、公安、司法、质检等部门工作；鼓励高校毕业生到西部地区工作。对原籍在中东部地区的毕业生到西部地区工作的，实行来去自由的政策。根据本人意愿，户口可迁到工作地区，也可迁回原籍，由政府主管部门所属的人才交流机构提供免费人事代理服务。到贫困边远地区工作的高校毕业生，可提前定级，并根据实际情况适当提高工资标准。还有已录用到各级政府机关的应届高校毕业生，要安排到基层支教、支农、扶贫或到企业锻炼一至两年。中央国家机关各部门从高校应届毕业生中考试录用的公务员，要安排到西部地区基层单位锻炼一至两年。

5）制定鼓励人才合理流动的政策。

鼓励用人单位根据实际需要多招聘高校毕业生，取消对接收高校毕业生收取的城市增容费，出省费，出系统费和其他不合法、不合理的收费政策，省会及省会以下城市放开对吸收高校毕业生落户的限制。

6）完善尚未就业的高校毕业生的有关政策。

对毕业离校时未落实工作单位的高校毕业生，档案管理机构对保管其档案免收服务费用。学校可根据本人意愿，将其户口转至入学前户籍所在地或两年内继续保留在原就读的高校，待落实工作单位后，将户口迁至工作单位所在地。对于超过两年仍未落实工作单位的高校毕业生，学校和档案管理机构将其在校户口及档案迁回其入学前户籍所在地。

7）进一步整顿和规范高校毕业生就业市场秩序。

应届高校毕业生就业招聘会主要在高校内举办，跨省举办的高校毕业生招聘会，必须经当地省级人民政府主管部门批准，并接受监督。要采取措施实现高校毕业生就业市场、人才市场和劳动力市场相互贯通，实现网上信息资源共享，更好地为高校毕业生和用人单位服务。

2. 中共中央办公厅、国务院办公厅《关于引导和鼓励高校毕业生面向基层就业的意见》（中办发［2005］18号）的主要内容

1）充分认识引导和鼓励高校毕业生面向基层就业的重要意义。

各地区各部门要站在党和国家事业发展全局的高度，统一思想，提高认识，在充分发挥市场配置高校毕业生人才资源的基础上，进一步加大政府宏观调控力度，切实做好引导和鼓励高校毕业生面向基层就业工作，努力建立与社会主义市场经济体制相适应的高校毕业生面向基层就业的长效机制。

2）完善鼓励高校毕业生到西部地区和艰苦边远地区就业的优惠政策。

进一步消除政策障碍，健全社会保障体系，促进高校毕业生到西部地区、艰苦边远地区和艰苦行业就业。对到西部县以下基层单位和艰苦边远地区就业的高校毕业生，实行来去自由的政策，户口可留在原籍或根据本人意愿迁往西部地区和艰苦边远地区。工作满五年以上的，根据本人意愿可以流动到原籍或除直辖市以外的其他地区工作，凡落实了接收单位的，接收单位所在地区应准予落户；需要人事代理服务的，由有关机构提供全面的免费代理服务。对毕业后自愿到艰苦地区、艰苦行业工作，服务达到一定年限的学生，其在校期间的国家助学贷款本息由国家代为偿还。到艰苦边远地区和国家扶贫开发工作重点县就业的，可提前执行转正定级工资，高定一至二档工资标准。

3）积极鼓励、支持高校毕业生到基层自主创业和灵活就业。

对高校毕业生从事个体经营的，除国家限制的行业外，自工商行政管理部门登记注册之日起3年内免交登记类、管理类和证照类的各项行政事业性收费。要加强对大学生的创业意识教育和创业能力培训，为到基层创业的高校毕业生提供有针对性的项目、咨询等信息服务，对其中有贷款需求的提供小额贷款担保或贴息补贴。对于高校毕业生以从事自由职业、短期职业、个体经营等方式灵活就业的，各级政府要提供必要的人事劳动保障代理服务，在户籍管理、劳动关系形式、社会保险缴纳和保险关系接续等方面提供保障。

4）对非公有制单位聘用非本地生源的高校毕业生，省会及省会以下城市要取消落户限制。

对到中小企业和非公有制单位就业的高校毕业生，在专业技术职称评定方面，要与国有企业员工一视同仁；对他们当中从事科技工作的，在按规定程序申请国家和地方科研项目和经费、申报有关科研成果或荣誉称号时，要根据情况给予重视和支持。要依法加强对各类企业签订劳

动合同、兑现劳动报酬和缴纳社会保险情况的监督检查，维护到中小企业和非公有制单位就业的高校毕业生的合法权益。到非公有制单位就业的高校毕业生，参加了基本养老保险的，今后考录或招聘到国家机关、事业单位工作，其缴费年限可合并计算为工龄。

5）为帮助回到原籍、尚未就业的高校毕业生提升职业技能和促进供需见面。

6）从2006年开始，省级以上党政机关考录公务员，考录具有两年以上基层工作经历的高校毕业生（包括报考特种专业岗位）的比例不得低于1/3，以后逐年提高。

对招录到省级以上党政机关、没有基层工作经历的高校毕业生，应有计划地安排到县以下基层单位工作一至两年。今后在选拔县处级以上党政领导干部时，要注意从有基层工作经历的高校毕业生中选拔。

7）进一步扩大选调生的规模。

各省、自治区、直辖市每年都要选拔一定数量的应届优秀高校毕业生到基层工作，主要充实到农村乡镇和城市街道等基层单位。各级组织人事部门要加强对选调生的日常管理和培养，在他们到基层工作两至三年后，按照干部队伍“四化”方针和德才兼备的原则，按照有关规定，结合岗位需求，从中择优选拔部分人员任用到乡镇、街道领导岗位。今后，县级以上党政机关补充公务员，应优先从选调生中选用。

8）从2005年起连续五年，每年招募2万名左右高校毕业生，主要安排到乡镇开展支教、支农、支医和扶贫工作，时间一般为两到三年，工作期间给予一定生活补贴。

安排到西部地区农村中小学、医疗卫生机构和农技推广服务机构工作的高校毕业生，其生活补贴由财政安排专项经费予以支付。服务期满后，进入市场自主择业，有关部门应协助在本系统内推荐就业。在今后晋升中高级职称时，同等条件下应优先评定。对报考公务员的，可以通过适当增加分数以及其他优惠政策，优先录用。对于已被录取为研究生的应届高校毕业生到基层服务的，为其保留学籍两年；对于到西部地区和艰苦边远地区服务两年以上的高校毕业生报考研究生的，应适当给予优惠并在同等条件下优先录取。

9）从2006年起，国家每年有计划地选拔一定数量的高校毕业生到农村和社区就业。

到城市社区就业的，其薪酬可由所在地财政和社区共同解决。到农村就业的，可通过法定程序安排担任村党支部、村委会的相应职务，市县两级政府可给予适当的生活补贴，其人事档案由县级人事部门管理。要把这批人员作为将来补充乡镇、街道干部的重要来源。对工作两年后报考公务员的，要采取适当增加分数以及其他优惠政策，优先录用；报考研究生的，应适当给予优惠并在同等条件下优先录取。争取用三到五年时间基本实现全国每个村、每个社区至少有一名高校毕业生的目标。

3.**《关于组织开展高校毕业生到农村基层从事支教、支农、支医和扶贫工作的通知》**（国人部发［2006］16号）**的有关内容**

从2006年开始连续五年，按照公开招募、自愿报名、组织选拔、统一派遣的方式，每年招募2万名高校毕业生，主要安排到乡镇从事支教、支农、支医和扶贫工作。由人事部、教育部、财政部、农业部、卫生部、国务院扶贫办、共青团中央成立全国“三支一扶”工作领导小组和工作协调管理办公室，负责这项工作的总体规划、协调和指导工作。各省、自治区、直辖市也要成立由人事、教育、财政、农业、卫生、扶贫、团委等部门组成的工作领导小组和工作协调管理办公室，研究制定具体的实施办法，落实本地区基层服务岗位，负责组织报名、招募、审核、体检、培训、派遣及相关材料的上报等工作。

该项目的招募对象为政治素质好，热爱社会主义祖国，拥护党的基本路线和方针政策；学习成绩合格，具有相应的专业知识；具有敬业奉献精神，遵纪守法，作风正派；身体健康的全国普通高校应届毕业生。招募工作坚持“公开、平等、竞争、择优”的原则，并应有一定比例的名额招募家庭经济困难的学生。

具体招募程序为如下。

1）汇总计划。每年4月底前，省级工作协调管理办公室要收集、汇总乡镇一级教育、农业、卫生、扶贫等基层岗位需求信息，并上报全国“三支一扶”工作协调管理办公室，同时面向社会公开发布。

2）组织招募。每年5月底前，各地根据下达的招募计划和实际情

况，采取考核或考试的方式进行招募。

3）确定人选。经审核、体检确定人选后，省级工作协调管理办公室要组织“三支一扶”大学生签署《高校毕业生“三支一扶”计划申请书》，并于每年6月底前将“三支一扶”大学生名单上报全国“三支一扶”工作协调管理办公室备案。

4）培训上岗。各地要组织“三支一扶”大学生进行上岗前的集中培训，培训内容主要是党和国家有关基层工作，特别是农业、教育、卫生、扶贫方面的方针政策，本地区基层工作的现状，拟服务单位和岗位的基本情况，乡镇共青团有关工作业务等。每年7月底前派遣“三支一扶”大学生到服务单位报到。

具体报到程序为如下。

1）户档管理。服务期间，“三支一扶”大学生户口应统一由省级工作协调管理办公室指定的有关机构管理，也可根据本人意愿将户口转回入学前户籍所在地，公安机关应按规定为其办理落户手续。人事档案原则上统一转至服务单位所在地的县级政府人事部门，党团组织关系转至服务单位。对服务期间积极要求入党的，由乡镇一级党组织按规定程序办理。

2）日常管理。服务单位要负责为“三支一扶”大学生安排工作岗位，提供必要的生活条件，承担其日常管理工作，并根据工作需要积极为其提供业务培训机会。团县委要在每个接收“三支一扶”大学生的乡镇择优选拔1～2名条件适宜的大学生兼任乡镇团委副书记，并负责协调落实相关任职程序。领导小组成员单位及协调管理办公室要引导并教育“三支一扶”大学生遵纪守法，服从分配，虚心学习，联系群众，自觉遵守服务单位的各项规章制度，接受服务单位的管理，充分运用掌握的知识和技能为基层群众服务。

3）考核管理。县级政府人事部门负责“三支一扶”大学生年度考核和服务期满考核工作，凡兼任乡镇团委副书记的大学生，由团县委会同乡镇党委负责考核其担任团干部期间的工作情况，并将考核材料汇总报送县级政府人事部门，考核情况存入本人档案，并报省级工作协调管理办公室备案。服务期满考核合格的，经省级工作协调管理办公室审核，颁发由人事部统一印制的《高校毕业生到农村基层服务证书》，作为服务期满后享受相关就业优惠政策的依据。“三支一扶”大学生应按照规定期限完成服务工作，由于身体状况等特殊原因不能继续服务的，须经省级工作协调管理办公室批准，并履行有关手续。

4）经费保障。“三支一扶”计划服务期限一般为两至三年，工作期间给予一定的生活、交通补贴，统一办理人身意外伤害保险和住院医疗保险。上述费用及所需工作管理经费，由地方财政安排专项经费予以支付。中央财政将通过不断加大转移支付力度予以支持。

服务期满后的就业推荐政策如下。

1）各级人事、教育、财政、农业、卫生、扶贫、团委等部门要积极制定优惠政策，鼓励服务期满的“三支一扶”大学生扎根基层。原服务单位有职位空缺需补充人员时，应优先考虑接收服务期满考核合格的“三支一扶”大学生。县、乡各类事业单位，有职位空缺需补充人员时，也应拿出一定职位专门吸纳这部分毕业生。服务期满自主创业的，可享受行政事业性收费减免、小额贷款担保和贴息等有关政策。应届毕业生自愿到国家需要的艰苦地区、艰苦行业基层工作，服务达到国家规定年限，并符合相应条件的，可享受国家助学贷款代偿政策，具体办法另行制定。

2）服务期满考核合格的“三支一扶”大学生，报考党政机关公务员的，可以通过适当增加分数以及其他优惠政策，优先录用。到西部地区和艰苦边远地区服务两年以上，服务期满后三年内报考硕士研究生的，初试总分加10分，同等条件下优先录取。对于已被录取为研究生的应届高校毕业生参加“三支一扶”项目的，学校应为其保留学籍。

3）各级人事、教育、农业、卫生、扶贫等部门要制定切实有效措施，采取多种手段，充分挖掘本系统就业岗位，积极吸纳“三支一扶”大学生进入本系统工作。各级人事部门要为“三支一扶”大学生建立专门的人才库，广泛收集各类用人单位的岗位需求信息，动员各类用人单位接收“三支一扶”大学生，有针对性地提供就业指导和推荐，帮助其落实就业单位。

4）服务期满考核合格的“三支一扶”大学生，根据本人意愿可回到原籍或到其他地区工作，凡落实了接收单位的，接收单位所在地区应准予落户。进入国有企事业单位的，由接收单位按照所任职务比照同等条件人员确定其职务工资标准；其服务期限计算为工龄。在今后晋升中高级职称时，同等条件下优先评定。

4.《关于实施大学生志愿服务西部计划的通知》的有关内容

大学生志愿服务西部计划从2003年开始，按照公开招募、自愿报名、组织选拔、集中派遣的方式，每年招募一定数量的普通高等学校应届毕业生，到西部贫困县的乡镇从事为期一至两年的教育、卫生、农技、扶贫以及青年中心建设和管理等方面的志愿服务工作。志愿者服务期满后，可以扎根基层，也可以自主择业和流动就业。参加大学生志愿服务西部计划的志愿者除享受国家规定的高校毕业生就业优惠政策外，给予以下政策支持。

1）服务期间，享受一定的生活补贴（含交通补贴和人身意外伤害、住院医疗保险）。

2）服务期间，计算工龄，党团关系转至服务单位。本人要求户口和档案保留在学校的，按规定保留两年，在此期间，档案管理机构对保管其档案免收服务费用；本人要求将户口转回入学前户籍所在地的，公安机关按照规定为其办理落户手续，人事、教育部门所属人才交流机构负责办理相关手续，人事部门所属人才交流服务机构免费提供人事代理服务。服务期满落实工作单位后，公安机关按有关规定办理户口迁移手续。

3）服务期间，可兼职或专职担任所在乡镇团委副书记、学校及其他服务单位的管理职务。

4）服务期满考核合格的，报考研究生给予加分，在同等条件下，优先录取，具体规定在当年的研究生招生政策中明确。

5）服务期满考核合格报考党政机关公务员的，可适当加分，同等条件下，应优先录用，具体规定由省级公务员考试录用主管机关在当年招考中予以明确。

6）服务期满，对志愿者作出鉴定，存入本人档案；考核合格的，颁发证书，作为志愿者服务经历和就业、创业的证明。

7）服务单位应向志愿者提供住宿等必要的生活条件；在录用党政机关公务员和新增国有企事业单位专业技术人员、管理人员、招聘志愿者时优先录用。

8）服务期为一年、服务期满考核合格的，授予中国青年志愿服务铜奖奖章。服务期为两年、服务期满考核合格的，授予中国青年志愿服务银奖奖章，表现优秀的授予中国青年志愿服务金奖奖章，表现特别优秀的推荐参加中国青年五四奖章、中国十大杰出青年、中国十大杰出青年志愿者、国际青少年消除贫困奖等评选。

2004 年 10 月，教育部又下发了《教育部办公厅关于“大学生志愿服务西部计划”志愿者报考硕士研究生享受优惠政策的通知》，规定：参加“大学生志愿服务西部计划”并完成服务期、考核合格的志愿者，符合报考条件，在服务期满三年内报考研究生，可享受初试总分加 10 分的政策，在同等条件下优先录取。

二、与大学生就业密切相关的法律、法规

1.《中华人民共和国劳动法》

1994 年 7 月 5 日，第八届全国人民代表大会常务委员会第八次会议通过了《中华人民共和国劳动法》(以下简称《劳动法》)。这是一部保护劳动者合法权益，调整劳动关系，建立和维护适应社会主义市场经济的劳动制度，促进经济发展和社会进步的法律。毕业生在求职择业过程中必须掌握该法律的有关内容，才能维护自己的正当权益。《劳动法》适用于在我国境内的企业、个体经济组织和与之形成劳动关系的劳动者。国家机关、事业组织、社会团体和与之建立劳动合同关系的劳动者，依照执行。

(1) 劳动合同

《劳动法》规定建立劳动关系应当订立劳动合同。劳动合同是劳动者与用人单位确立劳动关系、明确双方权利和义务的协议。订立和变更劳动合同，应当遵循平等自愿、协商一致的原则，不得违反法律、行政法规的规定。劳动合同依法订立即具有法律约束力，当事人必须履行劳动合同规定的义务。

劳动合同应当以书面形式订立，并具备以下条款：劳动合同期限；工作内容；劳动保护和劳动条件；劳动报酬；劳动纪律；劳动合同终止的条件；违反劳动合同的责任等。劳动合同期满或者当事人约定的劳动合同终止条件出现，劳动合同即行终止。

违反法律、行政法规的劳动合同和采取欺诈、威胁等手段订立的劳动合同属于无效劳动合同。无效的劳动合同，从订立的时候起，就没有法律

约束力。确认劳动合同部分无效的，如果不影响其余部分的效力，其余部分仍然有效。劳动合同的无效，由劳动争议仲裁委员会或者人民法院确认。

劳动者有下列情形之一的，用人单位可以解除劳动合同：在试用期间被证明不符合录用条件的；严重违反劳动纪律或者用人单位规章制度的；严重失职，营私舞弊，对用人单位利益造成重大损害的；被依法追究刑事责任的。

劳动者有下列情形之一的，用人单位可以解除劳动合同，但是应当提前30日以书面形式通知劳动者本人：劳动者患病或者非因工负伤，医疗期满后，不能从事原工作也不能从事由用人单位另行安排的工作的；劳动者不能胜任工作，经过培训或者调整工作岗位，仍不能胜任工作的；劳动合同订立时所依据的客观情况发生重大变化，致使原劳动合同无法履行，经当事人协商不能就变更劳动合同达成协议的。

劳动者有下列情形之一的，用人单位不得依据《劳动法》的规定解除劳动合同：患职业病或者因工负伤并被确认丧失或者部分丧失劳动能力的；患病或者负伤，在规定的医疗期内的；女职工在孕期、产期、哺乳期内的；法律、行政法规规定的其他情形。

劳动者解除劳动合同，应当提前 30 日以书面形式通知用人单位。有下列情形之一的，劳动者可以随时通知用人单位解除劳动合同：在试用期内的；用人单位以暴力、威胁或者非法限制人身自由的手段强迫劳动的；用人单位未按照劳动合同约定支付劳动报酬或者提供劳动条件的。

（2）工作时间和休息休假

《劳动法》规定，劳动者每日工作时间不超过 8 小时，平均每周工作时间不超过40小时。实行计件工作的劳动者，用人单位应当根据《劳动法》规定的工时制度合理确定其劳动定额和计件报酬标准。用人单位应当保证劳动者每周至少休息一日。

用人单位在下列节日期间应当依法安排劳动者休假：元旦，春节，国际劳动节，国庆节，法律、法规规定的其他休假节日。

用人单位由于生产经营需要，经与工会和劳动者协商后可以延长工作时间，一般每日不得超过1小时；因特殊原因需要延长工作时间的，在保障劳动者身体健康的条件下延长工作时间每日不得超过3小时，但

是每月不得超过36小时。

（3）工资

《劳动法》规定，用人单位根据本单位的生产经营特点和经济效益，自主确定本单位的工资分配方式和水平。用人单位支付劳动者的工资不得低于当地最低工资标准。工资应当以货币的形式按月支付给劳动者本人，不得克扣或者无故拖欠。劳动者在法定休假日和婚丧假期间以及依法参加社会活动期间，用人单位应当依法支付工资。安排劳动者延长工作时间的，支付不低于工资的150%的工资报酬；休息日安排劳动者工作又不能安排补休的，支付不低于工资的200%的工资报酬；法定休假日安排劳动者工作的，支付不低于工资的300%的工资报酬。

（4）劳动争议

用人单位与劳动者发生劳动争议，当事人可以依法申请调解、仲裁、提起诉讼，也可以协商解决。

劳动争议发生后，当事人可以向本单位劳动争议调解委员会申请调解；调解不成，当事人一方要求仲裁的，可以向劳动争议仲裁委员会申请仲裁。当事人一方也可以直接向劳动争议仲裁委员会申请仲裁。对仲裁裁决不服的，可以向人民法院提起诉讼。

2.《社会保险费征缴暂行条例》

《劳动法》规定，国家发展社会保险事业，建立社会保险制度，设立社会保险基金，使劳动者在年老、患病、工伤、失业、生育等情况下获得帮助和补偿。社会保险基金按照保险类型确定资金来源，逐步实行社会统筹。用人单位和劳动者必须依法参加社会保险，缴纳社会保险金。

（1）基本养老保险

按照《社会保险费征缴暂行条例》、《国务院关于建立统一的企业职工基本养老保险制度的决定》的要求，基本养老保险费的征缴范围是国有企业、城镇集体企业、外商投资企业、城镇私营企业和其他城镇企业及其职工，实行企业化管理的事业单位及其职工。

企业缴纳基本养老保险费的比例不得超过企业工资总额的20%（包括个人账户部分），具体比例由省、自治区、直辖市人民政府确定。个人缴纳基本养老保险费的比例为缴费基数的8%。新招职工（包括研究生、

大学生、大中专毕业生等）以起薪当月工资收入作为缴费基数；从第二年起，按上一年实发工资的月平均工资作为缴费工资基数。

按本人缴费工资11%的数额为职工建立基本养老保险个人账户，个人缴费全部记入个人账户，其余部分从企业缴费中划入。个人账户的主要内容包括：姓名、性别、社会保障号码（每人一个，终身不变）、参加工作时间、视同缴费年限、个人首次缴费时间、当地上年职工平均工资、个人当年缴费工资基数、当年缴费月数、当年记账利息及个人账户储存额情况等。个人账户储存额，每年参考银行同期存款利率计算利息，个人账户储存额只用于职工养老，不得提前支取。职工调动时，个人账户全部随同转移。个人账户中的个人缴费部分可以继承。个人缴费累计满15年的，退休后按月发给基本养老金。基本养老金由基础养老金和个人账户养老金组成。基础养老金为当地上年度职工月平均工资的20%，个人账户养老金为本人账户储存额除以120。

（2）基本医疗保险

按照《社会保险费征缴暂行条例》和《国务院关于建立城镇职工基本医疗保险制度的决定》的要求，基本医疗保险费的征缴范围是国有企业、城镇集体企业、外商投资企业、城镇私营企业和其他城镇企业及其职工，国家机关及其工作人员，事业单位及其职工，民办非企业单位及其职工，社会团体及其专职人员。基本医疗保险费由用人单位和职工共同缴纳。用人单位缴费率应控制在职工工资总额的 6%左右；职工缴费率一般为本人工资收入的 2%。基本医疗保险由统筹基金和个人账户构成。职工个人缴纳的基本医疗保险费，全部计入个人账户。用人单位缴纳的基本医疗保险费分为两部分，一部分用于建立统筹基金，一部分划入个人账户（一般在 30%左右）。基本医疗保险按有关规定计算利息，个人账户的本金和利息归个人所有，可以结转使用和继承。

（3）失业保险

按照《社会保险费征缴暂行条例》和《失业保险条例》的要求，失业保险费的征缴范围是国有企业、城镇集体企业、外商投资企业、城镇私营企业和其他城镇企业及其职工，事业单位及其职工。失业保险基金由四部分构成：城镇企业事业单位、城镇企业事业单位职工缴纳的失业保险费；失业保险基金的利息；财政补贴；依法纳入失业保险基金的其他资金。其中城镇企业事业单位按照本单位工资总额的 2%缴纳失业保险费，城镇企业事业单位职工按照本人工资的 1%缴纳失业保险费。

3.《住房公积金管理条例》

住房公积金，是指国家机关、国有企业、城镇集体企业、外商投资企业、城镇私营企业及其他城镇企业、事业单位（以下简称单位）及其在职职工缴存的长期住房储金。职工个人缴存的住房公积金和职工所在单位为职工缴存的住房公积金，属于职工个人所有。

职工住房公积金的月缴存额为职工本人上一年度月平均工资乘以职工住房公积金缴存比例。新参加工作的职工从参加工作的第二个月开始缴存住房公积金，月缴存额为职工本人当月工资乘以职工住房公积金缴存比例。

职工和单位住房公积金的缴存比例均不得低于职工上一年度月平均工资的 5%；有条件的城市，可以适当提高缴存比例。

职工个人缴存的住房公积金，由所在单位每月从其工资中代扣代缴。单位应当于每月发放职工工资之日起 5 日内将单位缴存的和为职工代缴的住房公积金汇缴到住房公积金专户内，由受委托银行计入职工住房公积金账户。单位应当按时、足额缴存住房公积金，不得逾期缴存或者少缴。

4. 就业准入制度

就业准入制度是根据《劳动法》和《中华人民共和国职业教育法》的有关规定，对从事技术复杂、通用性广，涉及国家财产、人民生命安全和消费利益的职业（工种）的劳动者，必须经过培训，并取得相应的职业资格证书后，方可就业上岗的制度。

就业准入制度，是经济社会发展的需要，也是国际上通行的做法。劳动者要进入相关行业就必须获得相关的资格证书，如医生、教师、律师等。职业资格证表明劳动者具有从事某一职业所必备的学识和技能，是劳动者求职、任职、开业的资格凭证，是用人单位招聘、录用工作人员的主要依据。大学生如果在校期间获得相关的职业资格证书，将为自己的求职择业增添筹码。

本章小结和启示

1）我国高等教育从“精英教育”时代走进了“大众化教育”时代，大学生的就业形势发生了根本性的变化，社会对毕业生的要求进一步提高，大学生就业走向“买方”市场，大学生就业过程的结构性矛盾越来越突出。

2）影响大学生就业的因素是多方面的，社会、高校和大学生自身是其中较为重要的因素，值得大学生深入进行因时因地因人的分析。

3）大学生就业环境面临着机遇和挑战并存的局面，前景尽管有些令人担忧，但“条条大路通罗马”，职业道路等待着大学生的积极和细心寻找。

4）毕业生要了解、熟悉现阶段与大学生就业密切相关的一系列法律、法规，如《劳动法》、《关于实施大学生志愿服务西部计划的通知》等，按政策规定的规范操作程序就业。

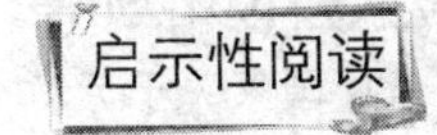

掌握你的试用期，了解你的合法权益

1. 试用期长短应如何掌握？

根据原劳动部《关于实行劳动合同制有关问题的通知》，劳动合同期限在六个月以下的，试用期不得超过十五日；劳动合同期限在六个月以上一年以下的，试用期不得超过三十日；劳动合同期限在一年以上两年以下的，试用期不得超过六十日。

2. 劳动者要求解除劳动合同应履行哪些程序？

劳动者解除劳动合同，应当提前三十日以书面形式通知用人单位。超过三十日，劳动者可以向用人单位提出办理解除劳动合同手续，用人单位应予以办理。如果劳动者违法解除劳动合同给原用人单位造成经济损失，应当承担赔偿责任。如劳动者违反提前三十日的规定而要求解除劳动合同，用人单位可不予办理。

3. 在什么情况下，劳动者可随时通知用人单位解除劳动合同？

根据《劳动法》第 32 条及《关于<劳动法>若干条文的说明》（劳办发[1994]289 号）的规定，有下列情形之一的，劳动者可以随时通知用人单位解除劳动合同。

（1）在试用期内的。

（2）用人单位以暴力、威胁或者非法限制人身自由的手段强迫劳动的。

（3）用人单位未按照劳动合同的约定支付劳动报酬或者提供劳动条件的。

本条中的“非法限制人身自由”是指采用拘留、禁闭或者其他强制方法非法剥夺或限制他人按照自己的意志支配自己的身体活动的自由的行为。属于以上（2）、（3）种情况，用人单位给劳动者造成损失的，应依法给予赔偿。

4. 企业招工时收取“入厂押金”、“风险金”等费用是否合法？

一些企业在录用职工时擅自向劳动者收取货币、实物等作为“入厂押金”、“风险金”、“保证金”、“培训费”、“集资款”等费用，为此，劳动部先后发出了劳部发[1994]118 号文件、劳办发[1994]256 号文件、劳部发[1995]346 号文件，一致认为，这种做法违反国家关于劳动关系当事人平等、自愿和协商一致建立劳动关系的规定，侵害了职工的合法权益，必须予以制止和纠正。对非法收取的货币和实物，应当责令用人单位立即退还劳动者。

5. 用人单位故意不订立劳动合同怎么办？

根据《劳动法》第 98 条和劳部发[1995]309 号第 17 条规定，用人单位与劳动者之间形成了事实劳动关系，而用人单位故意拖延不订立劳动合同，劳动行政部门应予以纠正。用人单位因此给劳动者造成损害的，应按劳动部《违反<劳动法>有关劳动合同规定的赔偿办法》的规定进行赔偿。

6. 劳动者加班应按什么标准支付工资？

根据《劳动法》第 44 条、劳动部《工资支付暂行规定》第十三条，用人单位在劳动者完成劳动定额或规定的工作任务后，根据实际需要安排劳动者在法定标准工作时间以外加班加点的，事后应尽量给予同等时

间的补休。确实不能补休的。应按以下标准支付加班加点工资。

(1)依法安排劳动者在法定标准工作时间以外延长工作时间(加点)的，按照劳动合同规定的劳动者本人小时工资标准的150%支付工资。

(2)依法安排劳动者在休息日工作的，按照劳动合同规定的劳动者本人日或小时工资标准的200%支付工资。

(3)劳动者在法定休假节日工作的，按照劳动合同规定的劳动者本人日或小时工资标准的300%支付工资。

实行计件工资的劳动者，在完成计件定额任务后，由用人单位安排延长工作时间的，应根据上述规定的原则，分别按照不低于其本人法定工作时间计件单价的150%、200%、300%支付其工资。

经劳动行政部门批准实行综合计算工时工作制的，其综合计算工作时间超过法定标准工作时间的部分，应按本规定支付劳动者延长工作时间的工资。实行提成工资、包干工资等工资形式的劳动者，由用人单位安排延长工作时间的，均按照实行计件工资制的劳动者加班加点工资的支付办法和标准支付。

案例思考

来自江苏的韩峰是某大学 2006 届计算机应用专业的高材生，在班上成绩名列前茅，并在学生会担任学习部部长职位。凭着较强的实践能力，毕业时他很快找到了上海的一家计算机公司，并立刻投入了三个月的实习。2006 年 9 月底，韩峰如愿与公司签订了就业协议和劳动合同，全身心投入一个新的软件开发项目，12 月份，他出色地完成了公司项目。这时他从同学那里得知，外地毕业生在上海就业需要办理审批手续，这才想起来学校有一些手续没有办理，但当他赶回学校时，老师却告诉他按照当年的政策规定，进沪审批已经在 10 月底截止。也就是说，他再不能通过毕业生留沪这条途径解决上海户口问题，而以后若想进沪就业只能通过办理复杂的人才引进手续才能实现。

1．什么原因致使韩峰在就业过程中出现问题？

2．毕业生就业应该熟悉、了解哪些相关的政策和法规？

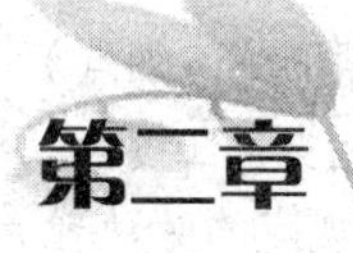

第二章 就业基本程序

随着我国社会的迅速发展与变革，经济形式和社会活动日益多元化，大学生的就业形式也出现了多样性，已经不再单指简单的协议就业，而是包括了大学生在毕业后所选择的各种发展道路。就业作为每位大学毕业生都必须亲自完成和经历的选择活动与过程，不仅受国家法律、就业法规与政策的约束，而且必须遵循一定的原则和程序。每一名大学毕业生都希望找到一份理想的工作，然而求职择业仅有良好的愿望是不够的，满意的工作不会主动送上门来。这就需要毕业生熟悉就业程序，了解就业的各种形式，以便顺利地完成自己就业活动过程中的各个环节，成功就业。本章将详细介绍毕业生就业的程序与形式。

第一节 毕业生就业程序

一、毕业生就业管理与服务部门的工作程序

大学毕业生求职择业前应该了解毕业生就业管理与服务部门的工作程序，就业计划的形成及相关的就业政策，以便摆正自己的位置，明确自己该做什么、怎样去做、什么时间去做，做到事事心中有数，每个行动都符合政策规定。

1. ***就业管理与服务部门的构成与分工***

目前，高校毕业生的就业管理与服务机构主要有教育部，国务院有

关部委和各省、自治区、直辖市，高等院校。这些管理与服务机构可划分为三个层次：第一个层次是教育部主管全国高校毕业生的就业工作；第二个层次是各省、自治区、直辖市和中央各部委的有关部门管本地区、本部门的高校毕业生就业工作；第三个层次是各高等院校负责本校毕业生就业的具体事宜。

2. 就业管理与服务部门的工作程序

（1）就业管理与服务部门的一般工作程序

概括而言，大学毕业生就业管理与服务机构的工作程序可以大致分为五步。

第一步，教育部对年度国民经济发展和国家重点建设工程情况开展调查研究，制定相应的政策，从而确定年度就业工作意见。各省、自治区、直辖市和中央各部委按照文件精神，制定出本地区本部门所属高校毕业生就业工作的具体意见。这项工作一般在毕业生毕业前半年内基本进行完毕。

第二步，教育部在每年的10月份左右向各地区各部门提供下一年度的毕业生资源情况，包括毕业生所在的学校、所学专业以及毕业生来源地区等。各用人单位向教育部提供需求信息，教育部还负责向社会及时通报毕业生资源情况和需求情况，并适时组织毕业生供需信息交流工作。

第三步，各地区、各部门、各高校的就业管理与服务机构，采取多种形式召开由毕业生和用人单位参加的供需见面、双向选择大会和开办毕业生就业市场，为毕业生求职择业创造条件、提供服务。毕业生在学校的指导下可直接参加这类活动。

第四步，各高等院校在完成全部教学计划后，按照国家统一要求，一般从6月1日（春季毕业研究生一般在3月底4月初）开始根据就业方案派遣毕业生。

第五步，派遣工作结束后，各级就业管理与服务机构对当年毕业生就业情况进行认真的总结。教育部汇总全国毕业生就业计划，并连同毕业生就业情况上报。

（2）省（市、区）高校毕业生就业办公室（就业指导中心）的管理及服务功能

近年来，随着高校毕业生就业指导工作的深入开展，各级地方政

府的教育主管部门都先后设立了高校毕业生就业办公室（或就业指导中心），负责高校学生就业的日常管理与服务工作。其主要职能包括以下五种。

1）根据高校毕业生就业工作的政策，制定具体实施意见。

2）指导高校和用人单位开展毕业生就业工作，并为其服务。

3）组织管理当地高校毕业生需求信息的登记、发布和供需见面，双向选择活动。

4）组织实施当地政府委托的高校毕业生资格审查，负责高校毕业生的报到证签发、调整和接收工作。

5）受委托协调当地高校毕业生就业过程中的有关争议。

同时，省（市、区）高校毕业生就业办公室（就业指导中心）还面向高校毕业生实施如下的就业服务工作。

1）开展高校毕业生就业的咨询、推荐和招聘等相关服务工作。

2）负责高校毕业生就业信息的收集、登记和发布。

3）组织高校毕业生就业市场和信息网。

4）开展与高校毕业生就业相关的各类指导与培训。

5）为高校毕业生提供人事代理（目前仅有部分地区实施）等。

总之，大学生可以从省（市、区）就业办公室（就业指导中心）至少获得以下三个方面的服务与帮助：一是准确的政策信息，二是宽广的需求信息，三是得力的就业培训。

（3）高校就业管理与服务部门的工作流程

目前，各高校均设有负责大学毕业生就业日常工作的部门——毕业生就业办公室或就业指导中心。其面向毕业生的主要职责如下。

1）负责本校毕业生的资格审查，及时向教育部或当地政府主管部门报送毕业生资源情况以及就业方案。

2）组织开展毕业教育和就业指导活动。

3）提供就业信息、就业咨询，组织校园招聘活动。

4）负责毕业生就业协议书的签证或签证登记。

5）负责办理毕业生的派遣离校手续。

6）开展其他与学生就业相关的工作。

毕业生就业管理与服务部门的工作程序大致包括：就业指导、市场调查与收集信息、发布用人单位信息与毕业生资源信息、毕业生资格审查、毕业生测评与鉴定、学校推荐、供需见面与双向选择及其他形式的择业活动、就业协议书签订、办理报到证、派遣调整、办理档案关系、未就业毕业生管理与服务、毕业生追踪调查。

高校就业管理与服务部门的工作流程大致如下。

1）生源统计。每新学年开学初，由各学院、系按专业、生源地、毕业生人数统计毕业生生源情况，再由学生就业管理与服务部门汇总。这主要是给需求单位提供生源信息。

2）制定专业介绍。每新学年开学初，由各学院对本学院所设专业作全面介绍，包括所设专业、培养目标、专业内容、课程设置（专业课、基础课、选修课）、毕业生适应的工作领域、专业前景等，再由学生就业管理与服务部门汇总并统一印制。这主要是向用人单位作介绍。

3）毕业生资格审查。毕业生资格审查的目的是确认和核实每一位毕业生的入学资格，通过审查后的毕业生才能取得毕业资格。毕业生资格审查的主要内容是毕业生生源、姓名、专业、学制、培养方式等，所审查的内容以高校新生录取名单上的内容为准。如有不一致之处，须出具相关手续：改名手续，须出具市区级公安部门的改名手续；生源地变迁，须出具户籍变动手续（由现住址所在地的派出所出具户口迁移证明信）；降级、休学、转系、转专业等，须出具学籍变动手续（由学生处、教务处共同签字盖章的手续）。

4）发放就业协议书。协议书由学校统一印制，对已取得毕业资格的毕业生由学生就业管理与服务部门审查后，按学院发给毕业生。因为协议书是最后派遣的唯一依据，所以发下来时要仔细阅读上面的条款及说明，并核对自己的个人信息是否有误。因每位毕业生只有一套协议书，因此要妥善保管。

5）走访。向用人单位介绍毕业生情况，了解各地区就业政策，收集需求信息。

6）向用人单位发邀请函，收集需求信息，邀请用人单位参加学校毕业生就业供需见面会。

7）组织校园招聘会，举办毕业生就业大市场，使毕业生和用人单位供需见面、双向选择。

8）针对下一年级学生开设就业指导讲座，对学生进行全方位的就业指导。

9）收集已签好的就业协议书。

10）形成就业方案并上报教育部。

11）派遣、离校。

① 发放报到证。报到证是就业管理部门派遣毕业生的唯一依据。根据用人单位返回的协议书，毕业生就业管理与服务部门统一打印报到证。经省级毕业生就业管理部门审核批准盖章后由毕业生就业管理与服务部门发放到各学院，再发给毕业生本人。

② 户籍关系、档案的转寄。户籍关系由学校户籍管理部门（保卫处、派出所）根据就业方案统一办理转迁证明，并发放给毕业生本人。毕业生离校后持报到证、户籍关系到单位报到。档案在毕业生离校后由学校学生就业处统一以机要的方式寄送到用人单位。

③ 办理改派手续。大学毕业生在择业期间，打交道最多的要属学校的就业工作机构。这里是信息的集散地，是学校与用人单位建立联系与沟通的桥梁和纽带。每位大学生在择业阶段，要多留心学校就业工作部门设立的公告栏和网站，在那里可以及时得到用人单位的需求信息、就业招聘活动以及新的就业政策规定等；要多到学校的毕业生就业工作部门走走，看看最近有哪些就业活动和信息。同时，毕业生在求职择业中所遇到的问题，也可以在那里得到解决，并能得到相关的就业咨询和服务。

二、用人单位的招聘程序

随着我国社会主义市场经济的发展以及我国劳动、人事制度的改革，用人单位接收毕业生不再是计划经济时代“统包统分”的情形，而是可以根据用人单位自身事业的发展需要，直接与高等院校或毕业生联系，招聘、录用令自己满意的毕业生。

用人单位的招聘流程一般包括发布通知和广告、宣讲会、接收简历、笔试、面试、签约等环节。为了招募到合适的员工，用人单位要花费很

多的人力和财力，在众多求职者中层层筛选，最后敲定人选，安排到合适的岗位上。

一般而言，用人单位的招聘活动要经历如下程序。

1. **确定需求和招聘计划**

用人单位根据自身的建设和发展状况，确定当年需要招聘毕业生的岗位、人数和条件等，同时根据要求制订详尽的招聘计划。

2. **发布就业信息**

用人单位在确定了需求后会及时向外发布，传递给毕业生，其主要渠道有如下几种。

1）向政府教育主管部门所属高校毕业生就业指导中心登记。

2）向高校毕业生就业工作部门登记。

3）在自己的网站上发布信息，供毕业生上网浏览。

4）通过电视、报纸、广播、网络等媒体发布需求信息。

3. **举行单位宣讲会**

为进行广泛宣传，一些用人单位（主要是企业单位）还会到学校举办单位宣讲会，介绍单位的发展建设情况、人才需求情况及发展机遇、用人制度及企业文化等，并回答毕业生关心的各种问题。单位宣讲会是毕业生全面了解招聘单位的好机会。

4. **收集生源信息**

用人单位要招聘到最合适的毕业生，需要广泛收集毕业生信息。收集毕业生信息的主要渠道有以下几种。

1）从政府教育主管部门所属高校毕业生就业指导中心及学校就业工作部门获取毕业生信息。

2）参加供需洽谈会（招聘会或就业市场），收集毕业生信息。

3）在网站上收集毕业生信息。

4）通过毕业生的自荐获取毕业生信息。

5）有的毕业生通过报纸、杂志、网络等媒体所登的求职广告，也是用人单位获取毕业生信息的渠道之一。

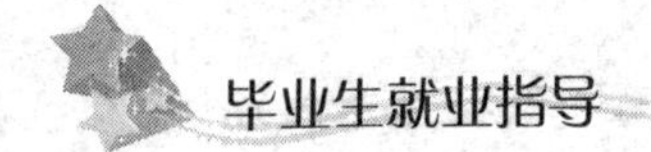

5. **分析生源资料**

对收集的毕业生信息进行分析处理，初选出符合本单位条件的毕业生，以便进行下一轮筛选。一般而言，用人单位对毕业生分析的内容包括性别、专业、知识水平、综合能力及素质。

6. **组织笔试**

为了考核毕业生是否具有在本单位工作所需的基本知识、能力和素质，一些用人单位常以笔试的形式选拔毕业生。笔试的时间、地点、出题范围用人单位会提前通知。

7. **组织面试**

面试是许多用人单位考核毕业生综合素质的最后一关。有的用人单位还要组织多次面试，每次面试参加人员及考核的侧重点是不相同的。一般而言，有经验的用人单位招聘人员不会故意提一些很难、很偏的问题，而是会创造一种较为宽松的氛围，与毕业生进行双向沟通与交流，从中发现毕业生的兴趣、特长及其所愿意从事的工作等。

8. **签订协议**

用人单位打算录用的毕业生确定后，会与毕业生签订就业协议书，有些用人单位还要与毕业生签订劳动合同，明确双方的责、权、利。就业协议书是学校制定派遣方案、办理派遣手续的重要依据，毕业生应按照要求及时将协议书送交学校备案。

9. **上岗培训**

每一个用人单位对新员工都有一套培训计划。培训的内容因用人单位而异，但其目的都是相同的，即通过培训让毕业生明确单位的创业精神、规章制度和企业文化，让毕业生掌握成为一名称职工作人员的知识和技能，以使其尽快适应新的工作和生活环境。

三、毕业生的择业程序

一个完整的择业过程，至少要包括了解就业政策、收集信息、自我分析、确定目标、准备材料、参加招聘会（投递材料）、参加笔试、参加

面试、签订协议、走上岗位等环节。走好择业的每一步，对成功实现自己的择业理想十分重要。

1. 了解有关就业政策

大学毕业生就业是一项政策性很强的工作，了解国家有关就业政策是大学生求职择业的关键一步。有人曾经形象地将求职择业中不熟悉就业政策的毕业生比喻成“不懂得比赛规则而上场比赛的运动员”。的确，面临求职择业的毕业生，如果不去首先了解国家以及有关部门的就业政策而盲目地去选择职业，那么很可能处处碰壁。

大学毕业生就业政策是国家为实现一定历史时期的任务，适应经济建设和社会发展的需要而制定的有关大学生就业的行动准则，它会根据国家政治、经济形势的变化而不断调整。各地区、各部门也会根据国家当年颁布的有关政策并结合本地区、本部门的实际，制定本地区、本部门的一些毕业生就业政策。

学校、毕业生和用人单位必须按照这些政策来指导和规范毕业生求职择业活动。因此毕业生在面向社会求职择业时，首先需要主动向学校及有关部门了解当年国家在大学毕业生就业过程中的具体政策规定，学校及有关部门也会在适当时机向毕业生公布国家及有关地区、部门的就业政策。

2. 收集信息

完成任何一项工作，信息的收集都是必不可少的。对毕业生就业活动而言，信息的收集是迈向成功的第一步。毕业生在择业过程中需要收集的信息，大致包括五方面内容。

1）政策和法规信息，如《普通高等学校学生就业工作管理办法》、《中华人民共和国劳动法》、《中华人民共和国劳动合同法》等。

2）当前经济发展形势，社会各行业、各类企事业单位经营状况信息。国家经济形势直接影响用人单位的用人需求，从而影响就业形势。而在总体经济形势下，不同行业、不同性质的企业单位各自的经营发展状况也各不相同，从而造成对不同专业人才的不同需求。另外，对某一具体的用人单位，它的经营状况、文化背景、发展前景、工作条件、福利情况以及对人才的重视程度等，也是毕业生应该收集的信息。

3）就业活动安排信息，比如什么时候召开企业说明会，什么时候举办招聘会等，这些信息十分重要。

4）成功择业的经验、教训信息。择业过来人的择业经验、教训，就业指导老师的切身体会等，都会为毕业生的成功择业助上一臂之力。

5）用人单位的需求信息。用人单位的岗位需求信息，该岗位对于毕业生的能力、技能要求，以及专业要求的信息对于毕业生就业至关重要。

毕业生收集信息的渠道，一般有以下几种。

① 当地政府教育主管部门所属高校毕业生就业指导中心。

② 学校毕业生就业办公室或就业指导中心。

③ 专业性报纸，如《人才市场报》、《就业指导报》等。

④ 广播、电视、报纸的“求职”、“就业”专栏或专版，以及有关企事业单位的招聘广告。

⑤ 社会考察及毕业实习。

⑥ 亲朋好友及学校校友。

⑦ 有关老师及其关系网络。

⑧ 用人单位举行的说明会等。

毕业生在择业过程中收集信息，应该有明确的目的，收集的信息要对自己的就业活动有用。这就要求毕业生在收集信息时，注意所收集信息的准确性、客观性和全面性。而且，信息收集活动要连续进行，不应该中断，毕业生在择业的每一个环节，都要注意收集信息。

3. 自我分析

在收集信息的基础上，毕业生要联系自身实际，理智地进行自我分析。

自我分析内容包括以下几点。

1）自身综合素质、能力的自我测评，如学习成绩在全专业中的名次，自己的兴趣、特长、爱好，自己有何出众的能力（包括潜能）等。

2）分析自己的性格、气质。一个人的性格和气质对所从事的工作有一定的影响，如果能从事与自己的性格、气质相符的工作，也许更容易出成绩。毕业生可以用一些测试表对自己的性格、气质进行一定的分析。

3）自己在择业过程中，具有哪些优势，哪些劣势，该如何扬长避短。

4）问一问自己究竟想做什么，即自己想在哪一方面有所发展，想成为什么样的人才，换句话说，即自己的满足感是什么，价值标准是什么。

理智地进行自我剖析，在择业中至关重要。如果不清楚自己有何优势，有何劣势，不分析自己真正想要什么，会导致择业过程中的盲目从众和患得患失，同时也会影响到今后的工作。“当局者迷，旁观者清”，这句话对于处于择业过程的毕业生，同样有用。有时毕业生确实很难清醒地认识自己，了解自己。这时，不妨与父母、老师、同学、朋友谈谈心，从他们那里得到一些对自己的中肯评价和有益指点。“知彼知己，百战不殆”，在今天双向选择的择业大背景中，认识自己有时比了解就业形势、了解用人单位更为重要。毕业生要在就业活动中最终获得成功，就一定要做到“知彼知己”。

4. **确定目标**

自我分析的结果，是确定自己的择业目标。从大范围上说，毕业生首先需要确定的择业目标有以下两种。

（1）择业的地域范围

即是在沿海城市就业，还是在内地就业；是留在外地就业，还是回本省市就业。在确定择业地域时，要问自己这种决定是否符合政策条件，是否会得到政府教育主管部门以及学校的批准，同时还要考虑生活习惯、今后的发展机遇等因素。

（2）择业的行业范围

即是在本专业范围就业，还是跳出本专业去其他行业就业；是从事本专业范围内的技术工作、管理工作，还是教学、科研工作等。在确定行业范围时，要多问自己的综合素质、能力如何，有什么兴趣和特长。

在确定了择业地域以及择业的范围与自己希望从事的职业后，可以向择业的目标进一步靠拢：对于愿意到企业工作的毕业生，是选择国有企业，还是选择三资企业、民营企业；这些企业中，有哪些单位前来招聘，自己是否符合条件，自己最希望到哪一家企业工作；对于愿意从事教育工作的毕业生，是选择高等院校还是中等职业学校或者其他学校，等等。

择业过程中，当然会遇到不少不可预测的变化，但是，事先给自己的择业确定一个比较明确的目标，可以使整个就业活动显得有的放矢、有条不紊，不然，就会出现乱打乱撞的盲目、被动局面。

5. 准备材料

在确定了择业的目标之后，毕业生接下来要做的事情便是准备材料。这些材料包括：个人简历、自荐信以及有关的重要补充材料。有关自荐材料的准备，将在本书的第五章详细讲述。

6. 参加招聘会（投寄材料）

在毕业生就业活动中，招聘会或就业市场在用人单位与毕业生间架起了见面、沟通的桥梁。招聘会或就业市场大致可分为四类：一是社会上的人才市场；二是政府教育主管部门所属就业指导中心组织的供需洽谈会、就业市场；三是学校组织的供需洽谈会、招聘会；四是各院系自身联系组织的小型招聘会。

在招聘会或就业市场上，用人单位与毕业生之间只是初步“结识”。用人单位向毕业生宣传单位的发展建设状况，同时收集众多毕业生的材料（有的用人单位可能向应聘毕业生发放登记表）；毕业生则在了解用人单位的大致情况后，将材料或登记表交给单位。另外，用人单位往往会在网上发布需求信息，而毕业生也可以通过上网将自己的信息传递给用人单位。

7. 参加考试

不少用人单位在招聘过程中，采用笔试的方法考核应聘者的知识、能力与素质。

毕业生如果获得笔试的机会，应该珍惜并认真对待。在笔试前，要对自己所学知识进行科学、系统的复习，同时调整好自己的应试心理和应试状态，准备好各种考试中可能用到的工具。笔试检验的是毕业生运用大学期间所学知识、所培养技能去处理实际工作问题的能力。因此，用不着过分紧张和担忧。

8. 参加面试

面试是一些用人单位考核毕业生综合素质的重要手段。通过面对面的沟通、交流，用人单位可以了解毕业生的表达能力、思维能力、处世能力，以及其他一些不能通过笔试反映出来的个人素质。对于面试，一些毕业生容易出现以下情况。一是抱有过高的期望值，以至于急于向用人单位展现自己，说出一些夸大其词的言语；同时因为担忧自己不能引起用人单位负责人的注意或者出现回答不出问题的尴尬局面，在面试过程中表现得十分紧张、患得患失。二是进取心不足，自信心不强。看着同来面试的其他毕业生，面对主考官，有的毕业生甚至临阵怯场，萌生退意。

9. 签订协议

用人单位通过供需见面、笔试、面试等招聘活动，选拔自己合意的毕业生后，便向被其录用的毕业生发出录用通知书。毕业生在接到录用通知书后，如果愿意到该单位工作，则双方进入签订就业协议阶段。就业协议书一般应包括以下条款：服务期、工作岗位和工作内容、劳动保障和工作条件、工资报酬和福利待遇、就业协议终止的条件、违反就业协议的责任等。另外，毕业生和用人单位可在就业协议书上附加双方认为需要增加的条款。

10. 走上岗位

与用人单位签订好协议，并得到学校、政府教育主管部门的审核通过后，接下来要做的便是以优异的成绩完成毕业设计，等待毕业派遣，做好毕业离校的各项准备工作。

跨出校门，毕业生将步入另一个天地。走上工作岗位，即将面临更多的挑战，毕业生要服从安排，踏实肯干，遵守制度，刻苦钻研，尊重长辈，团结同事等。

机会垂青于那些有准备的且脚踏实地、勤奋努力的人，对于择业如此，对于今后的工作，更是如此。一名优秀的大学毕业生，一定能够在未来的天空展开腾飞的翅膀。

第二节　毕业生就业形式

近年来，随着高等教育的大众化以及就业压力的增加，总体来看，高校毕业生的就业期望有所降低，到中小企业就业、灵活就业、自主创业的毕业生逐年增加，毕业生择业观念和心态正在发生积极的变化。但

是，由于传统观念、社会舆论等多种因素影响，仍有相当一部分毕业生，尤其是家长的观念不能适应就业形势的变化，跟不上社会就业方式的变化。今后几年这种反差可能会越来越大，突出表现在两个方面：一是在就业岗位上，二是在就业方式上。

应该说，大众化时代的大学毕业生不能再自诩为社会的精英，要怀着一个普通劳动者的心态和定位去参与就业选择和就业竞争。这需要广大毕业生更新就业观念，调整就业期望，在正确判断形势的前提下适度选择，以多种方式努力实现广泛就业。目前，大学毕业生就业形式主要有以下几种。

一、签约就业

签约就业是大学毕业生就业最普遍的一种方式，它包括以下情形。

1）毕业生与用人单位签订学校提供的就业协议，领取就业报到证，到用人单位就业。

2）毕业生被国家机关、事业单位录用。

3）合同就业。毕业生与用人单位签订经劳动部门认证的劳动合同；毕业生与用人单位不签订《毕业生就业协议书》，而是直接签订劳动合同，或用人单位出具接收函，不需要就业报到证，到用人单位工作。

4）定向、委培毕业生回原定向、委培单位就业。按规定该类毕业生不能再自主择业，但若经原定向、委培单位和有关主管部门同意，解除原协议后，可以自主择业。

5）毕业生参加国家、地方项目就业。其中，国家项目就业是指参加国家支援服务西部计划，地方志愿服务欠发达地区计划等项目。

签约就业包括签订合同、接收档案、转迁户口以及毕业生携带学校发的报到证去单位报到、用人单位负责解决毕业生的工作并按劳动合同履行各自义务。目前，有相当数量的签约就业，比如跨国公司、民营企业与新聘员工签订劳动合同后并不接收员工的档案，也没有户籍要求。应该说，对档案要求越少、对户籍要求越松，越符合现代人力资源发展的理念。

二、灵活就业

灵活就业是相对于传统就业模式而言的，它不同于正规的全日制、与用人单位建有稳定的劳动法律关系、获有工资福利和社会保障的就业。与传统就业模式相比，灵活就业方式的特点是灵活性强、自由度大、适应范围广、劳动关系比较松散。

灵活就业在形式上大致可分为三类。

第一类是在劳动标准方面（包括劳动条件、工时、工资保险以及福利待遇等）、生产的组织和管理方面，以及劳动关系协调运作方面达不到一般企业标准的用工和就业形式，主要是指小型企业、微型企业和家庭作坊式的就业者，以及虽被大中型企业雇用，但在劳动条件、工资和保险福利待遇及就业稳定性方面有别于正式职工的各类灵活多样的就业形式，比如临时工、季节工、承包工、小时工、派遣工等。

第二类是由科技和新兴产业的发展，以及现代企业组织管理和经营方式的实施而产生的灵活多样就业形式，如目前广泛流行的非全日制就业、阶段性就业、远程就业、兼职就业等。

第三类是独立于单位就业之外的就业形式，包括：①自雇型就业，有个体经营和合伙经营两种类型；②自主就业，即自由职业者，如律师、作家、翻译工作者、中介服务工作者等；③临时就业，如家庭小时工和其他类型的打零工者。

目前国内所说的大学生灵活就业是指没有列入正常派遣手续的非正规就业，现在要从政策上纳入正式就业的统计范围。这是一种适应人才市场发展的选择。就业灵活，首先要求用人单位改变传统，让用人方式灵活起来。灵活就业的方式正在呈现上升趋势。近几年发达国家失业率有所下降，其中一个很重要的原因是推行了灵活就业的方式。在许多发达的市场经济国家，人们逐渐不满足于传统全日制就业的模式和劳动者终生供职一个单位，而是开展很多灵活的就业方式。这种灵活的就业方式已被我国一些毕业生所接受，并有上升的趋势。

1. **自主创业**

在新的形势下，自主创业不失为大学生实现自我价值的另一条就业之路，自主创业不仅为自己开辟了就业之路，还为其他毕业生提供了就业机会。受高等教育的毕业生应不仅仅是求职者，有时还能是创业者。近年来，国家和各级政府出台了一系列优惠措施，鼓励大学毕业生创业。

大学生自主创业是改变就业观念，利用自己的知识、才能和技术，以自筹资金、技术入股、寻求合作等方式创立新的就业岗位，即毕业生不做现有岗位的竞争者，而是为自己、为更多人创造就业机会。我国政府鼓励、支持和引导个体、私营等非公有制经济发展，也积极鼓励和支持大学生自主创业，中央和地方均出台了许多鼓励大学生创业的政策，为大学毕业生创业提供了良好的政策环境。

当然，创业是一项复杂的系统工程，也是一个艰苦的过程，充满了挑战。创业不仅需要具备一定的创业环境和外部条件，而且需要创业者自身具备一定的创业素质和能力，以及一定的工作经验和社会阅历，不是仅凭满腔热情就能够实现的。所以，有创业意向的毕业生应该在深入分析主客观条件，制订周密的创业计划，充分论证创业的可行性，确定切实可行后再实施创业，切不可草率。

2. **自由职业**

自由职业指以个体劳动为主的一类职业，如作家、自由撰稿人、翻译工作者、中介服务工作者、某些艺术工作者。一些在写作、设计、绘画等方面有专长的毕业生多倾向于做一个自由职业者。

3. **意向就业**

意向就业指毕业生与用人单位达成就业意向，落实了工作岗位，但暂时还没有正式签订就业协议书、劳动合同或没有出具接收函，包括：到单位进行就业见习、试用期、进入家族企业等。这类情况往往是毕业生和用人单位出于还需要进一步相互了解的目的而选择的一种就业形式，也是双方进一步选择的过程。

三、出国留学

出国留学这个梦想，或许在 20 世纪 70 年代的大学毕业生眼中还是夜晚星空中那颗“遥不可及”的星星，但对于 80 后和 90 后的大学毕业生而言，家庭几十年积累的劳动成果为他们提供了更加成熟的出国留学条件。于是，狂热的出国潮一波一波袭来。留学镀金的想法在大学校园中酝酿，给毕业生提供了新的出路和选择。

何宇是上海一所知名院校金融专业毕业的硕士研究生，找份好工作按说是“手到擒来”，但他根本就没有去找。今年夏天，他将自己的档案关系放到了外地的一个人才交流中心，自己则准备出国。问他为什么不先找份工作干着，求个安定？他认为一来找工作浪费时间、精力；二来如今的用人单位限制颇多，一旦进去了，轻易不容易出来，不如先保留“自由身”，免得到时候又受牵绊。反正出国留学这条路是早就确定了的，一定要走下去。这也是很多毕业生的想法，他们选择出国留学而不是直接签约就业这种形式。

随着我国改革开放的深入发展，特别是加入 WTO 以后，教育的国际交流日益频繁，中国公民有了更多机会自费出国留学。同时，由于国民经济的持续快速发展，许多家庭的经济实力也能够担负起出国留学的费用。所以，大学生毕业后直接申请出国、出境留学或工作的也在逐年增多。当然，出国留学或工作也需要具备一定的条件，不仅是经济条件，自身的知识准备也必不可少，应届毕业生应充分权衡自身条件。

本章小结和启示

1）毕业生要了解就业的原则和程序，包括就业部门的工作程序、用人单位的招聘程序及毕业生自己的就业流程，顺利地完成就业活动中的各个环节。

2）随着我国社会的迅速发展与变革，毕业生的就业形式也出现了多样性，已经不再单指简单的协议就业，而是包括了毕业生所选择的各种发展道路。本章介绍了毕业生就业的四种主要形式。

案例思考

张林彦是某理工大学水利水电专业的应届毕业生，学习成绩和综合素质在班级里属于中上水平。可是临近毕业，自己班上的同学一个个都落实了工作单位，他仍然没有找到工作。究其原因，张林彦比同学们找工作的步伐总要慢一些，不知道如何安排自己找工作的时间，他中意的用人单位已经挑选完合适的毕业生，没有剩余的招聘名额，他十分苦恼。

而同学李丹从大学三年级开始就了解熟悉就业的大致流程，从掌握就业政策入手，研究了用人单位校园招聘的时间段，合理进行选择，安排好自己找工作的步骤，最后成功地获得了就业机会，与企业达成了就业意向。

1. 为什么同为应届毕业生，张林彦与李丹的就业过程与结果截然不同？

2. 张林彦想要顺利找到工作，首先要做哪些准备？

第三章 就业心理调适

《孙子兵法》有云："知彼知己，百战不殆；不知彼而知己，一胜一负；不知彼不知己，每战必败。"即将离开茵茵校园的大学生，面对就业诸类问题、纷繁复杂的大千世界、个人心智的日渐成熟，了解相关就业问题是"知己知彼"的开始。

双向选择、自主择业的观念伴随着大学生就业体制改革已深入人心，日益宽松的就业环境为大学生提供了良好的发展机遇，但严峻的就业形势又使他们面临巨大的压力与挑战。这种情形下，大学毕业生良好的心理质素就显得尤为重要。它将有利于毕业生就业市场的动态把握、有利于毕业生择业能力的显著提升、有利于毕业生职业适应与发展的有效调和、有利于毕业生创业素质的培养和践行。在日趋激烈的市场竞争中，毕业生渴望放飞的就业梦想和施展的职业才能，良好心理质素准备和塑成成为决定毕业生成败的重要心理因素，值得我们共同学习和探讨。

第一节　就业常见心理问题

一、就业过程中常见的心理问题

大学毕业生在校期间虽然学习并掌握了一定的专业知识，有较高的综合素质，其"求职经验"有一部分来自教师和家长的言传身教，甚至来源于因担任学生干部而培养出来的“职场技巧”。但生存环境的变迁、社会经验的欠缺、心理质素的薄弱也在这场角色转换大战中潜伏，极易引发毕业生在求职过程中的心理问题，严重威胁着他们的身心健康，如不及时调适，极有可能诱发其他严重后果。据相关统计分析，近年来毕业生在求职中普遍存有以下几种消极心态。

1. 自卑心理与自负心理

“知己知彼”首要就是“知己”，正确认识和把握自己的优缺点是就业的必要心理质素。然而，很多毕业生对自己的能力了解匮乏，难以辨析自己的长短处，甚至几乎看不到自己的优势和不足。盲目地行走在求职道路上，缺乏自知和自信，尤其在遇到挫折时，就很容易产生强烈的自卑心理，觉得自己事事不如人。在竞争激烈的求职场上，毕业生往往看不清自己的能力现状，大量求职、漂浮不定。部分毕业生或因所学专业不热门，或因自己专业知识、专业技能及综合素质不如其他同学，或因求职屡次受挫，强烈的自卑感油然而生，进而转化为自卑心理，这种情况是正常的，也是普遍存在的。

自负心理，这种情绪正好与前一种相反。持这种心理的毕业生往往自认为高人一等，傲气十足。在求职时，经常表现出好高骛远、期望值过高、对用人单位“横挑鼻子竖挑眼”，结果是很难找到自己满意的工作。有些毕业生或因所学专业紧俏，或因就读学校为名牌学府，或因自己无论专业学习还是综合素质都高人一筹，或因自身较优秀的条件为不少用人单位所垂青，而在内心深处产生一种睥睨一切、高人一等的自负心理。在这种心理支配下，其往往表现为“这山看着那山高”，这个单位不顺眼，那个单位也不如意，导致与不少适合自己的用人单位失之交臂，结果是错过机遇，难以就业。

2. 焦虑心理与急躁心理

临近毕业的大学生热情满满、朝气蓬勃，他们对职场和社会充满着期待和好奇，既希望找到理想的职业，又担心被用人单位拒之门外，其中有一部分大学生对未来的职业生活心存顾虑，感到心中无底。因此，没有社会经验的毕业生对选择职业这一人生大课题产生焦虑心理，这是

正常现象。在求职过程中，大多数毕业生都会出现不同程度的焦虑心理，但这并不构成心理问题。然而，一些毕业生过分焦虑，各种不必要的担心充斥了视线。忽而自卑，对职场世界感到恐慌；忽而自负，对就业市场过分藐视。对于一些社会生活中的个例加以夸大，诸如整天抱怨世界的不公平、社会的黑暗，以至于精神上紧张不宁、忧心忡忡、烦躁不安、意志消沉，行为上反应迟钝、无所适从，甚至引发个人世界观和人生观的极大偏差。

校园的安稳环境，有时也会让大学生过于沉溺于这份安稳而逃避现实社会的纷扰。为了尽快地继续这种安稳，毕业生在求职中的急躁心理就显露无疑。有的毕业生在未详细斟酌自己的职场道路，对用人单位了解较少，甚至只了解网络或者宣传单上的只言片语的情况下就匆匆签约，一旦发现未能如愿，又后悔莫及；有的则急于寻求好工作，既参加国家公务员考试，又报名选调生、研究生入学考试，还奔赴人才市场投递简历。人的精力毕竟有限，急躁的心态下很难更好地准备职场应试，无一中的也是常常出现的结果。

3. 盲目攀比与攀高心理

攀比心理，在得以正确、理智运用时有时也会激励人的成长，而时下许多大学生的攀比却显得盲目和愚钝。很多毕业生在选择单位时，既没有考虑自己的主客观条件，也未深入了解单位发展情况，只是一味地与同学攀比。主要表现为攀比工作地域或地点，攀比收入和待遇，攀比工作单位和行业，攀比工作和生活环境等。特别喜欢与自己成绩、能力差不多的同学进行比较，倘若对方找到令人羡慕的工作、获得可观的收入，就会因自己找不到理想职业而觉得很没面子。为了获得心理上的平衡，常常将自己择业的目标设计过高，造成高不成、低不就的结果，错失好的就业机会，并陷入苦恼之中。由于此心理的作用，毕业生要么暂不就业，守株待兔等待好单位垂青；要么朝三暮四，频频更换工作岗位，导致违约现象增加，这种现象在一些学校中呈逐年增长趋势。

另外，有些毕业生在求职过程中一心追求大城市、大公司、高工资，由于没有完全正确认识自己，自我评价过高，认为自己是德才完人，只想找待遇及工作条件好的单位，或者是最热门的单位及最前沿的行业。

近几年来大学毕业生“从政”倾向有增无减，他们普遍认为国家公务员权力大、收入稳、地位高，因此恨不得削尖脑袋往公务员队伍里钻。这种目的性、功利性太强的求职心理往往令人得不偿失。

4. 盲目从众心理与消极依赖心理

“大家都喜欢的，就是我喜欢的。”这种从众心理在毕业生就业时也时常出现。毕业生对用人单位没有理性分析，而是盲目地认为只要单位给予的报酬多，所处的地理环境优越，条件较好就行。特别是在招聘会上，看到应聘的人多，就跟着去应聘，表现得非常盲目。在此心理影响下，毕业生求职时没有很好地对自己的兴趣、爱好、特长进行分析，不管自己是否适合这样的工作岗位，不管所谋职位是否有利于自己的发展，随大流找一个单位，到最后要么毁约，要么把就业的压力转变为从业的压力。

消极依赖心理则表现在，尽管毕业生接受了四年的大学教育，他们的一些行为、言谈也都表现出要求个性独立，在谈恋爱、交友等方面尤其不愿为父母所左右，但在求职中却表现出极大的依赖性。这类毕业生不是积极主动、千方百计地“推销”自己，而是一味地等着家里亲戚、朋友给自己找路子。有的毕业生因为担任学生干部和大学期间的相对优异表现，自我评价较高，坐等学校帮忙落实单位，这样便与当前激烈竞争的社会不合拍，最终结果往往不理想。

5. 嫉妒心理与冷漠心理

嫉妒心理在大学生中是比较常见的一种心理，只不过是轻重不一。在求职问题上，嫉妒心理的表现为：看到别人某些求职条件好，或找到比较理想的工作时，产生羡慕，转而痛苦，又不甘心的心态；为不让别人超过自己，而采取背后拆台等恶劣手段；当身边的同学求职成功了就说风凉话，讽刺挖苦，造谣中伤。求职嫉妒心会使人把朋友当对头，导致朋友关系恶化，甚至会使班级人心涣散，人际关系紧张，本人也会因内心痛苦和烦恼，影响求职的顺利进行。

冷漠是遇到挫折后的一种消极心理反应，是逃避现实、缺乏斗志的表现。在求职过程中因受到挫折而感到无能为力、失去信心时，有些毕

业生会出现不思进取、意志消沉等反应。他们会暗示自己不要在乎就业问题，态度漠然，对自己和别人的就业话题避而不谈，空想自己生活在一个“不需要就业的世界”中。

6. 怯懦心理与逃避心理

对于就业的相对重视是必要的，但凡事皆有度。过分地重视就业问题，有时也会给毕业生带来新的心理问题。譬如，有的毕业生在求职过程中谨小慎微，总是担心自己面试时说错话怎么办？表情出错怎么办？衣着不得体又怎么办？过多的担忧捆绑了毕业生自然青春的形象，以至于不敢放开说话，没能把自己的特点和优势表现出来。这些同学渴望公平竞争，但在机遇到来的时候却又手忙脚乱，无法充分发挥出自己的才能。

除了怯懦应对就业，逃避心理也是常见的心理问题。这种心理与前一种的“冷漠”有些类似，但产生的原因却不相同。持这种心理的毕业生往往是因为过惯了校园生活，对父母和学校的依赖性很强，一旦独立面对社会，面对社会角色的客观要求，面对复杂的社会关系时，常常会产生逃避心理和抵触情绪，因此，很难找到理想的工作。他们依然在等待着，等待社会变成一个“大校园”，来让他们继续美好的大学生活。

除上述十二种心理问题之外，诸如抑郁心理、观望心理等也会出现在毕业生就业的这一过程中。因人因地因时的不同，这些心理问题的严重程度也会不同。我们需要正视它，并克服它。

二、就业过程中常见心理问题产生的原因

了解心理问题的种类和表现后，我们需要溯本求源找出造成这些问题的“幕后黑手”。求职，这一过程究竟带给毕业生怎样的困惑？造成心理问题的仅仅是就业的压力吗？显然，这个中的成因是复杂多样的，既有毕业生主观认识的偏差，也有整个社会就业大环境所存在的客观原因，同时也混杂着毕业生先天或后天形成的性格和情绪等因素。

1. 外部因素

（1）家庭因素

“有其父，必有其子”的说法固然有些绝对，但父母对孩子的影响

力是毋庸置疑的。从婴儿到青年这段时期，大学生经历的第一任老师就是自己的父母。在不同的经济条件和社会背景影响下，每个家庭都有不同的教育方式，对孩子的心理影响也就天差地别。正确的教育方式，会使孩子终生受益；而不正确的教育方式，则很可能使孩子一生受累。孩子既是父母疼爱的对象，也是父母未了愿望的载体。父母从事的职业及对各种职业的主观看法、父母的社交圈中对于众多职业的言谈、父母对子女的期望及其对子女工作的关注、父母的社会地位与社交能力、父母教育子女的方法、家庭中其他成员的影响以及学生对父母的看法与态度等，都会对毕业生的心理产生影响。特别是对于个人想法不坚定的大学生而言，家人的经验之谈成为了他们在择业茫茫大海中挣扎的“救命稻草”，直接决定着他们的职业选择，也为其埋下了一些心理问题诱因。

（2）学校因素

大学生临近毕业时，迫切希望有人帮助他们解决就业过程中的种种心理适应问题，维护他们的心理健康。但就目前社会和学校在这方面开展的工作情况来看，还远远不够：从就业市场来说，机制还不健全；学校对学生思想教育力度也不够大。由于就业教育上的滞后，学生在大学学习期间的主修专业、培养方式，对教师的认同以及同学与朋友的影响等因素，都给大学生就业带来了影响。

（3）社会因素（特别是社会习俗）

中国几千年的传统文化，使部分大学生抱有“寒窗苦读，光宗耀祖”的观念，家庭地域观念很重。社会上某些传统观念往往容易成为大学生选择职业的依据。虽然在校时，大学生普遍能够客观认识社会习俗问题，对一些社会习俗有自己的独立见解，甚至拥有一些无私奉献、甘愿付出的情怀，但迫于社会舆论的压力、对个人未来的计较，产生了从众心理。在择业时求稳、求静、求享受，缺乏艰苦创业的准备，出现争进大城市、大单位，不愿到基层的倾向。在有些毕业生眼中，面子是第一位的，事业发展则是第二位的。社会传统的职业评价、社会职业地位、社会角色模式等因素，对毕业生的就业产生了相当大的作用。

2. 内部因素

内部因素是指毕业生的个性特征，包括与就业有关的能力、兴趣、

需要结构、性格特征、自我意识、职业价值观念、理想、个性、职业倾向等交互作用而产生的结果。在有关求职的一系列问题不断困扰毕业生时，内部因素往往有极重要的影响。

毕业生对社会了解不多，因而在观察问题、分析问题、处理问题时，常常凭书本上讲的条条框框去生搬硬套，缺少理性的眼光。在自我评价上，有的毕业生自我评价过高，导致择业期望值过高，缺乏承受挫折的心理准备；有的毕业生过多地关注社会阴暗面，导致择业期望值过低，缺乏主动进取和把握机遇的心理准备。再加上大学生毕业时一般在22～24岁，处在这个时期的青年，多幻想，好冲动，接受事物快，自我意识强。虽然他们在生理上已经成熟，但相当一部分毕业生心理发展还不成熟、不稳定。同时由于他们的知识结构还不完善，每个人的生活经验又有差别，在求职择业中就容易表现出心理活动的复杂性和矛盾性。

从心理学的角度而言，人的兴趣、需要、性格等内部因素是长期积累而形成的，直接影响着人的世界观、价值观的形成。风华正茂的毕业生经过约24年的成长，约18年的学校教育已经构成了一定的个人兴趣、价值观，使其很难在较短的时间内改变，也强烈影响着毕业生就业过程中的种种心理问题的爆发。

第二节 就业所需心理质素

迈出大学校园后，毕业生迎来了就业。良好的就业既能避免上述心理问题的困扰，也能开启人生的职业篇章。因此，毕业生需要具备一些求职素质，本节重点探讨的是这些基本素质中的核心——心理质素。

一、就业所需的一般心理质素

一个学生的质素体现了他（她）在生理、心理和文化素养等方面发展的整体质量和水平，而一个学生的心理质素正是其心理过程、心理动力和心理特征等方面的发展水平及质量的综合表现，它体现了学生的精神力量。心理质素，是毕业生就业的关键因素，会影响就业后的职业生

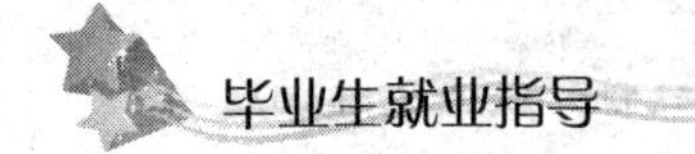

活。有健康的心理，才会有健康的身体，才可能有理想的就业和从业。针对就业而言，以下心理质素是毕业生需要的一般质素。

1. 就业的心理能力因素

毕业生就业的心理能力因素作为心理质素的重要组成部分，集中体现了毕业生对于就业及相关问题的各种认知因素的发展水平和发展速度。毕业生在就业时的认知活动主要表现为对于就业的认知过程、情感过程、意志过程，既包括了毕业生对于就业诸多问题的观察、记忆、思维、想象，也包括了对于这一认知过程的元认知，它决定着就业认知活动的目的性、主动性，提高了求职认知活动的有效性。

2. 就业的心理动力因素

心理动力因素主要包括毕业生的情感、意志、需要、兴趣和价值观等各种能够产生选择作用和动力作用的心理因素，这些因素在就业过程中的发展水平从心理动力的角度体现了毕业生就业的心理动力因素。这些心理动力因素一方面能够影响毕业生的职业选择，另一方面能够影响毕业生在就业和从业过程中的积极性和能动性。一般来说，心理能力因素发展水平较高的毕业生，由于其观察能力、记忆能力、思维能力和元认知能力较强，所以就业、从业较为顺利也易于发展。根据心理学理论，情感是人的认知活动的动力，意志是人在实现目标过程中克服困难的心理因素，一个对就业、工作没有热情的毕业生，一个意志薄弱的毕业生，即便是智力水平很高，也很难在职场上取得长足发展。

因此，在大学生的就业过程中，既需要心理能力这种操作性的因素，也需要心理动力这种驱动性因素，两者缺一不可。

二、成功就业的优良心理质素

当然，更多的毕业生经过大学四年的认真学习和不断对就业、职业、创业的了解，渴望的不仅仅是就业，而是成功就业。此时的毕业生需要具备如上所述的一般质素，也需要“能人所不能”，拥有更多的成功心理质素。

1. 成功就业的适应性因素

任何一个大学毕业生都是生活在一定的社会环境中的，能否适应就

业环境、职场环境，能否与同事、领导保持和谐的人际关系，对于毕业生成功就业并顺利从业至关重要。成功就业的适应性因素作为心理质素的重要组成部分，是在毕业生适应就业环境和人际关系、适应职业选择和调和、承受各种挫折和困难中的综合体现。适应性因素的良好发展有利于毕业生更好地适应就业和角色转变，他们性格开朗、情绪稳定、意志健全，能够理性看待就业中的种种问题；对遇到的一些挫折和困难，能够采取积极的态度和合理的措施，不会因为这些挫折而产生不良的情绪反应。反之，不具备这一因素的毕业生在适应环境、挫折和人际交往上都存在一定的困难，导致他们情绪不够稳定，人格不够健全；遇到挫败和打击时易怨天尤人或者一蹶不振。可见，就业的适应性因素是影响毕业生就业和职业发展的一个重要因素，更是成功就业不可或缺的原因，甚至影响着毕业生的心理健康水平。

2. **成功就业的创造性因素**

“创造性”的定义多达百余种，在我国较为一致的定义是：根据一定的目的，运用一切已知信息，产生出某种新颖、独特、有社会性或个人价值的产品的能力或特性，通常也称创造力。

创造力人皆有之，但水平有高有低。美国人本主义心理学家马斯洛认为，每个人都有创造力，创造力的实现是一个持续性的过程。处于不同水平的创造力，具有不同的发展水平。而什么水平的创造力才能带给大学生成功就业呢？心理学界认为评价创造力水平有三种参考系：一是个人参照，二是同等群体参照，三是社会参照。因而，成功就业的创造性或创造力相应地有三种不同的水平：一是个人水平的创造性，其创造行为所产生的结果对于自己的就业是新颖的和有价值的；二是同等群体水平的创造性，这种创造力所产生的就业结果对于同等的一类人是崭新的和有意义的；三是社会水平的创造性，它所带来的就业成果对于整个人类来说是前所未有的，十分新颖并富有价值。

毕业生的创造性因素是心理能力因素和心理动力因素中一些心理成分的有机结合，一个优秀的毕业生只有形成了十分强烈的个人水平的创造性和同等群体水平的创造性，也才有可能产生社会水平的创造性。作为成功就业的必要因素，创造性因素和适应性因素相互渗透、相互联系的，它们共同影响着毕业生的就业和成功就业。

第三节　就业心理问题调适

一、就业心理问题调适的意义

在严峻的就业市场下，大学毕业生的心理问题不断出现，日益严重，心理调试因此显得十分必要和关键。合理的心理调适，有利于大学毕业生理智看待大学毕业，从容面对就业问题；适当的心理调适，有利于大学毕业生顺利步入职场，完成属于自己的“升职记”；成功的心理调适，有利于大学生毕业逐步实践创业，达成人生的事业理想和愿望。

1. 心理调适关乎毕业生就业

毕业生就业问题心理调适能够帮助毕业生客观合理地认识自己。只有对自身有了更充分的认识，才能知道自己到底适合做什么、愿意做什么以及能做什么，这样才能顺利适应就业，理性面对有关就业的诸多问题，集中精力寻找最适合的职业。在就业问题上毕业生需要调适的自我认识包括对自身兴趣、性格、能力、价值观的认识。

（1）心理调适有利于把握个人兴趣与就业

兴趣是一个人认识、掌握某种事物，并经常参与该种活动的心理倾向，或者说兴趣是积极探究某种事物的认识倾向。如果毕业生对即将从事的职业感兴趣，就会对该种职业活动表现出肯定的态度，并积极思考、探索和追求。从最早的弗兰克·帕森斯开始，职业指导专家就把兴趣当做就业选择的一个重要因素，是匹配人与职业的重要依据。有研究表明：如果一个人从事自己感兴趣的职业，那么他就能发挥全部才能的80%～90%，而且长时间保持高效率而不感到疲劳；如果对所从事的工作没有兴趣，则只能发挥全部才能的20%～30%。人们循着自己的兴趣选择职业，可以说是一种生活的本能。

兴趣对人生事业的发展至关重要，它是职业选择应考虑的主要因素之一，需要我们加以心理干预。下面以加拿大职业分类词典中提到的各

种职业兴趣类型的特点与相应的职业为例进行介绍，以供毕业生作心理调适时参考。

1）愿与事物打交道，喜欢接触工具、器具或数字，而不喜欢与人打交道的人适合制图、修理、裁缝、木匠、建筑、出纳、记账、会计、勘测、工程技术、机器制造等职业。愿与大自然打交道，喜欢地理地质类的活动者适合当地质勘探人员、钻井工、矿工等。

2）愿与人打交道，喜欢与人交往，对销售、采访、传递信息一类的活动感兴趣者适合做记者、推销员、营业员、服务员、教师、行政管理人员、外交联络员等。

3）愿与文字符号打交道，喜欢常规的、有规律的活动的人习惯于在预先安排好的程序下工作的人，适合做邮件分类员、办公室职员、图书馆管理员、档案整理员、打字员、统计员等。

4）愿做操作机器的技术工作，喜欢参与技术活动，操作各种机械，如大型的、马力强的先进机器，制造新产品，这类人适宜做飞行员、驾驶员、机械制造师等。

愿从事具体的工作，喜欢制作看得见、摸得着的产品并从中得到乐趣，希望很快看到自己的劳动成果，并从完成的产品中得到满足，有这类兴趣的人适合从事室内装饰、园林、美容、理发、手工制作、机械维修、厨艺等职业。

5）愿从事农业、生物、化学类工作或喜欢种养、化工方面的实验性活动的人适应的职业有农业技术员、饲养员、水文员、化验员、制药工、菜农等。

6）愿从事社会福利类的工作，喜欢帮助别人解决困难，这类人乐于助人，试图改善他人的状况，帮助他人排忧解难，喜欢从事社会福利和助人的工作，如咨询人员、科技推广人员、教师、医生、护士等。

7）愿做组织和管理工作，喜欢掌管一些事情，以发挥重要作用，希望受到众人尊敬和获得声望，有这种愿望和兴趣的人一般适合做组织管理者，如行政人员、企业管理干部、学校领导和辅导员等。

8）愿研究人的行为和心理，喜欢谈涉及人的主题，对人的行为举止和心理状态感兴趣，这类人适合于从事心理咨询、政治研究、人类研究、人事管理、教育、行为管理、社会科学研究、文学创作等工作。

9）愿从事科学技术事业，喜欢通过逻辑推理、理论分析、独立思考或实验发现真理的过程，喜欢独立解决问题的人，适合从事生物、化学、工程、物理、自然科学、工程技术等领域的工作。

10）愿从事有想象力和创造力的工作的人喜欢创造新的式样和概念，喜欢独立的工作，对自己的学识和才能颇为自信，乐于解决抽象的问题，急于了解周围的世界。他们多适宜于社会调查、经济分析、化验、新产品开发、演艺、绘画、创作、设计等领域的工作。

根据上述分类，一种兴趣类型可以对应许多种职业。如果你对其中的某一方面缺乏兴趣，那就应努力培养和发展这方面的兴趣以适应相应的职业要求，否则，还是应选择更适合自己兴趣类型的职业。心理调适就是指准确地掌握自己的兴趣，得到自己的兴趣类型，推动就业的成功。

（2）心理调适有利于协调个人性格与就业

性格也称人格特质，是一个人在生活中对人、对事、对自己、对外在环境所表现出来的一致性回应方式。每个人在其成长经历中，可能受到生理、遗传、家庭教养、文化、学习经验等因素的交互作用影响，而形成自己的独特个性。每个人都具备不同的性格，这是我们与生俱来的。你越了解自己的自然倾向和偏好，就越容易发现一条能最大限度发挥你与生俱来的能力的职业轨道。因此毕业生需要有意识地去发现自己的性格类型，性格类型的评估体系基于人类性格的四个基本方面：我们与世界的互相作用是怎样的，以及我们的能量向何方疏导（内向、外向）；我们获取信息的方式（感觉、直觉）；我们如何作决定（思考、情感）；我们对外在世界如何取向（判断、知觉）。

实际上，在现实生活中，每个基本方面的两种类型我们都会用到，但是仍会有一种天生的倾向与偏好。性格类型没有更好与更坏之分，每种性格类型都有它的优势和盲点，一旦搞清了这些，就会更容易结合自己的天赋和爱好来发现更适合自己的工作，选择与自己性格协调的工作就业无疑是毕业生成功就业的一种体现。心理学专家认为，根据性格选择职业，能使自己的行为方式与职业工作相吻合，更好地发挥自己的聪明才智和一技之长，从而得心应手地驾驭本职工作。

究竟是人们选择适合自己的职业，还是根据所选择的职业而养成某种性格，这很难说清楚，其中原因有很多。性格活泼的人，适合有挑战性的工作，性格内向的人，适合稳定的工作；有的人适合与物打交道，有的人适合与人打交道。

那么，作为即将毕业的大学生，你了解自己的性格吗？你可以在面试时大方自然地描述自己的性格吗？这些也属于心理质素的准备内容。一个人的性格可以通过16个方面来描述。这16个方面是乐群性、聪慧性、稳定性、恃强性、兴奋性、有恒性、敢为性、敏感性、怀疑性、幻想性、世故性、忧虑性、实验性、独立性、自制性和紧张性。不同的性格特点对未来选择学习的专业和从事的职业都有一定的影响。例如，理智型性格喜欢周密思考，善于权衡利弊得失，故适合于选择管理性、研究性和教育性的职业；情绪型性格通常表现为情感反应比较强烈和丰富，行为方式带有浓厚的情绪色彩，故适宜于艺术性、服务性的职业；意志型性格通常表现为行为目标明确，行为方式积极主动，坚决果断，故多适应于经营性或决策性的职业。

性格因素是情感的内在方面，它包括以下几个方面。

1）自尊。

简单地说，自尊就是个人对自身的价值判断，它表现为个人对自己的态度。自尊表达出赞同或反对的态度，并表明个人对自己的能力、成功和价值相信的程度。自尊是一种个人通过语言和其他明显的表达活动向别人传递的主观经验。

2）抑制。

抑制是一种具有保护性能、抵制外部威胁的心理屏障，它与自尊心有着密切的联系，人们在了解自身的过程中逐渐建立起自我保护屏障。

3）焦虑。

焦虑一词难以用一句话定义清楚，但它主要与不安、受挫、自疑、害怕或担忧联系在一起。

4）移情。

用通俗的话说，移情就是设身处地，将心比心，了解别人的思想和感情。移情是个体在社会里和谐共处的主要因素，语言是移情的主要手段之一，但是，非语言交际也有助于移情过程，因此不容忽视。

5）外向。

人们趋向于把性格外向者想象为善于交际，比较开放；相反，性格内向者则被想象为喜欢缄默，比较保守。一方面，西方社会较重视典型的性格外向者，尤其是在课堂上，老师喜欢健谈开朗的学生，他们能够自由地参与课堂讨论；另一方面，性格内向者有时被认为不及外向型的人聪明。

人的性格千差万别，或热情外向、或羞怯内向、或沉着冷静、或火暴急躁。职业心理学的研究表明，不同的职业有不同的性格要求。虽然每个人的性格都不能百分之百地适合某项职业，但却可以根据自己的职业倾向来进行一定的心理调节，培养、发展相应的职业性格。不同性格特征的人员，对企业而言，决定了每个员工的工作岗位和工作业绩；对个人而言，决定着自己的就业能否成功。

每个人的性格都有积极和消极两个方面，通过适当的心理干预，有利于克服消极的性格品质，发扬积极的性格品质。例如，有的人在工作中积极热情，乐于助人，好出头露面，但做事持久性不强，常表现为虎头蛇尾，这种人就应该注意培养自己克服困难的决心和信心，锻炼自己的品格意志；又如，有的人办事热情高、拼劲足、速度快，但有时马马虎虎，甚至遇事就着急，性情暴烈，这种人就应该在发扬其性格长处的同时注意培养认真细致的精神，防止急躁情绪，要随时“制怒”；有的人做事深沉、认真、严谨，但有时优柔寡断、办事拖拉，这种人必须经常提醒自己“今日事今日毕”，并逐步养成当机立断的性格。

（3）心理调适有利于平衡个人能力与就业

能力是就业成功的条件，技能是经过学习和练习发展起来的，是在从事活动时有效地运用天资和知识的力量。辛迪·梵和理查德·鲍尔斯将技能分为三种类型：专业知识技能、自我管理技能和可迁移技能（通用技能）。

专业知识技能是指那些需要通过教育或培训才能获得的特别的知识和能力，这些技能涉及学习的科目，但它并非只能通过正式的专业教育才能获得，一般用名词来表示。自我管理技能常被看做是个性品质，

它能帮助个人更好地适应周围的环境，一般以形容词和副词的形式出现，如有条理的、有效率的。可迁移技能可以从生活的方方面面，特别是工作之外得到发展，同时可以迁移应用于不同的工作之中，通常用动词来表示，如指导、协调。

技能是简历和面试所使用的语言。也就是说，毕业生在求职过程中向用人单位展示的就是自己的技能，技能也是用人单位看重和考查的重要方面。在职场上，劳动者以技能换取薪酬，一个能清晰地向潜在的雇主描述自己技能的人，最有可能获得一份正好能发挥自己特定技能的职位。因此，毕业生在就业求职前通过各种有效的途径和办法达到认识自己的技能，并进行一定调整是一项十分关键的工作。随着社会生产力的发展，社会分工越来越精细，各种职业都对其从业人员提出了更高的要求。因此毕业生在就业时，必须了解自己的优势所在，了解自己能力的大小、自己的能力在哪方面表现得更突出之后，再作出选择，这有助于实现成功就业。

1）调适能力差异与职业选择。

人在生理素质的基础上，经过教育与培养，并在实践活动中吸取他人的智慧和经验而形成和发展起来的能力是一个人能否进入职业领域的先决条件，是能否胜任职业工作的主观条件。无论从事什么职业总要有一定的能力作保证。没有任何能力，根本谈不上就业、从业，对个人来讲也就无所谓职业生涯可言。人在其一生之中，要从事各种各样的社会生活和社会生产活动，必须具备多种能力与之相适应。我们这里所言的能力，是指劳动者从事社会生产活动的能力，即职业工作能力。对管理者来说，能力就是要有多谋善断、灵活应变的聪明才智，要在风云变幻的各种形势面前多一些处理问题、解决问题的办法或点子；对企业员工而言，能力是指劳动能力，也就是运用各种资源从事生产、研究、经营活动的能力，包括体能、心理素质、智慧三方面。这三方面构成了一个人的综合能力，它是职业发展的基础，与个体的发展水平成正比。

由此可见，能力是一个人完成任务的前提条件，是影响工作效果的基本因素。因此，了解自己的能力倾向及不同职业的能力要求，进行一定心理调适，对合理地进行职业选择具有重要意义。

2）调适职业能力类型与职业适宜性。

职业能力是人们在职业活动中表现出来的实践能力，即从业者在职业活动中表现出来的改造自然和改造社会的能力。人们的职业能力存在着个体差异，这主要表现在质和量两个方面上。在质上，每个人有自己的特殊能力，比如，有的人擅长绘画，有的人擅长音乐；有的人长于分析，有的人长于综合。另外，就同种能力而言，个体间也表现出不同的差异。比如言语能力，不同的人就在其形象性、生动性或逻辑性等方面各有所长，适合于不同的职业活动的要求。

马克思说过："搬运夫和哲学家之间的原始差别要比家犬和猎犬之间的差别小得多，他们之间的鸿沟是分工掘成的。"因此，对常人来说，能力，特别是职业能力的形成和发展不取决于先天因素，而在于后天的环境、教育、训练以及实践活动。这就是说可以发挥人的主观能动性，即进行心理调适，获取较高的职业能力。

从就业心理学角度而言，大学生自身的一些良好的品质对能力的形成和发展具有重要的意义。例如，谦虚能使人保持旺盛的求知欲和进取精神，这样不仅会激发人发挥自己的能力，还可以积极调动自己的潜能，从而促进能力的发展；再如，毅力不仅能帮助人战胜阻碍，成为成功的外部条件，而且能使人战胜身体上的某些缺陷（如口齿不清、失明、耳聋等），使能力得到发展。古希腊政治家德摩斯梯尼年幼时有严重口吃，后来他坚持口含石子对着大海高声演讲，终于成为一名大演说家和政治家。另外，"勤能补拙"也说明个人的勤奋努力对能力发展有着积极的作用。

（4）心理调适有利于搭配个人价值观与就业

职业价值观也称职业意向，是个人希望从事某项职业的态度倾向，也就是个人对某一项职业的希望、愿望和向往。

职业价值观分为三个因素：第一个因素包括符合兴趣爱好、机会均等公平竞争、工作有挑战性、能发挥自己才能、自主性大不受约束、能提供培训机会、晋升机会多、能学以致用、有出国机会，这些项目都与个人发展有关，因此称为发展因素；第二个因素包括福利好、职业稳定、收入高、交通便利快捷、工作环境幽雅、单位在大城市，与工资收入、福利待遇及生活水准有关，故称为保健因素；第三个因素包括单位知名

度高、单位规模大、单位级别高、有较高社会地位，与声望地位有关，因此称为声望因素。

职业价值观并非一日形成的，它是教育、家庭和环境影响的结果，职业价值观决定着人们对工作的满意度，人们都在寻求那种能够满足自己职业价值观的工作。如果一个人的职业价值观得到满足，那他的工作就会变得有意义、有目的，工作就会是一种乐趣；如果一个人的职业价值观没有得到满足，生活就会变得乏味和枯燥。就业过程中的职业选择这一环节，所选的职业要能体现求职者大部分的核心职业价值观，那些不能体现自身价值观的职业则不应该选择，这便是心理调适的主要内容。

不同的职业能满足人的不同需求，有的职业满足人的愿望多，有的职业满足人的愿望少。不同的职业在满足人的价值愿望时，效果是不一样的。比如，科学家可以满足人的社会声望、成就、稳定、自主、挑战性等需求，但不能满足权力、经济、休闲等需求；自由撰稿人能满足人的审美、成就、自主等需求，但可能对经济、安定、升迁等需求则难于满足；清洁工除了能满足人的利他、稳定的需求外，经济、社会地位、成就、物质环境、升迁、休闲等需求都很难得到满足。对于刚刚开始职业道路的大学生，就业与个人价值观的冲突与协调尤其需要心理调适。

2. 心理调适牵系大学生从业

就业心理问题的良好解决与顺利从业息息相关。故而，心理调适不仅仅关乎就业，也牵系着大学生的从业问题。这一问题上的心理调适主要集中在个性和气质两个方面上。

（1）个性

不同个性的人适合于不同的工作，不同的工作也需要不同个性的人。一个人的个性会影响到职业的适宜度，具有某些个性的人更适合在某一行业发展。当一个人从事的职业与其个性相吻合时，就可能发挥其能力，容易出成绩；反之，可能导致其原有才能的浪费，或者必须付出更大的努力才能成功。

大学毕业生需要更全面地把握自身个性，调适从业环境与个性的冲突和矛盾，更快适应职场生活。而从业心理的调适目标就是形成健全的个性，即个性结构中各方面得到平衡协调发展的完整个性。其具体表现在以下四个方面：一是能较好地适应不断变化的职场环境；二是能广泛地与人交往，及时调整和处理好错综复杂的职场人际关系；三是能保持身心的健康发展，保持心理平衡；四是能在事业上不断取得进步，有所成就，为社会做出较大的贡献。

心理学家对健全、成熟的个性定义得更加具体化，列出了以下 10 条基本标准。

1）做事有主见，有原则。表现出不人云亦云，不盲从，不以别人的喜恶为自己待人处世的标准，也不凭哥们儿意气行事。

2）承认个性中的长处和短处。即承认自己个性中的方方面面既有其长也有所短，并能严格要求自己，自觉磨炼自己，扬长纠短。

3）胸怀博大，正确对待他人。对人有宽厚、容忍、谅解的博大胸怀，能够正确对待他人的一切优点和缺点，并懂得怎样与他人和谐相处、搞好团结，而不是斤斤计较、耿耿于怀，与他人水火不相容。

4）自尊、自爱、自立、自强。充分明白“人必先自爱而后人爱之，人必先自助而后人助之”的道理，能处处、事事做到自尊、自爱、自立、自强。同时，也充分明白“良好的动机未必会带来良好的效果，手段与目的不可分割”的道理，行事考虑得比较周全，注意方式、方法，凡事三思而后行，不急躁、不冲动、不莽撞，以达到愿望与效果的一致。

5）思考问题有两点论。尽量全面、不偏激，不走“非此即彼”、“非黑即白”、“非好即坏”的两个极端。

6）面对现实，实事求是。凡事能从实际出发，用积极的态度正确处理日常生活中的各种矛盾，既不抱非现实的幻想和奢望，也不好高骛远，勉强去做自己力所不能及的事情。

7）性格开朗豁达，情绪乐观稳定。高兴时，不忘乎所以；遇到不快甚至不幸时，不过于忧伤、焦虑和悲观。

8）顽强拼搏，意志坚强。热爱生活、努力学习、勤奋工作；做事有恒心、有毅力，善始善终；遇到困难和挫折，能勇于克服、敢于拼搏、意志坚强、不灰心、不气馁。

9）爱集体，讲文明，有道德，守纪律。能尊老爱幼、助人为乐，遇事先公后私、先人后己，多为国家、集体和别人着想，而不患得患失，

不处处打个人的小算盘。

10）有远大、高尚的理想和信念。能朝着正确的目标，脚踏实地地不断前进而不停步后退，更不迷失方向，误入歧途。

根据这些标准，毕业生应该正确认识自身的性格、气质、兴趣、价值观、能力，以利于顺利适应职业生活。

（2）气质

我们经常发现这样的现象：有人选择了教师的职业，可是性情暴躁、缺乏耐心；有人选择了记者的职业，但生性沉稳、反应迟缓。于是，原以为理想的职业失去了原有的色彩。究其原因，并不是这些人能力低下，而是因为他们的气质与所从事的职业不相适应。可见，气质不同不仅会影响一个人职业的选择，而且可能直接影响到具体工作的成败。所以，大学毕业生需要洞悉自己的气质类型，更好地协调工作与气质。

气质是人的个性心理特征之一，是在生理素质的基础上，通过生活实践，在后天条件影响下形成的，并受世界观和性格等的影响。它的特点一般是通过人们处理问题、人与人之间的相互交往显示出来的，并表现出个人典型的、稳定的心理特点。根据心理学的观点，人的气质分为以下四种类型。

1）多血质。

多血质气质类型的人，有朝气，灵活，亲切，易与人相处，但缺乏一贯性，不够细致。他们感受性低，耐受性较高，速度快，比较灵活，有可塑性，外向，情绪兴奋性高，愉快，机敏而不稳定。

多血质的心理特征属于敏捷好动的类型。由于神经过程平衡且灵活性强，这种人更易于适应环境的变化，性情开朗、热情、喜闻乐道、善于交际。相处于群体中精神愉快、自然，常能机智地摆脱困境。在工作和学习上肯动脑筋，常常表现出较强的工作能力和较高的办事效率。对外界事物有广泛的兴趣，充满自信，不安于循规蹈矩的工作，情绪多变，富于幻想，易于浮躁，时有轻诺寡信、见异思迁的表现，缺乏忍耐力和毅力。

具有多血质气质类型的人适合从事与外界打交道、灵活多变、富有刺激性的工作，如政治家、外交家、商人、记者、律师、驾驶员、运动员等。在商业活动中，多血质人比其他气质类型的人能钻研得更深入，

他们能使工作向前推进，因而他们可以胜任管理工作，要是再有一个好助手就可以成为一个成功的管理者。多血质人对于新环境的适应能力较强，对谁都能坦诚相待，能够适应社会的进步，以发展的眼光进行谋划、设计。因此，他们对经商、计划、广告一类职业的适应性很强。精力充沛、意志坚强、不达目的不罢休的多血质人，往往能在那些缺乏适应性就无法立足的领域内大显身手。而对于简单、细致和琐碎的工作以及缺乏竞争和刺激、只求细致的工作，多血质人一般不感兴趣。

2）胆汁质。

具有胆汁质的人，生气勃勃，动作迅速，热情开朗；缺点是任性、暴躁，易感情用事。他们感受性低，耐受性较高，可塑性小，外向，情绪兴奋性高，容易被激怒。

胆汁质的心理特征属于兴奋而热烈的类型，表现为有理想、抱负和独立见解，相信实实在在的实业，不相信虚无的东西。胆汁质的气质特征是外向性、行动性和直觉性。具有这种气质的人精力旺盛，行动迅速，行为果敢，表里如一。在语言、面部表情和体态上都给人以热情直爽、善于交际的印象。不愿受人指挥而愿意指挥别人。胆汁质的人一旦认准目标，就希望尽快实现，遇到困难也不屈不挠，有魄力，敢负责；但往往比较粗心，容易感情用事，自制力差，性情急躁，主观任性，有时刚愎自用。由于神经过程的不平衡，工作带有明显的周期性，能以较大的热情投身于事业，一旦筋疲力尽，情绪顿时转为沮丧而心灰意冷。

胆汁质的人喜欢从事与人打交道、工作内容不断变化、环境不断转换且热闹的职业，比较适宜从事记者、作家、图案设计师、实业家、护士、企业中外勤工作、业务员、营销员、节目主持人、公共关系人员等外向型职业。

胆汁质的人一般来讲与细致性工作无缘。当然，他们中的一部分人不拘于眼前的胜负，而专注于行动，热情地向自己的权限挑战，这就是他们的特征。胆汁质的人一旦就业，往往对本职工作不那么专注，喜欢跳槽，经常更换工作单位，渴望成为自由职业者。

3）黏液质。

具有黏液质的人，稳重，踏实，冷静，自制；缺点是死板，缺乏生

机，冷淡，固执。他们感受性低，耐受性高，个性稳定，内向，兴奋性低，冷漠。

黏液质的心理特征属于缄默而安静的类型。黏液质的人灵活性低，反应较迟缓，无论环境如何变化，都能基本保持心理平衡；凡事力求稳妥，深思熟虑，一般不做无把握的事，具有很强的自我克制能力；外柔内刚，沉静多思，很少露出内心的真情实感；与人交往时，态度持重适度，不卑不亢，不爱抛头露面；行动缓慢而沉着，有板有眼，严格恪守既定的生活秩序和工作制度，心境平和，沉默寡言。因此，黏液质的人能够高质量地完成那些要求长时间集中注意力、有条不紊的工作；其不足之处是过于拘谨，不善于随机应变，常常墨守成规，故步自封。

黏液质的人其出色之处在于，他们大多数都能很好地利用协调性、积极性、社会性及情感稳定性，冷静而出色地表现自己的才能，发挥卓越的能力。而且，无论地位高低，都能在自己的行业中占有重要位置。他们不仅能从事学术、教育、研究、技术、医生等内向职业，而且可以活跃在政治家、外交官、商人、律师等外向型职业领域。他们中以其独特才能驰骋在艺术、广告宣传、新闻报道领域的也不少。在实际工作岗位上，黏液质的人多数精明强干，如出色的公务员、有才气的作家、头脑精明的银行家等。

4）抑郁质。

具有抑郁质的人，敏锐，细致，稳重，情绪体验深刻；缺点是缺乏热情，多疑。他们感受性高，耐受性低，刻板，内向，体验深刻，容易悲观。

抑郁质的人内心有孤独倾向，遇事不是单凭聪明去处理事情，而是把自己所掌握的工作内容在头脑中组合、计算，确定方针，然后在这个范围内一个一个地去做，把问题处理好。在团体中遇事积极认真，努力向上，毫不懈怠，喜欢与团体在一起，富有协调精神，无论置身于怎样的岗位，只要肩负了责任，就以所从事的工作为荣，努力解决不太适应而造成的困难，凡事都努力去做好，这是抑郁质人的长处。

抑郁质的心理特征属于呆板而羞涩的类型。抑郁质的人对事物敏感，精神上难以承受过大的精神紧张，常为微不足道的小事而情绪波动；

情绪体验的方式比较少，极少在表面上流露自己的情感，但内心体验却相当深刻；沉静含蓄，感情专一，喜欢独处，交往拘束，性格孤僻；在友爱的集体里，可能是一个很容易相处的人，对力所能及的工作认真完成，遇事三思而后行，求稳不求快，因而显得迟缓刻板；学习工作易疲倦，在困难面前怯懦，自卑，优柔寡断；遇事多疑，往往缺乏果断和信心。抑郁质的人在相对不怎么需要人际交往的学术、教育、研究、医学等内在要求慎重、细致、周密思考的职业领域往往有较好发展，校对、打字、排版、检验员、化验员、登记员、保管员等工作也比较适合他们。

在现实生活中，只有少数人属于上述某一种典型的纯粹的气质类型，大多数人介于各种气质类型之间的中间类型，因此大多数人所具有的特征是各种特征的重新组合。

3. **心理调适帮助毕业生创业**

人们从事某种职业，最基本的目的或最初的出发点是为了养家糊口和自己的生存发展。因为从事某种具体的职业，能给自己带来劳动报酬，这样，他就可以生存下去，养活家人，进而可以追求个人各方面的发展，满足精神生活的需要。创业相对就业和从业而言更需要适当的心理调适。

关于这套理论，心理学家马斯洛在他的需要层次论里有相近的阐述。

马斯洛的动机理论又称需要层次论，这种理论认为，人类动机的发展与需要的满足有密切的关系，需要的层次有高低的不同，低层次的需要是生理需要，向上依次是安全、爱与归属、尊重和自我实现的需要。自我实现指创造潜能的充分发挥，追求自我实现是人的最高动机，它的特征是对某一事业的忘我献身。高层次的自我实现具有超越自我的特征，具有很高的社会价值。健全社会的职能在于促进普遍的自我实现。他相信，生物进化所赋予人的本性基本上是好的，邪恶是由环境所造成的。越是成熟的人，越富有创作的能力。

由此可见，职业是一个社会人生存和发展的需要，它能给人带来物质和精神两方面的满足；而创业则是更高层次上的需要，是当代大学生经过知识文化洗礼后的进一步需要，这种需要可带动大学生不断追求职业的发展、创业的成功。

二、就业心理问题调适途径

求职本身就是毕业生认识和适应社会的一个过程，在求职中遇到困难，甚至经过几次挫折才最后成功是正常的。在就业中遇到许多心理冲突、困惑，产生一些不良情绪也是正常的，关键是遇到就业问题时要学会调节自己的心态，使自己能从容、冷静地面对就业这一人生重大课题，并作出正确、理智的选择。当毕业生遇到就业心理问题时，可以尝试从以下几个方面来进行自我调适。

1. 客观、准确地认识自我

在求职过程中，如果对自己的主观评价与社会对自己的客观评价趋于一致，就容易成功；如果主观评价偏高于社会客观评价，往往会导致碰壁、失败；如果主观评价偏低于社会客观评价，信心不足，犹豫不决，很可能会坐失良机。因此，认识自我是成功地走向社会的必要条件。毕业生应先了解自己的气质、性格、能力等，以便确定切合实际的求职目标。

（1）通过自我剖析认识自己

要经常对自己的心理、行为进行剖析，使自我评价逐步接近客观实际。自负者要经常作自我批评，通过不懈努力，弥补自身不足；自卑者要看到自己的长处，增强自信心。

（2）通过比较来认识自己

有比较才有鉴别。事实上，人们往往是通过与别人的比较来认识自己的。一是与同学比较来认识自己，不仅比考试分数，更应注重比实际操作能力。通过比较，可以认识自己的长处和不足，认清自己在相比较的人群中所处的位置，以便扬长避短。二是通过别人的态度来认识自己，当然，别人的态度不一定能全面评价一个人，但大多数人的态度总能说明某些问题的。一个求职者如果不注意与共同竞争者相比较，就很难判断出自己的成功概率。

（3）通过咨询来了解自己

可向就业指导教师和辅导员咨询，也可征求同学、家长和熟悉自己的人的意见。长期学习、生活在一起的人对自己的评价一般相对会公正、客观一些。

总之，毕业生在就业过程中要先了解自己的个性心理，明确自己的专业发展方向；不仅要知道自己喜欢什么样的工作、需要什么样的职业，还要知道以自己目前的能力能做什么样的工作，什么样的工作更适合自己。只有了解自己的优势所在，了解自己能力的大小，以及在哪方面表现得更突出之后，才有助于求职的成功，并确保在今后的工作中扬长避短，取得较大的成就。

2. 培养自信心

自信是一个健全人必须具备的心理素质，它是一个人前进的动力和成功的保障。古今中外，凡是有所成就的人，尽管各自的出身、经历、思想、性格、兴趣、处境等不同，但他们对自己的才能、事业和追求都充满了必胜的信心，相信能积极适应环境，以坚苦卓绝的奋斗改变自己的命运，实现自己的人生价值。可以从两个方面着手培养自信。

（1）相信自己的能力

每个人都有相当大的潜在能力。当一个人面临求职，忧心忡忡、担心失败的时候，多半不是自己真的不行，而是自己怀疑自己能力不够。要认识到尽管自己条件可能并不过硬，但别人也不见得比你强。每个人都有自己的优势，都有可能在求职竞争中占据主动地位。

（2）积累自信的资本

自信要有扎实的基础、良好的素质做资本，以雄厚的实力做后盾。如果具备了真才实学，就自然会对自己的选择充满信心。

3. 提高求职中的受挫能力

挫折对于理智型的求职者来说，往往是求职成功的先导，“失败是成功之母”讲的就是这个道理；对非理智型的求职者来讲，挫折却往往是灾难性的，可能使其从此一蹶不振。求职受挫折后，产生紧张状态、焦虑情绪等行为反应是正常的现象，求职者应该理智对待，以积极进取的心态不断继续努力、反复尝试、改变行为，最终实现职业生涯目标。

（1）视挫折为鞭策

古今中外多少仁人志士，没有哪一个不是从坎坷与挫折中走过来

的。一时受挫并不说明永远失败，挫折是一种鞭策，它对失败者并不是淘汰和鄙视，相反能促使失败者振作起来。面对挫折，正确的态度应该是具有面对失败的不屈精神，勇对挫折，冷对挫折，智对挫折，成为战胜挫折的强者，树立把挫折看成是锻炼意志、提高能力的机会。

（2）进行心理调节

求职者遇到挫折后要运用控制、激励自己的方法和技巧，进行心理调节与控制，尽快摆脱不良情绪，重新树立信心。建议参加一些有意义的娱乐活动，换换环境，放松一下自己；或者向亲人和朋友倾诉苦衷，合理宣泄，听取他们的劝慰，这样可以较快地恢复；或者进行积极的心理调节，使用心理暗示的方法，进行自我激励。对于落聘，要有“此处不留爷，自有留爷处”的洒脱精神，用自己的成功事例来激励自己。这些行之有效的方法和技巧毕业生都可以进行学习和效仿。

4. 保持良好的心态

毕业生在求职时往往带有很重的心理负担，其结果自然不会理想，往往以失败告终。越想找到好工作就越怕失败，越怕失败心理压力就越大，许多毕业生都陷入了这样的恶性循环。从这个意义上说，大家要想顺利地完成求职过程、找到工作，就必须解决上述问题，使自己能保持良好的心态。要实现这个目标，大家应该做到如下几点。

（1）客观认识当前的就业形势，树立正确的择业观

尽管当前的就业形势十分严峻，但这也不是绝对的，仔细分析就会发现：首先，当前大学毕业生就业难的现象，一方面与全社会整体就业环境的不宽松有关；另一方面，我国经济体制改革和经济结构调整过程中富余人员下岗分流，农村剩余劳动力加快向城市和非农产业转移，机关事业单位进行机构改革和人员精简，使得展现在大学毕业生面前的是一个并不宽松的劳动力市场。其次，当前大学毕业生就业难的问题在根本上属于前进中的问题、发展中的问题，是高等教育事业改革和发展必须经历的过程。再次，当前大学毕业生就业难的问题，从根本上说属于结构性就业难题。所谓“结构性就业难题”，简单来说就是“有的人没地方去，有的地方没人去”，受来自家庭和社会各方面因素的影响，大学毕业生在就业时往往期望值过高，不愿去一些

急需人才的基层岗位。

同时，大学毕业生还要树立正确的择业观。择业观是对于择业的目标和意义比较稳定的根本看法和态度。树立正确的择业观的核心是坚持立足于社会的择业取向，择业取向要以社会需要为重，以社会利益为前提，要正确认识社会需要与个人价值的关系，把个人理想和国家利益紧密结合，以国家需要、社会需要和人民需要为重。

（2）调整就业期望值，心理定位要合理

毕业生求职时希望获得理想的职业是可以理解的，但要使期望变为现实，必须认清形势，正确把握就业期望值。毕业生只有不断调整自己的择业期望值，才能确立合适的择业角色。在求职时，要了解社会对该专业的需求情况，根据自己的职业兴趣、专业特长、实际能力、性格气质特点、家庭情况等确定就业期望值，并根据自己的实际情况学会在择业中不断调整自己的期望值，把远大的理想落实到现实的努力之中。分析自身原因，认清自己的特色与优势，适时调整自己的心理定位。

（3）做好面向基层艰苦奋斗的准备

毕业生要认清就业形势，摆正自己的位置。如果择业时还是一味地坚持非大城市不去、非事业单位不去、非城镇中学不去、非公务员不当，势必会严重影响到自己的就业前景；相反，农村、边远地区、基层、艰苦行业又急需人才。俗话说“千里之行，始于足下”，任何大事业都是从基层做起的。因此，只要毕业生有了面向基层艰苦创业的准备，就业问题就会迎刃而解。

（4）做好勇于竞争的心理准备

竞争是市场经济的法则，毕业生要做好勇于竞争的思想准备。竞争上岗，就意味着谁有竞争力，谁就能在市场竞争中站稳脚跟，取得主动。因此，实力是求职成功的资本，它包括学习成绩、工作能力、社交能力、处事能力等。毕业生既要勇于竞争，还要善于竞争，掌握竞争的方法和策略，成功地推销自己，最终获得用人单位的青睐。

因此，毕业生在求职过程中应保持健康稳定的心理和积极进取的态度，遇到挫折不要消极退缩，要冷静分析导致择业失败的原因：是主观

努力不够，还是客观要求太高；是主观条件不具备，还是客观条件太苛刻。经过认真分析，才能心中有数，调节好心态。不要一次落聘就灰心丧气，一蹶不振。落聘只代表失去一次选择职业的机会，并不等于择业无望、事业无成。遇到挫折后应放下心理包袱，调整好目标，脚踏实地、积极乐观、奋发向上，以争取新的机会。

本章小结和启示

1）就业过程中常见的心理问题主要包括自卑心理与自负心理、焦虑心理与急躁心理、盲目攀比与攀高心理、盲目从众心理与消极依赖心理、嫉妒心理与冷漠心理、怯懦心理与逃避心理等十二种心理现象，需要我们能够识别。

2）就业过程中常见心理问题产生的原因基本上是指包含家庭、学校和社会的外部因素以及人自身的心理即内部因素。

3）就业所需心理质素包括就业的心理能力因素、心理动力因素、适应性因素和创造性因素。前二者为就业的一般心理质素，后二者为成功就业所需质素。

4）就业心理问题调适的意义在于关乎毕业生就业，需要调适自身兴趣、性格、能力、价值观的自我认识；牵系毕业生从业，调适主要集中在个性和气质两个方面；帮助毕业生创业，可通过马斯洛的需要层次论来理解。

5）就业问题心理调适的途径有以下四个：客观、准确地认识自我，培养自信心，提高求职中的受挫能力，保持良好的心态。

启示性阅读

《谁动了我的奶酪》由美国医学博士斯宾塞·约翰逊所著，书中许多观点使成千上万的人发现了生活中的简单真理，使他们的生活更健康、更成功、更轻松。

案例思考

打破信念，前面的路更宽阔

安东尼·罗宾

安东尼·罗宾，1960年2月29日出生于美国加利福尼亚州。本来贫困潦倒，后来发现自己内心蕴藏着无限的潜能，白手起家，成为亿万富翁，是当今最成功的世界级潜能开发专家之一。1993年被Toastmaster International评为“全球五大演说家”；1994年获评“杰出人类活动家”与“布莱恩·怀特公正奖”；1995年被选为“美国十大杰出青年”。

相信凡是使用过计算机的人对“微软”这家公司都不会陌生，然而大多数的人只知道它的创始人之一比尔·盖茨是个天才，却不知道他为了实现自己的信念曾孤独地走在前无古人的路上。

当时盖茨发现，在墨西哥州阿布凯基市有家公司正在研发一种称之为“个人电脑”的东西，可是它得用BASIC语言程序来驱动，于是他便着手开始写这套程式并决心完成这件事，即使并无前例可循。

盖茨有个很大的长处，就是一旦他想做什么事，就必有把握给自己找出一条路来。

在短短的几个星期里，盖茨和另外一个搭档竭尽全力，终于写出了一套程式语言，使得个人电脑问世。

盖茨的这番成就造成一连串的改变，扩大了计算机的世界。30岁的时候他成为一名亿万富翁。的确，有把握的信念能够发挥无比的威力。

不知你是否曾经听说过“一英里四分钟”的故事？数千年来，人们便一直认为要在四分钟内跑完一英里是件不可能的事，不过在1954年，罗杰·班尼斯特就打破了这个信念障碍。

他之所以能创造这项佳绩，一来归功于体能上的苦练，二来得益于精神上的突破。

在此之前他曾经在脑海中多次模拟以四分钟时间跑完一英里，长久下来便形成极为强烈的信念，犹如对神经系统下了一道绝对命令，必须全力完成这项使命，结果他做到了大家都认为不可能的事。

罗杰·班尼斯特的破纪录，给其他的运动员带来了深远的影响，在此之前没有一个人能打破四分钟跑完一英里的纪录，可是在随后的一年里竟然有三十七个人进榜，而在后面的一年里更多达三百人。

之所以会有这种现象，是因为他的成就提供给了其他人一个新的依据，大家所认为的“不可能”实际上是可能的。

人们常常会对自已本身或自己的能力产生“自我设限”的信念，其中的原因可能是因为过去曾经失败过，因而对于未来也不敢寄望会有成功的一日，出于这种对失败的恐惧，长久下来他们变得“务实”。

有的人经常把“务实一点”这句话挂在嘴边，事实上他是害怕，唯恐再一次遭到挫败的打击。长久以来内心的恐惧成为一个根深蒂固的信念，遇到难事便踌躇不前，即使做了也不会尽全力，结果必然不会有多大的成就。

伟大的领导者很少是“务实”的，他们够聪明，遇事也拿捏得准，可是就一般人的标准来看可绝对不“实”。然而什么叫做务实呢？

那可全然没有个准，就甲看来是件务实的事，可是换成了乙就全然不是那回事，毕竟是不是务实，那全得看是以什么样的标准而定。

印度国父甘地坚信采取温和的手段跟大英帝国抗争，可以使印度获得民族自决的权利，这是以前从未有过的事，就很多人来看这可是痴人说梦，不过事实却证明他的看法极为正确。

同样的情形，当年有人放话要在加利福尼亚州橙郡建造一座有特色的游乐园，让世人在其中重享儿时的欢乐，有好多人都认为那简直是在做梦，可是沃尔特·迪斯尼却像历史中少数那些有远见的人一样，真的把神话里的世界带到了这个世界。

如果你对任何事物不断地提出问题，没多久就会开始对它产生怀疑，包括那些你深信不疑的事物。

第四章

就业能力养成

诚然，就业市场风起云涌地不断变化，国家出台一些就业政策和法律帮助毕业生更科学地走上职业道路，毕业生也在适应着多元化的就业形式，积极进行着就业心理质素准备。但谈及就业，就业能力无疑是一个重中之重的问题。就业能力，是决定就业成败与否的“软件”，与恰当的环境“硬件”结合会创造成功；就业能力，是体现毕业生综合素质的评价指标，与毕业生就业市场的表现吻合会打开求职大门；就业能力，是从业创业所需的根本质素，与良好的创业心态双管齐下会带领学子们顺利成为“职场达人”。

第一节　毕业生就业能力现状

在正确看待大学并充实有意义地度过大学生活，完成自己在大学初期设定的职业生涯计划的基础上，渐渐成人并成才的新一代知识文化青年，看清自身能力构成，了解大学生就业现状，全面细致地进行思索，是毕业生提升就业能力的必经环节。

一、目前我国大学生就业能力的现状分析

2009 年开始的世界性经济危机席卷全球，在世界经济一体化格局下，高速发展的中国并不能独善其身，在一些地区、一些领域，经济危机已经表现得非常明显。经济危机下，很多企业开始裁员，招聘需求大

幅减少，这使得中国的劳动力市场压力异常巨大，尤其是大学生就业问题异常突出。

1. 2009 高校毕业生就业形势分析

2009 年的国际金融危机对我国经济造成的影响日趋显现，大学生就业形势面临着更加严峻的挑战。在全社会就业形势严峻的情况下，高校毕业生依然面临比较严峻的就业形势。教育部公布的数据显示，中国 2009 届高校毕业生总数为 559 万，其中大学毕业生总数约为 529 万（本、专），按此研究得出的比例推算，2009 届大学毕业生毕业后就在国内外读研究生的人数为 21.43 万，毕业半年后的就业人数约为 434 万人。在毕业半年后的 73.56 万的失业大学毕业生中（包括有了工作又失去的），有 51.59 万人还在继续寻找工作，有 5.46 万人无业但正在复习考研和准备留学，另有 16.51 万无工作无学业没有求职和求学行为者。

2009 届毕业生就业地点分析：本科毕业生就业量最大的前 10 位城市依次为北京、上海、广州、深圳、杭州、天津、成都、南京、济南、苏州；高职高专毕业生就业量最大的前 10 位城市依次为北京、上海、广州、深圳、南京、苏州、杭州、成都、郑州、青岛。

2009 年就业率最高的专业分析：从本科专业大类来看，就业率最高的依次是工学、管理学、经济学，但工学在毕业半年后的平均月收入低于经济学专业大类；从专业种类来看，地矿类专业独居榜首，工科类专业就业率受金融危机影响较小，就业率前 10 的专业种类中，有 8 个为理工类专业；专业小类的就业率排名更是明显化了这一倾向，高职高专专业也呈现出理工类专业就业率较高的趋势。

“2009 年度大学就业能力排行榜”的调查显示，中国应届大学生最难就业的十大专业为：计算机科学与技术、英语、会计学、国际经济与贸易、工商管理、法学、电子信息工程、机械设计制造及自动化、汉语言文学、信息管理与信息系统。令人尴尬的是，这十大专业也属于我国考生报考最热门的专业之列。

这项研究还对 20 万名毕业半年后的学生进行了调查。结果显示，在 635 个本科专业中，最热门的 10 个专业半年后的失业人数达到 6.67 万人，占本科毕业生总失业人数的近 1/3。其中，计算机科学与技术、法学、英语3个专业毕业半年后的失业人数过万。在应届大学生毕业半年后失业人数最多的10个本科专业中，计算机科学与技术、法学、英语、国际经济与贸易、会计学等人们心目中的热门专业占了9个。

2. 2010年大学生就业形势分析

劳动和社会保障部科研所联合浙江大学就业与服务指导中心，对2010年高校就业趋势进行了分析。分析结果是：2010年我国总劳动力富余，但专业技术人才缺口大，专业技术人才仍呈现供不应求的局面，专业人才需求具体表现在第一、第二和第三产业上。

第一产业缺口218万人。第二产业缺口1220万人：我国大学生中有38%为工科类学生，但是毕业生人数还是不够，振兴我国工业还需大量的工程师，主要集中在IT、微电子、汽车、环保、系统集成、新材料、新能源与节能技术开发、条码技术、铁路高速客运技术等领域。

二、就业能力现状分析

1. "大学生过剩了"？

近年来，由于高校扩招，大学生就业难问题更为凸显，社会上流传着一种说法——"大学生过剩了"。而实际上，无论从数据统计还是从实际状况看，我国大学毕业生人数不是太多而是太少。2008年，我国高等教育毛入学率仅为23%，而美国早在本世纪初就超过了82%，日本、英国、法国等发达国家均在50%以上，韩国、印度也在30%左右。我国7亿多庞大的从业人员中，高层次人才稀缺，受过高等教育的仅为5%左右。尽管我国高等教育扩招，但同时我国新的就业机会也在增加。有关部门的统计显示，目前每年社会新增就业机会为700万～800万个，而每年大学毕业生人数虽然在逐年增加，但是到2008年还未达到600万。就这一数字对比而言，大学毕业生理应有比较大的就业空间。从另一个方面来看，2003年全国高校扩招后的第一届毕业生为212万人，就业率为70%左右；在接下来的几年里，就业形势日趋严峻，就业率逐年走低，大学生就业越来越难。

2. “就业鸿沟”？

劳动与社会保障部资深就业专家王英才分析：在当前的就业形势下，“就业鸿沟”问题日益凸显，主要体现在“大学毕业生找不到合适的工作，而企业找不到合适的人才”。出现“就业鸿沟”并不奇怪，中国高等教育体制近几年虽已进行了卓有成效的改革，但在院系、专业和课程设置等方面仍与市场存在脱节，大学注重专业知识的传授，对就业所需要的职业观念、知识、方法和专业技能等方面缺乏系统性的培养。造成大学生就业所面临的真正困境是大学生就业能力不足。

3. 就业能力不足？

大学生就业能力不足主要表现在以下五个方面：一是就业观念滞后，受精英教育的影响，“等、靠、要”的思想严重，往往是抱着昨天的就业观念，站在今天，面对明天的就业局面；二是部分专业设置与市场脱节，忽视为地方经济建设服务，往往是教学计划十年如一日；三是学校培养模式单一，忽视对个性化人才的培养，往往是“大一统”的培养模式；四是学生应聘求职能力欠缺，往往连一些基本的待人接物、面试能力都不具备；五是学校缺乏对学生创新、创业能力的培养。

4. 高校培养不够？

纵观近几年的就业指导工作，我国高校对大学生就业能力培养方面仍存在不足之处。一是注重应聘技能、技巧等基础性能力的培训，忽视对用人单位特定岗位所需的实际专业性能力的培养，如同注重产品的形象与包装，而忽视了产品的质量；二是注重高年级的毕业面试、就业指导、推荐工作，忽视对大学生的职业生涯规划设计；三是注重就业政策、信息的公布，忽视对学生个体进行“一对一”的指导；四是注重校内就业指导师的指导，忽视与校外人才公司合作，进行就业指导市场化运作；五是对就业能力的概念认识不清，只理解为应聘的能力，而忽视了就业能力是一种与职业相关的综合能力。

第二节　就业能力认识及其意义

目前，“市场导向、政府调控、学校推荐、学生和用人单位双向选择”的就业机制正在逐步形成。各高等院校对毕业生就业工作给予了高度的重视，在开拓就业市场、拓宽就业渠道和加强就业信息化建设等方面虽取得了很大进展，但大学生就业难的问题并没有得到根本解决，究其原因，大学生就业能力不强是一个主要方面。就业能力是一个人就业、从业的支点。当今社会已经开始从身份社会向能力社会转变，就业能力将会一直伴随一个人就业、从业，甚至创业的职业生涯始终。

一、就业能力的内涵和外延

1. 就业能力的定义

“就业能力”这一概念是根据大学生就业竞争市场提出来的，但随着研究和实践的进展，这一概念已远远超过了就业本身。它不仅体现在就业环节，而且还延伸至前期的培养和就业后的发展等各环节。因此，这一概念有其充分的生存依据和发展空间，有其更加明确的目的和意义。

国内外常见的关于“就业能力”的定义或描述有：第一，就业能力又称就业力，是长期以来求职者在知识、能力、素质等方面积淀和养成的从事某种职业所具备的能力，包括基本就业能力与特殊能力。第二，所谓就业能力是指人们通过知识的学习和综合素质的开发而获得的能够实现就业理想、满足社会需求、在社会生活中实现自身价值的本领。第三，大学生的就业能力是指大学生通过教育所获得的知识、技能及适应劳动力市场变化的能力，其评估标准包括两个方面：一是大学生所具有的知识水平、学习能力、生产能力；二是大学生参与社会互动时调动社会资源的能力。第四，美国教育与就业委员会将就业能力定义为获得和保持工作的能力，进一步讲，就业能力是在劳动力市场内通过充分的就业机会实现潜能的自信。

尽管对就业能力的定义各不相同，但总的说来，就业能力是一种与职业相关的综合能力。就业能力是指在校期间通过学习或实践而获得工作的能力，它不单纯指某一项技能、能力，而是多种能力的集合，是学习和综合素质的开发而获得的能够实现就业理想、满足社会需求、在社会生活中实现自身价值的本领。大学生的就业能力这一概念的提出，正体现了当前社会求才、大学生个人成才、高校育才多方面的特点和需要；它是大学生赢得社会认可、赢得事业成功的关键，也是就业竞争的核心要素。

2. 就业能力的内涵

关于就业能力具体包括哪些能力，至今仍没有定论。针对这个问题的研究和探讨比较多，有从社会需要的角度，有从培养者的角度，也有从毕业生角度等各个方面对就业能力进行研究的。

（1）从社会需要的角度

社会对毕业生素质的要求会因行业不同而有所区别，但对基本素质的要求是基础。1993 年美国缅因州对求职人员胜任素质曾提出八个要求，即自尊、成就动机、基本技能、特殊职业的技术知识和技能、思维能力、学习能力、人际交往技能、组织认知技能。

一些用人单位对高校毕业生素质要求方面的研究结果表明，在人才招聘方面，用人单位首先注重的是毕业生的专业基础知识、工作态度、道德修养和责任心；在此基础上，逐步过渡到团体合作精神、毕业学校的名气、踏实刻苦的精神、社会适应能力、持续的学习能力等五个因素；在最后阶段，创新精神、实践经历、组织管理能力、人际交往能力等四个因素将成为毕业生可持续发展的影响因素。用人单位对人才的要求具有层次性并逐步提升。事实上，无论是学校的供需见面会还是社会上的人才招聘会，对于大学毕业生来说，招聘职位以基层工作人员为主，所以一般的用人单位大多根据基层因素进行招聘，主要着眼点在于应聘者是否具备做好一个普通员工的素质，因此专业基础知识、正确的工作态度、道德修养和责任心是最重要的考核指标。

（2）从培养者的角度

有人认为，就业能力包括基础性能力、专业性能力和差异性能力三个方面。其中，基础性能力是前提，专业性能力是关键，差异性能力是核心。基础性能力包括人际交往能力、正确的就业动机、应聘能力、适应能力等；专业性能力包括专业知识、职业岗位所需的特殊技能等；差异性能力包括个性、创新性与创业性。

有人认为，毕业生就业素质的构成分基本素质、中层素质和精英素质。基本素质是毕业生“市场准入”的基础条件；中层素质是毕业生顺利就业的决定性因素；精英素质是毕业生顺利走向社会后的可持续发展因素。

有人认为，在内容上，就业能力包括学习能力、思想能力、实践能力、应聘能力和适应能力等。学习能力是指获取知识的能力，它是就业能力的基石；思想能力是指思维能力（包括创新能力）、政治鉴别力、社会洞察力、情感道德品质的综合体现，它是毕业生思想成熟与否的标志；实践能力是指运用知识的能力，是就业环节中的点睛之笔，是各种能力综合应用的外化体现；适应能力是指在各种环境中驾驭自我的心理、生理的调节能力，它是毕业生就业乃至完成由学生角色向社会职业角色顺利转变的关键。

有人认为，毕业生要顺利就业应具有五个要素：一是正确的就业动机及良好的个人素质；二是人际关系技巧；三是掌握丰富的科学知识；四是有效的工作方法；五是敏锐、广阔的视野。有研究认为，就业能力的关键因素包括责任感、找工作和得到工作的技能、推理和问题解决能力、健康和安全习惯、个人特质。

有人认为，毕业生就业应具备的普遍性能力有自我决策能力、适应社会能力、实践操作能力、表达能力、社交能力、组织管理能力等。

有人认为，毕业生要提高就业能力，就需要做好职业生涯规划，锻炼社会适应能力，培养良好的心理素质，拥有正确的择业心态，摆正就业心态，拓宽就业渠道。

（3）从毕业生的角度

作为就业主体的毕业生，面对未来的职业，在基本素质和专业素质训练基础上，需要深入了解和认识自我，确定合理的就业目标；掌握就业政策法规，做好职业选择准备；加强就业心理锻炼，增强心理承受力；注重就业信息收集，有针对性地选择用人单位；掌握求职方法技巧，促进成功就业；加强社会适应能力锻炼，促进角色转换等。

有人认为，毕业生就业能力主要包含三个方面的内容：首先是基本

的专业能力，主要是指毕业生对自身所学专业课程的理论掌握能力、行业相关知识、企业知识等基本理论知识。这些知识，是一个毕业生在应聘某职位时所应该具备的基本专业能力。其次是个人职业生涯规划能力。这些基本能力，是毕业生就业的前提条件，具备这些能力，不一定能满意就业，甚至无法就业，但没有这些能力，那么就业真的成了一个问题。同时还要包括一些基本的职业素养，其中主要包含毕业生对所学专业理论知识的实际操作能力。最后是一定的求职技巧方面的知识。

英国著名高校谢菲尔德哈莱姆大学对“就业能力”下的定义是：“让学生具备相应的知识、个人职业素养，并且鼓励、帮助他们实现自已的想法，这些想法的实现将在他们未来的职业与就业中发挥重要作用，也就是着眼于学生全面的与长远的发展。”谢菲尔德哈莱姆大学拥有专门的就业指导中心，其职责包括指导学生准备简历，向学生传授求职技能，对学生进行职业测评，一对一地帮助学生总结求职经验教训，举办招聘会帮助学生找到合适的工作等。但这只是实现就业的具体措施，是为了达到短期的目的。在谢菲尔德哈莱姆大学，更重要的是要把就业能力培养植入到教学的每一个环节，让学生真正具备自主学习、把知识转变为技能、适应环境变化等多方面的能力。

我们认为，毕业生的就业能力一般应包括基础性能力、专业性能力和差异性能力三个方面。其中，基础能力包括人际交往能力、正确的就业动机、应聘能力、适应能力等，相当于“产品的包装形象”；专业能力包括专业知识、职业岗位所需的特殊技能等，相当于“产品的质量”；差异性能力包括个性化、创新性与创业性，相当于“产品的核心竞争力”。

3. **就业能力的外延**

“就业能力”这一概念随着就业市场的动态变化、毕业生心理的不断调适渐渐变得更加丰富。它慢慢渗透于毕业生职业生涯规划、就业、从业和创业的各个环节中，也因此融进了更多的内容。

我们认为，毕业生就业能力在其外延角度上大致可分为三大部分。

第一，生涯规划能力，即毕业生经过认真思考和广泛查询资料，得到教师、家长的意见指导，制定自身职业生涯规划的能力。“凡事预则立，不预则废。”生涯规划能力因此成为了就业能力的一部分。

第二，应聘求职能力，即通过应聘获得自己所满意的工作的能力。应聘求职能力包含自我认识能力、信息获取与分析能力、表达能力、沟通能力、应变能力、展示自我能力、社交能力等。

第三，工作实践能力，即运用所学知识做好具体工作的能力。在校大学生应在学好专业理论知识的基础上，注重动手能力、解决问题能力、合作能力和组织能力等的培养，最好是一专多能，具有从事两种及以上不同具体工作的能力。

第四，社会适应能力，即毕业生适应社会环境变化和要求的能力。社会适应能力应当包括自我激励能力、对社会环境的洞察力和分析判断能力、对信息的获取与运用能力、拓宽知识和能力结构的计划能力、自我决策能力和学习能力、适应变化的创新能力、自身心理调节能力、经受挫折的忍耐力和为目标奋斗的毅力等。毕业生应适时地调整自己以适应周围的环境，在了解社会环境变化的基础上不断调整自己的知识与能力结构，提高社会适应能力。

第五，创业突破能力，即顺利就业的毕业生继续在职场学习锻炼，使自身就业素养及综合素质得到多角度全方位的提高，并走上自主创业的能力。这是就业能力的最高层次体现，它标志着就业能力的最高水平，也是广大就业者追求的自我实现目标之一。

二、培养大学生就业能力的意义

高等教育培养素质型人才，只有这批新时代文化人才顺利就业才能更好地体现教育意义和回馈社会。培养大学生的就业能力，体现了当前社会求才、大学生个人成才、高校育才等多方面的需要，对高校、大学生、社会都有深远的意义。

1. 培养大学生的就业能力，是学校培养人才的方向之一

随着就业环境与工作要求的不断变化，用人单位对毕业生就业能力的要求也相应出现了明显的调整和变化，分析、总结用人单位的需求，确定评价大学生就业能力的标准，不仅能够为用人单位招聘新人提供考核标准，也能够为高校完善教育内容、提升大学生就业能力提供重要参

考依据，并在一定程度上指明了人才培养的方向。

在高校招生激烈的竞争下，毕业生就业率的高低直接影响着高校的规模、质量和发展前景，特别是在当前国家及各省、自治区、直辖市教育主管部门每年公布高校一次性就业率，并明确提出对就业率低的专业或学校予以黄牌警告、停止招生等处罚的情况下，毕业生就业能力的高低不仅决定了个人的生存和发展，实际上也决定了高校的生存和发展。所以，培养大学生的就业能力，是学校培养人才的方向之一。

大学教育只有面向市场，充分反映市场的要求，坚持人文教育与创新教育相结合，在专业能力的培养上强调大学生的创新能力，坚持把职业道德教育与学风教育结合起来，坚持把心理教育与理想教育结合起来，不断提高大学生的综合素质，不断提高人才培养质量，才能提高毕业生的就业率，实现学校的办学目标和良性发展。

2. **培养大学生的就业能力，是大学生实现理想与自我价值的阶梯**

通过前面有关我国毕业生就业能力现状的分析，我们可以看出目前大学生的就业能力出现了比较明显的下降情况，“就业鸿沟”问题也日益凸显。大学生只有在充分认识自我的基础上，积极培养和不断提高自身就业能力，才能缩小与用人单位的能力和综合素质需求之间的差距，为就业打下良好基础，进而为实现自己的理想与自我价值创造可能性。

因此，大学生只有具备一定的就业能力，才能使自己的个人理想和奋斗目标更加现实和具体。大学生在学习期间，要以培养出色的就业能力为己任，要清醒认识到“身无本领，毕业等于失业”，“不看文凭，看能力”，认识到只有练就过硬的就业本领，才能为自己找到理想的生存环境，进而达到服务社会和实现自我价值的统一。如果大学生不能就业，就会成为社会的负担，就谈不上自我价值的实现，更谈不上报效祖国。

3. **培养大学生的就业能力，促进社会繁荣稳定**

党中央、国务院高度重视高校毕业生就业工作。胡锦涛总书记多次作出重要指示，强调高校人才培养质量与就业工作关系全体高校毕业生的切身利益，要求各级党委、政府及有关部门全力以赴抓好高校毕业生的就业工作，各高校领导班子要把人才培养质量和毕业生就业工作纳入重要议事日程，将其作为“一把手”工作，抓在手中，落到实处。只有充分理解和把握了“就业能力”这个概念，学校教育才有了更加明确的办学方向，才会更加重视大学生就业能力的培养，才能更加科学高效地引导个人、家庭、社会和政府等各方面的力量，促进大学生的就业工作。只有大学毕业生充分就业，才能促进社会和谐，促进社会繁荣与稳定。

三、就业单位看重的就业能力素养

就业能力是一种综合能力，其内容丰富，涉及面广。因此，就业能力的培养应通过多方面共同努力来实施，其中最主要的方面在于高校培养和大学生个人的努力。同时就业能力是体现就业和职业发展需要的，因此就业能力的培养还应有一定的针对性，即针对社会发展需求（通过用人单位体现）来开展。

下面我们通过分析社会发展对就业能力的要求，也就是用人单位所要求的毕业生素质和能力，来讨论高校和大学生分别应通过哪些途径来培养和提高学生的就业能力。

1. 道德品质

道德品质是一个人的安身立命之本，但却一直未能引起毕业生的足够重视。如今许多用人单位把“道德品质”列在人才标准的首位，一个成熟的用人单位在招聘应届生时，考虑更多的往往是道德品质方面的素质，尤其是诚信意识、奉献精神和责任感。

2. 文化认同

目前越来越多的用人单位对毕业生进行性格测验或心理测验，显现出对毕业生性格和心理素质的重视。从某种程度上说，这是用人单位对毕业生能否能融入本单位文化的衡量方法。用人单位所期待的员工，要专业能力出众，更要认同用人单位的企业文化。大学生求职前，要对所选择用人单位的文化有所了解，如果应聘该用人单位，就要使自己的价值观与用人单位倡导的价值观相吻合。只有了解用人单位文化，才能增加就业的机会，在进入用人单位后，才能自觉地把自己融入用人单位团队中，以用人单位文化来约束自己的行为，为用人单位尽职尽责。

3. **敬业精神**

敬业精神是不可或缺的，有了敬业精神，其他素质就相对容易培养了。毕业生要想适应当今的职场环境，就必须具备明确的工作目标和强烈的责任心，带着激情去工作，踏实、有效地完成自己的本职工作。工作态度能够很大程度上决定一个人的工作成果，有良好的态度才有可能塑造一个值得信赖的形象，获得领导、同事及下属的信任。

4. **团队意识**

如今优秀的用人单位都很注重团队协作精神，将之视为本单位的文化价值之一，希望员工能将个人努力与实现团队目标结合起来，成为可信任的团队成员。许多刚走上职场的毕业生，往往满怀抱负，血气方刚，在团队中常常流露出个人英雄主义。在一些企业单位常常可以见到这样的员工：在市场上敢拼敢打，是一名虎将，同时自恃学历层次高、工作能力强、销售业绩好，在同事和领导面前狂傲不已，作风散漫，不遵守企业纪律，还经常在公开场合反对领导的意见。这样的员工即使业绩再出色，能力再强，最终也会被用人单位淘汰。作为朝气蓬勃的年轻人，需要具备一些个人英雄主义色彩，但必须在维护团队利益的前提之下。

5. **创新能力**

每一个组织都欢迎拥有思想和创新能力的人。创新是赢得成功的一个重要保证，创新思想和创新能力是我们每一个求职者都应该努力培养的素质。反映在面试中，如果毕业生在校期间参加过大型的竞赛，参加过教师科研，发表过科研论文或作品，取得过发明专利等，都能为创新能力加分。

6. **应变能力**

每一个组织都希望拥有那种具有高度灵活应变能力的人。听得认真、写得明白、看得仔细、说得清楚、叙述得准确是这种能力的具体体现。每一个用人单位都是处于不断发展之中的实体，在其发展过程中会遇到许多意想不到的新问题，这就需要员工学会分析、学会选择、学会判断和决策，具有应变能力，能灵活地适应各种环境。

7. **学习能力**

学习能力并不等同于毕业生在学校里所取得的专业成绩，而是“终身

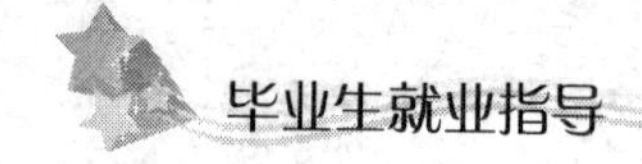

学习”习惯的养成和不断吸收新知识的技能，这样才具有发展潜力，有可能成为有发展前途的员工。

8. **实践经验**

即便招聘的是应届毕业生，具备相关工作实践经验也是用人单位非常看重的素质。这里所指的工作实践经验包括实习经验、项目经验、兼职经验。用人单位一般会通过参考应聘者提供的相关工作经验，考核应聘者是否做过空缺职位的相关工作，并积累了相关的经验；是否熟悉该项业务流程的运作，能否以最快的速度投入到工作中去，并带来新的思路和方法。用人单位有权按照自己的标准去选择合适的人才，为了更好地适应用人单位的标准，大学生应该注重实践经验的积累，有了实践经验，才能增加自己的“就业筹码”。

第三节　就业能力培养塑成

“罗马不是一日建成的。”同样，大学生就业能力的养成也并非一日两日就能成功的，往往需要长时间的积累和改进才能渐渐塑成。本节重点介绍就业能力养成的途径和方法，为毕业生提供一些参考。

一、培养大学生就业能力的途径

对于大学生的就业能力来说，基础能力是前提，只有具有一定的基础能力，就业才有可能性；专业能力是关键，只有具有一定的专业能力，就业才有可行性；差异性能力是核心，只有具有差异性能力，毕业生才能充分就业。有了上述认识，高校在培养学生就业能力方面就有了更加明确的方向。为此，可以从以下几个方面着手培养。

1. **基础能力的培养**

在现实生活中，基础能力显得尤为重要。根据美国一份有关失业的研究报告显示，失业中90%的人不是因为不具备工作所需的专业能力，而是因为不能与同事、上司友好相处，或者经常迟到。基础能力的培养一般可通过转变学生就业观念、提高人际沟通能力、加强学生职前培训等途径。

（1）转变学生就业观念

教育、培养学生树立一种与市场经济相适应的现代就业观。一是要主动积极就业，不能被动地“等、靠、要”，消极就业；二是要靠岗位创新，不能靠岗位维持，教育学生放弃一找到工作就意味着一劳永逸的念头，要树立找到工作仅是创新开始的职业意识；三是不仅能靠岗位就业，而且还能自主创业，创造新岗位，让更多的人就业。

（2）提高人际沟通能力

仅有出色的专业技能和深厚的知识储备还不足以缔造成功的事业，擅长与他人交往也十分重要；此外，缺乏与他人有效沟通的技巧也会限制事业的发展。大学生在人际交往中常存在不自信、羞于开口、不尊重他人、不善于交流、个性强、不合群等问题，通过对大学生的人际交往培训、课前五分钟演讲等第二课堂活动的开展，不仅能培养其良好的沟通技巧，而且还能促使其树立团队协作意识。

（3）加强职前培训

通过与校外人才机构和用人单位合作，成立大学生职业素质训练营，借用完全专业化的机构，开展大学生职业规划设计、应聘技能培训、现场职业指导会等系列活动，帮助大学生客观分析自己，使其获得职业信息、掌握求职方法，避开择业误区；给毕业生请来内行的“就业指导师”，针对个人进行“一对一”指导，填补大学生学习和就业间的空白。

2. 专业能力的培养

随着高等教育大众化的逐步实现和高等教育改革的不断深入，高等教育外部环境发生了很大变化，社会对人才提出了许多新的要求，专业人才培养方案在许多方面表现出不适应，如与地方经济发展联系不紧密、社会适应能力不强等。因此专业能力的培养要以市场化为导向，培养特色人才。

（1）以市场为导向，适应社会需求，改革现有课程体系

在培养目标、人才规格的制定上注意加强基础，拓宽专业，注重高素质、强能力、会创新、能创业的学生培养计划，以市场为导向，使学

生构建起能够适应社会发展变化需要、具有不断学习和更新知识的能力；针对加入 WTO 后国际间交往日趋密切的状况，增设专业英语等选修课程；加强与用人单位、社会的联系，提高学生社会适应能力；建立学生见习、实践、实习基地，聘请用人单位高级技术人员作为导师，加深其与用人单位、社会的交往；通过暑期的就业实习，向用人单位推荐优秀大学生等形式，培养学生的社会适应能力。

（2）培养特色人才，适应行业需求

培养特色人才对地方院校来说具有重要意义，因为地方院校在人才培养过程中不仅根据全国同类院校的基本要求实行规范化教学，而且还要面向当地实际，主动为当地的经济建设和社会发展服务，从而形成自己的办学特色。例如，在浙江温州开设设计专业，就要发挥温州的优势。温州是中国鞋都，有 3000 余家鞋厂，2003 年工业产值为 385 亿元，全国市场占有率在 25%以上，需要大量鞋样设计师。而设计专业是浙江省招生最多的专业之一，2003 年招收本科生为 4100 余名。另外，全国仅有陕西科技大学一所本科院校开设鞋样设计专业，学生的实习就业地点大都选在温州。所以，在温州开设鞋样设计专业是一条很好的专业建设之路。

3. 差异性能力的培养

现代社会是一个分工高度发达的社会，在这样一个社会中，就业就是要找到适合自己的分工位置，实现自身特长和需要与社会需求在分工结构中的有机结合。而分工的一个重要特性就是工作性质的差异性，这种差异性客观上要求劳动者的知识与能力具有差异性，或者说劳动者的能力具有个性特点，这种差异性体现在“人无我有，人有我优”等方面。劳动者有了这种差异性，才会有核心竞争力。

（1）培养个性化人才

高校要构建个性化人才培养模式，就要确立相应的具有个性色彩的人才培养方式，包括专业设置、课程结构、教学形式、学时分配、学历层次等。一是允许各专业为“偏才”、“怪才”或某些方面有特殊兴趣的学生单独制定培养方案，允许确有特长的学生自由选择专业。二是推行双学位制和主辅修制，鼓励学有余力的学生在主修一个专业的基础上辅修另一个专业。三是对英语、计算机等公共课实行分级教学。四是增大学生对学习课程的选择性，增加选修课的数量。五是在选修课中设计扩展型、考研辅导型、就业服务型等课程，使学生各取所需。

（2）开展创新活动，培养学生的创新能力

新资源的开发、新技术的发明、生产工具的革新，不仅要求人们具备更新的科技知识，而且要求人们打破旧的传统观念，解放思想、开阔思路，树立创新意识。针对部分高校仍以知识灌输为主要教育手段，离开了教师、离开了教科书，学生就不会独立思考的现状，可以引导在校大学生参加各种相关赛事，组织院系进行创新比赛活动，以培养学生的创新精神。

（3）开展创业教育，提高大学生的创业意识与能力

现在大多数父母为了能使孩子上名牌大学、出国或有一份理想的工作，煞费苦心地为孩子安排好一切。这种过分包办的做法使学生丧失了许多敢闯敢试意识形成的大好时机。学校应着重从以下方面加强对学生创业意识的培养：一是开设大学生创业选修课程，使其掌握基本的创业知识；二是邀请校友中的成功创业者畅谈创业经历，激励大学生敢于创业；三是开展大学生创业计划大赛、创业论坛等活动；四是成立大学生创业基金；五是成立大学生创业中心，为学生的创业活动提供服务平台。

二、提高大学生就业能力的方法

（一）日积月累，提升基本能力

作为社会人，就业能力是劳动者的职场必需。而在现实社会生活中，基本能力是行为处事的基础，综合素质也与就业能力的顺利展现息息相关。这里谈到的基本能力，也可以认为是指一个人的综合素质，一个就业者的实力名片。

综合素质包括道德素质、文化素质、业务素质和身体素质等，这些素质会综合体现在心理素质、沟通能力、创新能力、运用知识能力等方面。一般来说，毕业生能否顺利就业并取得成就，在很大程度上取决于本人的职业综合素质。综合素质越高的人，获得成功的机会就越大。因

此，现在的用人单位也更加强调员工的综合素质。

1. **提高大学生个人内在素质**

目标职业对应的就业能力除对从业者有专业技能要求、通用技能要求外，也对个人素质提出了要求。事实上，在大学生面临就业时，无论是学校的供需见面会，还是社会上的人才招聘会，招聘职位都以基层工作人员为主，所以一般的用人单位大多根据基层因素进行招聘，这是合情合理的。换言之，现在的用人单位在招聘人才的时候，主要着眼点在于应聘者是否具备做好一个普通员工的素质，专业基础知识、工作态度、道德修养和责任心是最重要的考核指标，尤其是自信、自立、责任心、诚信、主动、勤奋等，这些个人素质是用人单位非常重视的因素。假如大学生不在这些内在素质方面下工夫，空谈自己的创新能力、组织管理能力和人际交往能力等精英因素，是很难得到用人单位垂青的。

（1）自信

何谓自信？这个概念并不陌生。相信自己就是自信。这是一种来自内心深处的自我肯定和相信，甚至可以认为这是一个人的内在气质，它给人一种征服性的美。广义地讲，自信本身就是一种积极性，自信就是在自我评价上的积极态度；狭义地讲，自信是与积极密切相关的，没有自信的积极，是软弱的、不彻底的、低能的、低效的积极。

自信无论在个人发展上，还是在人际交往、事业工作上都非常重要，它是成功的必要条件。自信不能停留在想象上，要成为自信者，就要像自信者一样去行动。在生活中自信地讲了话，自信地做了事，自信就能真正确立起来。面对社会环境，每一个自信的表情、手势，每一句自信的言语都能在内心中树立起自信。只要自己相信自己，他人就会相信你。

作为大学生，没有自信心，工作打不开局面，成就不了事业，何谈就业能力？当然，不能正确认识自己，不能正确评价自己，盲目自信，过分自信，也会碰壁。成就事业要有自信，有了自信才能产生勇气、力量和毅力。具备了这些，困难才有可能被战胜，目标才有可能达到。但是自信决非自负，更非痴妄，自信建立在踏实和自强不息的基础之上才有意义。为此，大学生应重视和加强自信心的培养。从以下一些细节上可以着手培养自己的自信。

1）挑前面的位子坐。

你是否注意到，无论在上课或在教室举行的各种聚会，后排的座位总是先被坐满？大部分占据后排座位的人，都希望自己不会太显眼。而他们怕受人注目的原因就是缺乏信心。

坐在前面能建立信心。把它当作一个规则试着去打破，从现在开始就尽量往前坐。当然，坐前面会比较显眼，但要记住，有关成功的一切都是显眼的。

2）正视别人的眼睛。

一个人的眼神可以透露许多信息。某人不正视你的时候，你会不自觉地问自己："他想要隐藏什么呢？他怕什么呢？他会对我不利吗？"

不正视别人通常意味着：在你旁边我感到很自卑；我感到不如你；我怕你。躲避别人的眼神意味着：我有罪恶感；我做了或想到什么我不希望你知道的事；我怕一接触你的眼神，你就会看穿我。

而正视别人则等于告诉自己：我很诚实，而且光明正大；我相信我告诉你的话是真的，毫无虚假。

3）加快25%走路的速度。

许多心理学家将懒散的姿势、缓慢的步伐与对自己、对工作以及对别人的不愉快的感受联系在一起。但是心理学家也告诉我们，借着改变走路的姿势与速度，可以改变心理状态。通过仔细观察可以发现，身体的动作是心灵活动的反映。那些遭受打击、被排斥的人，走起路来多半拖拖拉拉，没有朝气。

普通人有普通人走路的模样，那是做出"我并不怎么以自己为荣"的表白。另一种人则表现出超凡的信心，走起路来比一般人快，像跑。他们的步伐告诉整个世界："我要到一个重要的地方，去做很重要的事情，更重要的是，我会在15分钟内成功。"

使用这种"走快25%"的方法，且抬头挺胸，你就会感到自信心在滋长。

4）走上台去当众发言。

拿破仑·希尔指出，有很多思路敏锐、天资高的人，却无法发挥他们的长处参与讨论，并不是他们不想参与，只是因为他们缺少信心。

在会议中沉默寡言的人都认为："我的意见可能没有价值，如果说出来，别人可能会觉得很愚蠢，我最好什么也不说。而且，其他人可能都比我懂得多，我并不想让你们知道我是这么无知。"这些人常常会对自己许下很渺茫的诺言："等下一次再发言。"可是他们很清楚自己是无法实现这个诺言的。每次这些沉默寡言的人不发言时，他们就又中了一次缺乏信心的毒素，他们会越来越丧失自信。从积极的角度来看，如果尽量发言，就会增加信心，下次也更容易发言。所以，要多发言，这是信心的"维他命"。

不论是参加什么性质的会议，都要主动发言，也许是评论，也许是建议或提问题，都不要有例外。而且，不要最后才发言，要做"破冰船"，第一个打破沉默。也不要担心自己会显得很愚蠢。不会的，因为总会有人同意你的见解。所以不要再对自己说："我怀疑我是否敢说出来。"

5）自然大方地展颜微笑。

大部分人都知道笑能给自己很实际的推动力，它是医治信心不足的良药。但是仍有许多人不相信这一套，因为在他们恐惧时，从不试着笑一下。真正的笑不但能治愈自己的不良情绪，还能化解别人的敌对情绪。如果你真诚地向一个人展颜微笑，他也将无法再对你生气。拿破仑·希尔讲了一段自己的亲身经历："有一天，我的车停在十字路口的红灯前，突然'砰'的一声，原来是后面那辆车的驾驶员的脚滑开刹车器，他的车撞了我的车后保险杠。我从后视镜看到他下来，我也跟着下车，准备痛骂他一顿。但是很幸运，我还来不及发作，他就走过来对我笑，并以最诚挚的语调对我说：'朋友，我实在不是有意的。'他的笑容和真诚的话语把我融化了。我只有低声说：'没关系，这种事经常发生。'转眼间，我的敌意变成了友善。"

6）道出真情，让怯场离开。

内观法是研究心理学的主要方法之一，是"实验心理学之祖"威廉·华特所提出的观点。此法就是很冷静地观察自己内心的情况，而后毫无隐瞒地抖出观察结果。如能模仿这种方法，把时时刻刻都在变化的心理秘密，毫不隐瞒地用言语表达出来，那么就没有产生烦恼的余力了。有一个位居美国第5名的推销员，当他还不熟悉这行时，有一次，他竟

独自会见了美国的汽车大王。当时，他胆怯得不得了。在情不自禁之下，他只好老实地说了出来："很惭愧，我刚看见您时，我害怕得连话也说不出来。"结果，这样反而驱除了恐惧感，这要归功于坦白。

7）语气肯定，消除自卑。

有些女人面对镜子，看到自己的形影或肤色时，忍不住产生一种幸福感；相反地，有些女人却被自卑感所困扰。虽然彼此的肤色都很黝黑，但自信的女人会想："我的皮肤呈小麦色，十分健康，就像欧美明星。"可是，缺乏自信的女人却因此痛苦不堪："怎么搞的，我的肤色这么黑！"两种人的心情完全不同。有的女人看见镜子就丧失信心，甚至一气之下把镜子摔碎。由此可见，价值判断的标准是非常主观而又含糊的。只要认为漂亮，看起来就觉得很漂亮；如果认为讨厌，看来看去都觉得不顺眼。尤其是一个人自卑的程度，也常常会受到语言的影响，所以说，否定意味的语言，对于一个人的心理健康有百害而无一利。

总之，运用肯定或否定的措词，可将同一件事实形容成犹如天壤之别的结果。可见措词是任何天才都无法比拟的魔术师。有价值的措词或叙述法，常常可以令人改观，当然可以驱除自卑感，令人享受愉快的生活。

8）自信培养自信。

如果缺乏自信，一直做些没有自信的举动，就会越来越没有自信。丹麦有句格言："即使好运临门，傻瓜也不懂得把它请进门。"如果抱着消极、否定的态度，即使好运来敲自己的门，也只会错过。缺乏自信时更应该做些充满自信的举动。有某一学生团体，提倡大学生每年选出一位最合乎现代审美标准的大学生，并且举办比赛。他（她）们到各个大学和大街上，看到美丽的人，就把小册子拿给他（她）们看，请他（她）们参加这个比赛。从地方到中央，举办一次又一次的比赛。随之，参赛者变得越来越美，简直让人看不出来。那里的工作人员说："大概越来越有自信了吧！"这话完全正确。

我们应该像砌砖块一样，把自信一块一块砌起来，堆砌我们对人生积极、肯定的态度。即使不能喜欢所有的人，也应该努力多喜欢一个人。多喜欢一个人，也会更喜欢自己，然后，也会克服对他人不必要的恐惧。因为，自信会培养自信。一次小成就会为我们带来更多自信。如果一下就想做伟大、不平凡的事，只会令自己越来越没有自信。

9）做自己能做的事。

做自己做得到的事时，个性才会显现出来。重要的是，与其极欲表现自我的形象，不如找出现在可以做的事，然后加以实行。“今日事今日毕”，今天可以轻松做完的工作，如果留到第二天，工作就会变得很沉重。今天能动手做的事如果拖到第二天，那么那些延迟的工作就会使自己的负担加重。从没听说借口“从明天起我要戒烟”的人能把烟戒了的，也从没有遇到有人说“酒喝到今晚为止”而把酒戒掉的。

只要不完全是肉体上的疲倦，一次一次地达成目标会带给人更多的（心理）动力。所以，应该把大目标分成几个小阶段来实现。每达成一个阶段目标，都会产生新的动力，然后就会激发达成终极目标所需要的动力。

（2）自立

不依赖别人，靠自己而生活，此乃自立。自立是为人必要的品质，唯有自立自强，才能赢得尊严和权利。一个国家是如此，一个民族是如此，一个人也是如此。任何时候都要把命运抓在自己手里，中国有句老话：“自己动手，丰衣足食。”

易卜生曾经说过：“世界上最坚强的人就是独立的人。”是的，因为自立的个人才会有所作为；自立的国家才会不受欺负，实现繁荣富强。陶行知先生也说过：“滴自己的汗，吃自己的饭，靠人、靠天、靠祖上，不算好汉。”这些无疑都说明了人要学会自立，更要懂得自立。因为总有一天我们会长大，许多事情都要自己解决，自己面对。我们不能事事都依赖于他人，因为不懂得自立就会被社会所淘汰。张闻天是党的高级干部，对儿子的教育十分严格，不愿儿子因为父亲的地位产生虚荣心和依赖思想。他还立嘱，死后把遗存的4万元作为党费交给党组织，没有给儿子留下一分钱。因为他明白让孩子学会自立就是最好的遗产。

自立也让国家走上繁荣富强。1840年鸦片战争爆发，中国沦为半殖民地半封建社会，由于清政府的无能，与帝国主义签订了一系列丧权辱国条约，但这些并没有打败中国。1949年10月1日，毛泽东主席在天安门城楼上宣告：“中国人民从此站起来了！”从此以后，中国骄傲地屹立于世界民族之林。

从个人到国家，自立都是坚强的后盾。青少年应迅速从温室中走出来，因为在温室中是永远也长不大的。学会自立，懂得自立，才会成为国家的栋梁之材！

（3）责任心

所谓责任心，是指个人对自己和他人，对家庭和集体，对国家和社会负责任的认识、情感和信念，以及与之相应的遵守规范、承担责任和履行义务的自觉态度。

责任心是我们在社会上为人处世的基本要求。一个人的责任心如何，决定着他在工作中的态度，决定着其工作的好坏和成败。如果一个人没有责任心，即使他有再大的能耐，也不一定能做出好的成绩来。不论你是一名默默无闻的办事员，还是大权在握的领导者，都应有责任心，凡事尽心尽力而为。一个有责任心的人，一定会认真地思考，勤奋地工作，细致踏实，实事求是；一个有责任心的人，做每一件事都会坚持到底，按时、按质、按量完成任务，圆满解决问题；一个有责任心的人，一定能主动处理好分内与分外的相关工作，有人监督与无人监督都能主动承担责任而不推卸责任；一个有责任心的人，一定会从事业出发，以工作为重，而不会只把精力放在揣摩领导的意图、了解领导的好恶上。

应当说，责任心可以养德，责任心更可以树德。责任心一旦成为一种群体行为，形成气候，其含义就不仅仅是“责任”二字本身，它会形成一种社会精神。责任心代表的是理性，是积极的精神。

（4）诚信

“诚信”，顾名思义，“诚”者，诚实、真诚；“信”者，不欺、信用。因此，“诚信”就是诚实、守信。诚实的主要内容是真实不欺，既不自欺，亦不欺人，包含着忠诚于自己和诚实地对待别人双重意义。诚实不自欺，就是要真心实意地加强个人的道德修养，存善去恶，言行一致，表里如一，心口如一，忠于自己所承担的使命，这是赢得他人信任和忠诚的条件；诚实不欺人，就是不存诈伪之心，不说假话，不办假事，开诚布公，以诚相待，不滥用别人的信任。没有对他人的忠实、正直、善意，没有可靠的坚定信念，就根本谈不上信任。

守信强调的是言行，是诚实的外在表现。如果说“诚”偏重于自我

行为，那么“信”则强调与人交往时的言行，强调的是言行一致，说了就要做。一个食言而肥、轻诺寡信的人很难得到人们的信赖，最终必将为他人和社会所抛弃。诚实是守信的思想基础，信出于诚，不诚则无信；信是诚的集中表现，信体现诚，守信方能见诚，即信以诚为本，诚以信为用。

诚信是中华民族的传统美德。改革开放以来，我国的经济和社会发展都取得了举世瞩目的成就，但是社会上也存在着比较严重的诚信缺失现象，诚信似乎已成了埋在地下不被人发现的“石头”。诚信缺失现象犹如毒瘤日益侵蚀着我们的国家和社会的机体。

“明礼诚信”作为新时期每个公民的基本道德规范之一，毫无疑问也是当代大学生的道德准则。对这一点很多大学生也能理解，但在行为和认知上却往往脱节。口头上追求理想，实际上崇尚实惠；虽有强烈的爱国情感，但缺乏主人翁的责任感和使命感；有真善美的道德意识，却没有良好的行为习惯。图书馆的资料被“开天窗”时有发生；大学生中的盗窃行为也并不少见；有部分大学生为走捷径不惜弄虚作假，自荐书中“克隆”荣誉证书、编造学习成绩等；就连需要亲身体验的社会调查报告也都东摘西抄，甚至毕业论文也抄来抄去；把现有的研究成果作为自己的心得，在大学生中也是公开的秘密。在大学校园里出现的“课桌文学”、“厕所文学”，学习不努力、混日子、考试作弊、就业违约等现象，无不反映出了部分大学生虽然期待建立和谐的社会道德秩序，但自身又经常出现道德失范。

这些虽然不是大学生中的普遍现象，但确实令人担忧。试想，大学生是祖国未来的栋梁，如果读书期间就缺乏诚信的态度，那么将来踏上社会该如何以诚待人？诚信的风气又如何推而广之？全面建设小康，构建和谐社会，离不开社会诚信这一重要保障。从教为师，要做到“知之为知之，不知为不知”，不能误人子弟；行医治病，要讲医德医术，不能立奇方以取异，用偏药以惑众，高谈阔论，欺世盗名；经商要货真价实，秤平斗满，童叟无欺，等等。无数的志士仁人都以诚信立身，成功的用人单位都靠诚信立业。唯有如此，才能使现代诚信超越传统意义上“朋友有信”的狭隘范围，形成维系市场秩序的经济伦理，维系社会公共秩

序的公民道德。

那么，如何解决大学生中存在的诚信问题呢？专家认为，大学生是目前最有希望的群体，可塑性很大，不能消极等待社会信用状况的好转，应该主动出击，在尽可能大的范围内影响并力求改变现有的状态。一是加强道德修养，通过道德的“自律”来倡导诚信。二是加强法制学习，通过法律的“他律”来规范诚信。三是加强政治理论学习，树立“信用至上”的人生观和价值观。四是与加强校园文化建设结合起来进行诚实守信的教育。五是诚信教育还应与加强日常生活教育相结合。六是完善机制是诚信重建的保证。

（5）主动

主动相对被动而言，是不待外力推动而行动。积极主动是人类的天性，如若不然，那就表示一个人在有意无意间选择消极被动。消极被动的人易被自然环境所左右，在秋高气爽的时节里，兴高采烈；在阴霾晦暗的日子里，就无精打采。

积极主动的人，心中自有一片天地，天气的变化不会发生太大的作用，自身的原则、价值观才是关键。如果认定工作品质第一，即使天气再坏，依然不改敬业精神。消极被动的人，同样也受制于社会“天气”的阴晴变化。如果受到礼遇，就愉快积极，反之则退缩逃避。心情好坏建立在他人的行为上，别人不成熟的人格反而是控制他们的利器。理智重于情感的人，则经过审慎思考，选定自己的原则、价值观，作为行为的原动力。他们与感情用事、陷溺于环境而无法自拔的人截然不同。不过，这并不表示积极主动的人对外来的刺激无动于衷。他们对外界的物质、精神与社会刺激仍会有所回应，只是如何回应完全掌握在自己手中。

要想在现代化的用人单位中获得成功，就必须努力培养自己的主动意识：在工作中要勇于承担责任，主动为自己设定工作目标，并不断改进方式和方法；此外，还应当培养推销自己的能力，在领导或同事面前善于表现自己的优点。作为当代中国的青年一代，不能只是被动地等待别人告诉你应该做什么，而要主动了解自己想做什么并制订计划，然后全力以赴地去完成。对待自己的学业和研究项目，要以一个母亲对孩子般的责任心全力投入、不断努力。只要有了积极主动的态度，没有什么目标不能达到。

所以，每一个年轻人都要拥有一颗积极、主动的心，要善于规划和管理自己的事业，为自己的人生作出最为重要的抉择。没有人比你更在乎自己的事业，没有什么东西像积极主动的态度一样更能体现独立人格。

为达到积极主动的境界，可按照如下七个步骤，循序渐进地调整自己的心态、培养自己的习惯，学习把握机遇、创造机遇的方法，并在积极展示自我的过程中收获成功和快乐。

第一步，拥有积极的态度，乐观面对人生。

心理学家早已发现：一个人被击败，不是因为外界环境的阻碍，而是取决于他对外界环境的反应。中国国家男子足球队前主教练米卢蒂诺维奇所说的“态度决定一切”就是这个意思。埋怨不会改变现实，但是积极的心态和行动可能会改变一切。

根据心理学家的统计，每个人每天大约会产生五万个想法。如果拥有积极的态度，那么就能乐观地、富有创造力地把这五万个想法转换成正面的能源和动力；如果态度是消极的，就会显得悲观、软弱，缺乏安全感，同时也会把这五万个想法变成负面的障碍和阻力。

有了积极的态度，并不意味着每件事都心想事成。但积极的态度肯定会改变一个人的生活方式，而坚持消极的态度则必败无疑。没有谁见过持有消极态度的人能够取得可持续的、真正的成功。当然，不是每一件事情都要由自己来选择，也不是每一件事情都可以由自己来主导。所以，在选择积极态度的同时，还要保持平和的心态：有勇气来改变可以改变的事情，有胸怀来接受不可改变的事情，有智慧来分辨两者的不同。

第二步，远离被动的习惯，从小事做起。

消极被动的习惯是积极主动的最大障碍，如果一个人从小就在消极、被动的环境下长大，就更应该努力剔除自身所拥有的那些消极因素。例如，消极被动的人总是迷信宿命论，把不如意的事情纷纷归咎于基因遗传、星座、血型等因素，自怨自艾，总是怪罪别人的不是，指责环境的恶劣——如果这样的想法成为习惯，就会陷入消极被动的恶性循环，难以自拔。

第三步，对自己负责，把握自己的命运。

“积极主动”的含义不仅限于主动决定并推动事情的进展，还意味着必须为自己负责。责任感是一个很重要的观念，积极主动的人不会把自己的行为归咎于环境或他人。他们在待人接物时，会根据自身的原则或价值观，做有意识的、负责任的抉择，而非完全屈从于外界环境的压力。

对自己负责的人会勇敢地面对人生。不要把不确定的或困难的事情一味搁置起来，要知道不去解决也是一种解决，不做决定也是一种决定，消极的解决和决定将使一个人丧失机会，终有一天要为此付出沉重的代价。

如果想做一个积极主动、对自己负责的人，就要立即行动起来，按照以下几点严格要求自己。

用一整天时间，倾听自己及四周人们的语言，注意是否有“但愿”、“我办不到”或“我不得不”等字眼出现。依据过去的经验，设想一下，自己近期内是否会遭遇一些令人退缩逃避的情况？这种情况在你自己的影响范围之内吗？你应该如何本着积极主动的原则加以应对？请在脑海中一一模拟。

从工作或日常生活中，找出一件令你备感挫折的事情。想一想，它属于哪一类，是可以直接控制的事情，还是可以间接控制的事情，抑或根本无法控制。然后在自己的影响范围内寻找解决方案并付诸行动。

第四步，积极尝试，邂逅机遇。

生命中随处是机遇，许多机遇就藏在一个又一个挫折之中，如果在挫折面前气馁，就可能会与机遇擦肩而过，积极尝试是最好方法。一项对美国多个大型企业的首席执行官的调查表明，CEO 们最欣赏的就是那些主动要求做某项新工作的员工。无论能否做好，至少这些员工比那些只会被动接受工作的员工更令人欣赏，因为他们有勇气、积极上进，而且会从尝试中学习到更多的经验。

第五步，充分准备，把握机遇。

机遇不会主动上门，坐等机遇是消极的做法。屠格涅夫说：“等待的方法有两种，一种是什么事也不做地空等，另一种是一边等，一边把事情向前推动。”也就是说，在机遇还没有来临时，就应事事用心，事事尽力。中国科技大学校长、中科院院士朱清时在大三时被分配到青海做铸造工人。其他分配到厂里的同学大多放弃了学业，整天打扑克、喝酒，但朱清时依然坚持学习数理化和英语。六年后，中国科学院决定在青海做一个重要的项目，这时，朱清时脱颖而出，开始了他辉煌的事业。很多人可能说他运气好，因为被分配到缺乏人才的青海才有这样的机会。但是，如果他没有积极主动地坚持学习，也无法得到这个机遇。所以，只有做好充分的准备，才能在机遇来临时紧紧抓住，取得成功。

第六步，积极争取，创造机遇。

当机遇尚未出现时，除了时刻准备之外，也可以主动为自己创造机遇。对大学生来说，要积极地计划大学的四年，积极地争取和创造机遇。要知道，毕业计划将成为学业的终点和事业的起点，你的志向和兴趣将为你提供方向和动力。如果不知道自己的志向和兴趣，那就马上做一个发掘志向和兴趣的计划；如果不知道毕业后要做什么，那就马上制订一个尝试新领域的计划；如果不知道自己最欠缺什么，那就马上写一份简历，找老师、朋友打分，看看哪些需要改进；如果毕业后想出国留学，就想想如何让自己在申请出国前有实际的研究经验和论文；如果毕业后想到某个用人单位工作，就找找该用人单位的聘请广告，再和自己的简历进行对比，看自己还欠缺什么经验……只要做到了这些，就不难发现，自己每天都会比前一天离成功更近一步。

第七步，积极地推销自己。

在当今这个全球化和信息化的时代，那些能够积极推销自己的人更容易脱颖而出。很多在美国工作多年的中国人对美国同事的印象总是这样的："他们很善于推销自己，他们能够充分地表达自己的工作成绩，而中国同事在很多时候做得很好，却没能展现出来，这不能不说是一个遗憾。"

在用人单位里，经常得到晋升机会的人，大多是能够积极推销和表达自己的、有进取心的人。当他们还是用人单位的一名普通员工时，只要和用人单位利益或者团队利益相关的事情，他们就会不遗余力地发表自己的见解、贡献自己的主张，帮助用人单位制订和安排工作计划；在完成本职工作后，他们总能协助其他人尽快完成工作；他们常常鼓励自己和同伴，提高整个队伍的士气；这些人总是以事为本、以事为先——他们都是最积极主动的人。

要想把握住转瞬即逝的机会，就要学会说服他人，向别人推销自己、展示自己的观点。一般来说，一个好的自我推销策略可以让自己的人生和事业锦上添花。好的自我推销者会主动寻找每一个机会，让老板或老师知道自己的业绩、能力和功劳。当然，在展示自己时，不要贬低别人，更不可以忘记团队精神。

总之，只有积极主动的人，才能在瞬息万变的竞争环境中赢得成功；只有善于展示自己的人，才能在工作中获得真正的机会。

（7）勤奋

勤奋就是不懈地努力工作、学习。勤奋是一种工作态度，更是一种不懈努力、勤思进取的精神状态。生活告诉我们，勤奋是通往成功的阶梯，而成功是勤奋的结果。只要我们勤奋探索、勤奋实践、勤奋创新，那么，做任何事情都更有可能成功。

古今中外，有多少位名人走向成功，他们打开成功金大门的钥匙就是两个字——勤奋。正如牛顿所说，“无论做什么事情，只要肯努力奋斗，是没有不成功的”。的确如此，只要勤奋就会成功，因为“成功＝99%的勤奋汗水＋1%的灵感”。

当今社会的竞争激烈，如何在竞争中取得成功呢？有些人认为只要聪明就能成功。其实没有人能只依靠天分而成功，只有勤奋才能将有天分的人变为天才。

勤奋，是一种工作态度，更是一种精神状态。在全面建设小康社会的过程中，是事事想在前头、准备在先，还是得过且过、不思进取；是主动想问题、找办法，还是被动听汇报、指示等，不同的工作态度和精神状态将产生不同的结果。勤奋，就要多思考问题、多研究问题，对工作中可能出现的情况和问题有所预测、有所准备，这样才能做到全局在胸，增强对复杂事件的处理能力。带“勤”的词语总给人一种积极向上的感觉，工作勤奋的人总能赢得人们赞许；“勤能补拙、笨鸟先飞”，相当自然地反映出社会生活中追求成功的一种普遍心态。

诚然，一个生性懒散、无所用心的人是不会取得什么成就的。然而，一味的勤奋真的就能指向成功了吗？只要我们注意观察，经常可以发现这样的情况：个别讲课平淡、课堂上无法征服学生的教师，自修时间却总是见缝插针地往教室里跑，练习作业卷一张接着一张地往下发。这种勤快很能感动一些领导和家长，可惜学生并不领情，他们对这种大量、习惯性地占用自修时间的行为非常反感，这些课堂质量缺失、依靠课外时间的扩展来弥补的教师，事实上很不受人欢迎。看来，勤奋也有两面性，不讲效率、质量低下的勤奋是一种消极的勤奋，很大意义上是一种虚耗。这其中一个核心问题是勤奋不仅表现为不懈努力的表象，而且还要建立在讲科学、讲效率、讲质量的基础之上。正如科学发展观告诫我们的道理：发展是我们向往和追求的目标，但盲目追求发展，不顾国情追求高指标、高速度，或者以牺牲资源、破坏环境为代价的所谓发展的惨痛教训已让中国人铭刻在心。

2. **加强实践个人能力**

个人素质的提升不仅仅需要具备一定的品质，也需要这样的品质在现实实践中真正体现出来，成为毕业生就业心中的底气。在个人素质的实践锻炼方面可从以下入手。

（1）学会与人沟通、学会做人

这是最基本的素质。毕业生进入职场时，就不能像在大学那样娇气或者时常发发小脾气，而要学会关爱他人，团结互助。因为只有这样，所在的团队才会充满温馨，所有的团队成员才能够拿出更多的精力去发展事业，从而促进事业和个人的发展。

（2）重视专业技能的实践

这是毕业生提高职业素质的必要环节。例如，实验、实习、进入职场前的简单工作和实践、毕业设计等都是大学生为自己的就业做好准备的好机会。

（3）践行个人内在素质

无论是社会调查还是假期打工，或是参加各类社团活动，这些都是大学生的“财富”，因为用人单位需要那些有社会实践经验并能吃苦耐劳的员工。通过这些实践，大学生能够或多或少地知道作为一名职业人的基本要求，同时也具备了一定的吃苦耐劳的心理准备，这些是一般大学生都欠缺的。别人欠缺，你却有，那么无形中就增加了在就业竞争中取胜的筹码。

在大学的时候参加那么多的社会实践活动会不会影响了自己的学业？这是一个大家都会担心的问题。与专业课比起来，加强一些社会所需技能的学习是非常必要的。在不影响正常学业的前提下，尽可能多地参加社会实践活动，将是一种介入社会的主动姿态，社会也需要这样的姿态。

3. **学会时间管理**

“时间管理”这个话题被越来越多的人谈论，它和能力管理、素质管理、道德品质管理等一同成为社会人适应生活所必须的“管理才能”。时间管理就是如何更有效地安排自己的工作计划，掌握重点，合理有效地利用工作时间，其本质是自我言理。时间是一种资源，花费时间是一种投资。对投资，必须加强管理。

时间管理的方法是通过良好的计划来完成的。

首先，从时间管理的目的上，要做到三“效”：效果——确定的期待结果；效率——以最小的代价或浪费获得结果；效能——以最小的代价和浪费获得最佳的期待结果。时间管理的目的就是要同时获得效果、效率、效能。

其次，时间管理不善，是导致时间浪费的主要原因。从主观方面来看，浪费时间至少有这样一些原因：缺乏明确的目标；拖延；缺乏优先顺序；想做的事情太多，而且做事有头无尾；缺乏条理；不懂授权；不会拒绝别人的请求；仓促决策；懒惰与消极；行动缓慢。从客观方面来看，浪费时间也是有原因的，如上级领导浪费时间（开会、电话、不懂授权）；工作系统浪费时间（访客、官样文件、审批程序等）；生活条件浪费时间（通信、环境、交通、朋友闲聊、家住郊区等）……

再次，从浪费时间的表现上看，主要有两种：一是因为对生命没有紧迫感，对时间不够重视，没有养成“遇事马上做，日清日新”的好习惯，总把今天的事情推到明天去做，以至于“明日复明日，明日何其多；我生待明日，万事成蹉跎。世间若被明日累，春去秋来老将至”。殊不知，昨天是期票，明天是支票，今天才是现金，万事等明天就会养成懒惰、拖沓的习惯，虚度年华。没有科学管理时间的方法与技巧，低效率重复劳动，最终成效甚微，甚至“累死磨旁”。

时间是一秒钟一秒钟流走的，而不是整个钟头浪费掉的，若是这样，能看到的人会多一些。我们把时间用水桶来盛，如果水桶底下有一个小洞，水很快就会流光，结果与有意将水倒掉一样，但是它是不易察觉的。我们无法使时间停留、倒流，但我们可以控制时间的“流向”，这就是通过有效的时间管理，让时光流向有意义的地方。下面，我们介绍几种有效地时间管理理论。

（1）2/8 法则法

这是经济学的理论，意思是说，在工作或生活上可能有一种现象，就是少数的几桩事却成就了大部分的价值，如果我们能管理这少数的事，就掌握了大部分的效益；反之，如果不善管理，忙着处理 80%的事情，到头来可能发现这些效益不过只有 20%而已。时间的管理就是掌握关键工作，掌握关键人物与关键活动，花较少的时间而取得更大的功效。

（2）集中处理法

集中处理法即把类似的事情或顺道可以完成的事情集中处理。例如，把同类别的档案资料集中放在一起，方便集中阅读或存取，可以省掉许多来来回回的过渡时间或找资料的时间。

（3）角色平衡法

无论是社会中还是工作中，每个人都扮演着好几个角色，应尽力让这些角色和时间保持动态的平衡。有一种思想认为，角色越多，时间越不够分配，一益则一损。这种观点把角色之间看成是冲突的、竞赛的、分割的。其实各种角色是一个整体的不同面，就好像一个活的生态系统，生活的均衡不是穿梭于各角色之间，而是一种动态的平衡；动态地花不同比例的时间在不同的角色上，各角色之间的关系是多赢的，彼此共同组合成紧密的整体；反之，一个角色的成功无不能弥补另一角色的失败，如同事业成功不能弥补家庭的失败一样。

（4）一周观点法

把时间从每天观点改为一周观点，这样时间变多，调配的弹性加大，可以同时兼顾急迫性和长期性。有些事无法每天做但可以一星期做一次或两次，长期下来会累积出相当好的成果，不会有好几天没做就有不做的借口，尤其是重要的事情。

（5）时间“四象限”法

时间“四象限”法是美国管理学家科维提出的一个时间管理理论，也是目前很时髦的一种时间管理理论，它把工作按照重要和紧急两个不同的程度进行划分，基本上可以分为四个“象限”：既重要又紧急（如客户投诉、即将到期的任务、财务危机等）、重要但不紧急（如建立人际关系、人员培训、制定防范措施等）、紧急但不重要（如电话铃声、不速之客、部门会议等）、既不紧急也不重要（如上网、闲谈、邮件、写博客等）。

时间“四象限”法也称为第四代时间管理，下面分别介绍第一代到第四代时间管理理论。

第一代理论着重利用便条与备忘录，在忙碌中调配时间与精力。这一理论的最大缺点是没有“优先”概念。虽然每做完备忘录上的一件事，都会带给人成就感，可是这种成就感不一定符合人生的大目标。所以，所完成的是必要而非重要的事。它是积极的，但却是被动的。它是一种良好的习惯，但未必是科学的方法。

第二代理论强调的是计划与日程表，已注意到规划未来的重要性。这一代理论使人的自制力和效率有所提高，能够未雨绸缪，而不只是随波逐流，但是仍没有将事情进行轻重缓急之分。

第三代理论是目前最流行的，讲究优先顺序，依据轻重缓急设定短、中、长期目标，再逐日制订实现目标的计划，将有限的时间、精力加以分配，争取最高的效率。这一代理论虽然有了很大的进步，讲究价值观与目标，但也有人认为过分强调效率，把时间抠得死死的，反而会产生副作用，使人失去增进感情、满足个人需要及享受意外的机会；拘泥于逐日规划行事，视野不够广阔，纠缠于急务之中，难免因小失大，捡到芝麻丢了西瓜。

第四代理论是在前三代理论的基础上，兼收并蓄，推陈出新，以原则为重心，配合个人对使命的认知。将事情分成既重要又紧急、重要但不紧急、紧急但不重要和既不重要也不紧急四类，当事情来临时，先归类判断是属于哪一类，就知道要不要花时间或花多少时间是合宜的。首先，重要紧急的事马上做，如考试、处理客户投诉、处理服务器故障、急病求医等突发性问题，尽量在最短最快的时间内完成。做完之后检查是不是能预防以后不要发生得这么突然，因为经常发生的话，压力太大。其次是做重要而不紧急的事，这一类的事情往往影响深远，如学习新知识、新技能等。这类事情的效益是中长期的，科维提出的时间管理理论的重点是把主要的精力和时间集中地放在处理重要但不紧急的工作上。如果一再拖延，会变成重要又紧急的事，所以应该拟订具体目标和化整为零的计划，按时完成。再次是紧急但不重要的事，对此，要学会说“不”。一个人的时间和精力是有限的，对自己不重要的事情，能不做就不做，想办法将事情推脱给其他部门。拒绝或推脱工作要讲究技巧，不要直截了当，要委婉，用让上级觉得确实是合理的理由来拒绝这个新增派的任务。一个人只有学会说“不”，他才会得到真正的自由。当然这并不等于推卸责任，如果确实需要自己来完成，那么就用最短的时间完成这些工作。例如，没有事先预约的访客或打来闲聊的电话，则长话短说，或每天留一些空白时间来处理这类事情，或用替代方式处理。最后是不重要也不紧急的事，尽量不去做。如果确实需要做，那么要严格限定时间。例如，逛街或闲聊或无目的地看电视等，可偶尔为之，但应限定时间；或者提升层次，将逛街提升为对流行的观察或对人的观察，将闲聊提升为讨论或主题交流，将看电视提升为有目的的信息采集。又如写博客，限定一个小时，时间一到就立刻停止写作，千万不要被无聊的人和无关紧要的事缠住。

（6）猴子管理

时间管理中著名的“猴子”概念是由美国的肯尼·布兰查德（Kenneth Blanchard）、威廉·奥肯（William Oncken）、豪尔·伯罗斯（Hal Burrows）在其著作《一分钟经理碰上猴子》（*The One Minute Manager Meets the Monkey*）一书中提出的，已经成了“接手他人的当然责任”的代名词。

为什么有些经理人总是觉得时间不够用，而他们的下属却老是没有工作做？这些经理人也许会辩称：“也许我不应该抱怨别人总是少不了我，也许是我想让自己变成不可或缺，来获得工作上的安全感。”“一分钟经理”大不以为然。他解释说，不可或缺的经理人会对组织构成伤害，而不是组织内的重要人物，尤其是当他们阻碍到别人的工作时自认为自

己是不可取代的人，通常都会因为他们对组织所造成的伤害，而丢掉官位。此外，高级经理人不能够冒风险提升在其目前工作岗位上不可或缺的人，因为他们并未培养接班人。

在该理论中，猴子等同于问题。“一分钟经理”以一个极其生动、充分反映生活的例子来解说这个定义。

经过走道时，我碰到一个下属，他说：“老板，早安！我能不能和你谈一下？我遇到一个难题。”我必须了解下属的难题，于是我站在走道上听他详细叙述难题的来龙去脉。替人解决问题一向是我的最爱，我专心地听他述说。当最后我举起手来看手表时，原以为只有短短的五分钟时间，竟然是三十分钟。走道上的讨论，耽误了我到达目的地的时间。我对这个问题有所了解，只能让我决定，我必须介入这件事，但我所获得的资讯并不足以作出任何决策。于是我说：“这是个很重要的问题。但是我现在没有足够的时间与你讨论，让我先考虑一下，回头再找你谈。”然后，我们俩各自离开。

作为一个旁观者，你肯定很熟悉故事中所发生的场景。如果你身在其中，要看清楚真相就比较困难了。当我们俩在走道见面之前，猴子（即下属的难题）是在我下属的背上；就在我们谈话的时候，由于彼此在互相考虑，此时，猴子的两只脚分别搭在我们两个人的背上；但是当我表示“让我考虑一下，回头再找你”时，猴子的脚便由我下属的背上转移了到我的背上，而我的下属则减轻了30磅的负担，轻松地走开了。因为，这时候猴子的两只脚都搭在我的背上。

现在，让我们假设，当时所考虑的事情是我下属工作的一部分，让我们再进一步假设，他有能力对问题提出一些解决方案。如果事实果真如此的话，当我允许那只猴子跳到我背上的时候，我等于自告奋勇地去做下属应该做的两件事：一是我把问题的责任由对方手上接过来，二是我答应对方要向他提出进度报告。

每一只猴子都需要有人照料、监督。在我刚才所描述的状况下，你可以看到，我接下了员工的角色，而我的部属则扮演着监督者的角色。而且为了让我弄清楚谁是新的老板，第二天，他到我的办公室好几次，提醒我：“老板，事情办得怎样了？”如果我的解决方法不能让他满意，他会强迫我去做这件原本该他做的事。

为此，管好猴子要注意几点：猴子生病了，要找出治病的办法；谁家的猴子，就由谁喂养；替猴子买保险，给予建议，立即行动。

（二）厚积薄发，腾飞就业能力

对于大学生来说，提高就业能力主要是针对自己的专业能力、基础能力、差异性能力而进行的。

1. 提高专业能力

一是要掌握专业的基本概况和发展动态。在学好专业知识前，应该多向老师、学长、同学请教，多通过图书馆、资料室等查阅相关资料，了解专业基础课、专业课、主要技能、行业发展现状、发展趋势和就业方向等，只有做到心中有数，在学习的过程中才能做到有的放矢。二是学好专业基础课。学好任何一门专业都必须有一定的基础知识积淀。专业基础课是指同专业知识、技能直接联系的基本课程。它包括专业理论基础课和专业技术基础课。例如，汉语言文学专业的《文学概论》是专业基础课；工民建专业的专业基础课有《理论力学》等，专业技术基础课有《画法几何及建筑制图》等。它们均是学习专业课程的基础课程，只有先掌握了这些知识，才能更好地学习专业理论和实践知识。三是学好专业必修课程。专业必修课是指某一专业必须学习掌握的课程。此类课程是培养专门人才的根本。另外，大学生可以根据自己的爱好、就业意向、人才市场需求等，综合考虑并挑选出专业必修课中的主要理论知识和实践技能，通过协助导师完成课题、暑期社会实践和兼职等形式来提高对专业必修课中的主要理论知识和实践技能的掌握程度。

2. 提高基础能力

国内的相关调查显示，用人单位将大学生的环境适应能力、人际交往能力、自我表达能力等基础性的能力素质表现排在了前三名，甚至排在了专业能力和外语能力等专业素质前面；美国和英国的相关的调查也明确强调了态度、合作技能、基本性格、创造力、信心等基础素质的重要性。可见基础能力在就业中的重要性。怎样才能提高基础能力呢？基

础素质的培养和基础能力的提高，要发挥个人的主观能动性，充分利用学校提供的环境和机会，实现全面发展的目的。

（1）积极参加社会实践，强化个人爱好

在社会实践方面，大学生活是一个五彩缤纷的世界，各种社团异彩纷呈，大学生应该在认识自我的基础上，挑选一到两个学生社团，锻炼交际能力、沟通能力、表达能力、组织管理能力，在活动参与过程中要注意气质的培养、形象的塑造。另外，平时还要利用课余时间、节假日来加强演讲、口才、社交、礼仪、管理学、心理学等方面理论知识的学习，从而做到理论与实践相结合。在个人爱好上，歌曲、舞蹈等个人才艺是社会交往的必备，也是招聘单位考查大学生的重要方面。因此大学生应该有意识地培养几个爱好，并强化训练，特别是针对自己的薄弱环节，弥补自己才艺方面的不足，不少才艺能力是完全可以在短期内出效果的。

（2）注重品格培养，塑造迷人风采

一个人的品格由道德品格、健康品格和文化品格三方面来展现。一是道德品格的培养。没有规矩不成方圆。大学生作为国家公民，应该培养自己遵守公民基本道德规范，这是实现人生价值、奉献社会的基础。公民基本道德规范中最重要的是诚信守法，尊重他人，关心社会，热爱生命。无论是做人还是立业，博大的胸怀、诚信的品格和高尚的追求等道德品质都是必需的。道德品格不是与生俱来的，要靠接受教育，要靠理性的力量，更要靠大学生本人的身体力行。古人云："勿以恶小而为之，勿以善小而不为。"作为当代大学生，更应严格要求自己，把自己锻炼成为一个道德高尚的人。二是健康品格的培养。现代意义的健康，已经不仅仅局限于身体，它还包括心理，更包括对社会环境的适应，要能够与别人和睦相处、和谐生活。在我们的生活中，有竞争就有成功与失败，作选择就会有得有失。心理的不健康无非就是忧成败、患得失。大学生就应该在加强身体锻炼的同时，自强不息，多向先进优秀的榜样学习，严格要求自己，树立正确的世界观、人生观，做到仁者不忧、勇者不惧。三是文化品格的培养。文化品格是指一个人接受和继承人类文明成果的广度和深度。几千年来，人类在科学、技术、哲学、文学、艺术上的成就博大精深、浩瀚如海，在现在这样的一个知识经济时代，最糟糕的、带有侮辱性的称谓，莫过于“没有文化”。大学生应该珍惜青春，通过图书馆、网络等媒介汲取文化营养，充实自己的人生。

（3）规划职业生涯，掌握面试技巧

如果把一个人的职业生涯比作一次旅行，那么出发之前最好先设定旅游线路，确保既不会错过梦想已久的地方，也不会千辛万苦却到了并不喜欢的景点。大学生中普遍存在对自身职业规划的盲点，导致在就业过程中的盲目和挫折。近年来，职业生涯规划受到了前所未有的重视。大学生必须明白，专业不等于职业，职业不等于行业，应主动参加职前教育和培训，做好自我评估，了解自己感兴趣的行业，选择职业目标，规划职业生涯。

（4）人生处处是推销，懂得一些实用技巧，有利于推销自己

在面试时，要讲究技巧，如服饰和仪表要与身份和求职职位相称；简历制作要得体新颖、简洁明了，突出自己的核心优势和与应聘职位对应的经历和资质；作口头自我介绍时不要单纯复述自己的简历，回答问题时应清楚、坦诚和独特；遇到一些特殊问题时要善于变通，不能被一些条条框框迷惑，其实用人单位一般也不会关注条条框框，而是将注意力集中在应聘者是否有能力胜任职位对应的工作内容，这也是为什么有些公司会聘用学历不满足职位要求的人。为加强这方面的技巧，大学生可以看一些有关管理、人际沟通与交往、形象塑造和求职方面的书，这样就可借鉴别人成功的经验，拓宽自己的视野，使自己少走弯路。

3. 提高差异性能力

如果说基础能力和专业能力是获得工作的基本筹码，那么差异性能力则是体现求职者优势、帮助其获得更好职位和更高薪水的高层次能力。由于差异性能力的获得是在求职中取得胜利、获得较好职位的关键能力，因此培养差异性能力显得至关重要。

拥有差异性能力的人主要是指那些具备丰富的社会实践经验、大赛获奖经历、文体特长、综合的知识背景的人，但同时也应当包括那些拥有较高基本能力和专业能力的求职者，也就是那些具备“人无我有，人

有我优”能力的人。现在大学生的培养属于大众化教育，因此要想出类拔萃必须要付出更多的努力。针对大学生的实际情况，可以从几个方面培养和提高自己的差异性能力。

(1) 培养自己的广泛爱好，打造更多特长

一个兴趣爱好广泛的人，获得差异性能力的机会自然会比别人多。在广泛的兴趣爱好中，通过自己长期的培养、积累，可以形成自己的特长。这些特长在一定程度上就是“人无我有，人有我优”的能力，是被用人单位看重的差异性能力，如文体特长、计算机特长等都是非常受用人单位欢迎的。在一些岗位的招聘启事中，还可以看到这样的要求——“有文体特长者优先”，这种情况下，多才多艺的人更容易获得该职位。因此，大学生在校期间要积极培养自己的兴趣爱好，在能力控制范围内，兴趣爱好越多越好，某方面能力越突出越好。

(2) 勤奋博学，努力拓展自己的知识面

综合的知识背景是近年来用人单位提出的新要求，随着社会的发展，知识背景的多样化已逐渐成为取得就业优势的一个重要方面。比如，一些用人单位要求具备专业基础的人担任管理人员，如果是理工类背景兼修管理类课程就具备了某种程度的优势。所以，大学生在校期间应利用大学（尤其是综合性大学）里专业学科门类多的优势勤奋博学，多自学或参加其他专业课程的选修，如果条件许可甚至可以辅修第二专业。通过学习既拓展了自己的知识面，又增加了自己在择业竞争中的选择面和竞争力，何乐而不为呢?

(3) 积极参加校内外各种社会实践活动，积累丰富的实践经验

从已经毕业的学生的反馈来看，多数人认为社会实践有利于求职，因为社会实践是锻炼和培养自己能力的一个重要途径，丰富的实践经验既可以证明学生的实践能力，也能显示出一个学生的学习能力和实践能力方面的差异性。例如，在校担任校、院学生干部的大学生，由于经常组织参加各类活动，一方面通过实践锻炼获得了组织和协调能力，另一方面，通过积极参与这些活动（含比赛），锻炼展示了优于他人的某种实力，这些还会给大学生求职带来积极的效果。

（4）树立创新意识，开展创业尝试

当今社会是竞争激烈的社会，毕业生要打破传统观念，解放思想、开阔思路，树立创新意识，积极参加各种创业尝试，提高自己的创业意识与能力。通过创业尝试和锻炼，既增长了自己的阅历，以及对行业、对社会的了解；又实实在在地提高了自己的能力，为自己积累了工作经验。而这些方面无论在求职还是自己的职业发展中，相对来说都是同龄人中“人无我有”的优势。

当然，差异性能力还包括多方面的内容，提高差异性能力的途径也非常多，无法穷举。但是，毕业生只要把握住差异性能力的特点和培养方法，就能在自己学习和生活中主动地用自己的方式去培养和提高，增强就业能力，赢得就业竞争中的优势。

本章小结和启示

1）以 2009 年和 2010 年为例，对目前我国大学生就业能力的现状分析。

2）造成大学生就业现状的原因复杂多样，带给我们诸如“大学生过剩了”、“就业鸿沟”、大学生就业能力不足、高校培养不够等困惑。

3）就业能力是个不断适应就业环境而调整的概念，有着其基本的含义、内涵和外延。

4）高等教育培养出新时代的人才，培养出大学生就业的能力体现了当前社会求才、大学生个人成才、高校育才等多方面的需要，这对高校、大学生、社会都有深远的意义。

5）就业能力是一种综合能力，其内容丰富，涉及面广。它真正的用武之地就是职场，就是用人单位。而用人单位所看重的大学生素质和能力主要集中在道德品质、文化认同、敬业精神、团队意识、创新能力、应变能力、学习能力、实践经验等八个方面。

6）培养大学生就业能力的途径主要是围绕着塑造用人单位所要求的毕业生素质和能力，大学生的基础能力、专业能力和差异性能力，也

成为高校在培养学生就业能力方面的明确方向和目标。

7）提高大学生就业能力的方法是本章的重点内容。大学生需要提高个人内在素质，尤其是自信、自立、责任心、诚信、主动、勤奋等这些个人素质，这些是用人单位非常重视的因素；大学生需要加强实践个人能力，学会沟通、重视技能发展和内在素质的实践；大学生需要学会时间管理，了解六种简单的时间管理方法。通过以上三者日积月累，提升基本能力。同时针对大学生自身的专业能力、基础能力、差异性能力而厚积薄发，腾飞就业能力。

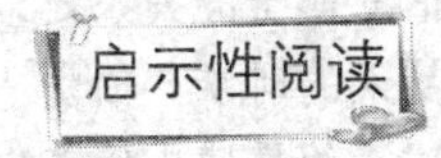

霍金的大学时代

“痛苦”的大一新生

尽管牛津大学有许多吸引人的地方，但霍金在这儿的第一年却是很痛苦的，这年他的中学同学和亲近的朋友中没有一个和他一起上大学。

做作业是一件令人厌倦的事。霍金在解答导师布置的任何物理或数学问题时很少有困难，由于不必费神就能轻易解决，他在精神上就处于低落的状态。学生每星期要听很多堂课，还要参加每周一次的个别辅导，辅导的内容是把前一周导师布置的作业过一遍。除了这些之外，很多时间由学生自己安排。

有一位曾和霍金一起参加过个别辅导的同学回忆，有一件让他印象很深的事情：一次，导师布置了一些题目要在下一次辅导时讨论，小组内除了斯蒂芬外没有人能做出这些题目。霍金论证了一条特难的定理，导师看了他的作业后留下了很深的印象，对他表示赞赏后把作业还给了他。霍金没有丝毫的骄傲自大，他只是拿回作业，将它揉作一团，抛到了教室角落的废纸篓里。后来辅导小组的另一个学生说：“如果我能在一年内论证出这条定理的话，我一定会将自己的成果保存下来留作纪念。”

另一件事也涉及辅导课。导师为组内的4个学生留下了一系列题目，要他们在下个星期完成。在要进行讨论的那天上午，其中3个学生在公共休息室遇见了霍金，他正坐在扶椅上低着头读一本科学幻想小说。

“你觉得这些题目怎么样，斯蒂芬？”一位学生问。

“噢，我还没做呢。”霍金回答说。

“你最好做一下，”他的朋友说，“我们三个上星期一直在做这些题目，只解出其中的一道。”

后来在去上辅导课的路上，他们又遇见了霍金并问他题目解得怎样了。“噢，”他说，“我时间不够，只解出了其中的9道题。”

霍金几乎不做笔记，只有几本教科书。事实上他在所学的领域内已经太领先，以致他不相信许多标准教科书上讲的内容。

尽管他对学业持一种懒洋洋的态度，但他和导师伯曼博士的关系还是很好。他有时也到位于班伯时街的伯曼家去喝茶。夏天的时候，伯曼一家在后院草坪上举行聚会，他们一起吃草莓、打槌球。伯曼博士的妻子莫琳特别喜欢这位行为怪僻的年轻学生，她的丈夫对他评价很高，认为他是一位物理学家。霍金来喝茶时常提早到，询问莫琳他该买些什么好书。她指导他要以高品位的文学营养来补充他有时仅阅读物理教科书之不足。

鲁莽的舵手

保持自己的学业优秀并和伯曼博士关系良好是一回事，而克服日益增加的对这一切感到厌烦的情绪又是另一回事。

此时霍金陷入了抑郁症。幸运的是，在第二年他发现了有助于稳定自己情绪的一件有趣的事，他开始划船。划船是牛津大学和剑桥大学的老传统，可以追溯到几个世纪之前。每年在两个大学间的划船比赛使那些划桨能手大显身手，这些能手在一年中花不少时间参加院际的比赛和训练。

划船要求献身精神和投入，这也是它在大学里风行的真正原因。而对于霍金来说，这可以很好地缓解大学生活给他带来的无聊和厌倦情绪。

划船是一项极其耗费体力的运动，划桨手体格必须非常强壮才能有力气使船行驶，但对一个划船队来说还有一个基本的要素——一个好舵手或“船长”。

霍金很适合当舵手，他体重轻不会使船负重太大，同时他的嗓门大，划船时他很得意地喊着口令，足以让全船都听得清；另外他守纪律，参

加全部的训练，从不缺席。霍金的划船教练是诺曼·迪克斯，他在大学学院划船俱乐部里已待了几十年。他回忆说霍金是一个称职的舵手，但对成为冠军从不感兴趣。他猜想原因在于，争取得冠军就有些过于认真，整个事情也变得少有乐趣。

迪克斯回忆说霍金是一个鲁莽的年轻人，他在水上指挥时从一开始就养成了蛮干的作风。许多次他们划船回来时船被撞坏，桨被损坏，因为他要他的队员通过不能通过的狭窄航道，所以就遭了殃。迪克斯从不相信霍金说的话："在路上碰到了意外。"

"这多半是，"迪克斯说，"我可以肯定，他人坐在船尾，但思想已经飞出云外，在考虑他的数学公式。"

霍金在第一学年中不适应环境，感到孤独，也想减轻自己无聊的心绪。划船俱乐部使这位19岁的男孩走出了自我，给他一个机会融入大学的群体中去。

一次酒后的恶作剧

一天晚上，霍金想做一件惹人注目的事。他和一位朋友喝了一些啤酒后，决定去河上的一座人行桥那儿。离开酒吧后，他们到学院拿了一罐油漆和几把刷子，并把这些藏在包里。他们到达人行桥后，和桥平行地搭起了几块木板，并在桥的栏杆下几英尺处非常小心地系上了绳子，使木板高悬水面。接着，他们又带着油漆和刷子从边上爬上了木板并开始写字。几分钟后，在黑暗中刚好可以看清沿着桥边出现一行斗大的字"投自由党人的票"，当然天亮后任何人都可以看清。

正当霍金写完最后一个字母，一道手电筒的光从桥上向他们射来，有人怒气冲冲地问："自由党人上台后你们想干什么？"这是当地警察的声音。两个人吓了一跳，霍金的朋友马上逃离木板到了岸上，并一路跑回学校。而霍金手拿着油漆和刷子承担了后果，他被警察责备了一通。这件事最终被人遗忘了，不过着实把霍金吓坏了，但也取得了效果，他再没有做过违法的事。

"给我评一等，我去剑桥；给我评二等，我留牛津"

霍金到牛津大学不到三年，最后一次考试来临了。霍金再次面临挑战，他突然发现自己并没有做好较充分的准备。

伯曼博士知道，霍金过低估计了期末考试的难度。最后一次考试是三年学习的焦点所在。霍金曾经做过计算，他在牛津的三年学习期间花在学习上的时间共约1000小时，每天平均1小时——显然，这不能应付困难的期末考试。

霍金定了一个策略。由于参加考试者可以从每张试卷中选择题目来做，并且选择余地较大，所以他决定只回答那些理论物理的题目，而对那些需要详细事实知识的问题置之不顾。但是，另一个问题又使事情变复杂了。他已申请去剑桥攻读宇宙学的博士学位，想在当时英国最杰出的天文学家弗雷德·霍伊尔指导下深造。问题是要让剑桥大学录取，他必须获得第一等的荣誉学位，这种学位是在牛津可能取得的最高资格证书。

最后一次考试前一晚，霍金感到很恐慌，他整夜翻来覆去睡不着。早上霍金和所有考生一样按惯例穿上单调的黑礼服和白衬衫，戴上蝶形领结，睡眼惺忪、忐忑不安地离开房间，沿着大街走向没多远的考试大厅。街上几百个学生穿着同样的衣服沿着人行道向前走着，有些学生胳膊下紧紧夹着书本，另一些学生在进入考试大厅前拼命地吸着最后一支烟。

考试大厅似乎也在竭尽所能“吓唬”学生：高高的天花板，巨大的枝形吊灯从半空中垂下，一排排坚硬的木头桌椅。监考人员从这排走到那排，注视着姿态各异的学生——有的眼睛盯着天花板或半空中，牙齿咬着钢笔，有的全神贯注俯身伏在草稿纸上，有些昏昏欲睡。当考卷放在霍金面前时，他有些清醒了，并马上按他的计划只回答理论性试题。

考试结束后，霍金和其他同年级学生一起走出去庆贺。他们拿着瓶子狂饮香槟酒，并把香槟酒喷向夏日的天空，一大群学生使大街上的交通阻塞。经过一段时间的焦急等待，考试结果宣布了，霍金处于第一等和第二等之间。为了决定最后命运，他不得不面对一场口试，由各主考官亲自进行一次面试。

他很清楚自己在大学里的形象。他被人们看做是一个差劲的学生，不爱整洁，似乎有些懒散，对喝酒更感兴趣，喜欢玩而不喜欢认真学习。但他低估了人们对他才能的高度评价。在面试中，霍金的表现完全反映了他实事求是的态度，同时这也挽救了他未来的人生。主考官要霍金告

诉考试委员会他对未来有什么计划。

“如果你们给我评第一等，”他说，“我将去剑桥；如果我得第二等，我将呆在牛津，所以我希望你们给我第一等。”

考官们这样做了。

斯蒂芬·霍金——被誉为当代最伟大的理论物理学家之一，他的名字及他的《时间简史》早已家喻户晓。21岁患上肌萎缩性脊侧索硬化症，从此坐在轮椅上，但他却依然拥有极活跃、极富想象力的大脑。

案例思考

昔日的“破坏之王”，今日身价5000万

夕阳西下，成都市街道车水马龙，一名大学生模样的男生，穿着衬衫，背着斜挎包，行色匆匆，走进挂着“厂长办公室”牌子的房间。工人师傅说，那就是他们厂长——王搏豪。

王搏豪是四川师范大学商务英语专业大二学生，另一个身份是成都市登峰节能环保灯厂的法人代表，每天往返于学校与工厂之间。王搏豪说起自己的经历，由衷地感谢父母在成长过程中对自己好奇心的呵护和培养。

王搏豪从小就对周围的事物充满好奇，为此，他常常背着父母将家中的玩具，甚至收音机、钟表等逐一拆开，查看个究竟。一天下午，父母都出了门，只有王搏豪一个人在家。百无聊赖的王搏豪看到家中一个坏了很久的闹钟搁置在桌上，“闹钟里面是什么样子呢？”在好奇心的驱使下，王搏豪把闹钟拆开了。王搏豪的记忆力特别好，对零件构造看过一遍便能记住大概，于是，闹钟被他拆开又完整地装好。没想到闹钟在他手中翻来倒去地鼓捣一番后，指针竟然转动了起来。爸爸回家后，王搏豪拿着自己的“作品”向爸爸炫耀。根据王搏豪的一贯表现，爸爸起初根本不相信。等看到闹钟表盘指针滴答动起来，他才吃惊得张大了嘴巴。王搏豪的爸爸似乎看到了儿子未来的发展方向，于是，开始全力支持他的兴趣爱好，家里的电视、冰箱都被他“开膛破肚”过，王搏豪也博得了一个十分贴切的绰号——“破坏之王”。

聊到 LED 节能灯的发明，王搏豪坦言与自己对新鲜事物的好奇有关。高二时，一次家中的灯泡突然坏了，妈妈在换灯泡的过程中手被烫坏了，当时王搏豪就好奇地想：“灯泡为什么要发烫？如果不发烫不是可以节约很多能量么？”于是他开始着手搜集各种相关资料，决定设计一款比玻璃灯泡更节能的灯泡。当时还只是一名高中生的王搏豪，对很多电路知识还不太了解，只能在繁忙的学习之余向老师和父母请教。其中很多问题超过老师、父母的知识范围，他们也无法完全解答王搏豪的疑惑，被逼无奈的王搏豪只好自己找来相关书籍阅读。后来，从王搏豪口中蹦出来的有关电路方面的新名词、新术语，连身为物理教师的父亲都听得半懂不懂。王搏豪经过不断完善和改进，终于成功研制出了 LED 节能环保灯。

经过申请，王搏豪的 LED 节能环保灯荣获国家“实用新型专利证书”。四川省电子产品监督检验所出具的测试报告显示，LED 节能环保灯在额定电压和额定功率下工作时，其实际消耗的功率仅为 2.1 瓦，比普通灯泡要节能很多。没过多久，北京一所研究院发邮件给王搏豪，商谈专利转让（合作）的事宜，愿意出 5000 万购买专利。得知自己专利技术的含金量后，王搏豪说：“说实话，肯定有些动心。但是我想我得到这些钱，又能做些什么？说不定我还会因此堕落。人生不在于你拥有多少，而在于追求理想过程中的奋斗经历。哪怕通过自己的努力，最终只能挣回来 5 万元，也值！”

还有一个因素对促成王搏豪走上创业之路至关重要。王搏豪学的是商务英语，这个专业很热门，但是就业面很窄。该专业属于英语类，但方向是商务英语，就业方向多是翻译、商务秘书类。如果是在“长三角”或“珠三角”地区，此类专业的就业前景还比较乐观，但在中国西部就显得多少有些不合时宜。学习一段时间后，同学之间就开始嘀咕“当初还不如选师范英语”。如果说专业方面的不尽如人意还可以通过发展特长来弥补，那么大学生活的空虚无聊又该如何化解呢？大学不像高中，从白天到黑夜都将学生的时间安排得满满的，大学里更多的时间都需要学生自己来规划。刚进大学时，学校虽然安排了丰富多彩的活动，但这些活动对于像王搏豪一样努力学习的同学意义不

大，舞台中央的焦点人物能歌善舞，多才多艺，多半是素质教育成果，眼下大多数学生都是应试教育的牺牲品，所以大多数学生只能充当观众。这也就使得很多学生无所事事，有人沉迷于网络，有人沉迷于恋爱，有人热衷于兼职……王搏豪分析自己的优劣势后，认真思索起自己的大学生活以及将来的人生走向，是与世沉浮还是扬鞭自奋蹄？他选择了后者。

王搏豪将自己创业的想法与父亲交流后，父亲举双手赞成，还鼓励他不要放弃学业。在家人的帮助下，办厂前期投入了50万元，不久之后又追加投资40万元，使工厂顺利运转起来。为此，一家人负债累累。工厂投入的90万元资金，不仅是父母的全部积蓄，还有些是向亲戚朋友借来的。一次，父亲带着王搏豪到远房亲戚家借钱，他们去的时候是晚上，父亲在楼下徘徊了很长一段时间，犹豫再三还是带着王搏豪上楼了。到了亲戚家门口，父亲按门铃后，屋内一下子没有了声响。父亲没有办法，只好高声喊亲戚的名字，亲戚应声出来，外边那道铁门却没有打开。隔着铁门，亲戚问这么晚了有什么事，父亲说孩子想干番事业，家里一时凑不齐那么多钱，想找本家借点钱。亲戚早就知道他们父子找人借钱的事，直倒苦水，说自家也没那么多钱。父子俩准备离开的时候，亲戚塞过来100元钱，说不用还了。回家的路上，王搏豪几次看到父亲偷偷抹眼泪，但父亲一路上还鼓励王搏豪不要被眼前的困难吓住，并说钱不是问题，还有几个本家没有去问呢。看到从不轻易向别人开口的父亲，因为自己的事情对人低三下四，王搏豪的内心翻江倒海，暗暗下定决心，要将工厂办好。

LED节能环保灯从生产线上下来后，由于工厂运转资金不足，广告投入为零，经销商对于LED节能环保灯的市场前景并不看好，不敢贸然加盟代理销售，无奈之下的王搏豪只好自己亲自跑销售。暑假，王搏豪穿梭于西南地区各大宾馆、酒店、企事业单位，推销他的节能灯，两个月就销售了10多万个。王搏豪已经想不起来自己吃过多少次闭门羹了，但至今他还清晰地记得自己推销出第一个节能灯的情形：一次，他到四川省广汉市某单位推销产品，一位李姓科长看了一眼，就表示单位已经有灯，不需要再买。王搏豪缠着他介绍LED节

能环保灯比起同类节能灯的优势，并替他算了一笔账：一个 LED 节能灯按照每天 12 小时的使用频率使用 2 年，总耗电仅 17.52 度，电费仅 9.46 元。但普通白炽灯使用 2 年电费则需要 512.86 元，如果是商业用电的话，电费则高达 591.3 元。李科长看着王博豪充满期盼的眼神，勉强答应买一个，拿回家试试。“虽然只卖出一个，但走出门后，我兴奋得直呼万岁。”

虽然工厂的事情千头万绪，但王搏豪从来没有耽误一节课，两年来，也从未挂科。双休日，王搏豪不是在图书馆，就是在书店。工作和学习兼顾，最忙的时候他只能休息两三个小时，有人劝他放弃学业专心经营工厂，并以比尔·盖茨为例，认为不上大学照样能成就一番大事业。王搏豪听到这些，只是淡然一笑，因为他坚信：内外兼修，拥有更多的知识才能走得更远！

现在，通过王搏豪的不懈努力，工厂逐步走上正轨，各地的经销商蜂拥而至，生产的节能灯已在全国范围内销售，平均每个月能卖出 20 万个，除成本和工人费用外，工厂每月能净赚好几万元。但由于目前赚到的钱大部分用于归还借款，所以，王搏豪还得继续努力推广自己的节能灯业务。

第五章 求职过程指导

有了求职能力，还不能说明一定能够求职成功。毕业生需要在求职过程中学会收集求职信息，编写自荐材料，掌握求职技巧，懂得如何推销自己，从而最终达到顺利求职。

第一节 求职信息收集

在信息时代，信息的重要性不言而喻。谁能够以最快捷的方式占有最广泛、最有效、最准确的求职信息，谁就把握了成功的机遇；谁能积极主动、广辟途径地收集求职信息，认真细致、去伪存真地分析处理信息，谁就能把握选择的主动权，就能抓住最佳的求职机会。大学毕业生能否成功求职，不仅取决于个人的学业成绩、能力水平及社会对人才的需求等因素，同时也与毕业生能否及时有效地获取求职信息密切相关。因此，收集求职信息是高校毕业生求职前的一项重要工作，求职信息越广泛，择业的视野就越宽阔；求职信息质量越高，择业的把握就越大。

一、求职信息的内容和收集

（一）求职信息概述

1. *求职信息的内容*

从宏观角度而言，求职信息包括政策法规信息、求职形势与行业信息、用人单位信息、择业求职指导信息等，其在求职择业过程中起着十分重要的作用。

（1）政策法规信息

即有关求职的方针、政策、法律等信息。政府是对社会进行统一管理的权力机构，任何组织、个人都必须服从政府依据法律和法规对整个社会的统一管理。如果能了解政策、遵循政策、利用政策提供的条件，那么就能使个人顺利求职；反之，如果政策不明或与之违背，将妨碍个人的顺利求职。可见，毕业生求职工作是一项涉及面较广的活动，在操作中涉及户政部门、档案管理及城市管理等部门。为了毕业生的合理使用，为了满足不同行业、不同地区对于人才的需求，也为了保证毕业生求职工作的有序进行，每年国家都要根据当年国家政治经济形势的变化调整制定一系列政策，对求职工作中的问题提出具体的规定；各个地区求职管理部门也从本地区的实际情况出发，相应地制定一些导向性政策和相应的操作规程；各高校结合本校毕业生工作的实际，也要制定具体实施办法与细则。因此，毕业生在面向社会求职择业时，首先要收集了解当年国家、省、市等在大学生求职过程中的具体政策规定并按规定办事。目前，我国人才市场机制正处在不断完善的阶段，毕业生应了解的法律、法规有《中华人民共和国宪法》、《中华人民共和国民法通则》、《中华人民共和国劳动合同法》、《中华人民共和国劳动法》、《中华人民共和国反不正当竞争法》、《中华人民共和国求职促进法》、《全国普通高校毕业生求职暂行规定》，等等。

（2）求职形势与行业信息

即有关国家总的求职形势，行业发展战略、动向和趋势的信息。国家总的劳动求职形势是随着社会经济形势的变化而变化的，因而各个地区、各个行业的求职形势，也是随着社会经济形势的变化而变化的。大学生在求职时，就不可避免地要受到当地经济社会状况的影响，比如经济增长方式的转变和经济结构的调整、和谐社会的构建、社会主义新农村的建设、政府机构的精简等政策给行业和求职带来的不同影响。对此，毕业生应有清晰的认识，并学会审时度势，选择恰当的择业方向，把握求职机会。随着社会经济状况的变化，各个行业对人才的需求也在不断

地变化，毕业生应特别关注近几年来地区间、行业间的人才需求状况，减少盲目性，避免把择业的注意力集中到那些对人才需求已经饱和的地区和行业部门；同时还要关注当年求职趋势的预测，把握行业需求的变化，适时调整求职期望值。

（3）用人单位信息

即具体的用人单位的情况。如果说政策法规信息、求职形势和行业信息对毕业生来说是基础信息，为其求职方向的确定、求职期望值的调整起到宏观指导作用，那么用人单位信息则对求职起着直接性的作用。在毕业生选择用人单位时，往往会出现这样一些错误：对用人单位情况不了解，择业带有很大的随意性和盲目性；盯着“关系”单位，企图靠“关系”得到提拔和重用；只图单位名称好听，盲目拍板，等等。这些都是片面的，要避免这些误区，关键在于掌握用人单位的信息。这就要求毕业生不仅在招聘广告和求职信息中选择出最适合自己的求职机会，而且还应在初步确定了自己想应聘的求职或岗位后，对该招聘单位及应聘岗位工作要求有所了解。对招聘信息掌握得越多，求职选择的机会就越多；对招聘单位多一点了解，求职的成功希望就会多一点；掌握和了解用人单位的信息量越大，判断准确率就越高。这里以调查企业的信息为例，给大家提供一个提纲，以供参考：企业是否得到工商部门认可；企业有没有濒临倒闭的风险；企业的规模、占地面积、固定资产总额、职工人数、人均收入等；企业的主导产品、产品的市场占有率、生产总量与销售总额；企业领导人的学历与人品；企业内是否有适合自己的工作岗位；晋升的机会；现企业职工对企业的评价；企业效益是呈增长趋势，还是下降趋势；企业的社会知名度；企业的福利、工资、津贴、住房、医疗保险、养老保险、生活设施等；工作的劳动强度；工作环境，包括设备条件、安全保护、污染等。

（4）择业指导信息

即具有普遍的择业指导理论、方法、技巧，以及求职指导专家或机构就当前择业方面存在的普遍问题发表的评论、咨询和建议等方面的信息。这些信息对毕业生准确把握求职形势，掌握择业技巧具有十分重要的参考价值和指导意义。

从微观角度来看，求职信息的内容归纳起来包括以下十二个方面。

1）用人单位的准确全称。

2）用人单位的所有制性质：国有、集体、股份制、民营、私营、乡镇、外资、合资等。

3）用人单位的隶属关系：要清楚其上级主管部门（指人事管理权限），中央部委单位要清楚主管部委的情况（人事档案管理关系）。

4）用人单位的详细地址、地理位置及交通状况。

5）地址、邮编、电子信箱、网址等。

6）用人单位需求人才的职位、人数、工作岗位、职责范围。

7）用人单位对需求人才的素质条件及具体要求：学历、思想素质、专业技能、外语水平、计算机操作能力及身体健康状况等。

8）用人单位的发展历史、成长过程及发展前景：规模效益、注册资产、员工人数、占地面积、主要产品品牌、用户、市场占有率、行业排行榜。

9）用人单位的薪酬福利体系：工资、奖金、职务津贴、福利保险、医疗、住房以及相应的劳动纪律。

10）用人单位的领导管理体系：人才战略、用人理念、组织机构、升迁发展机会。

11）用人单位的工作环境，文化生活氛围。

12）用人单位所在地区对接收外地生源毕业生的条件、要求及程序。

2. 求职信息的特征

求职信息是指择业者事先不知道，经过加工整理，能被择业者接受并对其选择所从事的职业或职位有一定价值的消息、资料和情报。求职信息作为一种实用信息，具有信息的一般特点，如可识别、存储、转换、加工、传递、共享、处理等，同时也具有其自身的基本特征。

（1）社会性

信息按其基本属性可分为自然状况信息和社会状况信息。求职信息属于社会状况信息，这一属性表现在求职信息联系着人们的活动，并且与很多部门及个人相关联。企事业单位用它来寻找人才，求职者用它来谋求工作岗位。求职信息反映社会对人才的需求，是求职流动的重要组成部分。

（2）时效性

求职信息的时效性是指求职信息从信源（如政府、企事业单位）发出，到信宿（主要是求职者）接收、利用的时间间隔期及其效率。与其他信息一样，求职信息具有很强的时间效应，一定的信息只有在一定时期或一定阶段有效，这个时期或阶段一旦过去，其效用就会减弱，甚至消失。例如，用人单位在发布招聘信息后，事先得知此信息的应聘者自然会捷足先登，在用人单位招聘结束后，此信息也就失去了使用价值。可见，信息具有鲜明的时间效应，只能在及时利用的情况下，才会有理想的使用价值。

（3）动态性

求职信息是一种动态的信息，它并不是求职过程中固定的指标，而在很大程度上受国家政治、宏观经济形势、地区行业需求的发展、企事业单位阶段发展战略变化的影响。比如，有的专业可能在入学时非常热门，社会上这类专业人才供不应求，但过三五年以后就可能供过于求了。因此，求职信息总是随着人才的供需矛盾而波动。

（4）共享性

某一求职信息可以同时为众多的求职者和相关的组织机构了解或使用。目前，大多数著名的或有一定规模的企业单位，在网络或通过电话、传真向全社会及具有某一专业的高校，同时发布求职信息。因此，求职信息的共享性要求毕业生一旦获得信息就必须快速作出反应。毕竟竞争对手并不局限于周围的同学，还有其他人。

（5）效用性

求职信息的效用性就是它的价值性，如果高校毕业生根据求职信息找到自己合适的工作岗位，既满足了个人生存发展的需要，也使用人单位招聘到了合适的人才，取得了社会效益，这就是求职信息的正效应；当然，若求职信息不准确，甚至是伪信息，或是毕业生对求职信息认识不够深入，则会给个人和社会带来负效应。

3. 求职信息的分类

求职信息根据不同的分类标准有不同的种类。根据求职信息包含的内容不同，可以将求职信息分为求职形势信息、社会需求信息、用人单位信息等；从信息语言的角度来分，可以将求职信息分为口头信息、书面信息、媒体信息等。

（二）求职信息的收集

1. 求职信息收集的原则

（1）准确性原则

必须坚持实事求是，力戒主观臆断，不人为地夸大缩小、拔高贬低，要有喜报喜、有忧报忧，信息的时间、事例、数量、单位应当力求准确。在收集的过程中，要做到边收集、边识别，排除不真实或不准确的信息；还要防止由于主观上对某些信息的偏爱，使某些信息融进主观色彩，造成信息失真。

（2）针对性原则

针对性是信息收集的基本原则。这一原则要求信息工作人员根据本机构的性质、任务和服务对象确定信息收集的范围和重点。由于信息工作具有很强的服务性，其目的在于为领导决策服务，因此，收集信息时，必须首先明确服务对象及其所需信息的用途，然后有针对性地收集。只有这样，才能避免无用信息膨胀和信息污染，才能避免有用信息堵塞、中断、短缺，从而有的放矢地收集有价值的信息。

（3）系统性原则

这是信息收集的基本要求，也就是要注重信息收集的连续性和完整性。系统性原则主要基于两方面的原因：一方面，由于事物是运动变化的，在其发展的各个阶段，事物的内外变化将呈现出不同的性质和状态，都是紧密联系、相互影响的，既有连贯性也有系统性；另一方面，领导决策的制定和实施过程，也是一个完整的系统，只有在不同的决策阶段连续完整地收集信息，才能满足决策者对信息的需求，实现科学决策的目的。

（4）计划性原则

求职信息的收集既要重点满足当前的需要，又要适当考虑未来发展的需要；既要广辟信息来源，增加收集渠道，又要持之以恒，日积月累；既要考虑信息内容的全面性与系统性，又要避免不必要的重复；既要考

虑信息收集的广泛性，又要善于收集关键问题的信息。这些关系的合理处理，就要求我们事前必须有周密的思考和全面的计划安排。先做什么，后做什么，从哪些方面着手，到什么程度结束，这些都是决定求职信息收集本身效率高低的关键问题。因此，求职信息的收集必须要有计划地进行，做到有的放矢，才可能事半功倍。

（5）主动性原则

我们所处的环境，时刻都在生成大量的信息，求职信息亦是如此。信息的交流既有正式渠道，也有非正式渠道。求职者只有积极主动地去收集，才能把有价值的求职信息捕捉到手，也才能使整个求职择业过程更加主动。这就要求毕业生，一方面要熟悉求职信息的来源、范围、特点，并善于利用各种收集信息的手段与方法，做到会找、会搜；另一方面要具有吃苦耐劳的精神，经常关心留意，做到勤搜、广集。那种持守株待兔和坐享其成态度的人，都是不可能获得全面、准确、有用的求职信息的。

（6）及时性原则

求职信息具有极强的时效性，毕业生求职信息的收集一定要快速及时。信息价值的大小，与对它的收集、传递、使用是否及时直接相关。如能及时收集，就可能起到较大的作用；如果延误时机，就可能降低，甚至失去其使用价值。因此，只有尽可能快地掌握求职信息，及时出击，才能收到意想不到的效果，尽快、及时地找到适合自己的工作。而当一条用人信息成为众所周知的消息时，其竞争就会变得十分激烈，到那时，求职难度无疑会增大。

2. 求职信息收集的途径

求职信息的来源很多，求职者获得求职信息的途径主要有以下几个方面。

（1）各级主管部门和求职指导机构

1）各级政府主管部门和求职指导机构。为了适应毕业生求职制度改革的需要，县级以上各级政府多数都成立了毕业生求职指导机构。这些机构的主要职责就是制定所辖区域的毕业生求职政策，交流毕业生和用人单位的供求信息，为毕业生提供各种咨询和服务。每年这些机构都要通过各种形式为毕业生提供各种可靠的求职信息，促进毕业生就业。因此，毕业生要高度关注从国家或地方的有关决议、决定和各种人才流动政策、规划规定等文件中获取求职信息，这类信息具有较强的宏观指导作用。

2）学校求职主管部门。学校的毕业生求职指导中心和各院系的相应机构作为毕业生求职的重要中介机构，与中央有关部委和各省市的毕业生求职主管部门及有关用人单位保持着密切的联系。国家有关的求职政策规定、地方的有关政策、各地举办“双选”活动的信息、有关用人单位介绍材料及需求信息等，一般都能及时掌握。它们所提供的求职信息无论是从数量上还是质量上，都有明显的优势。从学校获得的求职信息可信度高，其针对性强，准确性、可靠性都较高，因而学校求职主管部门是毕业生收集求职信息的主要渠道之一。

（2）社会实践与实习

毕业生在校期间都要进行毕业实习，利用假期进行社会实践活动。这不仅是大学生走出校门、融入社会、锻炼与体验人生以及参加工作预演的途径，也是大学生收集求职信息、推销自我的机会。通过与社会的接触，加强了与有关单位的联系，增进了彼此的了解，在此期间直接掌握的求职信息也往往是最真实的，如果两厢情愿，那是再好不过的机遇了。

（3）大众传播媒介

毕业生求职是社会关注的热点话题，近年来引起了新闻界的普遍重视，有关求职的政策、热门话题的讲座、招聘广告等常有登载报道。大众传播媒介的特点是受众面广、传播速度快、形式活泼多样、信息传递量大，是获取求职信息的快捷通道。可见，通过报刊、广播、电视、网络等渠道了解市场动态，并获取用人信息资料是非常重要的。目前，主要的大众传播媒介有：《中国大学生求职》杂志、《毕业生求职指导报》、各地的人才市场报、《劳动力市场报》等报纸杂志；各地电视信息大都设有人才招聘或求职专栏；专门的求职网站每年举办的网络招聘会等。

（4）社会关系

通过亲戚、朋友、邻居、师长、校友及其他熟人等社会关系也可以获取求职信息。俗话说“多一个朋友多一条路”，人际网络也是获

得求职信息的一个重要渠道。信息的发出和接收者都是人，信息自始至终都在人与人之间传递。但由于人与人之间的关系不一样，有亲疏远近之分，彼此之间的信息关系也就不一样，信息总是在关系较密切的朋友圈子里流动、传递。由于是朋友，特别是较要好的朋友，对自己各方面的情况比较了解，他们的信息就比较有针对性、适合性。大学生长期生活在校园中，接触面较窄，社会关系不广，所以要善于利用父母、亲朋好友等的社会关系，拓宽信息的来源，让更多的人帮助自己收集求职信息，寻找求职机会，实现高质量求职。有关部门曾对来自31个省市自治区，共42个专业的毕业生进行了大型问卷调查。调查显示：25.6%的人是“通过亲友的介绍”确定工作单位的，高于学校举办的供需见面会，即“双选会”的求职率（15.2%）；41.1%的人表示对自己有用的信息是从“亲戚或朋友（熟人）”处获得的；28.5%的人认为择业中遇到的主要问题是“缺乏社会关系”。由此可见，社会关系在毕业生求职中的特殊作用。

（5）求职中介服务机构

目前，随着社会的快速发展，社会分工越来越细，有很多用人单位由于竞争的压力，将人才的招聘工作交给了一些专门的人力资源管理公司，并经过这些人力资源管理公司的选拔、考核、培训后直接上岗。因此，大学生就有必要参加一些由行业协会、培训中介机构组织的求职培训，建立“学校指导、社会中介推荐、求职培训、成功求职”一条龙服务体系，即通过社会中介拓宽求职渠道。

（6）“双选”会

目前，大学生求职面临三大人才市场：一是教育系统的毕业生求职市场；二是人事部门的人才市场；三是劳动部门的劳动力市场。除此之外，还有一些私营中介举办的不同规模和层次的招聘会。这些活动有的由一个学校或多个学校联合举办，有的是一个省或多个省联办，也有的是由地、市（州）、县单独举办，还有的是用人单位自行举办。这些“双向”活动或招聘会规模不等、形式多样、时间集中、信息量大、针对性强，双方面对面接触，不仅可以直接获得许多时机，还可以当场签订协议。

（7）电话收集

一般来说，电话簿的分类目录包含了一个地区几乎所有单位的名单，特别是从"黄页"电话簿中就可以直接找到有关单位的名字和地址。有的地区的电话信息台还专门开辟了人才求职专题栏目。

（8）其他途径

除了上述途径以外，求职信息收集的途径还比较多，如博览会、产品展销会、业余兼职、参观活动、登门拜访、毛遂自荐、社会调研、"高端"访谈、重大集会或庆典、主动出击刊登求职广告等。

3. **求职信息收集的循环模式**

要获得有效的求职信息，毕业生首先需要具有清晰的求职意向，并且有步骤地做好职位信息的搜索工作，"好的开始是成功的一半"。成功的求职必须从有计划的求职信息搜索开始。这里介绍一种求职信息搜索的循环模式，如图 5-1 所示。

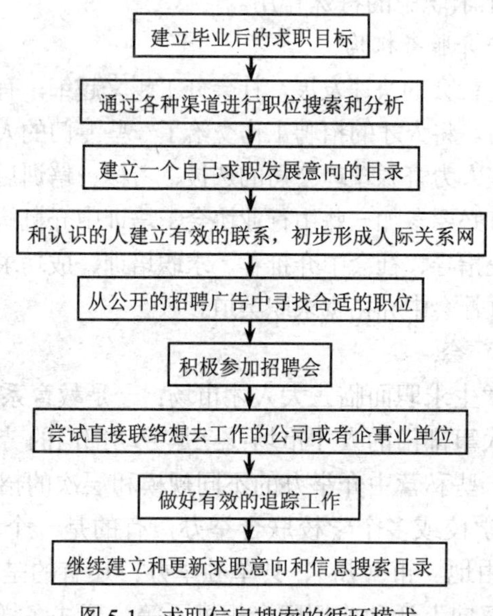

图 5-1　求职信息搜索的循环模式

4. **求职信息收集的方法**

收集求职信息的方法可从现实的兴趣领域、研究的兴趣领域、社会

的兴趣领域、习惯的兴趣领域、企业的兴趣领域、艺术的兴趣领域等方面入手，充分利用学校、媒体、社区、家庭、朋友等资源，并从自身求职愿望出发，对收集的求职信息进行适应性诊断、人事计划诊断以及综合评价诊断，筛选、储备对自己有用的信息。

（1）收集方法

收集方法主要分为直接收集和间接收集。

1）直接收集。通过运用调查法、追踪研究法、访谈法、观察法等研究方法直接接触原始信息并获得信息。

2）间接收集。所要收集的资料已由他人收集、整理、编制完成，收集者以购买、索取的方式获得。

（2）分类整理

根据信息收集的渠道和方法不同，需要对信息进行分类和整理。

根据资料本身的特点，立足使用方便的原则，可以采用多种方法对求职信息进行分类。

1）行业分类法，即根据行业分类的标准，将同一行业的求职信息集中在一起。许多求职信息都是由特定行业组织或协会收集的，因此，在了解行业分类的性质及标准的基础上，按这种方式编排比较方便。

2）求职分类法，即根据求职分类标准，将求职信息按大类、中类、小类、细类的等级逐渐区分，将同类求职资料集中在一起。由于求职分类本身已具有一套比较完整的体系，在熟悉求职分类标准的前提下，使用这种分类方法比较灵活、方便。

3）学科分类法，即将求职信息按所属学科或专业性质进行分类的方法。这种方法最适合教育与培训信息的分类。毕业生或求职者可以通过这些信息了解特定专业的课程设置与特定求职之间的关系，但是，由于用有限的学科和专业将所有求职进行分类实施起来有很多困难，无法准确反映求职的特点，因此，必须与其他分类方法配合使用。

4）地理分类法，即以求职信息所反映的地理位置为标准进行分类。对于打算到某一特定地区去工作的人来说，这种方法提供了查阅的便利。根据该方法把同一地区有关求职的政策、求职门路以及教育培训等求职信息集中在一起，不但便于求职者查询，也便于进行地区之间的比较。

5）笔顺或拼音字母分类法，即依据资料名称第一字的笔画顺序或拼音字母顺序来组织资料。只要熟悉文字的笔画顺序或字母顺序，无论是分类还是查阅，这种方法都非常方便。由于此方法不能把同类资料集中在一起，因此只对查阅具体资料用处较大。

对资料进行分类整理后，为了查找利用方便，需要建立资料目录。一套完整的资料目录（或索引）应该提供多种检索途径—— 名称的、主体的、学科专业的以及地理位置的，等等。一般来说，为了查找方便，同一内容应同时建立几种目录（或索引），包括名称目录、主目录、分类目录、地理分类目录，等等，把这些信息制成目录卡片，每一张卡片只记录一项资料的目录信息。记录的主要项目有：资料的名称、资料的来源（包括作者、出版印制者、出版地点与时间）、资料的形式（印刷品或非印刷品、正式出版物或非正式出版物等）、内容提要、分类号、索取号。

求职信息的保管一定要遵循安全、方便的原则，将纸制材料与计算机保存相结合。具体措施包括：应有安全的场所保管资料；每一单元的资料应放置在固定的位置，以利于查找；放置的位置应有利于使用者查找；同一类的资料应尽量放置在一起；相近的资料应尽可能放在邻近的位置；建立与之配套的资料目录或索引，同时提供参照索引；放置的场所应有剩余空间，以补充或添加新材料。

所谓加工，就是运用分析、综合、比较、统计等方法对信息进行深入研究，对求职变化作出预测。

二、求职信息的筛选和使用

毕业生小章参加了几次招聘会都没有获得面试的机会，看到周围的同学基本都签约了，他心里十分焦急。在某次人才交流会上，小章发现某公司摊位前围的人特别多，心想这一定是一家好单位，于是就挤了进去。只听负责招聘的人员在侃侃而谈：“……成绩不好不要紧，只要你有才华，薪水自然不少……公司现在是事业上升期，急需大量人才，专业不限，但名额有限，欢迎加盟。”小章一边听，一边看招聘人员身后的招聘展板，展板上图文并茂，有漂亮的办公楼、气派的厂房、崭新的

员工宿舍……还注明毕业生待遇从优，可解决户口问题，还有出国培训的机会，于是小章心动了，立刻冲进去作自我介绍。当晚他就参加了简单的面试，与公司签了求职协议。签约后，小章才对该公司的情况有所关注，在网络发现许多毕业生指责这家公司涉嫌在招聘中虚假宣传的帖子。于是，小章又决定违约，可公司方面的答复却是，违约可以，先交违约金1万元。

小章的例子在许多毕业生身上都发生过，由于急着签约而没有对单位的信息进行详细的了解，从而埋下了后患。所以毕业生在决定签约前一定要通过教师、学长、家长、亲朋等打听该单位的详细情况，必要时要进行筛选和实地考察，以获得较全面的信息。

（一）求职信息的筛选

1. 信息筛选的原则

收集求职信息要力求做到“早、广、实、准”。所谓“早”，就是收集信息要及时，要早做准备，不能事到临头再去抱佛脚。所谓“广”，就是信息面不能太窄，要广泛收集各个方面、不同层次的求职信息。有的毕业生只根据自己预先设定的目标收集有关地区、行业和单位的求职信息，而忽视了有关信息。“实”，就是收集的信息要具体，用人单位的地点、环境、人员构成、工资待遇、发展前途、对新进人员的基本要求、联系电话等各方面信息掌握得越具体越好。“准”，就是要做到收集的信息准确无误。用人单位需要的是什么层次、什么专业的人才，在生源、性别、相貌、外语水平方面有什么特殊的要求，这些都要选准；还要注意用人单位信息的时效性，看看所了解的信息是不是过期信息。

2. 信息筛选的步骤

求职信息是找工作的基础，掌握的信息越广泛，信息质量越高，成功的概率就越高。由于信息的来源和获得的方式不尽相同，内容必然是杂乱的，有相互矛盾的，也难免有虚假不实的。求职者可结合自己的实际情况，对获得的信息去粗取精、去伪存真，通过分析、筛选、整理、鉴别，取其精华，使信息具有准确性、全面性和有效性，更好地为自己

择业服务。一般来讲信息筛选按以下步骤进行。

（1）整理

要对得到的各类信息进行分类整理，把那些不适合的信息剔除，然后把剩余的有用的求职信息按一定顺序排列。求职信息不仅仅是用人单位的需求信息，它涉及的范围很广。比如，有的是关于求职方针、政策方面的信息，有的是与自己所学专业有关的信息，有的是关于需要人员的素质要求方面的信息，等等。对于重要的信息要顺藤摸瓜、寻根究底，务求了解透彻，不能一知半解。要全面掌握情况，全面了解信息的中心内容。

（2）比较

当然，在对信息进行比较的过程中，要根据自己的性格特征、兴趣爱好、专业知识、技术能力、基本素质、求职发展意向等来分析，看看自己与哪些信息更吻合，哪个单位对自己的发展更有利。之后将重点信息选出、标明并注意留存，一般信息则仅作参考。

（3）分析

分析求职信息有三层含义：一是要识别真假，进行可信度的分析。一般来说，学校毕业生求职机构提供的信息可信度比较高，其他渠道得到的信息，因为受时间性或广泛性的影响，还需要进一步核实。二是要进行效度分析，对信息的可用性进行鉴别，要看这条信息能否为我所用，如自己所得到的信息是否是政策允许范围之内的、信息中所反映的对所需生源状况及人的素质要求等。三是信息的内涵分析，通过对求职信息的内容进行分析，从中发现用人单位对人才的需求条件。

（4）反馈

当收集到一条或更多的信息后，一定要赶快分析处理并及时向信息发出者反馈信息，保证信息的时效性。一旦获得了有价值的求职信息，就要及早准备，尽快出击，主动与用人单位联系，询问应聘的方式、时间、地点和具体要求，并提供自己的求职材料。

有时还要根据筛选出来的需求信息的要求来对照检查自己存在的差距，及时调整自己的知识结构，尽量弥补不足，力争在最短的时间内获得最大的提高。

（二）求职信息的使用

1. 分析用人单位信息

为什么仔细研究用人单位的信息如此重要呢？因为通过研究用人信息可对用人单位的文化背景、经营方式、行业特征和发展趋势有一个初步的了解，帮助毕业生发出有效的求职信和简历，并在面试的时候展示自己的知识和能力。如何打这场“有准备之战”呢？下面是毕业生必须了解的关键信息。

（1）用人单位的产品和服务

可以通过用人单位的宣传册、广告、网站和其他传播途径了解到其过去、现在和未来发展中的产品状况，看看这个行业是不是自己很感兴趣的领域。通过对用人单位所提供的产品和服务的了解，可以对自己的技术和能力是否适合该用人单位的要求作出相应客观的评估。

（2）用人单位的竞争力

用人单位在当地市场的市场占有率、规模和发展变化状况等。

（3）用人单位所针对的市场

用人单位产品主要针对什么人群或产业，主要销往哪些地区和市场等。

（4）用人单位的发展策略

用人单位可能会发展什么新的产品线、新的投资方向、新的产业等。

（5）用人单位的社会影响力和参与的公益活动

用人单位在当地或者在全国是否享有盛名，是否有好的社会效益等。

（6）主要管理部门和管理者的姓名

研究这类信息可以在面试的时候拉近与对方的关系，显示出自己真正关心该用人单位的发展。李同学毕业于某大学的会计专业，成绩优异，她一直瞄准各类会计师事务所，希望成为一名专业人士。但是很多事务所需要的是富有经验的人，李同学于是将目光投向了新兴的高科技行业和电信行业。她搜索了所有电信行业及其相关的领域，发现这些快速增长和扩张的公司，其预算部门已经难以应付现实的工作，于是主动发出了多封求职信。不久她就通过了一家著名的跨国公司的面试，开始了全新的职业生涯。

研究用人单位信息可以让毕业生了解用人单位所在行业和市场的

信息，了解行业的发展前景和自己的求职发展趋势，这些在面试中都是会被经常问到的话题。

2. 分析求职陷阱

21世纪是信息飞速发展的世纪，网络、短信已融入了人们的生活，一方面为毕业生获取求职信息提供了更多渠道，满足了毕业生“足不出户找工作”的愿望，但从另一方面来说，网络本身就是非面对面的“虚拟”世界。时下，网络招聘效率高，即时性和针对性强，因此很多用人单位的人才招聘都通过网络进行。与此同时，也发生了一些非法网站利用毕业生求职心切的心理，进行诈骗等违法活动的事情，如骗取资料出售谋利、骗取报名费、拉人做传销、模糊概念、偷梁换柱等就是网络招聘诈骗的惯用手段。

（1）何谓求职陷阱

毕业生求职陷阱是指招聘单位、其他机构或个人，利用毕业生的弱势地位（如社会经验不足、自我保护意识差、求职竞争激烈等）以提供求职机会为诱饵，采用违法悖德等手段，与毕业生达成权利与义务不对等的各类求职意向（协议）以期侵害毕业生合法权益的现象。

（2）求职陷阱的案例

近两年随着毕业生人数的增加，毕业生落入招聘“陷阱”的案例也越来越多。广州市工商部门的负责人表示，近年来非法传销活动有将黑手伸向大中专毕业生的动向。近两年工商部门查出遣散的传销人员，主要集中在18～25岁，其中刚毕业的大学生占很大比例。仅2003年以来，广东省就发生多起在校或刚毕业的大学生被非法传销组织控制的系列事件，受骗人或听信于传销头目欺骗转而勒索父母，或经传销组织“洗脑”后成为传销骨干坑害他人，或不忍长期囚禁跳楼致残。

四川某大学计算机专业的毕业生小阳，在网络看到了一则招聘信息正好有适合自己专业，就拨通了联系人刘小姐的手机。经过简单对话后，刘小姐称小阳的条件很不错，希望她能尽快到广州面试。于是小阳便乘飞机来到广州。到达广州后，再次拨通刘小姐的电话时，刘小姐却改口说现在是佛山的分公司要人。当天下午，几经折腾的小阳总算在佛山汽车站见到了一直通过电话联系的刘小姐。刘小姐把小阳

安排在一家名为“职工之家”的招待所过了一夜之后，第二天中午便把小阳带到一家小饭店“面试”。小阳在这里见到了“公司主管”刘先生。刘先生一上来就问小阳对传销有什么认识，然后就一个劲地给小阳灌输传销意识，并且向小阳提出“如果要加入公司，首先需要用3800元购买一份公司产品”的要求。此时，小阳开始怀疑自己面对的可能是一个非法传销团伙。于是她偷偷报了案，民警很快赶到，并顺藤摸瓜捣毁了这个非法传销窝点。

这种类似的故事近年来经常发生，并不是每一个人都像小阳一样能够成功摆脱，个别大学生陷入传销泥潭不能自拔，让家长、老师、同学都十分痛心。据了解，目前非法传销组织在网络的招聘，一般都是先在一些求职网站上发布虚假的招聘信息，或者在求职网站上获得求职者个人资料之后，通过电子邮件方式将虚假的招聘信息直接发到求职者的电子邮箱内，并留下手机号码作为联系电话，等看到信息的求职者主动与他们联系时，就约求职者见面，在见面时通过游说、引诱，以及让求职者用高价购买“公司产品”来使其成为他们传销网络的一分子。所以大学生在求职过程中要提高警惕，规避招聘陷阱。

（3）求职陷阱的形式

一般来说，求职陷阱有以下几种形式。

1）以招聘为名盗取信息。

这种情况是先在报纸或网络上公布一些待遇诱人的招聘信息，要求求职者提供自己的身份证号码或复印件，这在求职者看来也许再正常不过。获得这些信息后，有的不法分子还会进一步骗取求职者信用卡号、银行账号、照片等，从而盗用账户、冒名高额透支，甚至专门做起倒卖个人隐私的生意。

长相不错的王同学听说某航空公司网络招聘空姐，于是按要求寄去自己的资料和艺术照，半个月后，复试通知没等到，却在该网站上看到自己的照片。某高校毕业生张某按报纸上刊登的一则招聘广告去某公司应聘，该公司要求她留下身份证复印件及照片后回家等通知。可没料到，她却竟莫名其妙地成了一公司的“股东”，被人告上法庭，并被法院一审判决对债务承担连带清偿责任。

2）以招聘为名骗取钱财。

这种情况是招聘方以各种名目收取报名费、抵押金、培训费、服装费等，等钱骗到手后就人去楼空。

周同学到一家公司应聘，公司称交300元培训费，实习8天后可以上岗，双方签好合同开始培训，公司要求他及其他应聘者在8天内把产品推销出去，可8天后公司就神秘消失了。马同学在一家招聘网站上看到一份特别诱人的工作——某合资企业招聘亚太地区的财务总监助理。在发出求职邮件3天后，她收到了反馈邮件。“公司”告知准备要录用她。但不需要她立即到“公司”报到，可是需要先将她的情况入档，为此先让她按照程序交纳300元档案费、150元培训资料费和180元的公司制服费等各项费用700多元。她于两日后汇出了这笔钱，没想到这家“公司从此便杳无音信”。

《劳动法》规定：用人单位在与劳动者订立劳动合同时，不得以任何形式向劳动者收取定金、保证金（物）或抵押金（物）。所以，在求职过程中用人单位任何形式的收费都是不合法的。

3）以招聘为名获得劳动力及成果。

这种情况一般是通过“高职”、“高薪”等条件来诱骗劳动力。当应聘者开始工作后才发现行政经理等于打杂的，市场总监就是拉业务的，财务分析师居然是保险推销员，所谓的“高薪”不但是税前的，还不包括“三险一金”，甚至还需要完成相应的业绩才能获得。当求职者发现上当后，已错过了最佳求职时机。还有一些人借招聘之名骗取成果。

外语专业的学生张某，通过招聘网站应聘一家公司，该公司以考查他翻译能力为由，发送一些英语材料让他翻译，可翻译了好几次之后，仍没有得到该公司录用的消息。如此三番五次“考查”之后，张某明白了，该公司只是叫他为他们免费翻译英语技术材料，根本就不打算招人。

4）以试用期为名榨取劳动力。

这种情况往往是打试用期与签约时间的时间差，以榨取廉价劳动力。用人单位首先要求应聘人员进行3～6月的试用，试用期内不但薪酬

很少，劳保用品、物质奖励、各种保险和其他福利等也都不能与正式职工享受同等待遇。而在试用期即将结束时，单位便以各种理由炒求职者的“鱿鱼”。因为试用期的工资、福利待遇和正式录用后差异较大，而招聘的费用又微乎其微，某些利欲熏心的用人单位便通过无休止的“试用”来获得最廉价却最认真的临时工。

5）以“霸王条款”克扣毕业生。

这种情况是用人单位通过苛刻的条件来剥夺毕业生的既得利益。

2004 年，北方某大学 10 名学生集体到广西的一家民营企业做食品检验工作。当时该企业给学生的口头承诺是：“月薪 4000 元，外加年终分红；工作满一年，分房；工作满三年，配车。”到了广西之后，急于求成的学生们草率地与该企业签订了劳动合同。一个月之后，所有人都大呼上当。他们的月薪确实是定在了 4000 元，但是在工作中他们经常违反合同上的“霸王条款”。例如，迟到一次罚款 500 元；在食堂吃饭，如有剩饭、剩菜，罚款 100 元。结果，大家一个月工作下来，扣掉各种罚款，实际发到手里只有可怜的三四百元钱。学生集体反抗，说要辞职不干了，该企业拿出劳动合同，要求每个学生交 8000 元的违约金。

6）以“培训”为名骗取培训费。

在大学生求职过程中，常常会看到一些培训机构混迹其中，不断给大学生介绍“高薪求职”，“保证求职”之类的机遇，殊不知其中的陷阱重重。其一，收了培训费仍然无法工作。有些培训机构以“高薪求职”、“保证求职”的名义引诱大学生交纳培训费，但培训结束后，却以种种理由不给安排求职，或者安排的工作根本不适合大学生，逼迫大学生自己违约。

（4）如何避开“求职陷阱”

1）面对各种招聘骗术，一定要保持谨慎，以免受骗上当。

第一，应该进入信誉度高的专业人才网站应聘。各教育部门的官方网站大多开办了招聘专栏，由于他们会对招聘单位进行比较严格的审核，因此发布的信息较为真实。一些大型的专业人才网站都设立了严格的审查制度，也很少出现欺诈的情况，而一些不知名的小网站则容易出现违法招聘。

第二，拒交各种名义的费用。凡是附加了报名费、考试费等条件的招聘信息，一定要高度警惕。

第三，不要随意公开重要信息。求职者在填写网络求职登记表时，不要到处填写自己的求职信息，更不要轻易公开个人的重要信息，尽可能作一些必要的保留，特别是自己的家庭住址和家庭电话最好不要填写，一般留下电子信箱联系即可。

第四，不轻易许诺马上到外地工作，不论其待遇多么好。只有在掌握了这家单位的真实情况，证明其可信之后，才可以去工作。了解单位情况的方法有：通过自己应聘单位所在城市的熟人去打听这家单位的状况，或者通过工商部门、学校求职指导中心核实单位的真实性。

第五，不要将重要证件作抵押，尤其是身份证、学位证、毕业证等。

第六，多种途径了解用人单位背景，注意招聘单位的营业执照等相关证件。正规单位一般会将招聘地点设在单位的办公室、会议室，一些以租用房间作为应聘地点的单位，尤其要警惕。

第七，签订“全国普通高校毕业生求职协议书”或者“劳动合同”时，一定要注明双方谈妥的福利、保险、食宿条件等，这样双方产生纠纷时就会有据可依。毕业生与用人单位签合同时要“三看”：一看用人单位是否经过工商部门登记以及用人单位注册的有效期限，否则所签合同无效；二看合同字句是否准确、清楚、完整，不能用缩写、替代或含糊的文字表达；三看劳动合同是否有一些必备内容。

第八，接到陌生单位打来的电话时，要详细了解对方的情况，如对方名称、经营范围等，进行核实后再作决断，千万不要贸然相信。

第九，发觉被骗，及时报案。

2）学会鉴别招聘广告的真伪。

比较真实的招聘广告大致包括以下几个方面的内容。

第一，广告标题。如“某某公司招聘”，用人单位将单位的名称堂堂正正地写在广告上。

第二，用人单位简介。包括用人单位的性质、经营范围等。

第三，核准机构。发布招聘广告一定要经过劳动保障部门的审核，广告中特别注明已经核准的字样。

第四，招聘职位。包括职位名称、任职要求、对员工素质的要求、工作地点等。

第五，联系方式。一般都会留联系电话、电子邮箱、传真电话、联系人等。

虚假广告往往篇幅较小，口气大，哗众取宠，内容笼统不具体，不谈单位的历史、现状和未来，甚至不写单位的名称，只留一个电话号码，也未经劳动部门审批。每隔一段时间又反复刊登相同的广告，这说明该用人单位待遇不好，很难招到人或是留不住人，对于这类用人单位，求职者应谨慎求职。

只要毕业生在求职择业时认清自己的实力，不要相信“天上掉馅饼”的美事，就可以有效规避求职陷阱。

3. 求职信息使用的目的

在求职生涯中运用求职信息，要求达到三方面的目的：一是认知目的，通过提供适当的求职信息资料来帮助求职者了解求职世界、了解自己、了解求职与个人的关系，从而有助于澄清求职问题的性质，为解决求职问题铺平道路；二是调试目的，在问题基本澄清的基础上，可以进一步针对问题寻求适当的对策，从而平衡自我与外界之间的矛盾或冲突，并据此作出适度的调整；三是预测目的，根据自己目前的状况提供未来发展的预测资料，这有助于制订切实可行的人生求职发展计划。

收集求职信息，对用人单位的信息进行研究和分析是大学毕业生求职生涯过程中最重要的部分之一。循环模式是指大学毕业生在求职过程中，要根据人才市场的需求变化和求职发展趋势，合理适当地调整自己的择业期望值，重新审视和确立求职目标，搜索相关的求职信息，为找到一个适合自己的工作岗位不断努力。现代社会，在激烈的择业竞争中，获取求职信息的质和量，将直接决定成功机遇出现概率的高低。谁先占有了信息，谁就拥有了优先启动事业的金钥匙，谁就优先掌握了机会和财富。不失时机地掌握求职信息，是择业成功的重要前提。

第二节　自荐材料编写

求职简历是求职能否成功的关键一环，一份成功的简历要达到“见其文如见其人”的效果，使一个人栩栩如生、跃然纸上，给招聘者留下深刻的印象。如果把整个求职过程视做一次自我推销，那么简历就是这次推销中的广告和产品的说明书。求职简历正是大学生求职中自荐材料编写的主体内容。

自荐即自我推荐，它是毕业生求职的基本环节。毕业生在求职择业过程中，要让用人单位认识自己、了解自己、选择自己，就必须通过多种途径和方法正确地宣传自己、展示自己、推荐自己，即成功地自荐。只有成功地自荐，才能获得进一步面试的机会。

自荐材料是毕业生用来和招聘单位取得联系最常用的方法之一。在求职择业过程中，自荐材料是毕业生求职择业、赢得面试的“敲门砖”。因为自荐材料是反映毕业生个人总体情况和综合素质的主要材料，是毕业生与用人单位信息交流的载体，也是用人单位透视毕业生的一扇“窗户”和决定是否面试的重要依据。

一、自荐材料的编写要领

1. 目标明确

组织和编写自荐材料的大目标和大方向就是为了求职，凡有利于求职的各种材料、各种组织编写方法都可以加以运用。

2. 针对性强

编写自荐材料时，应根据大致的求职意向，根据应聘的行业、求职或单位特点进行材料的合理组织、安排和撰写。要做到有针对性，就必须做到知己知彼，根据不同情况写出最适宜的自荐材料，投其所好。

3. 客观实用

要实事求是，摆正位置，在编写自荐材料的过程中采取客观真实的思想态度。可以说，自荐材料的真实性是一个求职者的生命线，一旦用

人单位发现自荐材料有假，便会让应聘者失去求职机会。另外，在文体上，自荐材料属于实用文书写作中的说明文一类，其目的就是为了求职，切不可过分追求文笔超脱、言辞华丽，而舍本逐末。

4. **创造性**

自荐材料从形式到内容，材料结构和组织取舍，完全可以发挥自荐者的创造性思维和丰富的想象力。一些用人单位常常被这些创造性很强的自荐材料所吸引，作出进行面试录用的决定。但创造性并不等同于求新求异，切忌哗众取宠，把握好创造性和求实的尺度。

5. **独特性**

正因为编撰自荐材料是一项创造性工作，所以它也最能充分展示求职者的个性特征，使自荐材料具有他人不可取代的独特性。

6. **全面性**

要针对应聘对象，取舍得当，突出要点，结构合理，条理清晰，让用人单位能够一目了然，印象深刻，促使对方早下面试录用的决心。但是，切勿为求全面而面面俱到，以致看不出重点和亮点，而应在全面中体现灵活性和针对性，这样的自荐材料才会有高的命中率，有利于求职。

二、自荐材料的内容

一份完整的自荐材料主要包括自荐信、个人简历、学校推荐表及证书复印件等有关的辅助证明材料。这几种材料，虽然都能单独使用，但各自的侧重点不同。自荐信主要表明自己的态度，个人简历主要说明自己过去的经历，证明材料强调自己所取得的成绩，学校推荐表则体现了学校对自己的认可。缺了任何一个方面，自荐材料都不够完整。

（一）自荐信

自荐信是指求职者以书信的方式自我推荐、表达求职意向、阐述求职理由、提出求职要求的一种应用性文本，属于简历的附言，可以置于前也可以附于简历后，是用人单位了解求职者基本情况的一个窗口，吸引用人单位继续往下看的引擎。一封好的自荐信可以向阅读者说明求职者的才干。

一般来说，打开自荐材料，首先看到的便是自荐信。正是有了自荐信，阅读者才会对简历上所写的经历与业绩感兴趣。所以，自荐信无论在文体上还是在内容上都必须给阅读者留下好印象。

1. 自荐信的格式与内容

自荐信是寄给求职单位的，事关重大。自荐信的重点在于“荐”，在构思上一定要围绕“为何荐”、“凭何荐”、“怎样荐”的思路安排。一般来说，自荐信是属于书信范畴，所以其基本格式应当符合书信的一般要求。自荐信的基本内容和格式，主要由六个方面内容组成。

（1）称呼

称呼即对接收并阅读信件的人的称呼。自荐信的称呼往往比一般书信的称呼正规一些，在实际书写时要区别对待。假若知道信件最终将送到谁的手里，信的开头可直接尊称，如尊敬的×××先生（或女士）。称呼的关键要点是视对方的身份而定：如果写给国家机关、事业单位的人事处领导，用“尊敬的××处长（科长等）”称呼；如果求职三资企业，则用“尊敬的×××董事长（总经理）先生”；如果是写给其他类企业厂长的，则可以称之为“尊敬的××厂长（或经理）”；如果写给大学校长或人事处的自荐信，则称之为“尊敬的××教授（或校长、老师等）”。不要使用“××老前辈”，“××师傅”等不正规的称呼。当然，有些自荐信，也可以不写姓名，如“尊敬的负责同志”、“尊敬的董事长先生”等。

称呼后的问候语一般应为“您好”而非“你好”，更不能用“您们好”。即使招聘方不止一人，也不能用这样的字样，因为这不仅让人感觉不出求职者的问候，反而使他们认为求职者才疏学浅。

（2）开头

开头要写清楚写信的缘由和目的。通常的自荐信，无论是针对报刊上的招聘广告、朋友推荐还是人才交流中心的信息，都要写明招聘信息的来源以及本人的应聘理由。开头表达力求简洁，并吸引目标单位能够读下去，切忌虚与委蛇，客套问候，离题万里，让对方产生厌恶情绪。

据有关专家归纳，开头的形式有以下几种。

1）概括性开头：用一句话概括自己具备的最重要的求职资格和工

作能力，并简要说明这些资格和能力为何能最好地满足目标职位的需要。

2）提名式开头：提及一个建议自己去申请目标职位且为目标单位所熟知或尊崇的人（或单位）的名字，但千万不要给人以自我炫耀的印象。

3）提问式开头：针对目标单位的困难、需要和目标提出一个问题，然后表明自己真诚地希望能帮助他们克服困难、满足需要、实现目标。

4）赞扬式开头：赞扬目标单位近期取得的显著成就或发生的重要变化，然后表明自己渴望为其效力。

5）应征信的开头：说出自己是在什么地方看到了目标单位的招聘广告，并肯定自己能够满足招聘广告中提出的各项要求。

6）个性化开头：从自己与求职目标有关的兴趣、看法和与目标单位已有的接触及目前实习工作的状况说起，谈自己为什么想要到该用人单位工作。

7）独创性开头：如果申请的目标工作需要创造性的想象力，可以用一个新奇的、能表现自己这方面才华的句子开头。

（3）主体

这是自荐信的核心部分，应阐明求职者对用人单位或应聘职位感兴趣的原因，以及自己有价值的背景情况和满足招聘要求的能力。通常用一段或分两段来写。这些内容要有说服力，说明你怎样适合这个职位，更重要的是表明“自己能给用人单位什么，如果用人单位录用自己，自己能为用人单位作什么贡献”。这部分的写作与个人简历是相辅相成的，要说明求职者的个人能力，但又不能把简历内容全写进去，只选最能代表自己长处、技能和业绩的项目，同时注意不要单纯写自己的长处和技能，而是要着重说明这些长处和技能能给用人单位带来什么益处。例如，“我勤奋努力，有较强的组织能力，并且善于与各种各样的人打交道，能够协调处理好人际关系，我非常愿意把我在工作中已有的实践经验和我的责任心与热情贡献于像您这样的公司。”主体部分尽管表达形式多种多样，但主要内容一般如下。

1）个人的基本情况：姓名、出生年月（申请外资企业时可以不写，年龄在西方被认为是个人的隐私）、性别、政治面貌等，介绍清楚即可，没必要画蛇添足。

2）本人的学历、经历与成绩，尤其是与求职有关的教育科目，实习工作经验，应主要列出中学、大学学历，主修、辅修与选修课程和成绩，社会实践经验，个人生活经历。要突出重点，使自己的学历、经历让用人单位感到与其招聘条件相吻合。

3）本人的专长、技能、兴趣和性格。这种介绍要恰如其分，尽可能使自己的专长、兴趣、性格与应聘职位的要求相吻合。

4）应聘的简短理由，主要指本人对应聘单位的兴趣和要求。

总之，要做到告知情况，突出重点，言简意赅，具有吸引力和新鲜感，语气自然。

（4）结尾

自荐信的结尾，要进一步强调求职的愿望，希望用人单位能给予考虑，或希望前往面谈（最好向招聘者说明“何时”、“何地”、“怎样”与自己联系，当然联系办法越简单越好），接受单位的进一步考查，等等。因此，内容应写得具体、简明，语气要热情、诚恳、有礼貌。千万不可用“紧迫盯人”的语言，如“下周四我会再打电话向您问进一步消息”等。用这种“强迫推销”的方式，不仅不能获得满意的结果，而且更可能因此失去进一步面试的机会。下面是专家建议的几种结束语方式。

1）以恰当的方式请求对方安排面谈。

2）如果距离目标单位较远，可建议在较近的目标单位的代理处面谈。

3）提供电话号码（包括城市区号），说明何时可以给自己打电话，并对面谈提出方便的时间和地点，或是说出一个时间，自己打电话给对方请求安排面谈。例如，“关于我的个人简历一并附上，如您能在百忙中抽时间回复我，给我机会，我将不胜荣幸，若需联系请打电话：××××××××，感谢您阅读我的自荐材料。”

4）对对方可能给予面谈机会的做法表示赞赏。

5）再次强调一下自己最重要的求职资格和能力，以加强用人单位对自己的良好印象。

无论如何表述，都要注意用语恰当，得体，掌握分寸，以免造成不良印象，或授人以柄，带来麻烦。

（5）致敬语、署名、日期

因为是自荐信，双方都是互相陌生的，所以更要使用必要的致敬语。在正文结束后，可写上一句祝福语，如“顺祝安康”、“深表谢意”等，也可以用“此致敬礼”之类的通用词，即在正文结束后，紧接着在下一行空两格，写上“此致”二字，后面不打标点，再在“此致”的下一行，顶格书写“敬礼”二字，后面打感叹号。同时在致敬语右下方，签署求职者的姓名及具体日期。当然，也可以写得灵活一点，如“致以友好的问候”。日期一般写在署名右下方，最好用阿拉伯数字写，并写上“年”、“月”、“日”。

对于署名要注意两点：一是不要过分谦恭并且应注意与信首的“称呼”相一致；二是若是手写署名，字迹应工整，切不可用署名炫耀自己的书法，以致飞扬跳脱，令对方花较长时间辨认。

（6）附件

要附上起支持作用的各种证明材料。由于受篇幅限制，自荐信不可能把所有材料都写进去，但为了证明自己的实力，还需准备一些附加材料，随自荐信一起寄给用人单位。

附加材料主要包括以下内容。

1）学校审核签发的毕业生求职推荐表和协议书。

2）毕业生所在系的鉴定材料（一定要概括、全面、准确，最好不要超过 800 字）。

3）学习成绩单，计算机水平及外语水平标志如四、六级英语考试合格证书或反映外语水平的译文、译著等。

4）荣誉证书，如大学期间被评为优秀党员、优秀学生和优秀学生干部及在校期间所获得的各种奖励，社会实践活动积极分子、积极参加文体活动所获得的奖励和证书等。

5）成果证明材料，如获得的发明专利证书或正在申请的专利资料，在报纸杂志上发表的文章、论文，出版的专著或读物，有一定价值的调查报告，以及参与并完成教师科研工作的证明材料等。

6）足以证明自己具备某方面素质和能力的资格证书或其他材料。

7）学生证、身份证的复印件等辅助材料。

这些附加材料对于争取面试机会是非常重要的。

但是求职者要根据具体情况，有选择地使用，不一定每封信都附上全部材料。

2. 自荐信常见的毛病

（1）缺乏准备，无的放矢

临近毕业，匆忙写作且犹豫不决；缺少信息，无的放矢。

（2）逻辑混乱，条理不清

重点不突出，主题不鲜明；有流水账或随感录之嫌。

（3）言过其实，炫耀浮夸

求职是一个自我推销的过程。有人认为，自我推销就要有包装，包装得华丽甚至奢侈总比寒酸要好。殊不知，大多数人，特别是主管人事的人，都有鉴别虚实的实际经验。有的毕业生在自荐信中这样写道："我能够适应各种工作。""听说贵公司近期效益不太好，我相信我有能力改变这种状况。""我是学艺术的，到贵系之后，我一定能够使贵系的学生文艺节目在各类比赛中夺魁。""我搞过好几项课题，贵厂遇到的此类技术难题，我一定能够解决。"以上这些不实之词，一眼就能辨认出来。过分吹嘘反而使人感到华而不实，对求职者的真实能力产生怀疑。刚出校门的毕业生虽有一定的理论基础，但缺乏实践经验，切不可用把自己说成是万事通。在自荐信中应尽量避免使用"一定"、"肯定"、"最好"、"第一"、"绝对"、"完全可以"、"保证"这一类词。写自荐信时，绝不可夸大其词，只能搞"适度推销"。当然，"适度推销"也要根据具体情况而定。根据文化上的差异，一般来说，对外资企业，可以比较充分地表现自己的能力，强调自己的特长；对国内企业，可如实介绍自己的理论基础、特长和爱好。

（4）过分谦虚，缺乏自信

适度的谦虚是一种美德，也会使对方产生好感，但过分谦虚也是不行的，因为过分谦虚是故意贬低自己，会让人觉得求职者什么都不行，容易错失录用机会。过分谦虚和弄虚作假是自我推荐的大忌。有人错误地理解谦虚的含义，认为一番自我贬低的介绍，对自己的优点轻描淡写，甚至干脆不提，或者强调自己的缺点就是谦虚。谦虚不是自我否定，而

是实事求是、恰如其分地表现自己。

有的人表现得过分谦虚，并不是因为他真谦虚，而是缺乏自信使然。缺乏自信如同过分谦虚一样，是推销自我的一大障碍。一般来说，缺乏自信的人，多是性格内向又敏感多疑的人。他们自尊心很强，但不懂得如何积极地获取自尊。为了不在别人面前暴露自己的全部，不敢坦率地介绍自己，不敢大胆地推荐自己。他们唯恐把自己的优点讲出来别人会笑话自己自高自大，唯恐掩盖自己的一部分缺点会招致他人说自己虚伪。实际上，正是这种自我低估和自卑、退避造成别人的轻视。所以，要获得别人的认同和赞赏，首先必须树立自信心。

（5）滥用词句，哗众取宠

有些大学生有这样一种心理：既然是大学生，就是文化人，应该显示出一点才气。于是，想尽办法堆砌辞藻，甚至滥用各种华丽时髦的词句，似乎只有这样才能使文章感人，才能充分显示出自己才华出众或聪明过人。殊不知，滥用词语会使人反感，让人对其品格产生怀疑。

（6）东拉西扯，长篇大论

国内一些专家认为，自荐信以两页为好；而港台地区很多自荐信只写一页。一般认为，自荐信以不超过两页为宜。如果确实有内容的话，可以作为附件或到面试时再说。自荐信当然不能太短，否则说不清问题，没有特色，显得没有诚意，自然也就难以引起注意。同时，因为受自荐信篇幅的限制，不可能把所有的材料都写进去，如果为了进一步说明自己的能力，须另外准备简历和附加材料的复印件，随自荐信一起寄给用人单位。

附加材料要根据具体情况有选择地使用，选择最有代表性的、最能说明问题的材料。例如，求职者曾获“时事政治竞赛二等奖”的证书，在向党政机关求职时就很有用，而在向科研部门求职时就不一定有用。因此，不一定每封信都必须附上全部材料，要根据对方所需而定。

（7）平庸乏味，缺乏新意

写自荐信切忌模仿他人，出现雷同。同样的内容，采用不同的构思、不同的笔调，会产生不同的效果。现在求职的人很多，如果没有特色，平平庸庸、毫无新意，就难以引起用人单位的注意，往往会失去很多机会。如果自荐信足够引人注目，能够得到人家的赏识，尽管这个单位并不急于招聘新人，或者暂时已经满员了，只要他们觉得求职者是个有吸引力的人才，也会爱不释手，尽量想办法录用你。自荐信的新意可以强调能力，突出特长，展示风采，表现兴趣爱好，但是，这并不是要求职者大吹大擂，而是要用事实说话。从自荐信本身就可以体现求职者的文学水平、文化修养、书法艺术；从作为附件的已发表的论文复印件、科研成果证明、发明专利证书、各种竞赛奖励证书，可以看出求职者的能力。用事实说话还要通过别人的手或口表达出来，如在自荐信中同时附上社会名流、专家的推荐信，这些都可能增加可信度和说服力。

自荐信范例1：

尊敬的×××处长：

您好！

我是一名本科大学生，将于明年7月毕业参加工作（详细资料和简介附后）。我一直关注贵单位的信息，从学校招聘专栏中得知贵单位今年的招聘计划。我很愿意到贵单位工作，为其兴盛繁荣尽微薄之力。现附寄一份本人简历请审阅，恳切希望您能给予答复！

一分耕耘，一分收获，数年寒窗不敢说硕果累累，但我自信掌握了一定的专业知识和组织管理知识，并能主动与实践相结合，积累了一定的实践经验。我知道贵单位有着团结一致的精神，有着朝气蓬勃的生机，我愿意化作一块闪亮的煤炭，投入到这个蒸蒸日上的集体大熔炉中，贡献自己的力量！

若贵单位愿意接收，我将不求安逸的环境，继续发扬自己吃苦耐劳和勤奋踏实的优良作风，努力工作，也愿意服从您的安排和调动，以良好的团队精神在贵单位这个大家庭中实现我的个人价值和社会价值完美的统一！我将深切地感谢和珍惜您给我的这个机会！

我期待着在寒假能有一次面谈的机会，顺祝您工作顺利！

诚祝贵单位一切如意，万事亨通！

愿成为您部下的××

×年×月×日

自荐信范例 2：

尊敬的领导：

您好！

我叫××，××轻工业大学信息学院计算机及应用专业的应届毕业生。我真诚地希望到贵单位供职。

在大学本科学习期间，我在牢固掌握理论知识的基础上注重实践动手能力的培养，学习态度认真，勤奋刻苦，并取得优异成绩。我还积极参加了各种社会实践活动，在班级担任学生干部，有较强的分析组织协调能力。我的工作特点是善于思考，有很强的责任心和全局感，很适宜团队协作。

我爱好读书，性格开朗，待人诚恳，注重把个人的能力培养与集体合作相结合，具有良好的人际交往能力。

尊敬的领导，如果您在审阅简历后，认为我符合贵单位的标准，恳请您在百忙之中，尽早给我回函或给我面试的机会，如蒙录用，我将与未来的同事精诚合作，为贵单位发展作出贡献。

此致

敬礼！

求职人：××

×年×月×日

自荐信范例 3：

尊敬的×校长：

您好！

首先感谢您在百忙之中阅读我的求职材料！我叫×××，是××师范大学物理系××年应届本科毕业生，对贵校仰慕已久。鉴于大学近四年来优异的学习成绩和出色的人际交往能力，我相信自己能够很快胜任贵校物理课的教学工作。大学四年来的理论学习，使我形成了严谨的学习态度，养成了良好的学习习惯。我自主学习能力很强，对新知识的接受速度很快，大部分课余时间在校图书馆阅读，现在已经具有一定的科研能力，在校期间已发表论文三篇。

我善于安排规划时间，几年来在繁重的社会工作压力下，我仍能做到工作、学习两不误。我的成绩一直位于班内前 5 名，并多次获得专业

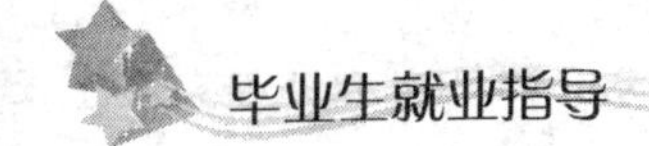

奖学金。大学期间我曾独立策划组织了多场大型活动，每年都被评为优秀学生干部。

丰富的社会工作不仅开拓了我的视野，使我具备了较强的组织能力，也使我懂得顾全大局，做好人际协调工作的重要性，更形成了我沉稳果断、热忱高效的工作作风。面对成绩，我增强了自信心；面对失败，我懂得应更加勤勤恳恳、踏踏实实地工作。

我性格活泼，身体素质好，喜爱文艺、体育活动，曾获院运动会 200 米冠军。我长于交友，乐于助人。在学校经常参加勤工俭学活动，使我具备了较强的自理自立能力。我愿意以我的知识和能力为贵校未来的发展贡献一份微薄之力。

尊敬的校长，非常希望您能给我一次面谈的机会。我急切期待您的答复。

此致

敬礼！

自荐人：×××

×年×月×日

（二）个人简历

要想获得求职成功，首先应认真、正确、完整地写好自己的简历。切勿小视简历的作用。可以说，在某种程度上，简历就如同人的脸一样，它清楚地显示着人的各项特点，并给“检阅”它的“首长”留下不同的感觉。一份合格的简历应内容完整，条理清晰且不拖泥带水。

一般常用个人简历的格式有三种：表格式、时间顺序式、学习工作经历式。表格式是用表格的形式列出自己的基本情况和学习、工作经历，使人一目了然；时间顺序式是按年月顺序，列出自己的学习工作经历，条理清楚；学习工作经历式则是根据需要有选择地列出自己的学习、工作经历，充分表现自己的技能、品德。对于刚从大学毕业的求职者来说，宜采用第一种格式。

1. 个人简历的内容

个人简历主要包括以下内容。

（1）个人的基本情况

主要指姓名、年龄、性别、籍贯、学历、政治面貌等。

（2）教育背景

按照次序，写清所读学校名称、专业、学习年限及相关证明等，让招聘单位迅速了解求职者的学习背景，以判断与应聘职位的相关性。

（3）工作或社团经验

大学生一般都没有工作经验，但经常会利用假期等时间勤工俭学、兼职或积极参加各类性质的社团活动，可充分提供在校期间的打工经验、社团经验，说明自己担任的工作、组织的活动以及特长等经验，供招聘单位参考。

（4）专长

无论是所学的专业还是单纯的个人兴趣发展出来的特长，只要与工作性质有关的才艺，都应在简历上写出来。这将有助于招聘单位评估求职者的所长与应聘工作的要求是否相符。

（5）语言能力

作为一种必不可少的工作手段，语言能力（特别是外语能力）显得日益重要。

（6）求职意向

求职简历上一定要注明应聘的职位，以便招聘单位了解求职者的志向与追求，从而作出正确的选择。

（7）联系方式与备注

同上面所要突出的内容一样，一定要清楚地表明怎样才能找到求职者的电话（应加上长途区号）、手机及其他移动通信工具、E-mail 地址、邮政编码、传真电话等。总之，要确保招聘单位能通过简历中的联系方式迅速联系到求职者。

2. 个人简历的撰写要求

（1）简洁明了

个人简历通常简短，一般不超过一页纸。招聘单位会收到许多份材料，招聘人员不可能仔细研读每份简历，一般花的时间较短。所以简历用词要简练，不能巨细靡遗地描述求职者的全部信息。因此，最好把自己一些有价值的闪光点展示出来。

（2）真实客观

简历一定要按照实际情况填写，即真实客观地描绘自己，不能有任何虚假。当然，简历中不写任何虚假的内容并不等于把自己的一切，包括弱项都写进去。有的毕业生在简历中特别注明自己某项能力不强，这就是过于谦虚了，实际上不写这些并不代表说假话。

（3）整洁清晰

段落与段落之间、语句与语句之间、纸张幅面等都要设计合理，准确无误。一份好的简历在用词、术语及撰写上都应力求准确无误。

3. 个人简历的撰写误区

（1）简历过于烦琐

现在有些毕业生唯恐没有把自己全面地展示出来，在简历上长篇大论，事无巨细全部写在简历里，于是简历就成了几十页的大作。实际上，从招聘者的角度看，最受欢迎的是一页纸就把关键信息说清楚的简历。因为每年的校园招聘季节，招聘单位每天都要处理上百份，甚至上千份简历，如此大的工作量，当然希望求职者的简历言简意赅。冗长的简历是在考验招聘主管的耐心，无疑在浪费他人的时间，也说明求职者的工作风格不够干练。

（2）简历简单雷同

某用人单位在一所著名高校招聘，面试工作结束，即将离开学校。该校的一位同学等在校门口，一见到用人单位的招聘人员就指责说："你们让大家投简历，为什么没有给我面试的机会？何况，有些参加面试的同学不论是学习成绩，还是综合能力都不如我。"他还说了许多别的难听的话，并希望取回他的简历。为了满足他的要求，招聘人员重新打开行李，在一大堆简历中找到了这个同学的简历，发现该同学的简历仅有一张纸，除了姓名、性别、出生年月、所学专业、所学课程、联系电话之外，什么都没有了，既看不出其学习成绩，也看不出其综合能力。像这样的简历，在筛选过程中多数会被筛掉。招聘人员耐心地把没让他面试的原因说了，他感到很委屈，并且说别人告诉

他，简历写得越简单越好，不能超过一张纸。另外，用人单位还发现，同一个班级学生的简历，格式、内容都大同小异，反映不出每个学生的个人特点与优势所在，对用人单位没有吸引力。在这种情况下，求职的成功率是极低的。对于一名有经验的招聘人员来说，通过简历可以初步了解求职者的受教育背景、学习能力、工作经验、社会阅历、技能特长、兴趣爱好及其综合能力。

用人单位在招聘过程中，最先接触到的是应届毕业生的个人简历。在学校中进行招聘时，用人单位收到的简历有时多达几百份，招聘人员会仔细、认真地阅读每份简历，根据招聘要求，从几百份简历中筛选，让为数不多的符合条件的求职者参加面试。有的毕业生因简历写得过于简单、雷同而失去了面试的机会。

个人简历范例 1：

个人简历

【个人概况】

姓名：×××

性别：女

民族：汉族

健康状况：良好

毕业学校：××大学

学历：本科

宿舍电话：××××××××

移动电话：×××××××××××

电子信箱：××××××

邮编：××××××

【教育背景】

2000 年 9 月—2004 年 7 月就读于××××学院电子工程系

专业：通信工程

【主修课程】

程控交换技术、光纤通信、移动通信、电磁场、通信电子电路、数字信号处理、数字电路、通信原理、电视原理、计算机网络工程、多媒体教程、C语言、电子线路、电子测量等。

【专业能力】

熟练掌握通信系统的基本原理、网络设计及有关技术，熟悉 GSM 系统、CDMA 无线通信系统、SDH，特别对移动通信、GPRS 技术进行了深入广泛的学习，能较好地运用相关知识，对移动数据通信新技术如 Bluetooth 等有一定的认识。

【工作经历】

2002 年 7 月在桂林国际会展中心“2002 年国际电子展览会”上，为台湾世纪股份有限公司做软件产品展示员，介绍网络应用软件《沟通大师》和《沟通精灵》。

2003 年 3—4 月，独立完成清华同方计算机有限公司技术培训教程《Data Warehouse Introduction》的翻译工作。

2003—2004 年担任学院校园网的维护员。

【外语水平与 IT 知识技能】

国家英语四级成绩优秀；国家英语六级成绩合格。

全国计算机等级考试二级（C 语言）合格，广西壮族自治区计算机应用水平测试（C 语言）成绩优秀。

熟悉使用 Office 软件，如 Word、Excel、PowerPoint、FrontPage 等，熟练掌握动画软件 3DMAX。

具有较好的英文阅读、写作能力。

【获奖及成绩情况】

综合测评本专业第五名，学习成绩本专业第三名，平均分为 85.4 分。第一学年获校“优秀团员”称号和三等奖学金，第三学年被评为“三好学生”。

【自我评价】

个性坚忍，能吃苦耐劳，工作认真，有突出的钻研开拓精神，为人热情乐观，兴趣广泛，适应性强，人际关系和睦。有较强的组织、协调能力。善于沟通，有良好的团队精神。

【求职意向】

在电子行业企事业单位从事通信技术开发工作、通信网络维护工作或英文翻译。

个人简历范例 2：

【个人简历】

姓名：××

性别：男

健康状况：良好

通信地址：××区××街××号

毕业院校：××大学

政治面貌：中共党员

学历：本科

专业：人力资源管理

联系电话：××××××××

手机：×××××××××××

E-mail:bjwang@sina.com

社会职务：校学生会副主席、系团支部书记

求职意向：人力资源部经理助理

【教育背景】

2002 年 7 月—2006 年 7 月 ×××大学

1999 年 7 月—2002 年 6 月 ××第二中学

继续教育情况：2005 年底获得国家劳动保障部人力资源管理助理资格证书。

【主修课程】

高等数学、运筹学、市场营销、西方经济学、国际贸易、电子商务、推销与谈判、人力资源管理、组织行为学、劳动法、经济法。

【英语水平】

能熟练地进行听、说、读、写，并通过国家四、六级考试。

【计算机水平】

通过国家计算机二级考试，熟悉网络和电子商务。熟悉 Windows 2000/NT 和 Office 办公软件的应用。能独立完成日常办公文档的编辑工作。

【获奖情况】

四次获得校级二等奖学金；三次获得“优秀学生干部”和“三好学

生”称号。

【实践和实习】

2003—2005年组织学校“五四”青年节大型歌咏比赛，并在比赛中获得个人二等奖。

2005年7月在××公司见习工作，职责主要是负责公司人员年度培训计划的制订、员工的再教育和再培训以及人力资源的统计。

2006年3—5月在×××科技公司人力资源部任经理助理。主要负责：公司内部人员的岗位调动、离职的审批和应聘人员的推荐工作；制订公司人力资源招聘及管理程序。

【自我评价】

热情、努力，善于团队合作，有较强的与人沟通和交际的能力。做事踏实，能自觉遵守公司的纪律。

相信您的信任与我的实力将为我们带来共同的成功！

（三）学校推荐表

学校推荐表在自荐材料中有举足轻重的地位，可以说这是一个官方的认证，具有权威性，用人单位对此有较高信任度，把它放在自荐材料中可加大自荐材料的可信度及自荐力度。

学校推荐表一般包括本人及家庭基本情况、在校期间学习成绩和奖惩情况、自我鉴定、组织意见等部分。正因为学校推荐表统一规范，易产生千篇一律的感觉，内容上也难于全面，缺乏个性，所以，这就要求毕业生在组织编写其他自荐材料时既不要重复，又要进行必要的补充添加。必要时也可在学校推荐表中选取具有价值和利于求职的重点部分（如学习成绩、组织意见等），将其加到自荐材料中。

（四）有关的辅助证明附件

附件即指能证实自荐材料中所列的各方面情况的原始证明材料，它也是证明自荐材料的真实性和自荐人各种能力的有力证据。为防止投递过程中丢失，可以使用复印件。用人单位决定录用后一般需要查看原件，所以原件一定要妥善保存。

推荐信也是大学生求职过程中不可忽视的环节。这里所指的推荐

信并不是那种找关系、托人情“走后门”的“条子”，而是权威人士的实事求是、认真负责的推荐。有的单位是比较重视推荐信的，而写推荐信的权威人士也是十分珍惜自己的声望的，真正的学者、教授或某一领域的权威不会滥用别人对自己的信任做不负责任的推荐。

第三节　毕业生求职的主要途径

毕业生求职的途径有很多种，不同的途径对不同的求职者有着不同的功效和价值。选择正确而有效的求职途径，能增加择业成功的概率。参加校园招聘会和社会上举办的各种现场招聘会，一直是毕业生求职的主要途径，但也会受招聘企业数量、招聘人数、时间、场地等各种限制。与现场招聘会、报刊上刊登招聘广告等传统招聘模式相比，网络招聘具有信息量大、时效性强、传播范围广、成本低、无区域和时间限制等优点，越来越受到毕业生和用人单位的青睐。如今，博客的火爆，让很多毕业生开通了自己的求职博客，以便更好地“推销”自己。不少用人单位在这些博客中发现线索，延揽人才，使网络招聘呈现一片红火景象。

依据求职信息来源途径的不同，一般将毕业生求职途径分为校内途径、社会途径和网络途径三种主要的形式。

一、毕业生求职的校内途径

毕业生在高校内进行求职活动的主要途径有两种：参加校园招聘会与学校推荐。据统计，有80%的大学毕业生是通过校园招聘信息找到工作的。

1. “专卖店”——校园招聘会

从20世纪90年代起，随着高校毕业生分配制度的改革，校园招聘会逐渐成为校园一道特有的风景线。伴随着高等教育改革的深入与发展，校园招聘会经历了三个阶段：一是从1989年起，国家在毕业生分配制度上步入中期改革阶段，部分高等院校试探性地在校园内开展规模化的供需见面活动，这是校园招聘会的初始阶段；二是从1996年开始，实行毕业生求职市场化后，有规模的校园招聘会开始活跃起来，这一阶段可以称为校园招聘会的发展阶段；三是从2003年起至今，是校园招聘会的定型阶段，开展各种形式的校园招聘活动已成为各高校在毕业生求职前夕的"规定动作"。

对应届毕业生来说，校园招聘会是最常见、最有效的求职途径。一般来说，校园招聘会主要有以下三种形式。

（1）校园专场招聘会

每年在大学生毕业之际，都会有很多用人单位到各大高校开展校园招聘，而且越是知名度高的用人单位举办校园专场招聘会越是主动。一直以来愿意将校园招聘作为重要招募方式之一的用人单位均比较成熟，如宝洁、联想、中国电信等，这些单位一般都有完整的培训体系和员工发展规划，并有着成熟的企业文化，因而对可塑性强的大学毕业生情有独钟。他们拥有丰富的校园招聘经验，甚至有一套属于他们自己的比较成型的校园招聘规范。这种招聘会的求职信息含金量较高，但是竞争也比较激烈。

（2）高校自行举办的小型招聘会

为了提高本校毕业生的就业率，很多高校每年都会邀请一些与学校建立了长期合作关系的用人单位，集中到学校与毕业生进行供需见面活动。这种招聘会基本上专门针对本校的毕业生，所招的职位要求与本校的专业方向相符或者相近，而且前来招聘的用人单位一般都招录过该校的学生，对该校毕业生有良好的印象，因此，这种求职途径对本校的毕业生来说非常具有吸引力。

（3）上级教育主管部门组织举办的系列校园招聘会

近几年，很多高校都会与本省、本地区的其他部分高校联合举办分行业和分科类的大型校园专场招聘会。例如，武汉市近几年举办的五校联合招聘会，以及国有银行、医药、建筑与化工、电信与IT、旅游和管理、电力等八个行业系统和文科类、医药类、外语外贸类、师范类、农林类等九大科类的校园招聘会。

校园招聘会的优点是针对性强，安全可靠，降低了毕业生的求职成本，是毕业生的主要求职途径。这类招聘会的不足是规模不太大。因为

从表面上看，校园招聘会只涉及企业、高校、毕业生三方，实际上成功举办一场招聘会却要经过企业向高校求职部门咨询情况、求职部门借用教室，确定举办时间、地点，通知学生，保卫处备案企业宣传方案等繁杂事情，所以规模不可能过大，覆盖面没有社会招聘会那么广。

从 2007 届校园招聘会开始，行业内若干企业联合开办招聘会成为高校校园招聘会的另一个发展方向。与此对应，随着教育部要求求职信息共享的求职精神，地域或学科方向相近的若干高校也将会以联盟形式举办校内大型招聘会。

然而，在如此“良好”的求职环境下，不少大学毕业生在参加校园招聘会时常常手足无措，有的毕业生拿着一大沓辛辛苦苦制作的简历，不知如何投递；有些毕业生不懂得怎样与用人单位进行简单的沟通；还有些在递交简历并与用人单位面谈后苦于得不到录用回音……种种问题困扰着将走出象牙塔的毕业生们。

毕业生参加校园招聘会应该注意哪些问题呢？

1）一般情况下招聘单位会在校园举办招聘会，向毕业生介绍单位情况、岗位职责、应聘条件、人力资源政策以及招聘程序等应聘中必须掌握的重要信息。如果毕业生没去招聘会，或去听了但没认真听，没记笔记，那么在面试中被招聘经理问及招聘会上的内容而无言以对时，他会怀疑你是否真的对这份工作充满热情。单位代表在招聘会上发布的有关信息，不但有利于加深毕业生对行业、企业、工作职位的了解，而且有可能在笔试、面试中派上用场。

2）对于不同单位的校园专场招聘会，要根据其特点有针对性地准备。外企吸引大学生的魅力来自于其诱人的薪酬福利、规范化的管理和培训发展机制。但外企不是慈善机构，优厚的待遇基于忙碌而紧张的高效努力和优秀的业绩，对个人适应变化和挑战的能力要求也和薪酬成正比，对此大家要有心理准备。大型民营企业近年来用人灵活，薪酬待遇也充满了诱惑力。随着国内企业崛起迅速，近年来到校园招聘的世界 500 强跨国企业需求相对减弱，相反，国内大型民企需求明显增长，小企业也急于到校园分得一杯羹，纷纷挤进校园举办专场招聘会。毕业生在选择企业的时候，要依个人能力和性格进行选择，切不可盲目地做职场的“追星一族”。

3）在招聘会上要避免给用人单位留下对其没有认知的印象。一些单位走进校园进行宣讲后，人事主管将进行现场招聘，一些毕业生没有完整地听完企业宣讲，给招聘经理留下做事随意不认真的印象。

4）建立从基础工作做起的心态。对于一些毕业生而言，并非找不到工作，而是由于对工作的期望值过高，对一些所谓“低档次”的工作不屑一顾，盲目地追求一些脱离自身实际的“高工资、高待遇”的理想工作。

5）毕业生要善于展示自己的优势。一般来说，应聘者的服饰打扮，应给人一种整洁、大方、庄重之感。就性别而言，男性应体现出一种整洁、干练的气度，力戒不修边幅、邋里邋遢；女性则应表现出一种大方、端庄的风貌，力戒花枝招展、浓妆艳抹。应聘者的装束打扮，应与所应聘的求职特点相吻合。

总的来说，校园招聘会可以给毕业生带来六大收获。

1）了解各主要行业及有关用人单位。

2）避免片面理解，或许一旦了解，就会有兴趣。

3）热门行业位置有限，要放宽眼界。

4）随时有可能和招聘人员交上朋友。

5）交谈中准备几个卖点，“万一”的概率极大。

6）学习招聘人员的商业礼仪，面试时可以更好地展现自己。

2. 学校推荐

学校推荐也是毕业生求职的一个有效途径，即通过学校毕业生求职指导中心的推荐，获得求职渠道的一种方式。由于毕业生市场化求职已成定势，各个学校毕业生求职指导中心均与一定数量的用人单位建立了良好的合作关系，对求职资讯、职位空缺情况掌握得比较全面，加之针对本校的毕业生，使之成为较有保障的求职途径。

高校求职指导部门和院系在掌握有效的求职信息后，都会向符合招聘条件的毕业生介绍，并向用人单位推荐毕业生。由于老师对学生有比较充分的了解，而且从专业的角度对招聘单位所处的行业动态和岗位要求有较深的了解，因此，这种推荐往往非常有效。毕业生采取这种途径求职的成功率很高，但是缺点是选择的余地不大。

二、毕业生求职的社会途径

为了弥补校园招聘名额有限的不足，毕业生需要多辟通道，广开职路。除了高校内的求职途径外，毕业生还可以通过社会上的一些途径进行求职活动。求职的社会途径很多，毕业生可以掌握其中几种重要的途径，了解各种途径的优势和劣势，选择适合自己的途径为求职择业服务。

1. 综合性人才招聘会

如果说校园招聘是专门针对高校毕业生的求职“专卖店”，那么招聘会则是人才供需的“超市”。全国各大城市都会经常举办各种各样的招聘会，如大型的综合招聘会、中小型的专业招聘会以及专门为毕业生服务的专场招聘会，等等。

招聘会具有许多特殊的优势：招聘单位云集一地，招聘职位铺天盖地，是招聘经理与求职者无须预约的面试良机，因而具有“简历+面试”的双重作用。人才交流中心等中介机构都会常年举行集市型的大型招聘会，尤其是在毕业生求职高峰期的春秋两季。这些招聘会规模庞大，招聘单位众多，行业范围广泛，给求职者较大的择业空间。不过，这些招聘会的用人单位多以招有工作经验的人才为主，招聘对象也有很多低层次的劳动力。即使是毕业生专场，仍可能混杂有一些并不招应届毕业生或借机做宣传的单位。而且有的招聘会以营利为目的，在组织管理和安全保卫方面都有所欠缺。毕业生可以通过参加这类招聘会来了解求职行情和熟悉社会，即使不能找到心仪的单位，也能够丰富自己的经验，把求职当成是一种对自己的人生历练。

毕业生参加综合性人才招聘会时应该注意哪些问题呢？

（1）切忌手足无措

面对喧哗的会场和众多的应聘者，毕业生不能着急和紧张，更不能胡乱投递简历。前去招聘会的毕业生可以先查看会场的平面图，圈出心目中想要应聘的用人单位，但也不能完全忽略其他单位，可以借机来演练一下自我推销的方法。

（2）善于把握时机

到自己有意向的招聘单位展台前，先阅读招聘介绍材料，并诚恳地与招聘人员交谈，问一些具体的问题，同时简单地介绍自己的情况。当招聘人员表现出感兴趣的时候，要适时地留下自己的简历，有时候口头的交流比文字更有说服力。要准备好在混乱的环境下如何有效清晰地表达自己，引人注目，让招聘人员对自己留下较深的印象。

（3）注意形象与着装

衣着在参加招聘会时很重要，它充分表现出求职者的形象。有很多毕业生在参加招聘会时衣着过于随便，不修边幅，没有体现大学生应有的青春风采和活力，不能给招聘单位留下好的印象。

（4）要有主见

毕业生参加招聘会时，不要人云亦云，盲目从众，一定要亲自了解自己心仪的用人单位或者职位，通过接触作出自己的判断。此外，毕业生参加招聘会时，不要让家长陪同，甚至帮忙出面，否则用人单位会认为求职者依赖性过强而不予考虑聘用。

此外，人才市场举办招聘会的时间一般在上午，所以入场时间应早一点，可以有充分的时间收集信息，了解职位行情。在招聘会中，要有观、听、问、递、记的过程。观：走马观花先浏览一遍，然后按照自己的求职意向，锁定几个目标，并确定主次。听：在锁定目标的展位前，作为旁观者，听用人单位的介绍，听前来应聘者对用人单位的询问，留意用人单位的口碑。问：选择自己最感兴趣的单位，要主动提问题，咨询用人单位的所有制性质、用工形式、发展情况、应聘岗位的人员结构、应聘岗位任务责任、培训情况以及其他相关信息，至于薪水、福利等问题，面试以后，用人单位有明确定位时方可提出。递：决定应聘时，双手递交自己的求职简历，表示诚意应聘这个岗位。记：记录自己投递求职简历的单位名称、应聘岗位、地址、联系方式、联系人，以及怎么得到面试通知（时间、地点）等，避免事后遗忘。

参加招聘会要携带多份设计好的求职简历，多份身份证、毕业证、学位证、获奖证书的复印件，以备用人单位现场考核；应准备笔、记事本等。言谈举止方面要保持良好的精神状态，文明礼貌、谈吐自然；不要向用人单位抵押各种证件，也不要交纳任何费用等。招聘会后，要及时电话询问投递简历的用人单位，了解自己求职结果。如果没有面试机会，也不

要气馁。总结经验，收集求职信息，等待机会，以利再战。

2. 社会关系介绍

毕业生还可以利用自己的社会关系网络搜集求职信息，进行求职活动。许多用人单位也愿意录用经人介绍或者推荐进来的求职者。在求职的过程中，如果关键时刻有关键人物帮自己引荐，无疑效果会更好。真才实学也需要有人际关系的辅助，这样求职者对用人单位的状况也会更加了解。因此，建立自己的关系网络对求职是非常必要的。虽然社会关系网络可以提供求职信息和求职机会，但是成功求职和取得求职成绩终究还是得靠求职者本人。

如何在求职中利用自己的关系网络呢？简单和行之有效的策略是：一方面，在求职来临之前，将平时建立起来的社会关系网络进行分类管理，找出重点的人物和有针对性的人物以寻求帮助；另一方面，在向社会网络中的相关成员寻求帮助时，可以直接请他们帮忙介绍或推荐求职岗位，也可以托他们介绍其他可以帮助自己的人。这样，自己可能获得若干新的人际关系，扩大现有的网络，即使暂时没有获得工作，也能为自己今后的求职发展奠定良好的人际基础。

3. 电话求职

求职也可以通过电话来进行。毕业生可以在电话簿黄页或者获取的求职信息中选定自己感兴趣的行业，然后按照清单及时地与这些行业的部分用人单位进行电话联系，询问自己的应聘机会，向用人单位推销自己；也可以按照媒体等渠道公布的招聘单位的联系电话，直接与自己心仪的用人单位电话联系，表达自己的求职意愿。

采用电话求职途径的时候需要注意以下几个方面。

1）要有勇气、有胆量，敢于主动推销自己。

2）给对方一个好的印象。因为电话求职可能会影响到今后的笔试和面试，因此打电话时要彬彬有礼，音量适中，节奏适度，表达准确，反应敏捷。

3）通话时间要恰当。应根据招聘单位的工作时间来确定打电话的时间。如果是白天，适宜在早上 8 点半之后打电话，中午 12 点至下午 2 点 30 分之间最好不要打电话，以免打扰工作人员的休息。在给单位打电话时，还应避开刚上班或快下班两个时段，以免对方不愿多谈而浪费了求职机会。

4）做好充分的准备。在拨出电话号码之前，应事先打好“腹稿”，拟出谈话的要点、顺序以及通话时间，备齐所需的材料。比如，电话拨通后，先礼貌性地问候，然后确认对方是自己要联系的单位；再介绍自己的身份并说明自己打电话的意图；继而简要地介绍自己，精练地描述自己的特长和技能，并询问对方是不是需要新进员工。特别要注意的是通话时间以3～5分钟为宜，不要过长，不能过多占用接听者的时间。

5）认真倾听对方讲话。适度附和或重复对方话语中的要点，不能只是简单地应答，要让对方感到自己在认真地倾听，切忌轻易打断对方的谈话。如果有对自己很重要的内容要边听边记，以免过后遗忘。

6）礼貌地结束通话。在通话完毕时要礼貌地说“谢谢”和“再见”，并在对方放下电话后再挂电话，切不可自己突然挂断电话，引起别人误会。

4. **直接登门自荐**

在没有其他关系的介绍和推荐的情况下，毕业生可以带着自己的简历直接到用人单位登门拜访，勇敢地推销自己，赢取用人单位的赏识和青睐。直接登门之前需要做好充分的准备，可通过网站或其他途径对该单位的特点进行了解，做到有的放矢。此外，在拜访时要表现出自己对该用人单位有极高的热情、兴趣以及相当的了解，给招聘负责人留下深刻的印象。

求职专家认为，求职中的主动表现在两个方面：一是主动为自己寻找机会，主动登门拜访来推销自己；二是在面试后主动做一些适当的工作。这些都会使用人单位感受到求职者的诚意，以及对这份工作的热情，从而增加对求职者的好感。有很多实例说明，求职者的主动精神往往会打动招聘者，并最终得以录用。据有关调查，这种求职途径的成功率高达47%。但是有时候主动求职也会带来负面的影响，用人单位可以抓住求职者的心理，趁机压低求职者的期望值。同时，主动求职要因人而异，因为主动并非对任何单位都有用，如有些用人单位的人事经理更加欣赏踏实不爱出风头的员工。是否主动登门求职还要根据自身的实际情况来决定，可根据工作性质不同、职位高低不等和企业文化等多种因素来选

择是否主动。

5. 中介机构代理

人才交流实行市场化之后，人才中介机构一直扮演着“媒介”的重要角色，许多高校应届毕业生通过人才中介机构的渠道来寻找工作。大学毕业生可以到求职中介机构专设的委托招聘部门去办理求职代理等级，投放简历，委托推荐。在选择代理求职的中介机构时，毕业生要警惕操作不规范的“伪中介”和“黑中介”，此外，还要注意了解该中介机构的一些具体情况。

（1）中介机构的信誉度

尽可能选择在当地信誉比较好的人才中介机构，这样才能获得良好的求职机会，增加求职的成功率。

（2）中介机构服务人员的素质

由于用人单位的招聘者会先和中介机构的服务人员见面，招聘者很容易将对他们的印象映射到求职者本人的印象。除了求职素质以外，服务人员的专业素质更为重要，如他们是否了解求职者就读的高校和专业、是否了解求职者所希望从事的求职及行业、是否清楚求职者对求职的具体要求，等等。一般来说，登记查询是各人才机构或职介机构拥有的最基本的服务方式，各家在服务质量、手段、收费上差距很大，对应聘个人的求职效益而言也是如此。中介机构都拥有一定数量的人才供求信息，其数量、时效性直接影响服务质量和求职效益。也正是在这一点上各中介机构差别甚大，为招徕求职者，从其他报刊或人才机构窃取信息者随处可见，这种信息因缺乏时效性而给求职者带来相当大的负面效应，常使求职者满怀希望地问询招聘单位，得到的却是简单的一句“人已招满”。

（3）中介机构的服务手段和工作能力

好的人才中介机构都会有完备的服务手段和高效率的工作能力，如完善的人事测评设备、人事代理服务等。各人才机构的服务手段差异也十分明显：有的是用人单位通过中介机构获取必要信息后，直接与应聘个人联系；有的则根据用人单位委托，组织求职者参加面试。有些中介机构在接受用人单位或个人委托后，会认真负责地为委托者提供相应服务，而另一些中介机构则在收取求职者的钱后即音讯皆无，或仅提供一些无用信息。高收费并不意味着应聘者能够获得相应的服务。在此特别提醒毕业生，从口袋中向外掏钱，尤其是数额较大时，一定要慎重了解对方的服务过程，掂量其承诺的可信度，万不可轻信其言。

三、毕业生求职的网络途径

在资讯和信息越来越重要的时代，网络正在悄悄改变着人们的工作和生活理念。不用查报纸，不用去招聘会，不用找求职介绍所，不用求亲告友，只需轻轻点一下鼠标，合适的工作就会“找上门”来。这种方便、快捷、花费少的择业新方式，就是网络求职。

实际上，网络求职与在人才市场举行的人才招聘会性质是相同的，不过供求双方的接触是通过互联网这个虚拟平台来实现的。网站一般为求职者准备了发布个人简历的地方，也为用人单位提供了发布招聘信息的网页，求职者可以多种方式查询用人单位招聘信息，用人单位也可以通过网络渠道，从众多求职者中挑选“精兵强将”。

1. 网络求职形式

网络求职一般有两种形式。一种是在网络发布求职信息，坐等用人单位与自己联系：打开人才网站，先注册登记，注明求职意向、要求以及个人情况和联系方式，完成登记即可。另一种方式就是根据网络发布的招聘信息发送求职意向，或直接登录单位站点，主动发电子邮件和对方联系。如果用人单位对资料感兴趣，就会主动与求职者联系。

2. 网络求职须知

在网络如何求职呢？人事部门通常会收到上百份申请同一职位的求职信和简历，因此毕业生要做的，是从所有的求职者中脱颖而出，给对方深刻的印象。也就是向用人单位证明自己是求职者中最好的一个，以此争取获得面谈的机会。毕业生通过网络求职时应注意以下问题。

1）选择适合自己的网络招聘会。例如，有的网络招聘会针对的是有工作经验的社会求职人员，应届毕业生即使投了简历，也会因为不符合条件，而被用人单位退回。

2）拓宽视野，可将求职信息张贴在“中华求职网”、“大学生求职网”等专业网站里，或将信息发布在一些点击率较高网站的招聘专栏上，或登录用人单位的网站，捕捉人才招聘网页上随时发布的招聘信息，直接与单位联系。

3）参加网络在线招聘时，向用人单位提问一定要简明、扼要，回答问题要突出个人特点和优势，网络应聘最忌一开口谈工资待遇。受网络时间、视频空间的限制，网络招聘给每个求职者的时间是有限的，应聘者要问最想知道的内容、最关键的问题。获得用人单位首肯后，一定要留下明确的联系方式，为下一步的面试做好准备。

4）网络应聘，不要急于一时，人少时求职，效果反而更好。通常网络招聘会持续一段时间，大可不必赶在最初的几小时、一两天应聘。不要因为网络拥挤，而放弃求职机会，人少时应聘，更容易引起人事主管的注意。

5）根据个人的专业、爱好、特长，有目标地向用人单位求职，不要简历“满天飞”，无目的地投简历等于没投。特别不要应聘同一单位的不同岗位，容易给人事主管留下随意、不专业、缺少诚意的不良印象。

6）求职的自荐材料内容应突出专业、学校、社会实践、自身性格、工作经验等重点内容。面面俱到、内容太多、太花哨的简历往往最容易被淘汰。

7）求职者发送简历的同时，应该发送一封求职信，这是求职者常常忽略的。为了方便人事主管阅读，避免多次翻页，求职信、简历都应该采用文本格式。求职者应注意求职信的措辞和语气，不要出现错别字，可使用一些符号突出求职重点。

8）发送求职简历不要用附件的形式。不要因为技术的原因，导致一些用人单位的计算机无法打开附件，而让大好的工作机会白白溜走。

9）发出求职资料后，要主动与用人单位联系。在网络招聘会结束后几天，要主动通过 E-mail 或打电话询问情况，向用人单位表示诚意，也让自己心中有数。

10）参加网络招聘活动，要提高警惕，小心受骗。网络招聘存在不少局限，求职者并不能全面了解用人单位的情况，为了防止受骗，毕业生应参加由学校、教育部门、人事部门组织的正规网络招聘活动，进行网络求职。

11）毕业生通过网络进行求职时，可以化被动为主动，利用自己的技术优势，在互联网络建立自己的个人主页，充分展示自身特色，吸引用人单位的目光。个人主页应该图文并茂，内容包括自己的求职信、简历、论文、实习报告、日记、个人论坛以及见报文章等。

12）网络求职要保持平和的心态。当前求职形势严峻，网络招聘会提供的岗位有限，而应聘者又多，毕业生要坦然地面对挫折和困难，不必自卑胆怯和过分焦虑，要积极调整心态迎接挑战。

3. 网络求职陷阱

网络求职方便快捷、信息共享，避免了人群大范围集中和近距离接触，给用人单位提供了更广阔的选择空间，也给不同地域的求职者们提供了平等的竞争机会。但一些不法分子利用网络求职设置网络陷阱，大肆进行犯罪活动，应引起广大大学毕业生们注意。网络求职陷阱的表现有如下几种。

（1）诈骗钱财

这是求职陷阱中出现频率最高的一种犯罪活动。不法分子利用网络求职双方互不见面的特点，以种种名义骗取求职者的钱财。他们的惯用伎俩通常有如下几种：一是先在网络发布一些薪酬诱人的虚假招聘信息，利用求职者急于找到工作的心理，要求求职者将招聘费、培训费、押金等各种名目的费用，汇到可以全国通存通兑的指定账号，钱一到账就立刻取走；二是利用应聘者留下的家庭住址和电话，先哄骗学生关机，然后盗用老师、警察、医生等名义，与学生家长或亲友联系，编造不幸消息，通知家长孩子得了重病或遭遇车祸正在抢救等情况，诱骗家长汇款到指定账号。

（2）骗色陷阱

不法分子从应聘者中寻找那些经历简单、处事单纯的女大学生，冒充招聘人员，采用单独约见应聘者在宾馆、度假村等高档消费场所面试的方式，趁机进行犯罪活动。有的多次约见应聘人，甚至故意交给应聘人一些文字材料，让其整理等，以麻痹被害人。面对高薪诱惑，大学生们放松了警惕。有的在孤立无援的状态下，成了不法分子的猎物。

（3）其他犯罪活动

与传统犯罪相比，网络犯罪更具隐蔽性，手法也更加多样，利用网络求职进行的犯罪活动充分体现了这一特点。有的不法分子利用招聘广告刊登的个人求职信息，将女大学生骗至偏僻处实施抢劫；有的将女大学生的个人信息张贴在色情交友网站上，骗取网民的点击率和中介费；有的将网络求职的大学生骗至传销窝点，对他们的人身自由加以限制，强迫其参加传销活动。

对于网络招聘容易出现的陷阱，毕业生应加强警惕，注意自我保护。

1）观察用人单位有无具体地址，一般骗子公司都不敢留真实地址。

2）通过搜索引擎来浏览有关用人单位的一些信息，如果是骗子公司，有类似经历的网友极可能会在网络披露。

3）查询当地 114。一般正规的用人单位都在 114 有登记，求职者能够轻松查得电话号码所在位置及类型，如果对方留的是小灵通之类号码，就应该提高警惕。

4）打 12315 或者在网络上咨询 12315，即刻就能查到用人单位是否为合法注册公司。

4. 网络求职喜忧参半

（1）节约成本

1）优势：网络求职打破了时空界限，使求职者免去了舟车劳顿之苦，也使人才与用人单位不见面就可以进行交流。如果通过现场招聘会求职，求职者还要花不少钱制作精美的简历，而这些在网络求职中都可免去，各个证书只要一次扫描到计算机里，就可以发给多家网络招聘单位。节约了大量的人力、物力和财力，大大降低了求职成本，经济实惠。

2）劣势：求职者常会接到一些自己从来没投过简历的保险公司或传销公司的电话；求职者用来求职的照片被放在某些不法网站上。这是因为某些网站以招聘为名，获取求职者的详细资料信息，之后卖给一些非法机构从中牟利。还有一些上网求职者填写资料后会收到索要报名费或考试费之类的电子邮件，而一旦将钱汇出，通常是被骗。

（2）动态性

1）优势：一些网站已能做到每天增加 1000 多个新职位，还能不断

更新。求职者与招聘者可以通过网络沟通，有的甚至在网络达成意向。求职者设置自己要求的条件，如行业、职位、地区、薪水等，招聘网站订制成功后网站就会定期向用户发送相关招聘信息,无须天天上网搜索，符合需要的工作就会在求职者的邮箱显示。

2）劣势：目前求职者最常用的方法就是使用招聘网站的搜索引擎，但是搜索出来的招聘信息仅仅局限于此招聘网站发布的职位，而每天职位更新众多，且每个职位的招聘都存在一定的招聘期限，当求职者只锁定一家网站的时候就很难保证对于其他网站的关注程度，很容易错过好机会。与其他广告载体相比较，网络招聘广告的真实性值得推敲。各类人才网站，特别是小型网站，其招聘信息都是从大网站上下载的，虽然招聘信息内容没错，但网站在完成下载、处理、制作等程序后，绝大部分已经过时无效。另外大型公司在发布招聘信息时，往往一次招聘很多类型的人才，一些人才网站此时却充当“筛子”的作用，只发布其中一部分职位。还有一些人才网站发布招聘信息时，将招聘单位的地址、电话、E-mail 都屏蔽掉，致使求职过程中多了一道关卡，不少求职信件不能寄到招聘单位，耽误了求职者的宝贵时间。

（3）信息全面

1）优势：信息量大是各个求职网站的招牌，这么大的求职队伍，招聘职位数量显然很吸引求职者的眼球，在国内大型的招聘网站里，可以随时查询数万条信息。关注招聘网站就能第一时间掌握用人单位的需求。招聘网络平台功能强大，能快速准确地查询到所需要的包括行业、职能、工作地点、工资等信息，当查询到合适的招聘职位后还可以直接通过网站把简历提交给招聘单位。

2）劣势：大多数网站的招聘服务都很薄弱，缺乏对于人才市场的分析、市场供求倾向、相关人事制度变化等方面信息，而提供的内容只是一个职位的供求，咨询服务内容也十分有限。同时，招聘信息冗杂，重复，内容丰富但是缺乏真实性。有些没有充足信息源的网站就采取了“盗用”知名招聘网站信息的做法，这样，用人单位明明已经招聘结束了，可过期的招聘信息和作废的 E-mail 信箱依然挂在网站上。并且招聘双方都反映，由于隔着网络不能很方便地确定彼此的真实身份，又没有非常有效的过滤手段，使得很难清楚地分辨真假，不亚于大海捞针。

5. 网络招聘求职发展趋势

据部分高校统计，应届毕业生中有 70%以上都在网络上投递过简历。通过网络，用人单位招聘的成功率平均在 10%左右，个人求职的成功率在 15%左右，比现场人才招聘会 10%左右的成功率有所提高。40%左右的毕业生表示主要通过人才招聘会找工作，30%左右的毕业生表示主要通过网络平台找工作，其余的毕业生表示通过亲戚朋友介绍或中介机构等方式找工作。而实际上很多通过招聘会求职的毕业生同时也在网络上发布过求职信息，进行多渠道求职准备，如果计算上这部分学生，几乎有八成以上的毕业生通过网络寻找过工作或投递过简历。

据调查，目前大多数企业都表示非常愿意接受网络招聘，特别在对高技术人才的招聘上。随着企业单位对人才的需求变化，传统招聘会的一些弱势逐渐显露出来。例如，招聘平面设计师、网页设计师等人才，在现场招聘会中就难以招到令用人单位满意的人才。究其原因有两点：第一，范围太窄，现场招聘会一般是针对当地的人才进行招聘，没有通过网络在全国范围招聘的选择性大；第二，时间太仓促，在短时间内很难把握人才的技术水平，而如果通过网络，可以看到求职者的一些设计作品，就能很清楚地了解求职者的水平，方便地进行选择。

在网络求职带来便捷的同时，不少毕业生也开始抱怨网络求职“回复率低”、“真实性差”等问题。这些不足成为网络求职管理不得不面对和急需解决的问题。网站调查显示，52.5%的人表示网络求职回复率太低；43.7%的人表示网络虚假信息太多；42.4%的求职者提出难以对应聘岗位全面了解；13.6%的人认为网络招聘私密性较差，个人信息容易泄露；还有 15.8%的人回答“没有上网条件”。

总体来说，网络招聘求职的发展趋势较好，主流地位不会改变，网络将借助其他渠道得到完善。

6. 毕业生网络求职常见误区

（1）把简历贴在附件里发给招聘方

毕业生小红不喜欢进行网络求职，原因就是网络投递简历后很长一段时间都得不到回应，自己还每天提心吊胆怕漏接电话。小红认为投递的简历也许根本无人去看，没有现场招聘会的效果来得快。经过了解，小红是以附件的形式发送简历，而用人单位一般不打开陌生邮件的附件，以避免恶意病毒，所以小红发的网络简历可以说都是无效的。

（2）把所有的“蛋”放进网络一个“篮子”里

虽然网络已成为大学毕业生求职的一个重要途径，但是求职的人数和企业需要的人数不成正比，求职成功率不是非常高。毕业生李乐说，在网络招聘的工作岗位较为单一，招聘的企业多以ＩＴ、销售、传媒为主，而他由于专业冷门，网络求职到现在还没有回音。另外，很多用人单位都需要有工作经验的人，这样更将专业冷门又无工作经验的大学生拒之千里之外了。

（3）同时在一个用人单位应征数个职位

有些用人单位在一个站点同时贴出数个职位的招聘广告，毕业生们也就经常同时应聘数个职位。对用人单位来说，重复阅读相同的简历不仅浪费时间，而且很容易产生应聘者没有目标、没有诚意的感觉。

（4）短期内无规划大量发送简历

大四的李明同学最近在网络一连“网投”了二十几家单位，他认为有了面上的广度，肯定能提高获得面试的概率。可是他还是没有被一家单位相中。

7. 毕业生如何通过网络进行有效求职

使用互联网求职有很多好处，可以边学习边找工作，信息更加全面，还不受时间和空间的限制，等等。

（1）好网站事半功倍

人才招聘类网站现在是越来越多，但相当多的招聘网站信息量少得可怜，“最新招聘”常常是一个月前的信息，这似乎是招聘网站的通病。所以，首先要知道哪些招聘网站能够提供足够多的信息供浏览。普通求职者应该选择一些可靠的、最好有政府背景的人才网站，如国家人才网、地方人才网等这些正规网站，而毕业生也可以选择由学校求职指导中心开设的网站，上面的信息一般经过严格的审核、过滤，有针对性也有安全性，而一些小的个人网站往往存在安全漏洞，不仅信息可靠度不高，

而且个人资料也较容易被泄漏。好的人才网站，功能与内容相辅相成，浑然一体，能为求职者提供相对全面又有个性的求职服务。而专业人员招聘和地区招聘的划分能让求职者很快找到适合自己的求职区域。这样的网站不仅能帮求职者找到工作，而且还能显示相关行业的冷热状况。

（2）多网齐下

1）大型综合网站或行业网站。许多大型综合网站和行业网站也设有人才频道（也叫招聘频道、求职频道），求职者在浏览这些网站时不妨多留意里面的招聘信息。行业网站不乏知名企业的招聘信息，另外还会根据情况举办不同类型的网络行业招聘会。

2）校园 BBS。对于即将毕业的大学生来说，除了招聘网站外，校园 BBS 也可以成为收集招聘信息的一个重要工具。目前大部分高校的 BBS 上都设有招聘专区。相对于其他网站上的信息，校园 BBS 上的信息相对更加真实，而且更新较快。

3）企业网站。一般来说，知名企业的网站建设得都比较好，栏目丰富，而且有独立的招聘专区。在招聘专区中，会常年公布一些岗位需求信息，对岗位职责以及任职要求都描述得比较详尽。因此，大学生如果对知名企业感兴趣，可以经常进入目标企业的网站进行查询。毕业生可利用搜索引擎，比如“Google”、“百度”，将目标企业的名称作为搜索关键词即可查询到想要的网址，进入企业网站后，找寻相应的人才招募区即可。

（3）关键词

有些公司撰写的职位描述和归类可能并非完全和工作“搜索引擎”的搜索条件契合，这时就要多用几个关键词，或者进行模糊搜索，扩大搜索面，以免遗漏。所申请的职位描述的关键词是否和自己简历中的关键词匹配要仔细核对。用人单位在查看简历时，最感兴趣的是工作经验。因此在填写简历时，可以工作经验和能力为关键词，进而详细地描述自己的工作内容和职责，直观地用数字和实例介绍自己。如果所应聘的行业和专业不符，则务必要在简历或者求职信中澄清自己转行的优势和基础条件，以学历、工作经验、假期实践、所获证书等条件具体说明，不要泛泛而谈。无论采取什么样的格式，申请表中必须包括能反映工作经验和技能的内容。大多数公司利用专门的招聘软件，通过搜索关键词，根据这些词出现的频率确定简历排名的前后。

（4）简历玄机

简历是招聘单位和应聘者之间的桥梁，是单位决定录用与否的重要评价工具，所以简历更重要的意义在于表明自己与应聘职位的契合，向招聘负责人传达自己能够胜任这份工作的信息，证实自己与目标职位的需求相符合。毕业生在准备简历的时候应该着重于强调自己的经历与职位需求的关系，简历通篇应该表达和印证一个观点——求职者是最适合这个用人单位与这个职位的。毕业生要仔细研究空缺职位的具体情况，确定的确符合自己的兴趣和背景之后再去应征。其次，每个单位的招聘流程不尽相同，有些单位给出的回应较快，有些则可能会在一两个月内甚至更长时间给出回应，特别是做项目、流动性大的岗位，用人单位比较重视建立储备人才信息库；还有些单位在第一时间已经收到了很多应聘简历并且已经安排了面试，但经过面试仍未找到合适人选，因此给出的回应会更晚，所以还需要耐心等待。因此，毕业生有时对某家单位或某个职位特别感兴趣，可长期关注这家单位，并在一个月甚至更长时间以后再次发送简历。

第四节　求职技巧

通过学习掌握一定的求职技巧，对于毕业生与求职单位尽快签订求职协议，建立良好的劳动求职关系具有重要意义，所以毕业生需要认真了解和学习求职技巧。本节所谈及的求职技巧主要是指笔试、面试和求职技巧的综合运用、统筹管理。

一、笔试

笔试是用人单位对求职者专业知识以及文字表达能力和书写态度等综合能力的一次有据可查的测试，主要适用于应试人数较多、需要考核的知识面较广或需要重点考核文字能力的情况。在用人单位招聘大学

毕业生的过程中，笔试是一种常用的考核方法。笔试主要适用于一些专业技术要求很强和对录用人员素质要求很高的国家机关、大型企事业单位。一些涉外部门、技术要求很高的专业公司及国家机关招考公务员时也多采用这种形式。大学毕业生对笔试并不陌生，但应该注意择业过程中的笔试和学校课程考试的不同之处。有针对地做好笔试准备，掌握笔试的答题技巧是笔试成功必不可少的要素。

1. 笔试的类型

（1）专业考试

这种考试主要是为了检验求职者的文化知识水平和相关的实际能力。一些专业性要求比较高的用人单位，需要通过笔试的方式对求职的毕业生进行文化和专业知识的考核。这种方式已经被越来越多的企事业单位所采用。例如，外贸、外资企业招聘员工要考外语，公检法机关录用干部要考法律知识，文秘工作要测试应用文的写作等。

（2）求职心理测试

求职心理测试是用事先编制好的标准化量表或问卷要求应试者完成，根据完成的数量和质量来判定求职者求职心理水平或个性差异的方法。一些用人单位常常以此来测试求职者的态度、兴趣、动机、智力、个性等心理素质，然后根据职位要求，决定取舍。

通过求职心理测试选聘工作人员的直接原因，在于它可以降低特殊行业员工的淘汰率和训练成本，便于用人单位量才录用员工，量才配置人员，从而达到人尽其才、事得其人、人司其职、提高工作效率的目的。

求职心理测试之所以得到广泛运用，在于个体的心理素质与求职之间有着密切的联系。很多人会因为个人的心理素质与求职不相符合，导致工作频繁失误，而产生焦虑、失望等不良情绪，对单位和个人双方造成损失。

（3）综合能力测试

这一测试主要考查毕业生的文字表达能力、分析与解决问题能力及逻辑思维能力。这是对毕业生阅读理解能力、分析和解决问题能力、知识面等素质的全方位测试。

（4）国家公务员录用考试

国家机关录用公务员，一律实行考试录用。近年来，国家公务员录用考试的笔试科目为:《综合知识》、《行政求职能力倾向测试》和《申论》。其中,《综合知识》是测试应试人员作为机关工作人员应具备的知识面,如时事、历史、自然科学知识、行政机构常识等;《行政求职能力倾向测试》主要测试应试者的知觉速度与准确性、语言理解及运用、数量关系、判断推理、资料分析等方面的能力;《申论》则是测试应试者的综合分析及文字表达方面的能力。

2. 笔试的准备和技巧

(1)注重平时知识的积累

良好的笔试成绩来自于平时的努力学习,来自于在校期间知识的积累。在校学生要把握好学习的良好机会,注意经常温故知新,既应做到学有专攻,也要不断扩大学习领域,扩展自己的知识面,形成扎实的知识功底。这样在笔试时就能信心十足,得心应手,而临时抱佛脚式的复习是起不了多大作用的。

(2)了解考试重点,掌握笔试方法,进行认真复习

专业知识考试的目的主要是检查应聘者掌握的专业基础理论知识是否全面、牢靠。这类题目一般难度不大,很少有高深的专业知识,因此要求应聘者平时很好地掌握基本概念和基本原理。很多应聘者参加笔试出来后,都说题目不难,就是一些基本的东西,可惜平时学习不太注意,所以在这上面考砸了。

(3)在笔试时要注意的几个技巧性要点

1)不要把复习重点放在难点、怪题上,要把基础知识掌握好,在实际运用上下工夫。

2)不要死抠几道题。笔试出题量较大,其用意是,一方面考查求职者的知识掌握程度,一方面考查求职者的应试能力。所以,求职者在浏览卷面后,要迅速解答较容易的题目,余下的时间再认真推敲其他题目。

3)答题时要掌握好主次之分。有时求职者见简答题是自己准备较充分的,洋洋洒洒写了上千字,而对论述题则准备不够,就随手写了几十个字。这样工夫没用到点上,成绩当然会受到影响。求职者要在统览全卷的基础上,抓住重点题目,下工夫认真答写,充分显示自己的知识水平。

（4）了解笔试目的，运用综合能力

对求职者进行笔试，不仅仅要考查其文化、专业知识，往往还包括心理素质、办事效率、工作态度、思维方法、修辞水平等方面的考核。在回答一些客观题时应该力求正确和严谨，而对于主观性问题，就应该适当地展开和发挥，以充分展示自己的个性和创造性。例如，有些试题的设计是从理论和实践两方面来检查求职者的基础知识和技能，并以综合运用为主，检查求职者的实际水平和学习灵活性。回答这类问题时就要积极思考，努力回忆学过的知识，并进行联想，将学过的内容相互联系起来进行比较分析，积极思考，找出正确答案。所以求职者在参加笔试时要认真审题，将自己的认识水平、知识水平和能力水平通过笔试较好地发挥出来。

（5）保持良好的身心状态

求职笔试与高考不同。临考前一要适当减轻思想负担，二要保证充足的睡眠，三要适当参加一些文体活动，使高度紧张的大脑得到放松休息，以充沛的精力参加考试。

（6）卷面整洁，字迹清楚

答题时，要做到字迹清楚，卷面整洁，格式、标点正确，不写错别字。一份字迹清楚、整洁的试卷，给人以赏心悦目的效果；而书写过于潦草、字迹难于辨认，则会影响考试成绩。因为求职笔试不同于其他专业考试，用人单位有时往往“醉翁之意不在酒”，他们并不特别在意求职者考分的稍许高低，而是从卷面上观察求职者是否具有认真的态度、细致的作风，这对被录用的可能性有较大的影响。

3. **笔试的方法**

半个多世纪以来，笔试的考试方法已经有了很多变化，归纳起来主要有：测验法、论文法、作文法。它们相互补充，使笔试方法形成一个较完整的体系。

（1）测验法

测验法是一些具体方法的总称。与作文法、论文法相比，它是运用得最多的一种。测验法的实施方法很多，常见的有如下几种。

1）填充法：也称填空法，主要是往缺少词语的句子里填充词语，做法有简有繁。

2）是非法：也称订正法或正误判断法，是要求判断内容正误的方法。

3）选择法：即对某一词句或问题提出若干容易混淆的解释，要求肯定其中一种或多种正确的解释作为答案。

4）问答法：要求对提出的问题作出回答，大多是要求用简单的词语回答简单的问题。

以上这些方法，常常是相互交叉的。这些题目的特点是：问题明确、简练；出题量大；问题涉及面广；问题的难度适当。所以求职者在准备参加测验时要根据题型的特点去复习，以免造成失误。

（2）论文法

论文法，就是招聘单位提出较大的问题，由求职者用文字作答，以测验其思考能力的方法。其形式是一种论述题，也可以说是自由应答型试题。这种方法在我国已有较长的历史，在招聘选拔人才的笔试中曾被普遍地采用。这种方法与测验法的明显区别在于，它可以使求职者做出自己的答案。如果说测验法是封闭性考试或识别性考试方法的话，那么论文测验则是开放性考试方法。求职者在解答这类题型时应该读透题意，解释全面。

论文测试的内容，主要是让求职者对求职选择的具体问题作出评价，对某种现象作出分析或写出感想。案例分析、对公司的评价及读后感等都属于论文测验性质。在测验方法上，主要是让求职者或者叙述和评价事实，或者比较异同，或者阐明因果关系，或者分析实质，或者评论高低，或者叙述认识和感想，等等。

（3）作文法

这是我国的传统考试方法，这种笔试方法现又演变成两种：一是供给条件，实行限制性作文；二是分项给分，综合评定。

1）供给条件的作文：就是让求职者根据给定的条件，在一定的范围内作文。

2）分项给分的作文：分项给分，综合评定，就是按作文的构成因素，区分项目，分别给分，然后给予综合性的评定。求职者在进行作文考试的时候，一定要在主题表达清楚的同时，认真对待字、词、句及标点符号，以给用人单位留下认真、严谨的好印象，并取得高分。

二、面试

正如英国推销业中的佼佼者、吉尼斯世界纪录保持者乔伊斯所说："推销，最重要的就是推销你自己。"对于每一个求职者来说，要想获得一个较为理想的职业，不光要有真才实学，更应该在面试中成功地向招聘方展示自己。人们常叹"千里马常有，而伯乐不常有"。然而，伯乐虽有识千里马的慧眼，但若不与所相之马打个照面，看看牙口老不老，听听马嘶响不响，试试马腿壮不壮，恐怕仍是找不到千里马的。因此要使别人确信自己有"一日千里"的能耐，就必须会推销自己。有研究表明，如果面试的时间是 20 分钟，那么招聘者在前 4 分钟内就已经对求职者作出了整体的评估，就这一点而言已经显现出面试者本身强烈的技巧性。可以毫不夸张地说，面试就是一门自我推销的艺术。

（一）面试的目的

面试是用人单位在规定的时间和空间内通过当面交流来考核求职者的一种招聘测试。通过面试，用人单位不仅可以直接了解求职者的面貌、举止，而且还可以了解求职者的总体素质和各方面的才能。同样，对毕业生来讲，面试是一种综合性极强，集多种知识、能力于一体的多方面考核方式，是对求职者多年的学习、实践成果的一次检验。面试时的表现直接影响到双方能否成功地建立聘用关系。

面试主要从仪表修养、专业水平、工作态度、待人态度、兴趣爱好、分析能力、反映能力和口头表达能力几个方面进行测评，以谈话和交流为主要手段，内容灵活多样，是一个双向沟通的过程。

经过精心设计、以交谈与观察为主要手段、以了解被试者素质及有关信息为目的的面试，由于自身具有较大的灵活性和综合性，如今已成为用人单位招聘人才的一种重要考核形式。能否闯过面试这一关，往往成为求职者能否被用人单位录用的关键。求职者要使自己在众多的竞争对手中脱颖而出，就必须要了解面试的基本内容，为面试做好充分的准备。求职者要注重面试的礼仪，掌握并灵活运用面试的技巧，做好面试中可能遇到问题的应试策略，同时还要做好面试后的追踪访问工作。只有这样，才能使自己在面试中立于不败之地，增加面试成功的机会。

面试对求职而言是非常重要的。上至总统，下至职员，都只有得到别人认可才有机会被选中。那么如何能在众多求职者中脱颖而出呢？就需要有正确的求职方式、明确的目标和科学的自我推荐策略技巧。

（二）面试的类型

面试的种类很多，可概括为以下几种。

1. 主试式面试

一般是由两位至数位招聘者组成评委会，其中一位任主试官。主试人根据事先拟定的面试提纲，对求职者进行提问。

2. 情景式面试

主试人设定一个情景，请求职者设法完成，目的在于考核求职者处理特别情况或解决客观问题的能力。

3. 群体式面试

由一位或多位考官对一批求职者同时进行面试，通过提问、对话等方式进行优劣比较，并从中进行选择的方式。

4. 交谈式面试

主试人与求职者自由发表言论，在闲聊中观察求职者的能力、谈吐、气质和风度。主试人通过交谈考查求职者的能力和素质。

（三）面试的形式

面试的形式是由招聘一方根据自己的基本情况、条件、招聘目标和所招聘的对象决定的。下面介绍几种最常见的方式。

1. 个人面试

个人面试一般分为一对一面试和主试团面试两种。一对一面试是传统的面试方式，一般是规模较小的机构招聘职员或大公司招聘职位较低的职员时使用。主试团面试又称围攻式面试，即由招聘方的多人组成主

试团会见求职者。这种方式一般在招聘比较重要的职位时采用。由于主试团的每个成员都是该行业的专家、能手，因此求职者的心理压力、应付难度都要大于其他方式。

2. **讨论式面试（小组面试）**

当一个职位有多个求职者前来应聘时，为了节省时间，招聘者往往对多个求职者同时进行面试，以小组讨论的方式共同寻找答案，主试者通过求职者在讨论中的表现来决定人选。其优点有两方面：一是可以短时间内比较客观地比较求职者的表现；二是可以有效考查在场求职者的交际、管理、决策以及对局面的控制能力。

3. **竞赛式面试（测验面试）**

招聘者要求求职者当场参与经过精心设计的技能测验与考试，而后根据结果作出评估的面试形式。这种面试形式在招聘一些职位较低或专业性较强的职位时较为常用，既可作为一般面试的初选程序独立进行，也可以与其他面试方式一起进行。

4. **渐进式面试**

这是根据面试程序命名的面试形式，在应聘者较多时，把应聘程序安排为初次面试、第二次面试，甚至第三、第四次面试。在这种近乎车轮战的面试方式下，求职者必须保持旺盛的精力与竞争感，具有百折不挠的心理准备与沉着冷静的心理状态。其优点是可根据职位的高低决定幅度大小、次数多少。

至于自由交谈式、组合式等其他形式的面试，与上述四种面试相比都有交叉或兼容之处，在此就不一一介绍了。

（四）面试的准备

老子说："天下难事，必作于易；天下大事，必作于细。"意思是说，凡是想要成就大事的人，必先从小事做起，从比较容易的事做起。求职者踏进面试室之前，并不知道会遇到什么样的情况，因此，做面试准备最好能"韩信点兵—— 多多益善"。有些准备事先看起来并不重要，甚至显得有些多余，但正是这些不起眼的工作，既可能无形中成为求职者求职成功的阶梯，也可能由于其中的一些疏忽，让求职者在面试中措手不及，铩羽而归。要记住，机会永远只垂青有准备的人。

1. **知己知彼**

要做到这一点需要从两个方面下工夫：一是重新认识自己，在面试之前，求职者有必要对自身条件、能力、潜力等方面作一个比较全面、正确的评价，树立起求职自信心，在求职过程中扬长避短，恰如其分地彰显自己的优势，这样才能在面试中获得事半功倍的效果；二是仔细研究对方，在决定应聘前，要对应聘单位和职位有详细的了解，做到“知彼知己，百战不殆”。

2. **文字材料的准备**

文字材料的准备主要包括专业知识、笔试的相关资料、个人发表的论文作品、发明专利证件等。

3. **必要的随身配备**

面试中应准备并携带一些必要的东西和资料。

1）招聘广告。面试时可以随时翻阅广告上提供的相关信息。

2）自荐书。主试者通常会就拟订申请表上涉及的内容展开询问，也可能是求职者回答中提到的资料，所以，带一份自荐书不仅可以更快掌握主试者的问题，也可避免因紧张忘记所填资料而陷入尴尬的局面。

3）推荐信。应将推荐信及推荐人的姓名、地址、电话带上，便于主试者需要时供其查阅联系。

4）科研成果。求职者写过的文章，发表过的作品及报告、计划书，尤其是与应聘工作有直接联系的成绩与资料等需要随身携带。

5）问题的准备。求职者根据自己的应聘想法和要求，预备好系列问题，便于有机会时提问。

6）应聘单位有关的资料和小册子。这样做可以在等待面试时重温资料，以给主试者留下办事周到的好印象。

7）带随身听或其他书籍。这样可以在等候面试时转移视线和注意力，缓解面试的紧张情绪。

（五）面试的技巧

1. 做好面试前的准备工作

（1）深入了解用人单位

毕业生可通过用人单位的内部宣传资料、网站、报纸、杂志、广告宣传手册和新闻媒体的报道等渠道来了解用人单位的性质、规模、特色、组织机构、金融状况、发展前景、企业信誉等情况，了解用人单位对员工的工作要求、职责、薪酬、培训等情况，了解招聘职位的性质、工作内容、所需知识和技能。

（2）充分准备材料

参加面试要带好个人简历、自荐信、成绩单以及有关证书等材料。如果应聘外资企业，最好将自荐信、个人简历等资料准备为中英文对照格式。即使曾经发过求职信和个人简历，也应再带一份材料，以备用人单位查看。

（3）面试训练准备

刚毕业的大学生缺乏求职面试的经验，在面试前有必要进行一些面试技巧训练，面试技巧训练包括学习聆听、敏捷反应、沉着应对、说话具有条理性、得体的举止、面试礼仪等。大学毕业生可以通过学校求职指导课讲座、查阅有关面试的指导书籍、模拟面试等途径进行训练。

（4）面试状态的调整

要调整好心情，准备好面试服装和物品，独自前往，遵守约定的时间。

（5）对可能谈到的问题的准备

有两个方面的内容：一是可能要回答的问题；二是要提出的问题。

要通过这一关，毕业生应了解、熟悉一些常见的面试试题。这些试题主要涉及以下几类：第一，政治类试题，以考核毕业生的政治见解和判断是非的能力；第二，公文类试题，在录用机关工作人员时常常要涉及；第三，技能类试题，以考核求职者实际动手的操作能力；第四，综合类试题，以考核求职者的综合素质；第五，心理类试题，以考核求职者的心理素质和应变能力。

2. 面试中常见的问题

面试是主试者通过一系列问题对求职者进行考查的方式，面试问题

回答得如何，直接决定着求职者的成败。毕业生在面试前应对面试问题有一个基本的了解，做好充分的准备。虽然每个部门、每个行业的主试者提出的问题不尽相同，但是面试中的一些基本话题还是常有涉及的。

（1）有关应试者的个人特点

① 请做一下自我介绍，好吗？

② 你有哪些优点和缺点？

③ 谈谈你的过去和现在吧。

④ 你引以为豪的事有哪些？

⑤ 你与人相处的习惯怎样？

⑥ 当你受到别人批评时，你会如何面对处置？

⑦ 你喜欢当上司还是下属？

⑧ 你愿意与别人一起工作还是独自一个人工作？

主试者提出这种类型的问题，是试图在尽可能短的时间内了解求职者主要的特长、个性。求职者在回答问题时可以通过精练生动的语言，突出自己的长处和优点，同时要把握好尺度，不要吹嘘过头，给主试者留下华而不实、轻浮滑头的印象。

（2）应试者的动机和打算

① 你为什么想加入我（们）公司？

② 假如有两个公司同时选择你，你会怎样选择公司？

③ 如果你是××部经理，你打算如何改进工作？

④ 你希望在五年后取得什么样的成就？

⑤ 你希望有一份稳定的、逐步升迁的工作，还是希望有一份风险大但报酬高的工作？

⑥ 你选择工作行业所考虑的主要因素都有哪些？

⑦ 请谈谈你心目中理想的工作是怎样的。

主试者提出这一类型的问题，其目的在于了解求职者对单位、工作的态度，了解求职者对事业、人生的看法。主试者通过考查，既可以知道求职者对这个行业、这个单位、这份工作的熟悉情况，也可以知道求职者选择这份工作是为了功名成就、实现自己的奋斗目标，还是仅仅为谋得一份养家糊口职位，或者纯粹是为了赚钱。

因此，求职者在面试时，首先要对自己所选择的行业、单位和工作有一定程度的了解，碰上这类问题才可以讲得头头是道；其次，要在回答问题时让人觉得自己的工作态度、志向打算等都比较适合这份工作，合乎主试者的期望。这样，面试成功的可能性便会大大增加。

（3）应试者的条件

一是综合条件。相关的问题有如下一些。

① 你为什么认为自己是我们需要的人？

② 你为什么认为自己特别适合这份工作？

③ 为什么你有兴趣加入本公司？

④ 你认为这份工作由什么样的人担任最适合，他应具备哪些条件？

⑤ 依你来看，这个职位最重要的任务是什么？

通过这些提问，主试者想要表达的最根本思路是："你凭什么可以胜任这个职位？我凭什么要录用你？"只有基本情况合乎职位需要和主试者的要求，被录用的可能性才会比较大。主试者希望从求职者中挑选出最佳人选，求职者的任务就是说服主试者，让他坚信自己就是最佳人选。求职者在回答这类问题时要做到头脑清醒，表现出自信和实力，同时态度诚恳，从言谈中给对方留下最佳印象。

二是学历。相关的问题有如下一些。

① 请介绍你的学历。

② 请谈谈你在学校时的情况。

③ 你为什么要修这门学科？

④ 你在学校的成绩怎样？考试名次怎样？

⑤ 你对现在的教育制度满意吗？

⑥ 你在校期间是否参加过一些社团？都参加过哪些课外活动？

⑦ 你打算进一步进修吗？有没有打算拿硕士、博士学位？

⑧ 你对自己在校期间的表现满意吗？你是如何看待的……

学历固然不能等同于能力，但学历程度的高低确实能从一个侧面反映一个人的文化修养、发展潜能，所以在招聘方的用人条件中，学历占据一个较大的权重。求职者的学历在简历上已经说明得很清楚，主试者强调的目的是想了解求职者所受的教育是否与这份工作有联系。同时，

通过进一步的提问，主试者可以了解到简历上没有涉及的一些内容，以判断求职者的工作动机、态度、能力等。这类问题回答起来一般比较容易，只要事先准备过，就不会有什么困难。

三是工作经验。相关的问题有如下一些。

①你从前做过什么工作？你以前有没有担任过相同性质的工作？②你在公司担任过什么职务，当时你负责的是什么？③那份工作做得成不成功？如果不成功，主要原因是什么？④那份工作你最喜欢的是哪些方面？最不喜欢的是哪些方面？⑤在上一家公司有什么主要发展计划是由你策划并执行的？⑥你在公司任职期间遇到的最大问题是什么？你是怎样解决的？⑦在你以前的工作中，你与同事们相处得怎样？⑧你是否被解雇过？⑨既然没有类似的工作经验，为什么你认为自己可以担任这个职务呢？⑩你的工作经验没有达到我们要求的×年以上，你认为公司可能会聘用你吗？

应聘者的工作经验资料一般都在简历上写得很明白了，主试者之所以仍要提问，主要是想了解求职者以前的经验是否与目前这份工作有关，是否能在这份工作中充分运用以前的经验，从而判断求职者是否适合招聘岗位。

四是求职者的兴趣爱好。相关的问题有如下一些。

①你在工作之余喜欢做什么？②你有没有什么特别的嗜好？③你喜欢哪一类的活动？④你参加过什么团体、组织吗？⑤你的简历表写着你喜欢看书，主要是看哪一类书籍？你平均每个月看多少本书？最近看些什么书？⑥你对股票有过深入研究吗？⑦你平时阅读什么报纸和杂志？

主试者提出这一类型的问题，是想了解求职者的性格、爱好以及与这份工作之间的联系，包括：求职者是属于乐观开朗型还是保守封闭型；求职者的一些日常活动是否能在潜移默化中影响到能力的发展；求职者对业余爱好的趣味和热爱是否已超过对工作的兴趣和热爱；求职者平时所开展的活动是否有益于工作的开展。

求职者在回答这类问题时，要根据自己的实际情况和工作的要求来进行，要避免发生以下两种情况：一种是本来没有某些方面的兴趣和爱好，却把它吹得神乎其神；另一种是爱好广泛、兴趣众多，在回答时便如数家珍、细细道来。其实求职者只要有选择、有条理地介绍自己性格及特长中对目前这份工作最有益或联系最紧密的几点就足够了。

五是应试者的薪金条件。这类问题有如下一些。

①你要求多少月薪？②你要求的最低月薪是多少？③你希望三年后的年薪达到多少？

求职者回答这方面问题时需特别小心，要讲究一定的技巧。首先，要调查本行业及相同职位的从业人员的薪水，对此有一个总体把握。其次，要摸清招聘方能开出的月薪数目可达多高。最后，要根据自己的实际能力确定底薪，如果对自己有充分的信心，不妨把薪金说得高一些。

六是一般时事问题。主试者提出这一类型的问题，主要是想考查求职者对时事的留心程度和分析情况的能力，从中了解求职者有没有强烈的社会意识、为人是否有主见、思想是否有深度、分析表达能力如何等。这类问题往往有很大的灵活性，应试者在回答这类问题时可以随机应变。同时，注意以下几点。

1）对问题如果不大了解或没有完全的认识，切勿胡乱吹嘘，这样很容易给主试者留下不好的印象，认为求职者既无知又虚伪。

2）对问题进行分析、讨论时，要做到条理分明，表达清楚流畅，切忌采用谩骂、贬斥等语言。

3）如果与主试者意见不完全相同，只要能自圆其说，也可委婉地表达自己的意见，哪怕是反对的。

4）求职者所提的意见最好有所创新，具有建设性。

3. 面试的难点与应对方法

(1) 精神紧张及克服的办法

几乎 95%以上的大学毕业生在接受调查时都承认自己在面试时精神紧张。精神紧张是毕业生面试时需要战胜的最大敌人。陌生的环境，被陌生的人提问，事关前途发展，毕业生不可能不紧张，而且适度的紧张可以促使毕业生集中注意力投入面试。但若紧张过度，则对面试极为有害，不仅注意力不集中，甚至可能将事先准备的内容忘得干干净净，头脑一片空白。因此，当毕业生获得面试机会后，应调整好心态，以热情、积极、自信、平静和谨慎的心态去迎接挑战。面试前，

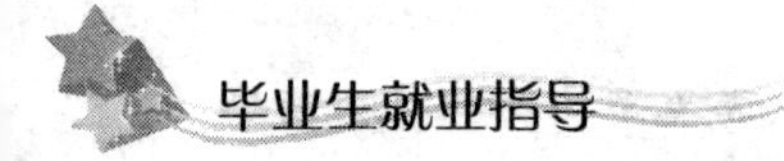

应适当放松，保持充沛的精力，使自己以饱满的精神状态去面对招聘者，力争取得面试的最佳效果。

（2）遇到不清楚的问题及解决的方法

有时求职者不知如何回答主试者提出的问题时，可以婉转地求证其提问的意图，但不可信口开河。如果真是一点也不清楚，就实事求是地告诉主试者，有时候，态度比正确答案重要得多。

（3）说错话及改正的办法

人在紧张时很容易说错话。若讲错的话无关大局，就不要太在意，继续专心应付下一个问题。若感觉说错的话比较重要，则应该道歉，并重新表达自己本来要表达的意思。

（4）几位主试者同时提问怎么回答

遇到几位主试者同时提问，一些经验不足的求职者会胡乱地选择其中一个或部分问题加以回答，结果不能让所有主试者都满意。其实，在这种情况下，求职者可以说："对不起，请让我回答甲面试官的提问，然后再谈乙面试官的问题，可以吗？"一般先回答主考官的问题，当然也可以按发问的先后次序回答。回答问题时，目光主要和发问的主试者进行交流，但也要适当顾及其他主试者，让他们觉得求职者在和所有主试者交流。同时，还应逐一观察提问者的反应和面试室内的气氛，以便随时调整谈话的策略和方式。

4. **面试回答的技巧**

（1）求职者语言运用的技巧

语言表达艺术标志着一个人的成熟程度和综合素养。对求职者来说，掌握语言表达的技巧无疑是重要的。那么，面试中怎样恰当地运用谈话的技巧呢？

1）口齿清晰，语言流利，文雅大方。交谈时要注意发音准确，吐字清晰。还要注意控制说话的速度，以免磕磕绊绊，影响语言的流畅。为了增添语言的魅力，应注意修辞，忌用口头禅，更不能有不文明的语言。

2）语气平和，语调恰当，音量适中。面试时要注意语言、语调、语气的正确运用。打招呼时宜用上语调，加重语气并带拖音，以引起对方的注意。自我介绍时，最好多用平缓的陈述语气，不宜使用感叹语气

或祈使句。声音过大令人厌烦，声音过小则难以听清。音量的大小要根据面试现场情况而定。两人面谈且距离较近时，声音不宜过大；群体面试且场地开阔时，声音不宜过小，以每个主试者都能听清为宜。

3）语言含蓄、机智、幽默。说话时除了表达清晰以外，适当地插进幽默的语言，增加轻松愉快的气氛，也会展示自己的优越气质和从容风度。尤其是遇到难以回答的问题时，机智幽默的语言会显示自己的聪明智慧，有助于化险为夷，并给人以良好的印象。

4）注意听者的反应。求职面试不同于演讲，而是更接近于一般的交谈。交谈中，应随时注意听者的反应。比如，听者心不在焉，可能表示他对这段话没有兴趣，求职者应设法转移话题；侧耳倾听，可能说明求职者音量过小；皱眉、摆头，可能表示求职者言语有不当之处。根据对方的这些反应，适时地调整自己的语言、语调、语气、音量、修辞，包括陈述内容，这样才能取得良好的面试效果。

（2）求职者回答问题的技巧

回答问题是考查求职者综合素质的临场反应及思维的敏捷程度等的主要途径，若一语中的或妙语连珠，会收到出乎想象的效果。

1）把握重点，简洁明了，条理清楚，有理有据。一般情况下回答问题要结论在先，议论在后，先将自己的中心意思表达清晰，然后再作叙述和论证。否则，长篇大论会让人不得要领。面试时间有限，神经过于紧张，多余的话太多，容易走题，反倒会将主题冲淡或漏掉。

2）讲清原委，避免抽象。用人单位提问总是想了解一些求职者的具体情况，切不可简单地仅以“是”和“否”作答。应针对所提问题的不同，有的需要解释原因，有的需要说明程度。不讲原委、过于抽象的回答，往往不会给主试者留下具体的印象。

3）有个人见解，有个人特色。用人单位有时面试多名求职者，相同的问题问若干遍，类似的回答也要听若干遍，因此会有乏味、枯燥之感。只有具有独到的个人见解和个人特色的回答，才会引起他们的兴趣和注意。

（3）应试者手势运用的技巧

手是会“说话”的。心理学家弗洛伊德说：“没有一个人能不泄露私情，即使他的嘴唇保持沉默，他的手指尖也会喋喋不休地泄露天机。”

人们看到“手势”这两个字，就会想到就职演讲中慷慨激昂的场面。很少有人将手势与面试联系在一起，其实，一定的手势在面试中也起着积极有益的作用。在求职面试中，利用手势应该做到以下方面。

1）自然。手势是为了加强表情达意的深刻程度，因此手势的变化要随着情感起伏而有所变化。手势要表达的是内在的情感和态度，是这些情感和态度自然而然的流露，因此，切忌做夸张、虚假的手势。

2）适可而止。在面试场合中，一定要注意面试环境有别于演讲或演说，手势必须适可而止。

3）不要过于频繁。在面试时，如果求职者的双手一直不停地比比划划，可能给人一种表达能力差或是喜欢指手画脚的不好印象。所以，用手势不要过于频繁，要恰到好处。

(4）求职者消除紧张的技巧

由于面试成功与否关系到求职者的前途，所以容易产生紧张情绪。有些甚至会由于过度紧张而导致面试失败。因此必须设法消除过度的紧张情绪。

1）面试前可翻阅一本轻松活泼、有趣的杂志书籍。阅读书刊可以转移注意力，调整情绪，克服面试时的怯场心理，避免等待时产生紧张、焦虑的情绪。

2）面试过程中注意控制谈话节奏。进入面试室致礼落座后，若感到紧张先不要急于讲话，而应集中精力听完提问，再从容应答。一般来说，人们精神紧张的时候讲话速度会不自觉地加快，讲话速度过快，既不利于对方听清讲话内容，又会给人一种慌张的感觉。讲话速度过快，还往往容易出错，甚至张口结舌，进而增加自己的紧张情绪，导致思维混乱。当然，讲话速度过慢、缺乏激情、气氛沉闷，也会使人生厌。为了避免这一点，一般开始谈话时可以有意识地放慢讲话速度，等自己进入状态后再适当增加语速。这样，既可以稳定自己的紧张情绪，又可以扭转面试的沉闷气氛。

3）回答问题时，目光可以对准提问者的额头。有的人在回答问题时眼睛不知道往哪儿看。经验证明，魂不守舍、目光不定的人，使人感到不诚实；眼睛下垂的人，给人一种缺乏自信的印象；两眼直盯着提问

者，会被误解为挑衅，给人以桀骜不驯的感觉。如果面试时把目光集中在对方的额头上，既可以给对方以诚恳、自信的印象，也可以鼓起勇气，消除紧张情绪。

4）正确对待面试中的失误和失败。面试交谈中难免会因紧张而出现失误，也不可能面试一次就一定成功。此时，切不可因此而灰心丧气。要记住，一时失误不等于面试失败，重要的是要战胜自己，不要轻易地放弃机会。即使一次面试没有成功，也要分析具体原因，总结经验教训，以崭新的姿态迎接下一次面试。

（5）面试提问的技巧

在面试过程中，求职者往往处于被动的地位，主试者问什么便答什么，主动权完全控制在主试者手中。有没有办法可以改变这种消极被动的局面呢？求职者是否应主动出击呢？聪明的求职者要懂得怎样主动出击，知道有技巧性地提出有关问题。

1）开场白问题。①我的资料还有需要补充的吗？②我的简历您都看过了吗？

2）录用条件问题。①是否要先签一份合同？②试用期为多长时间？

3）录用问题。①我什么时候可以知道面试结果？②我对这份工作很感兴趣，能否给我一个星期时间尝试？

4）结束语。①我可否稍后再与您联络？②可否容我再登门拜访？

（六）面试实战

面试机会非常宝贵，一旦获得当然要好好把握。面试中如何面对用人单位的选择？如何与招聘人员沟通？如何让自己在众多的求职者中脱颖而出？我们吸取了众多面试成功者的经验教训，总结出了一些要诀，以此帮助求职者提高面试成功的概率。

1. 面试八诀

1）利用各种渠道寻求面试机会。

2）面试之前预先了解该用人单位状况，多搜集应聘职位的资料。

3）约定会面时，要准时到达，如果有事情耽搁不能前往，应及时以电话方式通知对方，并确定下次面试时间。

4）进入面试会场，应再次检查服装仪容，以愉快的心情接受面试。

5）面试时将谈话的重点放在工作职位与自己个性、能力的匹配程度上。

6）回答问题时应正视发问者，与对方交谈时，表现出不卑不亢的态度。

7）面试结束后，应从容有礼，并向主试者致谢。

8）面试后要记得寄致谢卡给对方，邮寄时间不要迟于第二天。

2. **面试八忌**

1）只向大公司发简历求职，只参加大公司的面试。

2）面试前未做任何准备。

3）未准时赴约。

4）不修边幅。不修边幅会使主试者感到求职者对本次面试不太重视。因此面试时要对个人仪容仪表稍加修饰，注意整洁。

5）手足无措。面试时不要过分紧张，手脚不停地动，甚至连眼睛也不正视主试者，答非所问，这样会影响到整个面试过程的连贯性。

6）夸夸其谈。有的人在面试时，喜欢把自己说成是某一方面的专家，大加吹嘘，使主试者感觉华而不实，有“不可靠”之嫌。

7）心神不定。面试时不能左顾右盼，或刚谈了几句就抬腕看表，使主试者感觉是在提示自己尽快结束面试，于是草草收场。

8）滥竽充数。有的求职者喜欢不懂装懂，甚至对自己尚不具备的经历、学识也胡侃一通，结果只能起到相反的作用。

3. **面试必备物品**

1）个人简历。

2）各种证明材料（包括毕业证书、成绩单、驾照、身份证及特殊专长训练证书等）。

3）整理仪容的用品（如梳子）。

4）手表。

5）面试地点、电话、地图、公共汽车指南等相关资料。

6）零钱。

7）手帕、面纸、化妆盒。

8）笔、笔记本。

（七）面试实例

面试一般分为关系建立阶段、导入阶段、核心阶段、确认阶段、结束阶段等五个阶段，现以一例说明。小A到一家大型集团公司应聘招聘主管一职，下面是他与主试者的面试对话，我们依据此次实例来分析一下面试的各个阶段和应该掌握的技巧。

1. 关系建立阶段

此阶段的目的是创造自然、轻松、友好的氛围；一般采用简短回答的封闭式问题，约占面试过程的2%。

主试者：你是看到广告还是朋友推荐来的？

小A：我一直敬仰贵公司，这次是从广告上看到而来的。

分析：这是封闭性问题。它要求求职者用非常简单的语言，对有限可选的几个答案作出选择。封闭性问题主要用来引出后面的探索性问题，以得出更多的信息。

2. 导入阶段

这一阶段主要问一些求职者有所准备、比较熟悉的题目，其方式是开放性问题。约占面试的8%。

主试者：请你简单介绍一下自己，谈谈你自己的一些情况，好吗？

小A：……

分析：这是一个开放性问题，目的是让求职者在回答中提供较多信息，这种题目不是让求职者简单地回答“是”或“否”，而是要用较多的语言作出回答。在它的基础上可构建许多行为性问题，而行为性问题能够让主试者得到对求职者进行判断的重要证据。

3. 核心阶段

这一阶段主要收集关于求职者核心胜任能力（岗位胜任特征、素质模型）的信息。

主试者：请问，当你与公司的一位主管对一个具体问题的实施有不同意见时，你会怎样处理？（开放性问题）

小A：我想我会尽量与这位主管沟通，把我的想法和理由告诉他，并且询问他的想法和理由，双方来求同存异，争取达成一致意见。

主试者：那么你能不能举出一个你所遇到的实例？

小A：好吧。在一次学生会活动中，我与一个部门的负责人针对场地的选取和邀请学校领导的方式两个方面产生了分歧，他倾向于在露天的广场进行，采取电话邀请领导的方式，而我则倾向于在室内的场所举行……

分析：这是一个行为性问题。它要求针对过去曾经发生的关键事件提问，根据求职者的回答，探测求职者对事件的行为、心理反应（行为样本），从而判断求职者与关键胜任能力（素质模型）的拟合程度。

主试者：为什么有这个分歧存在呢？

小A：因为那一段时间天气变化很大，室外活动虽然会让大家没有空间的拘束感，但是可能会受到天气突然变化的影响，事实也证实当天突然下大雨……

分析：这是一个探索性问题。它通常在主试者希望进一步挖掘某些信息时使用，一般是在其他类型的问题后作继续追问。

主试者：那后来怎么样了呢？（探索性问题）

小A：我向那个负责人解释了我的具体想法，并且分析了我的理由。

主试者：那接下去情况怎么样了？（探索性问题）

小A：那位负责人同意了我的想法，收回了他的意见。

主试者：那么这次意见不一致是否影响了你们之间的关系？（封闭式问题）

小A：没有。

4. 确认阶段

主试者进一步对核心阶段所获得的对求职者关键胜任能力的判断进行确认。约占面试过程的5%。这一阶段最好用开放性问题。

主试者：刚才我们已经讨论了一个具体的实例，那么现在你能不能说服我，让我相信你是最适合这个职位的人选呢？

小A：根据这个职位的性质和我们刚才的谈话，我推断您需要的是工作积极的人，能够设定目标，不惧怕挑战的人。我就具有这些品质，让我再告诉您一些我在校时的经历，它们能说明我确实是您所需要的最好的人选。

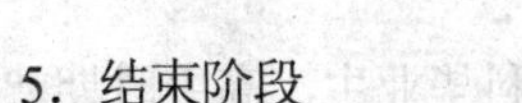

5．结束阶段

结束阶段是主试者检查自己是否遗漏了关系到关键胜任能力的问题并加以追问的最后机会，约占面试过程的 5%。一般采用一些基于关键胜任能力的行为性问题或开放性问题。

主试者：你能再举一些例子证明你在专业方面的专业技能吗？（探索性问题）

小 A：……

一次良好的面试不但要有相当的准备工作，而且在面试过程中要充分发挥面试的技巧。一次成功的面试不但是对求职者的考验，也是对主试者如何选择合适的人到合适的岗位的能力考验。

三、求职技巧统筹

求职的技巧能否帮助毕业生顺利求职，往往与面试中毕业生的临场表现密切相关。笔试、面试都是求职中的重要考核内容，我们需要完整地看待它们，取长补短，争取求职的成功。较为理想的求职技巧统筹，有时亦被看做是一种机智、一种“危机智慧”、一种吸引人的品质。

1．执著敲开成功之门

在激烈的竞争中，遭遇失败与挫折是在所难免的。有的人在碰壁之后便心灰意冷，有的人却在受挫之余认真总结反思，凭着一种执著精神终于获得成功。

西安建筑科技大学毕业生毛家伟，第一次应聘西安交大瑞森集团时，由于面试时比较紧张，词不达意，且带几分傲慢而被拒。经过一番认真总结反思后，他二进瑞森，人事主管无奈地告诉他：“对不起，人已招满。”此后，他又经历了多家企业的面试，有的甚至到了只差签字盖章的地步，但是他的心中依然装着瑞森集团。几经思量后，他决定再闯瑞森！面对同样的人事主管，毛家伟说：“我这是三顾茅庐了，希望能再给我一个机会。”大有“不达目的不罢休”的气概。也许是主管被他的精神所打动，也许是他的执著感染了对方，人事主管随即拨通了下属机电公司的电话，一番交涉之后，她告诉毛家伟去机电公司面试……

天津大学的赵磊是技术经济专业的本科毕业生，高中时期就入了党，大学期间曾任校学生会副主席等职，毕业时应聘深圳华为集团，初试顺利过关，复试时参加了管理部门的面试。由于求职者众多，而且多数是硕士、博士，结果面试不到三分钟便被淘汰出局。谈到当时的情景，赵磊说，我好像被当头浇了一盆冷水，多日来的热情骤然冷却，满怀希望顿时化为泡影。一时间我难以接受这个现实，抓住仅有的自尊说了声“谢谢”就退了出来。但我怎么也舍不得马上就走，在走廊的沙发上坐了半个多小时，又去洗了把脸，长吁了一口气，使自己冷静下来，再认真考虑对策。于是，他决定再到条件相对宽松，与自己专业更接近的市场部去试一试。市场部的负责人大略看了一下赵磊的简历及相关资料，以“你不是学电子类的，恐怕难以胜任”为由谢绝了他。赵磊不甘心就此罢休，他想：“无论如何也要给自己一个表现的机会！”这时，他正巧看见了初试时对他印象不错的考官，于是赶上前请他再向市场部的考官引荐：“成败无关紧要，只希望能给我一次面试的机会。”终于，他赢得了第三次面试机会，当他详细、成功地向市场部负责人介绍了自己以后，终于从考官满意的微笑中看到了成功的希望。

毕业生江晨谈到他应聘北京一家检察院的经历时说：“我的面试顺利通过，笔试不是很好但感觉还可以，可录用名单上却没有我的名字。我鼓起勇气拨通对方电话，得到的答复是：‘你条件不错，只要出现空额，我们会优先考虑你。’我告诉自己，一定要坚持。一连三天，对方都是同样的答复。第三天晚上，我在床上翻来覆去，明天还要不要再打？早上8 点多醒来，又告诉自己：还是应该再打一个电话。这时，我的手机响起了美妙的音乐——对方通知我明天去签约！签约的时候，单位的人事主管对我说：‘你很幸运，也很执著，如果你不坚持，这个名额就是别人的了。’”

2. 于细微处见机遇

招聘单位面试求职者，目的是考查其各方面的素质。面试的方式以及所涉及的问题通常会有一些共性的内容，但是，由于应聘职位的不同以及单位需要人才的要求不同，招聘面试时考官也常常采取一些另类的方式，提出一些出乎意料的问题。这时，成功的机遇往往隐藏在于机敏

的应对之间。

毕业生赵临溪是学人事管理的硕士，上学前在一家企业当过人事经理。毕业后，他相中了一家不错的企业，把求职材料寄出后的第四天就接到下周参加面试的通知。第二天，他又接到公司总经理办公室的通知，说公司周日有一场与兄弟公司的篮球比赛，他们从赵临溪的简历中得知他擅长篮球，请他代表公司参加比赛。这样一个难得的表现机会，小赵自然满口答应，欣然前往。到面试那天，老总亲自面试。老总开门见山地对小赵讲："你已经通过面试了。"小赵不解地看着老总，老总说，"你是学人事管理的，也当过人事经理，所以我就在你不注意的时候，在那次篮球赛场上对你做了面试。在比赛中你注意团队合作，尽可能把队友都调动起来，并且在败局已定的情况下还是奋力争取，这些都是我们公司极为看重的。"

一次，某国内知名的女企业家拟从应届毕业生中招聘一名女秘书，招聘信息一传出，就引来上百名毕业生前来应聘。最后一轮面试由总经理亲自考核，在三楼总经理办公室进行，求职者在门外等候时秩序十分混乱。这时，一位女生趁面试的间隙主动向总经理提出帮助维持秩序。得到允许后，她立即向大家宣布，请求职者到二楼等候，按顺序依次参加面试。于是，招聘现场变得安静而有序，总经理十分满意，最后被录用的秘书，正是这位主动维持秩序的女生。

毕业生李鹏到一家公司应聘，接连几轮面试都一路顺利过关，最后一轮面试，公司的副总当考官，问了一大堆问题后，突然对他说："对不起，我们公司不需要学中文的。"小李心想：你问了我一堆问题都没难住我，现在又说不需要学中文的，这不是成心耍我吗！转而一想，不对头，这可能是个"圈套"！于是他微笑着对那位副总说："虽然我无缘成为贵公司的一员，但我仍然十分感谢您给了我这次宝贵的面试机会。如果可以的话，请您指出我的不足之处，以便我以后加以改正。"这时，那位副总紧绷的脸上绽出了笑容，走上前握住小李的手说："小伙子，公司欢迎你！"

3. *诚信通往成功之路*

用人单位招聘考核毕业生时，对毕业生的素质要求应该说是各有所求，不尽相同，但是其中有一条是每个单位所一致看重的，那就是诚实守信的品德。在面试过程中，不少毕业生就是用自己的诚信赢得了考官的青睐。

小马是一所重点大学英语专业的毕业生，她的优秀素质使她在应聘一家跨国公司时顺利通过了几轮严格考核，列入备选之列。当她去一所重点中学应聘时，学校领导对她也很赏识，同意与她签约。此时她面临着两难选择：如果与中学签约，一旦那家公司同意接收她，她就得与中学毁约；如果不与中学签约，一旦那家公司不接收她，又可能失去去重点中学的机会。考虑再三，她还是向中学领导坦言了自己的想法和处境，希望学校能宽限一段签约时间。中学领导听了，对她坦诚的态度给予了肯定，认为为人师表诚实守信是必需的美德，并答应她的要求，一旦那家跨国公司的选拔没通过，学校依然敞开大门欢迎她。

小阳是学应用数学的毕业生，到一家条件不错的外企应聘。第一次面试，他以自己的能力、素质和自信给考官留下了良好的第一印象。第二轮面试时，考官是一位美籍华人，在谈了一些专业问题之后，想让小阳用英语与他继续交谈。小阳知道自己学的是“哑巴英语”，难以招架考官，于是坦诚地对考官说，“虽然我的英语通过了六级考试，但我是一名数学专业学生，因为缺乏英语语言环境，口语不是很好，只能进行简单的会话，进行深入的交流还有些困难，希望我有机会能参加你们的英语培训，到时候再和您深入交谈。”这位考官笑着说了声“OK！”小阳成功了。

第五节　求职礼仪

随着社会文明更全面的发展，礼仪渐渐出现在社会活动的各种场合，成为了决定社交成功与否的至关因素。因此，毕业生求职这样一种社会活动，作为具有知识文化的活动主体，毕业生需要更加重视求职礼仪。

一、求职礼仪构成

在不同的社会活动中人们对仪态举止规范有不同的要求，在求职过程中应注意求职礼仪的特定要求。一般来讲，求职礼仪的总体要求是严

谨而不拘谨。在求职过程中，有一系列无声的语言在诉说着求职者的素质，如时间的把握、手足的摆放、动作的得体度、面部表情等；也有一系列有声礼仪在表现着求职者的文明内涵，如“您好”、“谢谢”、“请”等。在这里，“适度”是最为关键的，言谈举止要严谨又不拘谨，能适时根据自己的身份恰到好处地表达敬意。

1. 仪容礼仪

得到一个面试机会，最好面对镜子做一番自我研究和自我评价，虽然不宜过分修饰自己，但至少要在整体上加以改进，增强一点自信心。有些人不愿花心思利用外表上的可变性发挥优点、隐藏缺点，这是很不可取的。对仪容的要求主要有以下三个方面。

（1）发式及胡须

男生、女生都要保证头发的清洁、干净，为了显露整个脸庞，男生发型不宜过短或过长，面试前要早作准备，提前一周理好发，面试时长短正合适。女性有两种发型要避免：一种是“爆炸式”发型，这种占空间过大、具有压迫性的发型，会使主考官产生本能的排斥情绪；另一种是高挽发髻，此发型看上去有头重脚轻、难以承受的感觉，并给以人家庭主妇的印象。人们普遍认为男人的胡子是虚张声势、信心不足的表现，如果面试官是女性，胡子会使她有恐惧和不洁之感，所以最好保持面部清洁。

（2）脸部修饰

脸部是人最明显的部分，也是最容易出错的地方。首先要注意脸部皮肤的健康，忌浓妆，要尽量体现自然光泽；其次是嘴唇，嘴唇是脸部最富色彩、最生动的部分，一定要让它有润泽感，使用口红时不要用大红色或橙色，更不要用紫色。

（3）手的保养

手是人的第二张脸，常常露在服装之外，极易被人注意，因此一定要保持手的干净，保持短而清洁的指甲。女士在面试时忌涂过于鲜艳的颜色，无色透明或自然肉色指甲油在任何时候都是首选。

2. 服饰礼仪

“服饰造就一个人”是服装行业的一句口号。服饰可以帮助一个人塑造他所希望展示的形象，一般包括衣服和装饰两个部分，装饰指的是装饰用品，比如领带、胸针、眼镜、手表、手袋等饰物，以及附着于装饰用品或衣服上的图案、色彩等。服饰礼仪是人们在交往过程中，为了相互表示尊重与友好、达到和谐交往而表现在服饰上的一种行为规范。如何恰如其分地装饰自己，衬托出自己的个性、气质、体魄、肤色、发型等是一门很深的学问。在服饰礼仪中男女着装有以下不同要求。

（1）男士着装要求

男士着装，在正式场合要注意色彩搭配，必须遵守“三色原则”，这也是选择正装色彩的基本原则。它的含义是要求正装的色彩在总体上应当以简洁为宜，最好将其控制在三种色彩之内，这样有助于保持正装庄重、保守的总体风格，并使正装在色彩上显得规范和谐。正装如超出三种色彩，会给人以繁杂的感觉。正装的色彩，一般应以单色、深色为主，并且最好无图案。标准的套装色彩主要是以蓝、灰、棕与黑色为主。衬衫的色彩最好为白色，皮鞋、袜子、公文包的色彩宜为深色。

下面以西装为例介绍穿着西装时需要注意的问题：①新西装穿着之前，务必要将位于上衣左袖袖口上的商标、纯羊毛标志等拆除。②要熨烫平整，使西装线条笔直，显得平整而挺括，美观大方。③要扣好纽扣。穿西装时，双排扣应当全部系上，单排三粒扣则系上边的两粒衣扣，或单系中间的衣扣；单排两粒扣系上边的那粒衣扣。④穿西装要做到不卷不挽。一定要注意保持其原状，不能随意将衣袖裤管卷起来。⑤在西装上衣内，除了衬衫与背心之外，最好不要再穿其他任何衣物。非穿不可时，最好穿一件单色的薄 V 领羊毛衫。⑥衬衫必须为单一色彩。⑦西装上衣袋内不应放过多物品，忌放钥匙、眼镜等。⑧穿西装必须佩戴领带。从色彩上讲，领带有单色、多色之分。单色领带适用于公务活动和隆重的社交场合，并以蓝色、灰色、黑色、紫红色为佳。多色领带一般不应超过三种色彩。男士领带主打三色：深灰、宝蓝、紫红，禁带明黄、明蓝色领带。领带颜色应与西装皮鞋相配，袜子的颜色以深黑色为主，单色为宜，最好是黑色，忌穿白色袜子。

（2）女士着装要求

女士着装一般有四大原则。

1）要和所处的环境相协调。人置身在不同的环境、不同的场合，应该有不同的着装，要注意穿戴的服装和周围环境的和谐。比如，在办公室工作就需要穿着正规的职业装或工作服；比较喜庆的场合如婚礼、纪念日等可以穿着时尚、鲜亮、明快的服装；悲伤场合如葬礼、遗体告别等，参加者的心情是沉重而悲伤的，所以衣着要素雅、端庄。

2）要和身份、角色一致。每个人都扮演不同的角色、身份，这样就有了不同的社会行为规范，在着装打扮上也有相应规范。例如，柜台销售人员不能过分打扮自己，以免有抢顾客风头的嫌疑；企业的高层领导人员出现在工作场所，就不能随意穿着。

3）要和自身“条件”相协调。要了解自身的缺点和优点，用服饰来达到扬长避短的目的。所谓“扬长避短”，重在“避短”。比如身材矮小的适合穿造型简洁明快、小型图案的服饰；肤色白净的，适合穿各色服装；肤色偏黑或发红的，忌穿深色服装；肤色偏黄的，最好不要选和肤色相近的或较深暗的服装，如棕色、深灰、土黄、蓝紫色等，它们容易使人显得缺乏活力。

4）要和着装的时节相协调。只注重环境、场合、社会角色和自身条件而不顾时节变化的服饰穿戴，同样也不好。比较得体的穿戴，在色彩的选择上也应注意季节性。例如，春秋季节适合选中浅色调的服装，如棕色、浅灰色等；冬季可以选偏深色的，如咖啡色、藏青色、深褐色等；夏季可以选淡雅的丝棉织物。

除了以上四个原则外，女士的着装还需要注意以下问题：①饰物的佩戴。面试绝不能摆阔气，不能将自己所有的服饰都穿戴在身上。昂贵的珠宝和饰品不要佩戴，珠光宝气给人以华而不实的感觉，也不符合身份。佩戴饰物应注意服饰整体的搭配，以简单为主。②女性职业装色彩尽量选择海蓝、暗红、中度灰色、米色、深栗色、棕色等中性色，避免俗艳的色彩。③忌穿太短的裙子、低胸上衣、紧身衣裤。④正确使用香水，最好不用。⑤穿裙装最好配肉色丝袜，忌丝袜上有洞。

3. 仪态礼仪

仪态举止一般通过人的坐、站、走的姿态和言谈、表情等表现出来。仪态往往也会在无形中体现出人的内在素质和道德修养。

（1）坐姿

坐姿可影响一个人的形态及心态，所以应特别注意。

1）如果是椅子，坐椅子的三分之二最好，如果浅浅地只坐三分之一，容易失去平衡，让人感觉求职者心情紧张，胆小怯懦；如果是凳子，最好坐满凳面，显得沉稳大方。

2）头要正，上身略微前倾，后背要挺直，双肩放松，自然下垂。人坐着时是比较放松的，但要注意挺胸收腹，这样才会显得精力充沛，富有朝气。

3）两个膝盖并拢，脚后跟往上提；双手自然放在膝盖或椅子沙发的扶手上，有桌子的座位双手应放在桌面上。

4）对于女生而言，应注意双腿一定要并拢，并拢的双腿可以放在前方，也可以向左边或右边微微倾斜。此外，坐在椅子上千万不要抖动双脚，也不要窝胸塌腰，入座起身都应该轻柔、沉稳，不要突然地站起来或坐下。万一要打哈欠，一定要低头用手挡住，千万不能有张大嘴、昂着头、伸长脖子等举动。

（2）站姿

站立时，要收腹挺胸抬头，双目平视前方，身体立直，两肩舒展，双臂自然下垂，两手可交叉在腹前，可以将右手放在左手上。忌站立时东倒西歪或弓腰驼背。

（3）走姿

抬头挺胸，两眼平视，自然摆动双臂。前后摆动的幅度为45°左右，不要摇头晃脑或左右摆动双肩，也不要故意扭动臀部。

（4）表情

常言说得好，“伸手不打笑脸人”、“非笑莫开店”。微笑是人们在社交活动中最常用的表情，它能使两个陌生人成为朋友。脸上带着微笑，可以淡化双方的心理戒备，缩短距离。微笑还可以提高外部形象，创造良好的交流氛围。

（5）言谈

人际交往中言谈的一般要求是能够讲话清楚而有条理，通过表情、速度、语调等相互配合，传达出热忱、乐观、诚恳的精神面貌，切忌含糊不清、吞吞吐吐、信口开河、肆意卖弄。

（6）聆听

谦和热情是对他人尊敬且友好的态度，而聆听正是这种态度的表现方式之一。在人际交往中，别人刚发问便抢着回答，或打断别人的谈话，都给别人以急躁、轻浮、鲁莽的不良印象，而注意聆听别人的提问和谈话，则必然会收到令人欣喜的回报。

4. 细节礼仪

求职礼仪尤其要注意把握以下几个重要细节。

（1）守时守约

求职时一定要守时守约，不迟到或违约。迟到和违约都是不尊重主考官的一种表现，也是不礼貌的行为。如果因客观原因需要改期面试，或不能如约按时到场，应事先打电话通知主考官，以免让人久等。如果已经迟到，不妨主动陈述原因。措辞宜简洁，如“对不起，路上塞车太厉害”。这是必备的礼仪。

（2）关好手机

在面试时，自觉把手机关掉或改成静音。忌在面试时接听手机，这是极不礼貌的行为。

（3）敲门进入

如果被招呼进去面试时，一定要敲门。即使面试房间的门是开着或虚掩着，也要敲门，千万不要贸然闯入，给人以鲁莽、无礼的印象；敲门时注意敲门声音的大小和敲门的速度，一定要轻轻地、慢慢地敲，待得到允许后再轻轻地进门，然后转身把门关好，动作要轻便，尽量不发出声音，然后缓慢转身面向主试者。

（4）面带微笑

笑是面部表情的总体表现。真诚的微笑是人际交往的通行证，是推销自己的“润滑剂”，是“礼仪之花”、“友谊之桥”。微笑具有塑造形象、表现性格、协调关系等功能；微笑无须成本，却可创造价值。微笑必须是真诚的、发自内心的、自然的，微笑必须适度、得体。

（5）双手递物

面试时要带上个人简历、证件、介绍信或推荐信等必要的求职资料。

见面时，要保证不用翻找就能迅速取出所需资料。送上这些资料时，要把资料的文字正面对着主试者，双手奉上，说："这是我的相关材料，请您过目。"

（6）注意面试结束礼仪

面试时间的长短视面试内容而定。主试者认为该结束面试时，往往会说一些暗示性的话语，求职者得到暗示后，应当主动、适时告别。面试结束时的礼节也是用人单位考证人才的一个依据。这时求职者要做到：不在主试者结束说话前表现出躁动不安、急欲离开的样子；告别时应感谢对方花时间同自己面谈。如果求职如愿，不要得意忘形，不要过分惊喜，应以稳重的姿态表示感谢："希望今后合作愉快。"不卑不亢，才显分量。

如果结果未知，则应再次强调自己对应聘工作的热情，并说："感谢您抽时间与我交谈，获益匪浅，希望今后能有机会得到您进一步的指导。"但一定不要言辞过分，如"拜托你啦"、"请多关照"等词，容易让人感觉你的实力不足。如果求职失败，要做到失聘不失态。在求职无望的情况下，应及时结束谈话，不要强行"推销"自己。直至告辞，要始终面带微笑，感谢主试者花宝贵的时间与自己面谈，而且要说："虽然没有被录用，但此行很有收获。"大方撤退，这样才真正不失体面和尊严。告辞时，要与主试者握手。如果有多名主试者，你要先和面试官握手，而后再依次与其他主试者握手告辞；握手时要双目注视对方，面带笑容，不可目光他顾、心不在焉；同时配以正当的礼貌用语如"再见"、"谢谢"等。

二、求职礼仪培养

合适的服饰加上优美的仪容、仪表以及良好的精神面貌，将是求职者在面试中给人以良好第一印象的基础条件，也是求职成功的重要条件之一。那么何为"合适"呢？除了特定的环境要求外，不同行业对从业人员的服饰、仪态、言语等有不同要求。这里简要介绍十类从业人员的一般形象要求，仅供参考。

1）服务人员。干净整洁，不化浓妆。使用普通话，善用礼貌语言，口齿清楚，微笑而不造作。服装色彩要注意搭配，一般上装颜色浅，下装颜色深，以稳重为主。不要穿过于休闲与家居化的服装。

2）操作技术人员。穿着整齐、干净，服式款式多为制服。女性以短发为宜。

3）管理人员。穿着不一定要时髦，却一定要大方，甚至略显成熟也无妨。与人交往是工作的核心，故而待人接物要和蔼可亲，耐心周到。

4）文秘人员。文秘人员多为女性，故讲话声音要甜美亲切，穿着端庄大方，举止有分寸。服装以求职套装为主，配饰可点缀出活泼与可爱。

5）宣传人员。宣传人员是企业的形象代言人，要求语言表达清晰，普通话标准。与人交谈掌握分寸，凸显体面大方，着装以求职套装为主，不宜穿戴过多或过于贵重的物品。

6）设计人员。穿着自由，舒适自然，张扬个性，但面试前要考察招聘单位的企业文化。不要穿着过于前卫的服饰。

7）销售人员。穿着代表用人单位的形象，应体现出明媚亮丽的特色，要注意与用人单位的企业文化氛围相一致，仪表姿态要得体。

8）财务人员。着装应简洁干练，不宜酷装打扮，切忌过多装饰。

9）教学人员。着装得体大方，整洁干净，普通话标准，不着奇装异服。服饰以少为佳。

10）体育运动员。一般为专业运动装，衣着得体大方，款式新颖多样。

因此，可以看出求职礼仪并非是千篇一律的，它往往和具体的“职”密切相关。对于求职礼仪的培养也就因为职业的千差万别而有所不同。这点需要毕业生根据个人情况和职业气质要求来制定和养成适合自己的职业礼仪。

对于一些较为普遍和必需的职业礼仪，可通过以下方式进行培养。

1. 内积美德，礼仪油然而生

真正的美，是来自内心的美，是灵魂的美，是气质的美。礼仪确实可以在求职之前突加练习。但大学生应该用更加长远的目光来看待这一个问题：一个拥有礼仪的人，无疑也具备了某种道德品质上的美。以古为例，塑成自身道德，发自内心的仪态是毕业生求职成功的“最强有力自荐信”。

2. 见细见微，礼仪源自细节

细节决定习惯，习惯决定性格，性格决定命运。细节对于人生道路的作用和意义不易被察觉但也十分关键和重要。对于培养求职礼仪，从细微处入手是最为有效的方法。

3. **大方得体，礼仪自然流露**

无论是内积而成的个人道德仪表，还是细心培养的品质礼仪，只有通过大方得体的展现才能给人以美感，才能成为一种有意义的礼仪。切忌过分重视求职礼仪，渴求尽善尽美而给人以矫揉造作之感，完全破坏了求职礼仪。

第六节　求职权益保护

俗话说："没有规矩，无以成方圆。"毕业生求职是一个涉及面非常广、任务艰巨复杂的工作，为了保证它的顺利进行，就必须制定一系列的法律法规制度，来规范相关的实施程序、各方权利和义务等。因此，求职政策法规在毕业生的求职过程中主要起到两方面的作用：一是导向作用，也就是说求职政策法规可以引导毕业生走上正确的择业道路，少走弯路，提高毕业生的求职成功率；二是保护作用，即维护毕业生的合法权益，保证求职的公正性。

一、主要相关法规介绍

求职政策法规按指定的主体不同，可以分为国家的求职政策法规、地方的求职政策规定和高校的求职政策与规定。

1. **国家的求职政策法规**

高校毕业生求职工作作为一项民生工程，关系到和谐社会的构建。党中央、国务院高度重视这项工作，并成立了专门的工作机构，便于定期研究、协调解决工作中的重大问题。国家制定的求职政策是针对全国的毕业生求职工作进行宏观调控的，它虽然会随着时间的发展不断调整变化，但在相当长的一段时间内，我国的求职政策法规还是具有较高的稳定性的。目前，我国的求职法律主要有《劳动法》、《中华人民共和国

求职促进法》、《中华人民共和国劳动合同法》、《中华人民共和国教育法》等；主要的求职政策主要有《全国普通高等学校毕业生求职管理规定》（主要包括高校毕业生求职的基本政策）、《鼓励高校毕业生服务西部的政策》、《“三支一扶”的基本政策》、《教师特设岗位计划的基本政策》、《鼓励毕业生到基层求职、创业的基本政策》等。

2. 地方的求职政策规定

为了有效地促进和规范本地区的求职工作，各省、自治区和直辖市在遵循国家总的求职工作指导原则的基础上，都会根据当地的实际情况制定出相应的规范性文件；有的城市会对进入本市的外地生源制定出一些鼓励或限制措施。对这些政策毕业生都应详细了解。

3. 学校的求职政策与规定

在各类主管求职的机构中，高校在毕业生求职过程中起着关键作用，对毕业生的影响也最为直接。各个高校都会根据国家的求职政策法规和当地求职主管部门的文件制定出适合本校毕业生情况的求职管理办法和细则，它涉及求职协议书、报到证、户口迁移证、档案等内容，对毕业生求职的微观过程起着指导、规范和促进作用。

1）报到证。报到证的作用体现在以下几个方面：报到证是到接收单位报到的凭证，证明持证的毕业生是纳入国家统一招生计划的学生；凭报到证以及其他材料才能办理户口手续；报到证是档案寄发的主要依据。因此，报到证非常重要，毕业生要小心保管，不要遗失。

2）户口迁移证。大学生来到学校读书，有的学生将户口从原籍迁到学校，但在学校的户口是临时性的，毕业后应该迁出。户口迁移证是大学生毕业时其户口从学校所在地派出所迁出的证明，不能丢失。不管到哪里，都要在规定的时间内把户口“落”下来，而不是把户口一直放在口袋里。

3）档案。真正能证明大学生学习经历的是其学习档案。档案里面有大学生各个时期的学籍卡、成绩单、获奖证明、党团材料、实践实习材料、登记表等重要信息材料。这些都是原始材料，不可复制，大学生一定要重视自己的档案。如果大学生求职后所在的单位没有档案管理权，毕业生最好将档案转递给各级人才交流机构，因为人才交流机构是档案管理的专门机构。档案存放在人才交流中心，既安全又方便。毕业生在档案转递时要注意两个方面：一方面，一些没有档案管理权的单位也在接收档案，个别单位会把学生的档案弄丢或扣住不放。在没有搞清楚用人单位是否有人事主管权之前，不要把档案转入这个单位，应当把档案转递到这个单位所在地的人才交流中心。另一方面，要询问清楚用人单位的性质，如果是国家机关、国有事业单位、国有企业，这些单位或这些单位的主管机关是有人事管理权的，可以接收档案。其他各类非公企事业单位、民营机构是没有人事管理权的，要通过人才交流中心来接收学生，学生的档案要放到人才交流中心。

二、求职协议及其签订时注意事项

人生的第一次求职选择是十分重要的。毕业生必须熟悉有关求职知识，掌握签订求职协议的时机与技巧，维护用人单位和毕业生本人的权益及学校声誉，防止签订求职协议的随意性。

签约与报到是毕业生择业的最后环节。当毕业生与用人单位在洽谈、协商的基础上决定互相接纳，达成工作意愿之后，以求职协议的形式将这种关系确定下来，此即为签约。在签约的基础上，毕业生完成大学学业，并领取求职报到证之后，去用人单位上班，此即为报到。

1. 求职协议

(1) 求职协议的界定

求职协议是高校毕业生、用人单位和学校三方签订的，是明确三方在求职择业过程中权利义务关系的书面协议。它是全国普通高校国家计划内全日制毕业本专科生、研究生在毕业时找到工作后，根据学校的要求，与用人单位或与用人单位和学校所签订的协议。原国家教委于 1997 年颁布的《普通高等学校毕业生求职工作暂行规定》明确规定，用人单位在当年 11 月至次年 5 月签订毕业生录用协议。之后，教育部高校学生司制定了全国统一的毕业生求职协议书，后来又由各省教育厅根据本省情况制定求职协议书，协议书由学校统一发放，每

个学生只能领取一套有编号的求职协议书，各个高校对此严格管理，不少学校出台了专门针对协议书的管理规定。虽然每一位学生都有求职协议，但并不是所有找到工作的毕业生都要签订求职协议。有的学校规定只要有单位的用人公函就可以派遣毕业生，双方的权利义务由国家相关的法律法规调整。

其实，对求职协议的签订方，不同地方的情况有所不同。其主体主要有三方：毕业生、用人单位和学校。学校在毕业协议中的地位，主要有两种情况：第一种情况是将学校直接作为合同一方当事人；第二种情况是将学校作为协议签订登记方。应该说，在实践中用人单位与学校的关系、毕业生与学校的关系所引起的争议并不多，出现问题最多的往往在毕业生与用人单位之间。所以我们主要探讨的是毕业生与符合劳动法的用人单位主体所签订的求职协议的法律性质。

（2）求职协议的主要作用

1）确立用人单位与毕业生的劳动关系。只要毕业生与用人单位签订了求职协议，就确立了双方的劳动关系。毕业生毕业后到用人单位工作，用人单位依据求职协议接收毕业生。

2）规定一些用人单位与毕业生的权利义务内容。一般求职协议都规定毕业生享有了解用人单位基本情况及用人单位福利待遇的知情权，同时也规定毕业生有向用人单位如实介绍自己真实情况的义务。同时，作为用人单位，有向毕业生说明真实情况的义务，并对毕业生的情况享有知情权，这与签订劳动合同过程中的知情权是一样的。除此之外，原国家教委统一制定的求职协议书备注以及现有的省制定的求职协议中还规定了关于试用期、工作条件、劳动保护、社会保险条款等，这些都是劳动合同的权利义务内容。

3）求职协议是学校上报求职计划、用人单位申报进人指标、毕业生办理落户手续的依据。毕业生毕业前落实工作单位的，凭用人单位及主管部门盖章同意的求职协议书到毕业生求职指导办公室进行协议登记，学校凭借求职协议上报求职计划并对毕业生进行派遣，用人单位依据求职协议向有关单位申报入户指标。所以，求职协议也是毕业生办理落户手续的根据。

（3）求职协议的法律性质

关于求职协议的性质，国内学术界尚无统一的界定，目前主要有以下几种观点。

1）民事合同说。这种观点认为，从求职协议签订的时间、内容及求职协议体现的当事人的法律地位来看，求职协议不是劳动合同。如果毕业生违反了求职协议书的规定，用人单位可以根据合同法来追究毕业生的违约责任。有人认为求职协议只是一种简单的合同，它既不是经济合同、行政合同，与劳动合同也有所区别。

2）预约合同说。此观点认为，求职协议与劳动合同既有联系又有区别，根据该预约合同而订立的劳动合同属于本合同。它只是毕业生将来与用人单位签订劳动合同的依据，毕业生到用人单位后，求职协议作为预约合同的约束力就完成了，而劳动关系应当以劳动合同为准。

3）劳动合同说。这种观点认为，求职协议与劳动合同的性质是一致的，两者主体意思表示是一致的，两者的法律依据也是一致的，所以求职协议应当适用劳动合同。

应该说，上述观点都承认求职协议是一种合同，符合合同的本质；其分歧主要集中在求职协议究竟是一种什么性质的合同的问题上。劳动合同虽以合同形式表现出来，但由于劳动者经济上不处于有利地位，为了保障劳动者的利益，对于劳动合同的主要内容及劳动条件法律上有一些限制性规定，不同于一般的民事合同。签订求职协议意味着用人单位和毕业生双方就劳动关系的确立达成合意，并以书面的形式即求职协议书的形式确定下来，所以双方的关系应该是劳动合同关系，而不是一般的民事合同关系。在适用法律上，劳动合同与一般民事合同不同，《中华人民共和国合同法》（以下简称《合同法》）对劳动合同没有进行规定，劳动合同适用《劳动法》。例如，求职协议中关于服务期、违约金的约定不得违反《劳动法》，而不能比照民事合同来处理。对于预约合同，我国《合同法》和《劳动法》没有进行规定。对将来成立契约为合意者即为预约。由于一般对预约的拘束力采取保留态度，因此劳动契约的预约实际意义不大，在英国合同法理论中被称为“产生法律关系的意向”。如果没有产生法律后果的意向，一个协议将不是一个有拘束力的合同。根据订立合同是否有事先约定的关系

为标准，合同分为预约合同与本合同。预约合同是指当事人约定将来订立一定合同的合同。预约合同与本合同的订立目的不同。求职协议订立的目的是确立用人单位与毕业生劳动关系，而不是以将来订立劳动合同为目的，所以，求职协议不属于预约合同。

因此，求职协议的功能除了学校上报求职计划、用人单位申报进人指标、毕业生办理落户手续的证明作用外，从求职协议规范用人单位与毕业生关系的作用来看，求职协议就是劳动合同。

2. 签约

（1）签约的内涵

“约”即协约，指两方或多方因利害关系而互相协商达成的盟约。在现实生活中，约与协议通用。协议即在组织之间或个人之间，经过协商，明确各自权利、义务而达成一致意见的书面文书。当毕业生与用人单位经过双向选择达成一致意愿之后，就需要以协议的形式将这种关系确定下来。毕业生与用人单位签订协议，并经学校主管部门签证或鉴证，即为签约。从毕业生一方而言，协议的签订意味着毕业生求职，因而也称为求职协议。

目前我国高校毕业生通用的求职协议是由国家教育部制定，省、自治区、直辖市求职主管部门印制的《高等学校毕业生求职协议书》。协议书包括以下内容。

1）毕业生基本情况及意见。包括：姓名、性别、年龄、民族、政治面貌、培养方式、健康状况、专业、学制、学历、家庭住址、应聘意见等。

2）用人单位情况及意见。包括：单位名称、单位隶属、联系人、联系电话、邮政编码、通信地址、所有制性质、单位性质、档案转寄地址、用人单位意见、用人单位上级主管部门意见等。

3）学校意见。包括：学校联系人、联系电话、邮政编码、学校通信地址、院系意见、学校毕业生求职部门意见等。

随着毕业生求职制度改革的深化，毕业生求职协议的内容也在进一步规范化、法制化。目前，一些用人单位或学校在求职协议书上已经附加上了有关劳动合同的内容，以保证毕业生的权益，进一步明确用人单位与毕业生之间的权利和义务。这些内容包括：服务期、工作岗位和工作内容、劳动保护和工作条件、工资报酬和福利待遇、劳动纪律、协议终止的条件、违反协议的责任等。

签订求职协议是一种法律行为，协议书一经签订，便视为合同生效，具有法律效力。签订求职协议，是确认签约双方权利和义务的必要程序，又是处理求职纠纷的主要依据，毕业生应该正确认识和严肃对待求职协议书，慎重签订求职协议。

（2）签约决策的基本流程

择业与签约决策是毕业生根据自身条件和择业原则具体制定选择方案并与选定单位签约的过程，它是毕业生实现求职目标和价值期望的必经途径。大学毕业生掌握签约决策的技能和方法，遵循签约决策过程的基本程序，对于作出比较适合自己的求职选择和顺利签约是很有帮助的。

1）准确定位。

毕业生要实现自己的求职理想，必须对自己的情况有清醒的认识，进行准确的定位。而要进行准确定位则有赖于自身素质和社会环境两个方面的基础。

毕业生的自身素质如何，不仅直接影响毕业生能否顺利求职，而且还直接影响毕业生的求职层次。自身素质包括：思想素质、专业知识及专业能力、外语、计算机能力、个性、气质、特长、心理素质及自己的总体情况在同类求职者中所处的位置等。客观准确地认识和把握自己的情况，是选准求职目标的重要基础，也是有针对性地进行求职活动，在竞争中取得有利位置和获得成功的关键。为此，毕业生应全面地对自己进行一番审视，客观地认识自身的素质状况。

可以请专业人员进行专门的测试（如有的学校在大学生心理咨询中心或心理测试中心进行此项业务），以得出科学、准确的结论，为自己客观实际地定位提供依据。在此基础上，进一步明确自己适合哪一种求职，适合哪一个层次的单位以及适合哪一种性质的工作。

社会环境对毕业生能否实现求职目标也具有重要的作用。社会环境包括：近年来毕业生求职状况，当年求职形势分析，所在院校的地位、声誉，有关地区和城市的求职政策，家长对子女求职去向的期望。只有

对自己的情况有清醒的认识，并比较充分地了解和掌握社会环境的状况，才能使自己的求职目标确定得比较符合实际，帮助自己在求职竞争中脱颖而出。

2）充分了解用人单位。

毕业生必须对该单位有一个全面、客观、公正的认识，还要对该单位的情况进行详细了解。毕业生求职前要通过各种方式充分了解用人单位的录用程序、岗位要求及前景、薪酬、福利等各种信息，衡量自己是否适合该用人单位的职位。

在签约以前，要先了解一下求职单位的基本情况，如单位的成立年限、经营状况、用人机制、晋升制度、培训体系、发展方向、单位领导的人品等。世上没有十全十美的单位，对于刚刚毕业的大学生来说，最关键的是要明确应聘职位的工作内容是否与自己的求职发展方向契合，单位的稳定性如何，自己的求职能力是否能够得到提升。

3）遵循程序。

求职协议的签订是在毕业生和用人单位供需见面、双向选择之后达成一致意见的结果。签约一般须经过以下的程序。

① 由毕业生本人在协议书上以文字的形式，明确表达自己同意到选定单位应聘工作的意愿，同时签署本人姓名。

② 由用人单位人事部门负责人代表单位签署同意接收该毕业生的文字意见，并签字盖章。如果该单位没有人事决定权，则需要报送其上级主管部门签字盖章，予以批准认可。

③ 毕业生所在院（系）和学校主管部门签署意见并签字盖章。

④ 报学校上级主管部门审批。

在完成上述程序之后，协议就正式生效，并列入高校毕业生求职方案，由学校和有关部门、地区办理求职报到相关手续。

随着毕业生求职制度改革的不断深入，国家和高校的审批权力将日益弱化。目前，一些地区和高校已经在此方面迈出重要一步。学校在求职协议上的签字基本不具有审批的意义，而是起鉴证的作用。可以相信，在不久的将来，在签订毕业生求职协议中，毕业生和用人单位将拥有完全的自主选择权，学校和政府主管部门不再需要直接审批求职协议，而

只要掌握毕业生求职情况即可。

（3）求职协议签订的法律问题

毕业生经过求职应聘、面试考核环节，继而就要与用人单位签订求职协议和接受试用期考查，到用人单位正式报到并与其签订劳动合同。如果毕业生清楚了解自己在求职过程中的合法权益，并在每个环节上注重对这些合法权益的保护，首次求职之路就会更加顺利和平坦。

1）毕业生的求职权利。

除享有受宪法保护的广泛的基本权利外，毕业生在求职过程中还享有多方面的权利，如接受求职指导权、获取信息权、被推荐权，等等。以下是毕业生的几项基本的求职权利。

① 自主选择权：作为求职方的毕业生（委培生、定向生除外），在求职市场上享有自主选择职业的绝对权利，可以按照自己的兴趣、爱好和能力去选择自己将要从事的职业。家长、学校和用人单位，可以为初出校门、缺乏工作经验的大学毕业生提供择业指导。

② 平等求职权：毕业生享有平等求职的权利。但在实际求职过程中，毕业生平等求职的权利常常受到侵犯，“求职歧视”现象屡见不鲜，求职者加强自身的维权意识至关重要。

③ 知情权：毕业生有全面、真实获悉用人单位信息的权利。在双向选择的过程中，毕业生有权向用人单位了解具体的使用意图、工作环境、福利待遇、发展前景等情况，从而作出符合自身条件的选择；用人单位有义务向毕业生和学校如实介绍本单位的真实情况，并提供相关的资料。任何用人单位发布虚假招聘信息，对毕业生隐瞒本单位实际情况的做法，都是对毕业生求职权利的侵犯。

2）用人单位的权利与侵权表现。

用人单位在求职过程中也有相应基本的权利，比如，可通过与高校学生的双向选择，自主录用高校毕业生或结业生；通过学校，有权了解毕业生包括身心状况在内的基本情况和在校表现、学习成绩等。但是不少用人单位在招聘过程中，往往利用自己在求职市场中的强势地位，对毕业生提出过于苛刻的要求和条件，甚至会侵犯毕业生的求职权益，比较典型的侵权现象主要有以下几种。

① 求职歧视：2001 年 12 月，某银行成都分行在成都某报头版刊登招录启事，其中规定“男性身高 1.68 米以上，女性身高 1.55 米以上”。四川大学 2002 届毕业生蒋某因为身高不符合规定失去了报名资格，蒋某认为自己受到歧视，银行侵犯了自己应享有的平等求职权，将成都分行告上法庭。

在实际求职过程中，诸如此类的“求职歧视”不胜枚举，严重侵害了毕业生的平等求职权益，比较常见的求职歧视主要有以下几种。

a. 性别歧视：这是女大学生最常遭遇的一种求职歧视，有的用人单位限制女生前来应聘，有的用人单位提高同一岗位对女生学历、技能等方面的要求，变相对女大学生设置求职障碍。

b. 生理歧视：许多用人单位在没有任何正当理由的前提下，对毕业生的身高、相貌等提出过分要求。屡有毕业生因为长相的原因而遭到用人单位拒绝的事件发生。

c. 健康歧视：有的用人单位在既无法律规定又无相关行业规定的条件下，将符合其他招聘条件、身体有微疾的毕业生拒之门外。

d. 经验歧视：大学生在参加一些应届毕业生专场招聘会时会发现，很多用人单位在招聘条件中一味强调对工作经验的要求，没有招聘应届毕业生的诚意。

e. 学历歧视：随着接受高等教育人数的增多，许多用人单位走入人才高消费的误区，片面追求高学历，违反了人职匹配的人才选聘原则。有很多原本专科生就可以胜任的工作，用人单位也要求求职者必须具有本科甚至硕士文凭。

② 弄虚作假：许多用人单位为了招到具有较高素质的毕业生，在招聘时有意夸大或者隐瞒本单位的某些实情，对原本很普通的工作岗位也极尽粉饰；还有的用人单位在毕业生提出问题希望进一步了解单位情况时故意回避问题，误导毕业生。这些都是侵犯求职者知情权的表现。

③ 侵犯隐私：毕业生在求职时，会在相关网站或招聘材料上按照要求留下自己的信息资料，比如年龄、身高、学历、电话、身份证号码等，这些个人生活信息资料属于个人隐私的一部分，未经本人同意是不允许公开、泄露的。但是由于各种原因，比如工作人员的疏忽，以及某些不

法商家有意设置圈套等，有可能会导致这些个人资料被他人获得并用来谋求商业利益或对当事人进行骚扰。

3）有关求职协议的签订与维权。当毕业生与用人单位经过双向选择达成初步意愿之后，双方就开始进入求职的实质性操作阶段——订立求职协议。求职协议是关于毕业生求职的一种意向性约定，也是毕业生由“校园人”转变为“社会人”的第一份“合同”。

求职协议书是求职协议中最常见的书面形式。从法律意义上理解，求职协议书可视作一种劳动合同，因此，签订求职协议书是一种法律行为。在实际求职过程中，求职协议的某些条款和内容很容易因与劳动合同衔接不上而引起争议，而这些条款和内容又与毕业生求职权益密切相关。毕业生在约定这些条款时要尤为慎重。

① 试用期：试用期是用人单位和毕业生为进一步加深相互了解而约定的考查期。试用期并不是必需的，是否约定由双方当事人决定。试用期的重点内容在于试用期限和试用期内的工资待遇。《劳动法》规定：“劳动合同可以约定试用期。试用期最长不得超过六个月。”目前用人单位与毕业生约定的试用期多数为一至三个月，但有的试用期期限与劳动合同的期限不相适应，不符合当地政府有关劳动合同管理的规定。

② 违约金：违约金是保障求职协议书得以顺利履行而对签订双方当事人的一种约束，也是违约责任的一种重要形式。不少毕业生在签订求职协议书的时候没有与用人单位约定违约金，一旦毕业生毁约，用人单位往往会漫天要价索取赔偿；有些求职协议书中只单方约定了毕业生的违约责任和高额违约金，这也是不公平的，用人单位违约同样要承担责任和支付违约金。

③ 空白条款：求职协议书允许空白条款的存在，只要其经过协议双方的认可和默许，且并不影响整个求职协议的效力。不过，空白条款会为日后顺利求职带来颇多隐患，因为常见的空白条款大多涉及试用期限、月薪金额、违约金等，都是与毕业生自身利益息息相关的内容。如果已经签订的求职协议书中存在空白条款，毕业生要及时对空白条款的内容签订补充协议或采取补救措施，以免发生纠纷时无据可依。

④ 补充协议：求职协议书允许附加补充协议，其常见的内容主要有：

免责条款，如约定毕业生考上研究生或公务员则求职协议自动失效，不用承诺违约责任；与劳动合同衔接的内容，如注明具体的工作岗位与质量等。毕业生在签订补充协议的时候，要注意保护自己的合法权益不受侵害，审视协议的内容是否公平、合法、有效。如果求职协议整体主旨违反了国家法律、行政法规的强制性规定，则整个求职协议全部无效；如果只是某些条款违反了国家法律，一般只认定该条款无效，即求职协议的部分无效。

⑤ 协议的解除：求职协议的解除分单方解除与双方协商解除。单方解除，包括单方面擅自解除和单方面依法或依照协议解除。单方擅自解除协议属于违约行为，解约方应承担违约责任；单方依法或者依协议解除，是指一方解除求职协议有法律上或协议上的依据，如毕业生未取得毕业资格，此类单方解除，解除方无须承担法律责任；双方协商解除是指毕业生和用人单位经协商一致，解除原订立的协议，使原协议不发生法律效力。协商解除求职协议，双方均不承担法律责任。此类解除应在求职方案上报主管部门之前进行。

⑥ 劳动合同与权益保护：毕业生取得毕业资格、到用人单位报到并走上求职岗位，便意味着毕业生完成了由“校园人”到“求职人”的转变，这时毕业生成为了真正意义上的劳动者，与用人单位形成了实质性的劳动关系。在劳动过程中，毕业生（作为劳动者）的权益保护核心则是劳动合同的合法订立。

用人单位往往会利用毕业生涉世未深、求职心切、法律观念不强等弱点，在劳动合同中布置“陷阱”，玩弄文字游戏，实行强权主义，通过损害毕业生的合法权益来达到各种目的。

在签订劳动合同时，毕业生要对此保持高度的警惕。

首先，毕业生要对《劳动法》有所了解。如果劳动合同中有违反《劳动法》的条款出现，就是合同硬伤，可以使用法律武器保护自己合法权益，但这类“错误”用人单位一般不会犯。许多用人单位在法律规定和保护之外设置软条文，劳动者要特别小心这些内容，否则将会承担不必要的责任或遭受利益损失。《劳动法》第十六条规定，建立劳动关系应当订立劳动合同。签订劳动合同应当遵循平等自愿、协商一致的原则，不

得违反法律、行政法规的规定。劳动合同依法订立即具有法律约束力，当事人必须履行劳动合同规定的义务。毕业生与用人单位签订劳动合同是毕业生在求职中取得的阶段性成绩，但毕业生与用人单位在经验和掌握专业知识程度等方面的不对称性，使他们明显处于劣势，因此签订劳动合同时一定要慎之又慎，不可大意。

其次，签订合同须合法。依法签订劳动合同是其产生法律约束力的前提。如果签订的劳动合同不合法，那么求职者的权益保护会遇到困难。为此，求职者一定要先确认自己签订的劳动合同是否具备产生法律约束力的条件，如用人单位这一劳动合同主体须符合法定条件，用人单位应当依法成立，能够依法支付工资、缴纳社会保险费、提供劳动保护条件，并能够承担相应的民事责任。双方签订的劳动合同内容（权利与义务）必须符合法律、法规和劳动政策，不得从事非法工作。此外，签订劳动合同的程序、形式必须合法，如经协商一致、书面形式等。

再次，浏览内容应仔细。将合同内容与相关的具体规定进行比较，如劳动合同期限在6个月以内的，试用期不得超过15日。劳动合同期限与试用期对应关系的规定有："劳动合同可以约定试用期。劳动合同期限在6个月以内的，试用期不得超过15日；劳动合同期限在6个月以上1年以内的，试用期不得超过30日；劳动合同期限在1年以上2年以内的，试用期不得超过60日；劳动合同期限在2年以上的试用期不得超过6个月。试用期包括在劳动合同期限内。"对于工作内容、劳动条件等内容应具体情况具体分析，因为，通常情况下，劳动合同的工作内容多是转换为岗位和工种，且用人单位希望用尽量大的外延或概念表示劳动合同中的岗位和工种，如管理人员、生产人员或服务人员等。岗位工种外延大或比较粗，说明在履行劳动合同期间，当事人从事的岗位工种变化范围大，这需要当事人作好适当的心理准备和能力储备，否则，需要承担较大的风险。

毕业生提出在劳动合同中约定工资的标准，应注意知己知彼。知己就是应结合自身的条件，包括学历、技能和身体素质等；知彼就是掌握人力资源市场供求状况、劳动力市场价位等。通常劳动保障行政部门提供的劳动力市场指导价位给出低位数、中位数和高位数三个指标，求职者不可漫天要价，以避免为签约设置障碍。对于试用期、培训、竞业禁止的补偿、补充保险和福利待遇等求职者希望在劳动合同中体现的内容，当事人应提出在劳动合同中写明要求。

（4）签订求职协议时应注意的问题

1）认真了解和掌握国家的求职政策和学校的求职规定。

毕业生在择业前，至关重要的一点就是要认真、全面地学习有关求职的政策和规定。政策和规定是指引毕业生择业的方向，可以规范毕业生择业的行为。只有掌握了这些规定，择业方向才会更明确，目标才会更科学。然而，在实际的求职工作中，很多毕业生却忽略了这一环节，造成了求职上的被动。因此，认真了解和掌握国家的求职政策和学校的求职规定是毕业生择业的前提。

2）确认用人单位的主体资格。

签订求职协议的当事人必须具备合法的主体资格。与毕业生签订求职协议的用人单位必须具有从事经营或管理活动的资格和能力，并具有录用毕业生求职的自主权。一般来说，招聘毕业生的各种所有制企业单位都应具有经过工商行政登记的独立法人资格。毕业生在与用人单位签订求职协议前，应先仔细了解用人单位的基本情况，以利于作出正确的判断。

3）在签订求职协议书前，要了解求职协议书中的全部条款。

毕业生在与用人单位签订求职协议前，要认真阅读求职协议书中的全部条款，并且要了解条款的内容与含义，同时要学会运用条款和掌握签订求职协议书的步骤，特别要注意约定条款的合理性，充分考虑本人能否承受。

4）签订求职协议书时不要出现空格。

毕业生与用人单位通过协商，如果确有必要对协议书条款进行变更或增减，涉及的内容一定要具体、明确，不会产生疑义，尤其是工资福利待遇、工作期限（包括使用期或见习期）、违约责任等涉及自身权利和责任条款的内容。毕业生和用人单位如果对超出协议书范围以外的条款另有约定，尽量采用书面的形式。如果报考了专升本或准备出国，应事先向用人单位讲明，并写在协议书中。采用隐瞒情况的做法是不可取的，会带来许多麻烦。如无附加条款，应当将协议书中空白部分画去，或注明“以下空白”。

5）注意与劳动合同的衔接。

应尽可能将劳动合同主要条款的内容体现在求职协议的约定条款中，并约定求职时签订的劳动合同应包括这些内容。若事先没有书面约定，一旦双方就劳动合同有关内容达不成一致意见，而双方又不能就解除求职协议达成共识，若毕业生提出不再去该单位求职，则毕业生将承担全部违约责任。

6）解除求职协议的条件应事先约定。

应事先约定求职协议一经签订，对毕业生和用人单位双方当事人都具有约束力，任何一方不得随意解除，否则将承担违约责任。如因为专升本、准备出国等一些因素可能导致毕业时不一定去签约单位求职，毕业生在与用人单位签订求职协议时，可约定解除求职协议的条件。

7）按规定程序签订求职协议。

毕业生在签订求职协议时，应按照规定程序进行。一般来说，毕业生应通过和用人单位的协商，在双方对求职协议的条款和内容的意见达成一致后，请用人单位和自己同时在求职协议书上签字盖章；然后把求职协议书交学校求职指导中心，列入毕业生求职方案。按照规定程序签约，有利于保护毕业生和用人单位的合法权利，可避免因任何一方在另一方不知晓的情况下，另增有损于对方权益的其他条款和内容。按照规定程序签约，也有利于毕业生保护自己的合法权利，避免承担不应承担的责任。

8）陷阱合同。

毕业生在了解相关法律法规的基础上，要谨防五种“陷阱”合同。

① 口头合同：劳动合同应该以书面形式订立，但有些用人单位经常与毕业生就责、权、利达成口头约定，并无书面文本。口头约定并不签订书面正式文本，一有“风吹草动”，这些口头许诺就会化为泡影，毕业生权益受损时也常因不易取证而无法得到法律的有效保护。

② 格式合同：格式合同表现在劳动合同上，就是用人单位为了重复使用，并未与对方协商而预先拟定内容并印制的聘用合同。虽然格式合同是用人单位按照国家有关法律规定和劳动部门制定的合同示范文本事先打印好的聘用合同，从表面上看似乎无可挑剔，但在具体条款的制定上却表述含糊，甚至有多种解释，一旦发生劳动纠纷，用人单位就会借

此为自己辩护。

③ 单方合同：一些用人单位利用毕业生求职心切的心理，只约定毕业生有哪些义务，违反约定要承担怎样的责任，毁约要交纳违约金等，而合同上关于毕业生的权利几乎一字不提。

④ 生死合同：一些危险行业用人单位为逃避应该承担的责任，常常要求毕业生接受合同中的“生死协议”，即一旦发生意外，用人单位不承担任何责任。如果签订了这种合同，真的发生意外事故后，用人单位就有理由给自己开脱了。

⑤“两张皮”合同：有的用人单位为了应付有关部门的检查，往往与毕业生签订两份合同，一份合同用来应付劳动部门的检查，另一份合同才是双方真正履行的合同，遇到这种情况，毕业生要认真对比两份合同的异同。

合同是维护双方合法权益的武器，一旦掉进合同陷阱，毕业生的合法权益就得不到有效保障。因此，毕业生在签订合同时，一定要睁大眼睛，看清楚再签。

9）其他问题。

很多毕业生会遇到这种情况：在准备与用人单位签订正式劳动合同时，被告知需缴纳一笔不菲的抵押金，否则不予接纳。一些用人单位在收取毕业生抵押金或身份证之后，会肆意侵犯毕业生的权益，如延长劳动时间、增加劳动强度等。而当毕业生辞职或被解雇时，又以种种借口不予退还抵押金，以此要挟、敲诈毕业生。如果毕业生已经缴纳了此类费用，有权要求用人单位予以返还，也可以通过申请劳动争议仲裁，或向劳动监察部门投诉、举报。

劳动报酬是劳动合同中的一项重要内容，它是劳动者维持生活的基本来源和持续劳动的原动力，也可以说是劳动者短期内最务实的物质利益。关于劳动合同中的劳动报酬条款，毕业生除了要明确劳动报酬的种类（包括基本工资、津贴、交通费用、住房补贴等）、劳动报酬的计算方式和发放时间、加班工资的计算方式等内容外，还要掌握一个大的原则，即劳动报酬金额不得低于法律规定的最低工资标准，用人单位必须向劳动者支付不低于当地最低工资标准的劳动报酬。

工作内容是指用人单位安排劳动者从事何种工作，包括工作的岗位、性质、范围及完成工作所要达到的效果、质量指标等，也是劳动合同中的重要内容。对毕业生来说，要求其明确求职岗位的具体约定，尽量避免在合同中有用人单位可以根据需要随时变更岗位的条款，同时要提防用人单位利用对岗位的粉饰包装来诱骗毕业生。

本章小结和启示

1）求职信息具有宏观、微观含义和自身特征，毕业生需要了解它并更全面、更准确地收集求职信息。求职信息的收集方法和渠道并非一成不变，毕业生可以因时因地进行调整。

2）求职信息得到收集之后，还应进行筛选，才能够更好地使用。毕业生在这一问题上要提高警惕，谨防求职陷进。

3）自荐材料是毕业生求职择业、赢得面试的“敲门砖”，一份完整的自荐材料主要包括：自荐信、个人简历、学校推荐表以及证书复印件等有关的辅助证明附件。

4）自荐信和求职简历是自荐材料的主体，自荐信是用人单位了解求职者基本情况的一个窗口，个人简历是自己生活、学习、工作、经历、成绩的概括集锦，目的就是让用人单位全面了解自己，从而为自己创造面试的机会。

5）毕业生在高校内进行求职活动的主要途径有两种：参加校园招聘会与学校推荐。据统计，有80%的大学毕业生是通过校园招聘信息找到工作的。

6）除了高校内的求职途径外，毕业生还可以通过社会上的一些途径进行求职活动。毕业生可以了解各种途径的优势和劣势，选择适合自己的途径为求职择业服务。

7）网络求职方便快捷、信息共享，避免了人群大范围集中和近距离接触，给用人单位提供了更广阔的选择空间，也给不同地域的毕业生提供了平等的竞争机会。

8）面试是毕业生在找工作时所要面临的一个重要环节。学习和掌握面试技巧，做好充分准备，对于应对面试这一难关是非常重要的。

9）求职礼仪主要包括仪容礼仪、服饰礼仪、仪态礼仪及细节礼仪。对于礼仪的培养，毕业生可以从内积美德、见细见微和大方得体方面入手。

10）择业与签约决策是毕业生根据自身条件和择业原则具体制定选择方案并与选定单位签约的过程，它是毕业生实现求职目标和价值期望的必经途径。签订求职协议是一种法律行为，协议书一经签订，便视为合同生效，具有法律效力。

11）毕业生在与用人单位签订求职协议和接受试用期考查，到用人单位正式报到并与其签订劳动合同的过程中，要清楚了解自己在求职过程中的合法权益，并在每个环节上注重对这些合法权益的保护。

启示性阅读

数字简历

大学毕业后，接着就要为工作的事四处奔走，这其中很重要的一个环节就是制作个人简历。虽然最重要的是简历里面的“真材实料”，但一份用心设计的简历会给用人单位留下一个好的印象，获得面试的机会自然也会更多一些。所以，不少毕业生在制作简历的时候，花样百出，下面便是一位应届大学毕业生制作的数字简历。

1．基本价值：1 800 元

作为一个国家直属重点大学的本科毕业生，在 16 年的求学生涯中耗费了父母大量的金钱和感情，需要足够的物质支持来回报家人和提供个人生活基本费用，并用于支付工作技能的进一步发展。

2．技能价值：–500 元

明白自己作为一个新闻专业的学生缺乏“一技之长”，能干的工作似乎任何专业的人都可以胜任，但我的优势只有在进入贵单位经过一段时间的磨炼后才能有所发挥。为了感激贵单位给予这个“进门”的机会，认为应该减去 500 元的月薪。

3．**性格价值**：100 元

开朗、活泼、幽默的性格，能最大限度地使一个团体士气高昂，在愉快的氛围中保持工作的高效。

4．**沟通技巧价值**：200 元

喜欢并且善于与人沟通，待人诚恳，能够得到普遍的认同和信赖。

5．**专业知识价值**：500 元

我的专业课成绩在系中名列前茅，已经获得免试读研机会但自愿放弃。在报刊上发表的稿件和文学作品得到了老师和实习单位的一致肯定。

6．**个人意愿价值**：500 元

有努力工作以证明自己社会价值的强烈愿望，虚心好学，希望可以向一切有经验的前辈学习，不放弃一切可以锻炼自己的机会，任劳任怨。

7．**经验价值**：–500 元

深知自己的经验欠缺，没有独立地完成过一次完整的学术研究，也没有组织过大型的社会采访，但是请相信，作为一个具有扎实专业知识和较高综合素质的社会新鲜人，我会很快完成从学生到新闻工作者的过渡。

8．**品德价值**：200 元

诚实，勤劳，敢于承担重任并付出全部热情和能力，有强烈的集体荣誉感。

9．**个性价值**：–100 元

我必须很惭愧地坦诚相告，我不具备一个“闯将”的个性特点，面对机会时需要一个强有力的领导和集体来督促我不断进步。因此我愿意从自己的工资里抽出 100 元。

10．**自律价值**：200 元

严于律己，宽以待人；不迟到早退，不推脱责任。坚定的信念使我在充满诱惑的物质世界洁身自好，踏实奋斗，坚信一分耕耘一分收获。

11．**自省的价值**：100 元

时刻不忘自省，不断完善自己各方面的素质和修养，虚心听取意见改正错误，不讳疾忌医。但是也清楚可能有些不为自己所察觉的缺点会妨碍工作，需要同事和上级的指点。

综上所述，我认为我的市场价值应在 2 500 元左右，但同时也明白市

场供求关系及其他不明因素对此的影响，因此愿意与贵单位沟通协商。

最后，再次感谢您给予我的这次宝贵机会，并诚挚地期望再次得到您的认可。

案例思考

案例1

一家外企公司准备招聘几名员工，经过笔试筛选后，只剩下8名应聘者等待进一步面试。面试限定每名应聘者在2分钟内对提问作出回答。主考官对每一名进入面试室的应聘者说：“请你把大衣放好，在我面前坐下。”其实面试室除了主考官使用的一张桌子、一把椅子外，什么也没有。其中，有三位应聘者不知所措，有一位急得直掉眼泪，有一位急得团团转。结果这五位应聘者均被淘汰。

剩下的三位应聘者中，有一位脱下大衣往右手上一搭，躬身行礼，轻声说：“这里没有椅子，我可以站在您面前等待回答问题吗？”主考官给其的评语是：“有一定应变能力，但创新精神不足，能适合严格的管理制度，可用于财会、秘书部门。”另一位回答说：“既然没有椅子就不用坐了，谢谢您的关心，我愿意听候下一个问题。”主考官的评语是：“守中有攻，可用于对外部门。”最后一位应聘者的表现是，听到发问后，把自己在门外候坐的椅子搬进来，放于离主考官1米处，然后脱下大衣，折好放在椅背上。主考官的评价是：“巧妙回答了试题，富于开拓精神，可录用到公关部门。”

1．面试中对于主考官问题的应答有标准答案吗？

2．如何在面试中掌握主动？

案例2

不久前，毕业于石家庄某学院的刘丽通过网络联系到了一家信息公司，到面试的时候她发现这家公司规模很小，只有几名刚被录用的大学生，工作内容是为股民提供所谓的“内部信息”，看上去神神秘秘的。刘丽认为这家公司一定有问题，就没有去应聘。刘丽的一些同学也遇到过类似情况，有位同学从网络上应聘了一家公司，岗位是业务经理，结果却被派出去推销化妆品。

毕业于河北大学的小朱参加了多次人才招聘会无果后，便上网试试运气，没想到很快发现了一个合适的工作，欣喜之下赶紧打电话询问，却被告之已经招满。之后，他又发现了几个合适岗位，但结果都一样，都招满了。他身边的一些“老网民”告诉他，这些信息可能都过时了。原因是有些网站为了吸引人气，抄袭其他网站的信息，或用一些过时的信息来填充门面。“看来这些诱人的信息并不那么可靠呀”，小朱感慨道。

小刘在一个人才网站上留下了自己的求职信息。过了几天，就有一家广州的公司和她联系。小刘接到电话后，虽然特别高兴，但她还是多了个心眼，调查了一下这家公司。小刘说：“我向与我联系的人要了公司网址，上去看了一下觉得还算正规。我和这家公司进行了电话联系，与我联系的人说要有一个电话面试。面试完没几天，就通知我被录取了，并留下一个主管的手机号码让我与他联系。当时我就觉得有些奇怪，这么大的公司，有办公电话，为什么要留手机号码？于是，我把前面给我打电话时留的固定电话号码，通过 114 进行查询，发现这个固定电话并未登记。打电话向工商局查询，这个公司没有进行过登记。招聘可能是个骗局。这时我才知道自己险些上当受骗。”

从三位毕业生的亲身经历中总结网络招聘应该注意的事项。

案例3

薛华是成都某高校的大学生，为了在毕业时能找份好工作，他在大学期间十分努力，四年间发表多篇文章，加上历年担任学生干部，交际能力、组织能力很强，口才也不错。毕业时，在同学们还在四处奔波、没有方向的时候，他就被好几家单位相中。

在一家单位面试的时候，薛华感觉该单位很看重他，也给出了很好的条件：试用期短，待遇好，试用期内月薪 3000 元，转正以后月薪 5000 元另带奖金；并承诺在郊区给新员工分配 30 平方米的住房一套。薛华虽然觉得该公司不太稳定，离市中心较远，但想着公司的发展空间和自由度比较大，并且能给住房更是难能可贵。考虑再三，还是将求职

协议书寄去了该公司，准备与该公司签约。

公司很快将签好的协议书寄回，薛华打开协议书准备签字时，却发现协议上除了关于试用期 3 个月的条款外，有关薪水的条款空着没有填写，有关住房的承诺更是不见踪影。他去电询问，公司人事部工作人员说："薪水关系到行业机密，所以不便在协议中体现。至于住房，肯定能够给你落实。"薛华到学校毕业生求职指导中心咨询，中心的老师建议他让单位将求职协议书填写完整，如果有其他约定最好也体现在协议中。

薛华亲自去实地调查，发现该公司给新员工准备的房子都是 30 平方米两人一间的宿舍，根本不是原来承诺的 30 平方米一套的住房，并且薪水也没有那么高。

1．如何与用人单位签订求职协议才能避免出现案例中的签约问题？

2．毕业生在签约时应如何保护自己的合法权益？

第六章 职业适应与发展

毕业生在选择了合适的职业以后，与先前的学习过程相比，情况发生了很大的变化，诸如专业由积累到应用的变化，环境的改变，生活方式的改变，人际关系的变化等。这需要毕业生进行角色转换，逐步开始适应职业，最终在自己所从事的职业上有所建树。顺利的职业适应和发展，既是毕业生职业规划的起步，也是良好职场发展的基础。

第一节 角色转换

大学生风华正茂、精力充沛、思路敏捷、富有理想，又掌握了一定的专业知识，参加工作时很想做出一番事业。但自身事先的设想与涉世之初的感觉往往相差甚远，总有不适应之感：专业不对口，工作不适应，有失落感；环境改变，生活不适应，有冷落感；人际关系变化，交往不适应，有陌生感。究其主要原因，是在短期内未适应新的工作。要想有所作为，必须成功实现角色转换。

告别了校园，步入社会走上工作岗位，开始自己的职业生涯，这是人生历程的重大转折，是一个质的变化，被称为毕业生的“第二次诞生”。如何把握这一转折，顺利地完成由校园角色到社会角色的转换，尽快适应社会，适应新的工作，迈好走向成功的第一步，是摆在每一个大学毕业生面前的现实问题。

一、社会角色与校园角色

毕业生要实现由学生到社会角色的转换，需要学习掌握社会角色的基本含义以及它与校园角色的异同，从而更加科学地实现角色转换。

1. 角色、社会角色与校园角色的概念

角色是指与人们的某种社会地位、身份相一致的一整套权利、义务的规范与行为模式，它是对具有特定身份的人的行为期望，是构成社会群体或组织的基础。人们常常把社会比作“舞台”，在这个“舞台”上，每个人都有自己的角色位置，客观上承担多种社会角色。社会中的“人”是他所扮演的各种角色的总和。随着年龄的增长和社会环境的变化，每个人承担的社会角色由少到多，内涵由简单趋向复杂，面临着不同的角色转换。

社会角色是指社会人在社会情境中拥有的，为大家所共同承认的，并有着为他人所期望确定的任务与行为方式、权利与义务的各种地位和身份。一般，把以角色作为理解个人社会行为的理论称为角色理论，其中包括角色的学习、角色的期望、角色的认知以及角色的冲突等。

校园角色则是指学生在校园这一特定的场景中所具有的“身份”，并因为具有这样的身份而承担一定的任务、享受一定的权利。大学生在校园里的主要任务是读书学习，因而主要角色即为校园角色。

2. 校园角色与社会角色的差异

在校读书与进入社会工作，所处的环境、扮演的角色、承担的主要任务都有很大的不同，对社会的认识和感受也有较大的差异，充分认识这些差别，对于尽快实现角色转换有很大的帮助。校园角色与社会角色的差异主要体现在如下几个方面。

（1）社会责任差异

从大学生到职业人的角色转换，使得毕业生的社会责任得到增强，社会评价的要求也就更加严格。角色的任务以学习为主转换为以工作为主。在大学里，学生是“能量输入体”，接受经济供给和资助，在老师的教导下完成学业；在单位里，职工是“能量输出体”，用人单位需要考虑

对人才的投入产出，要为职工付出薪资和福利，承担选择职工的机会成本和“投资风险”。从学生身份转换为社会就业人员，原有的权利和义务也都随之变化。校园角色责任履行得如何，主要关系到本人知识掌握的多少以及能力培养的程度。而人们在评判职业人角色时总是和工作联系在一起，总是将其看成身负重任的工作人员。职业人作为一个成熟、完备的社会人，其角色要求独当一面，并与同事密切合作，充分履行职业责任。

（2）角色规范差异

社会赋予角色的规范，就是社会提供的角色行为模式。学生的规范多是从培养、教育角度出发，促使其以后能顺利成长为合格人才，社会赋予社会角色的规范则更为严格、具体，违背了就要承担一定的责任。在大学里，学生犯了错误或者出现了失误，比如迟到、旷课、重修课程等，大都可以通过承认错误或者通过自己的努力来补救；而在职场，强调的是对工作结果的负责，一时的疏忽可能会引起不可估量的损失，同样的错误若犯上两次也就很可能失去了大家的信任。竞争激烈的职场里可能不会有太多机会让人总是“失误”，一次小的意外都会导致用人单位发出“逐客令”。

（3）评价标准差异

我国大学对人才的评价主要强调综合素质，通行的标准是考查在校表现、学习成绩和社会活动等，但总体上来说一个学生在这三者中间有一两样突出，其他的表现一般，也可以算是“优秀学生”了；而在职场，一名好员工，不仅要业务素质过硬，工作善于创新，还要有团队意识，要善于与周围同事交流、沟通、合作，处理好各种关系，这样才能获得职业的顺利发展。

（4）人际关系差异

在强调团队意识和协作精神的今天，和谐的人际环境对职业适应举足轻重。有些大学毕业生虽然能力很强，但因为与领导、同事相处不好而陷于困境，成为职业适应的绊脚石。相对于学校中的师生关系、同学关系，职场中涉及的关系更为复杂，行业之间有竞争，单位里的同事、上下级之间也会有直接、间接的利益冲突，牵扯到业绩好坏、薪水增减、

职务升降等具体问题，往往表现得纷繁复杂，此时学会如何处理各种关系就显得尤为重要。

(5) 活动方式差异

从学生到职业人的角色转换，产生了活动方式上的变化。学生是以学习书本知识、应付各种考试为主要活动内容的。长期以来，学生的角色处在一种习惯于接受外界给予的状态，习惯于输入。而职业人角色则要求运用所学的知识和能力，向外界提供自己的劳动。这种从接受到运用、从输入到输出的转换要求毕业生结合实际创造性地发挥才干。学生长期养成了一种应付心理，只对考试范围之内的知识采取突击记忆的方式，考试范围之外的则大多不去认真对待。因此，有些学生把这种应付心理习惯性地带入到工作中，就会一时难以适应。即使是一些在学校里比较出色的学生，也经常在这样的变化中感到手足无措。

3. 深入解析社会角色

步入职场，毕业生扮演的角色发生了变化，生活环境、人际关系趋于复杂化，面对的是崭新的工作条件、现实化的专业内容，谁能尽快实现角色转换，谁就能掌握主动权。对于社会角色的了解和理解能帮助毕业生更好地进行角色转换，因此，毕业生需要学习社会角色，明晰社会角色的期望和冲突。

(1) 社会角色的学习

角色社会化的过程不是一个简单的学习过程，而是一个综合性的、整体性的学习过程。社会角色的学习包含三个方面：一是学习角色的义务和权利；二是进一步学习角色应该掌握的专业知识和技能；三是学习角色的态度与情感。社会角色的学习可包括下述三个阶段。

第一阶段，社会角色认知。这是指角色扮演者对一定社会位置有关的权利和义务的认知了解，也就是对一定社会期望的了解。个体通过耳濡目染，进行有关章法的学习，通过与周围人们的接触，了解到一定社会角色其什么行为是适当的，什么行为是不适当的，应该怎样，等等。比如，一个人要成为教师，那么他必须知道教师的职责、教师的荣誉，也要学习如何关心与热爱学生，学习教师的教学方法、教学艺术，培养做教师的才能。

第二阶段，社会角色移情。这是指角色扮演者不仅要从认知上了解角色，而且要从情感上进入角色。也就是个体不仅知道了某种行为规范和表现方式，而且在深处对这一整套的行为方式有了认同的体验。这时个体融入了角色情感中，也就是进入了所谓的角色的境界，而不再有逢场作戏的感觉。比如，大学生要成为教师，应不断地体验他人的心理反应，包括积极与消极的反应，从而巩固被肯定的行为方式与态度，改变被否定的行为方式与态度，使自己更加符合教师这一社会角色。

第三阶段，社会角色行为。这是指角色扮演者以合适的言行举止出现在众人面前。角色行为不仅随着个体的角色认知、角色移情的变化而变化，而且也与个体的内在素质密切相关。一个人的语言能力、模仿能力、对环境的适应能力等都会影响到个体能否成功地扮演某一社会角色。比如，教师的风度是教师在教育职业活动中通过言谈举止、衣着仪容等所表现出来的一种外在行为方式和特征，它在教育学生中起到重要作用。如果一个教师讲课和谈话语言优美、声音动听、待人和蔼可亲，那么学生听他的课或谈话时就会心情愉快，就有利于提高教师的威信。反之，如果一个教师上课或谈话时言语粗俗、声嘶力竭、肆无忌惮，就会引起学生的反感和厌恶情绪，就会降低教师的教学威信。社会角色的学习是在人与人相互作用的社会关系中进行的。由于社会之间的相互联系，角色形成和扮演是在人际互动中完成的，因此角色的社会化也必须在人际交往中完成。比如，教师的角色是与学生的角色密不可分的，没有学生就无所谓教师。在教学实践中，常常有这样的情况，如果任课老师不善于处理与学生的关系，学生对教师的敌意有时也会转移到这个教师所教的学科上，使学生的学习情绪不佳，影响教学质量的提高；反之，如果任课教师热爱学生，受到学生的信任和爱戴，学生会“爱屋及乌”，把对教师的喜爱之情，转移到这个教师所教的课程上。教师能从自己学生的进步中，在学生对自己的爱戴中，得到深刻的职业情感体验，充分认识教育工作的神圣性。于是，教师会更加热爱教育工作，呕心沥血地教好学生。

（2）社会角色的期望

社会角色的期望，是他人对自己提出符合自己身份的希望，同时本人也必须领会他人对自己怀有的希望。如果自己不知道他人对自己的期

望，则不可能发生很大的期望效果。可以说，一个人为了完成一个角色，必须知道自己所充当的社会角色有一套什么样的行为模式，这种认识是根据周围人们的期望而定的。

比如说，交通警察是一种身份，具有此种身份的人在执勤时，他的行为表现就具有异于常人的很多特征。穿什么服装、使用什么用语、管理什么事情、负什么责任等，他自己不仅必须知道这些行为特征，而且在他周围的人也同样注意着他，认为他应该具备这些行为特征。又如，教师是一种身份，必须“为人师表，以身作则”，必须思想进步，道德高尚，遵纪守法，言行一致，以身立教，严于律己。在思想、道德、学习、生活等各个方面，成为学生的表率，是教师作为社会角色的特定要求。

社会总是期望具有某种身份的人扮演符合其身份的社会角色，具有符合其自身身份特征的行为。为了使个人实现角色转换，角色的期望是必不可少的，因为期望是实现角色的有效手段。角色期望是角色扮演者的行为指南。教师对学生的期望也是一种信任、鼓励和爱。日积月累之后，学生也会被感动，对教师更加信赖，对学习付出更大努力，从而使师生之间相互信任，因而取得期望的效果。反之，如果一个学生不被教师重视，认为其学习成绩不可能提高，学生也就会自暴自弃，不求上进；如果教师有偏心，厚此薄彼，学生则更加丧失信心。

心理学上把角色期望的正效果称为皮革马利翁效应，又称罗森塔尔效应，但角色期望不等于角色行为。角色行为与角色期望的相符程度取决于角色扮演者对自己期望的内化程度。也就是说，角色扮演者必须通过对角色期望的内化将其纳入自己的认知结构，使之成为角色自我的一部分。一般来讲，只有当角色真正内化为角色扮演者自身的需要时，个体才会以“完全投入”的状态来扮演好自己所担当的社会角色。

（3）社会角色的冲突

当一个人扮演一个社会角色或同时扮演几个不同的社会角色时，往往会发生内心的矛盾与冲突，这就称为社会角色的冲突。我们一般将角色冲突分为两种，即角色间冲突和角色内冲突。

角色间冲突指个体同时扮演多个不同的社会角色，由于种种原因，无法满足这些角色所提出的期望而产生的冲突。例如，一个执法者的孩子犯了法，作为执法者，社会规范要求这位执法者履行自己的职责，而不容许利用职权徇私情；而作为父亲，孩子希望得到执法者父亲的袒护和宽容，这就在这位执法者内心产生了一种冲突。又如，知识女性经常会体验到的那种既要当事业上的强者又要当贤妻良母的冲突也是一种角色间的冲突。这种冲突常常使她们处在一种十分尴尬的“二选一”境地，要么事业，要么家庭。事实上，那种既有事业又不损家庭幸福的女性在现实生活中是很难找到的。一个人身兼几个角色，各方面对他提出不同的期望，他感到无法满足各方面的要求时往往会产生内心矛盾和冲突。

角色内冲突，是指同一角色由于社会上人们对这个角色期望与要求发生矛盾时所引起的冲突。例如，对于教师角色，好学生希望教师对他们严格要求，而差学生则希望教师对他们放任自流。这种互为矛盾的角色期望，常常会使教师感到力不从心。又如，处于青少年时期的中学生，一方面，社会、家庭期望他成为一个听话的孩子；另一方面，他的同伴则期望他要像成人那样能独立地带领大家干一番轰轰烈烈的“事业”，这时他内心会感到十分烦恼从而产生角色内冲突。除此之外，当一个人的社会角色改变时，新旧角色之间也会发生冲突。一个人的角色不是一成不变的，当一个人新旧角色发生变化时，周围人们对他的角色期望就会发生相应的变化，他的自我角色期望也将发生相应的变化，这样新旧角色之间就会发生矛盾。例如，一个有违法犯罪前科的人接受了教育，愿意重新做人，争取成为一个守法公民，但他原有的坏习惯、旧习气还会时时冒出来，对他产生干扰作用。又如，一个老工人、老干部退休之后，对新的生活规律往往不能一下子适应，这是新旧角色之间发生的矛盾。刚从大学毕业的学生，由于在离开学校之前，主要具有子女与学生两种身份。离开学校之后，社会角色改变了。如果对未来所担任的角色抱着不切实际的想法，一旦踏上新的工作岗位，就会感到不适应，这也是新旧角色之间发生的矛盾。

总之，我们希望通过上述对社会角色理论的分析，能够帮助大学毕业生正确认识角色涉及的一系列问题，同时找到解决问题的有效途径。

二、角色转换

大学毕业生一旦就业，便进入角色转换阶段。因此，大学毕业后，毕业生该怎么办，要怎么办，如何使自己不走弯路或少走弯路，如何更科学、更完美、更合理、更有价值地安排或优化自己新的人生旅程，成功实现角色转换，这些是就业伊始的毕业生无法回避的客观现实。要解决好这些问题，首先需要了解角色转换中常出现的问题和如何进行角色转换的四个方面。

1. 角色转换不适的矛盾和心理问题

（1）大学生自身与社会存在的矛盾

身居高等学府的大学毕业生，习惯了十几年的校园生活，投身社会后，常常会感觉自身与社会之间存在一些矛盾。

1）主观愿望和社会现实的矛盾。

大学生毕业之前接受的都是健康、正面的教育，常以理想的思维方式看待社会、规划人生。刚刚毕业，往往踌躇满志、一腔热血，带着个人的计划、想法，准备到岗位上大显身手。但一接触到社会的消极面，如复杂的人际关系、落后的管理方式、低下的办事效率，等等，就会从理想的巅峰一下跌入谷底，难以使自己的思维与社会现实相协调，反映出对社会现实的不适应。

2）习惯行为与社会角色要求的矛盾。

十余年的寒窗苦读使每个学生都形成了一些习惯行为，都有自己特有的学习、生活习惯和思维方式，步入职场后一时还难以适应角色转换的要求，常常在扮演角色时习惯性地表现出与职业人角色不相符合的、带有明显学生气的习惯行为。

3）社会需要与自我完善的矛盾。

当今社会是改革的社会、竞争的社会、高速发展的社会。社会不仅需要基础知识扎实、动手能力强、综合素质较高的大学生，更需要具有开拓精神、勇于创造的大学生。大多数学生工作一段时间后便会发现，自己或者知识结构不完善，思维死板，信息不灵，或者理论与实际脱节，在某些方面的能力还比较欠缺。

（2）大学生在角色转换中容易出现的心理问题

大学阶段是职业角色的准备期，所学专业只对应某一职业群，具体职业岗位还有待选择，因而大学阶段的职业角色准备往往有一定的模糊性。毕业生在走向工作岗位之初对职业角色难免会有些不适应，从近年社会反馈的信息来看，这些不适应主要表现在以下几个方面。

1）怀旧性。

毕业生刚走上工作岗位，在角色转换中易出现怀旧心态。多年的学生生活所养成的学习、生活和思维方式一时不容易改变，常常会自觉或不自觉地将自己置身于学生角色的位置，表现出对学生角色的依恋，以学生角色来要求自己和对待工作，以学生角色的习惯方式观察事物、分析事物。面对与同事、领导新的复杂的人际关系及职业责任的压力，不禁留恋相对单纯的学生时代。

2）畏惧性。

面对新的环境、新的工作，有的毕业生不知该如何入手，缺乏自信心，缩手缩脚，担心犯错误和承担责任，工作中放不开手脚。

3）自傲性。

有些毕业生常以文凭、学位或毕业于名牌学校而自居，自我评价过高、不尊重他人、不虚心的情况时有发生。有些毕业生自以为接受了正规教育，已经学到了不少知识，已经是人才了，因此，轻视实践，放不下架子，看不起基层工作和基层工作人员，甚至认为一个堂堂的大学毕业生干一些不起眼的事是大材小用，有失身份，实际上却是眼高手低，大事做不了，小事又不做。

4）浮躁性。

一些毕业生在角色转换中表现出不踏实、不稳定的特点，对本职工作坚持不下去，缺乏敬业精神，不能深入到具体工作中，就职较长时间仍然未能以稳定的心态来进入新的角色。

5）被动性。

很多毕业生在校期间都忙着应付考试、应付作业，形成了草草应付就万事大吉的做事习惯。上班以后也将这种习惯带到工作中，只想应付工作，不去主动思考，工作缺乏主动性。

2. 角色的“四个转换”

（1）心理状态的转换

刚就业的毕业生所面临的是一个全新的氛围：新的生活内容、新的工作环境、新的活动方式、新的人际关系等。他们对周围的一切都感到陌生，缺少安全感和归宿感。到工作单位之后，在大学里的优势感丧失，再加上对新的人际环境比较生疏以及期望与现实存在差距，他们往往会感到压抑、苦闷、孤独、忧郁。这时，他们只能把这种情感寄托于信纸、邮件，向同学或者父母倾诉，把自己封闭在原有的人际圈中。但这只是权宜之计，并不是摆脱心理苦闷的有效办法。在新的生活环境和人际环境中，实现心理状态转换的关键在于打开心灵的门窗，调整自己的心理态势；树立自信，开放自我，丰富生活，主动交往，寻找友谊，加强交流，充实自身；进而优化心态，提高自控能力及承受挫折的能力，保持心理的健康发展。

（2）知识技能的转换

学生时代的实验实践活动是一种单纯的模仿，与创造性劳动和工作有较大距离。在校学生学习的理论知识大多是理想型的，是一种现实和逻辑的结论，而社会职业岗位则是具体生动的现实劳动；学生时代的实验实践仅是一种理论的领悟，而实际工作则需要付出实际行动。大学生知识结构与现实的这种差距，在他们刚工作时容易表现出以下三种情况。

1）知识结构不完整。

一方面，现在大学生在校学习期间的功利化倾向十分明显，只图拿个“证书”就行了，结果造成知识结构单一，知识面窄，无法适应全面工作的需要；另一方面所学与所用差距太大，或者说，大学生在学校学习到的知识明显落后于社会现实。

2）创造能力不强。

大学毕业生虽然掌握了一定的知识，但是缺乏灵活运用知识的能力，分析问题和解决问题的能力不够强。

3）技能不全，适应不了现代化办公的需要。

现代社会的信息高度发达，工作程序的科学化大大提高，先进设备和仪器的综合运用程度加大，这对于刚就业的毕业生来讲又多了一个新的课题。

因此，毕业生实现知识结构转换的关键是努力学习，从工作需要出发，完善自己的知识结构和技能，特别是有针对性地拓展自己的专业领域和技能。

（3）人际交往的转换

在校学习期间，学生所接触的人缘大体上不外乎亲子、师生、同学三种人际关系。这三种人际关系都是以感情为基础的，以宽容和谅解为主的。这种宽容和谅解可以说是父母对子女的爱、老师对学生的爱和同学之间的互爱，这种爱是无限的、无条件的、无保留的。但就业之后的人际关系就不同了。

人际交往的转换关系着毕业生职业适应期的长短，也密切关系着他们生活和工作的成败。因此毕业生只有注意调整、建立良好的工作人际关系，才能保持自己与领导、同事关系的协调和融洽，这也是人际关系协调和沟通的关键。如两个同一专业毕业的在同一单位做同样工作的毕业生，一个进步快，业绩突出，很快成为佼佼者；另一个进步慢，业绩平平，默默无闻。同样一件事情，一个成功，另一个失败。这其中的奥秘之一就在于能不能转换人际交往，处理好就业后的人际关系。

（4）理想目标的转换

一般情况下，大学生在毕业时渴望成才的目标已基本实现，从象牙塔里的“天之骄子”成了社会中普普通通的劳动者。在参与社会经济建设的过程中如何成功实现自身价值，建设祖国的未来，是大学生经常思考的问题和预期的目标。事实上，他们中间大部分人不能如愿以偿。除了客观上的一些原因外，毕业生需要正确了解自己，需要客观看待形势，需要在纷繁复杂的世界和新的工作环境中找到适合自己的位置，需要尽快从校园角色转换为社会角色，需要从学习的目标转换到理想的工作目标中去。据调查发现，毕业生能在几个月内胜任工作的只有10%，一年内胜任工作的占13%，一至两年胜任工作的占72%。还有5%的毕业生长期不能胜任工作，究其原因，是他们还没有真正进入角色，还停留在“学生”的角色情境中，学生气太浓，没有真正转换为“职业者”。

因此，毕业生工作之初，一定要自觉地实现由校园角色向社会角色

的转换，进入社会角色，以期实现自身理想目标的转换。

第二节 职业适应

毕业生在工作之初有些不适应是自然的，对这一点应有基本的认识，要转换意识，缩短适应期，而不要因此造成职业心理障碍，失去信心。那么对于刚刚走上工作岗位的大学毕业生来说，他们该如何适应职场社会呢？认识职业适应的基本规律，掌握职业适应的基本要求，主动、尽快地适应职业生活，对毕业生的成才和发展具有十分重要的意义，也是大学生融入社会的重要一步。

一、职业适应的概念和内容

1. 职业适应的概念

职业适应是指个体在职业认知和职业实践的基础上，不断调整和改善自己的观念、态度、习惯、行为和智能结构，以适应职业生活的发展和变化。

一个人从走进职业生涯到完全适应职业生活，要经过对职业实践、职业规范、职业环境、职业文化等的观察、认知、领悟、模仿、认同、内化等一系列的学习和实践过程，才能达到对职业生活的能动适应。初入职业行列的大学毕业生，最易发生的是角色偏差或角色错位，甚至是角色混同或角色冲突，这是由对社会角色的认知和理解不深造成的。为了避免这种情况的发生，也为了缩短职业适应的时间，学习社会角色的权利和义务、掌握社会角色规范、遵守社会角色的行为模式、增强对社会角色的认同感和归宿感是十分必要的。

2. 职业适应的内容

根据职业发展进程，职业指导专家把每个人的职业生涯大致分为职业准备期、职业选择期、职业适应期、职业稳定期和职业结束期五个阶段。

对于刚就业的大学毕业生来说，在经过职业准备和职业选择两个时期后，必然有一个新的适应过程，完成从择业者到职业者的角色转换。适应新的角色、新的工作环境、新的工作方式，树立良好的第一印象，建立和谐的人际关系，一般需要半年左右的时间。我们把由校园角色转化为职业者角色所需的时间称为职业适应期。

大学毕业生的职业适应目的就是顺利完成两种不同角色的转换，尽快适应新环境，这是每一位毕业生都应该认真对待的问题，解决这一问题时需要注意以下五个方面。

（1）克服新人综合症

冷漠的同事、不欣赏自己的上司、枯燥乏味的工作……这些都让部分大学毕业生感到难以接受，于是出现了所谓的“新人综合征”。“新人综合征”往往与大学毕业生事先对新环境、新岗位估计不足，对工作期望值过高、不切实际等因素有关。当他们抱着过高的期望接触现实工作环境时，往往会产生一种失落感，感到处处不如意、不顺心。因此，克服“新人综合征”，对初涉职场的每个人来说都极为重要，他们需要根据现实的环境调整自己的期望值，尽量把期望值定得低一些、现实一些。

（2）完成角色转换

不少毕业生最初参加工作时，仍停留在学生阶段，很多想法都过于理想化，与现实有不少差距，在工作中仍保留着学生时代的习惯。因此，新参加工作的毕业生应尽快融入工作集体和岗位，学会观察，特别是了解那些针对个人修养和职业道德的规范，尽快完成从学生到职业人的角色转换，使自己更好地完成工作。

（3）适应工作单位要求

针对每个单位都有自己的企业文化和发展规划的实际情况，毕业生应把自己定位为“学习者”，尽量了解和学习企业文化，让自己融入单位的长远发展中去。另外，不同的单位对大学毕业生的要求也不同，有的希望新人能具备进取精神；有的则希望新人能够踏实稳重；有的更看重新人的活力，常给予较多的发展空间；有的明确要求新人最好懂规矩，一定要完成本职工作，等等。毕业生应根据单位的具体要求，尽快适应，

否则，和单位之间若存在思想或理念上的分歧，自己会感到工作起来无所适从。

(4) 了解业务，融入集体

实习（试用）期是单位对毕业生进行深入考查的阶段，毕业生需要像海绵一样吸取知识，花工夫做功课，研究了解单位的网页，阅读年度报告或报表，了解竞争对手、服务流程等。记住遇到过的每一个人的姓名、特征以及所从事的工作——如果下次见面时能准确叫出他的名字，无疑会给对方留下好印象，这是确保职业生涯发展的关键所在；留下努力工作的好印象，早上班，晚下班。不要模仿同事认为可以随便干的事，比如转发幽默邮件、打私人电话等，否则会让人觉得你太闲，对工作不投入。总之，毕业生要尽快了解业务，融入集体，使自己顺利地度过试用期，实现安全“着陆”。

(5) 培养正确的行为方式

毕业生在职业适应中，还应培养正确的社会行为处世方式。一是学会照顾自己的生活。为适应新的工作和生活环境，毕业生应不断提高独立生活的能力，调整好生活节奏，培养良好的生活习惯和积极向上的生活理念。二是学会理财。根据自己的收入水平，量入为出，合理开支。即使收入高也应减少不必要的支出，养成勤俭节约的生活习惯。三是掌握职业技能。走向工作岗位后，首先要熟悉自己所从事职业的特点、性质、工作程序及其相互关系，认真学习和掌握工作技能，不断提高业务水平。四是培养自己工作所应具备的心理品格。社会工作的门类多种多样，所需的心理品格也不相同。毕业生在确定了自己的工作岗位之后，就要熟悉自己的工作岗位，主动分析其特点，注意培养工作所需的心理品格。五是遵纪守法，培养自己的良好职业道德。毕业生要遵纪守法，并按社会公德和职业道德规范来约束自己的言行，提高自身的素养。努力做到领导不疑、同事不忌、众人不诽，并以此作为为人基准，为自己营造一个较为良好的工作人际环境。六是注意细节，养成良好的习惯。好习惯是开启成功大门的钥匙，坏习惯是通向失败的向导。因此，毕业生应注意细节，养成良好的工作和生活习惯。

二、职业适应的影响因素和培养

（一）职业适应的影响因素

毕业生在就业初期能否适应职业生活和职业环境，将直接影响工作的效率和个人的信心。因此，毕业生掌握影响职业适应的因素，既有助于顺利开展工作，又有助于个人成长和成才，实现自己的理想。

1. **角色因素**

由于社会角色的改变，毕业生在就业初期都会受到角色因素的影响，有的人不能及时转换校园角色思想观念，对自己和社会过于理想化，不能根据角色的变化和社会的实际情况及时调整自己的理想和目标，不能用新的职业规范要求自己，甚至不会运用自己所掌握的知识开展工作，自己的才能也得不到很好的发挥。因此尽快完成从事职业的地位、性质、职责等角色转换，实现角色适应，是进一步实现职业适应的前提和基础。

2. **心理因素**

心理因素对毕业生职业适应的影响主要表现在职业的各种信息对毕业生引起的各种心理反应，如感觉、知觉、注意、情绪、意志、性格等，其中心理的情感因素尤为重要。情感是人对外界事物的心理反应，环境的变化促使毕业生必须调节自己的情感与之相适应。如果他们对所从事的职业缺乏正确的认识和必要的情感，不仅不会热爱自己所从事的职业，而且会产生失望心理。部分毕业生在就业初期，会不同程度地出现依附、从众、恋旧、畏怯、浮躁、空虚、迷茫、苦闷、失落等不良心理，如果不及时调整和矫正，这些不良心理必然会影响工作和个人的成才与发展。

3. **生理因素**

毕业生就业后环境的变化，主要表现为时空概念和工作方式、生活方式的变化。初期明显地表现出对工作节奏的不适应，感到时间紧、劳动强度大、生活紧张，可能会出现身体疲倦、头昏脑胀的感觉。要消除这些生理因素对职业适应造成的影响，应注意科学地安排时间，注意劳逸结合，适当加强身体锻炼，工作、生活要有规律。

4. 智能因素

在知识经济时代，知识的更新速度日益加快。学校教育是一种特定的获取知识的方式。从时间上看，人在学校度过的时间只占人生的20%，而从事工作的时间及退休之后的晚年占70%以上。这个生命时间分布的简单数字说明了在工作、生活中学习的重要性。从内容上讲，学校教育传授的知识主要是基础性的，而且是非常有限的，无论从广度上还是深度上都不可能满足现代科学技术的发展和现代社会所要求的知识能力结构。

这就要求毕业生在职业适应过程中通过自身主观努力，以持之以恒、脚踏实地、学以致用、善于总结、追求卓越的精神，不断调整、改善自己的知识结构和能力结构，以适应科技发展和职业岗位、职业发展的需要。

5. 群体因素

毕业生职业适应受群体因素影响的具体表现为：在校期间的群体是以同学关系建立起来的，相对来说比较单一，很少有利益上的冲突。在进入职业岗位以后，人际交往发生了新的变化，交往对象扩展到有各种经历、各种年龄、各种层次的人；其交往方式也与大学时代的交往方式有很大的不同，且会出现利益上的冲突。这就需要毕业生协调好各种人际关系，以尽快适应新的群体。

对于一个从业者来说，影响职业适应的因素较多。从走进职业生涯到完全适应职业生活，要经过对职业实践、职业规范、职业环境、职业文化等的观察、认知、领悟、模仿、认同、内化等一系列的学习和实践过程，才能达到对职业生活的能动适应。

（二）职业适应的培养

职业适应的培养需要毕业生了解、培养职业意识，树立职业形象，转变职业角色，和谐人际关系，以良好的精神状态为职业目标奋斗。

1. 职业意识的认识和培养

职业意识是人们对职业的认识、情感和意向的总和。它包括人们对职业的一般了解、对职业的价值取向、对未来职业的期望、对职业现状的了解、对自我的认识等。职业意识既影响个人的就业和择业方向，又影响整个社会的就业状况。

职业意识由就业意识和择业意识构成：就业意识是指人们对自己从事的工作和任职角色的看法；择业意识则是指人们对自己希望从事的职业的看法和要求。职业意识具体表现为五个方面。一是对职业的社会意义和地位的认识。人们希望自己所从事的职业能对社会有所贡献，也希望自己通过工作能得到相应的尊重、声誉和地位。二是对职业本身的科学技术水平和专业化程度的期望和要求。人们认为职业的知识性、技术性越强，所需要的文化技术水平就越高，也就越能发挥自己的才能。三是要求职业能与个人的兴趣、爱好相符。这种愿望和要求的实现，能使人们心理上得到满足，从而在职业活动中发挥自己的特长。四是对职业的劳动或工作条件的看法和要求。这些看法和要求包括职业的劳动强度、工作环境、地理位置等客观物质条件，以及工作岗位上的人事关系、社会环境和职业的稳定性等。五是对职业的经济收入和物质待遇的期望。这种期望包括劳动报酬或营业收入，以及住房、交通、医疗卫生等社会福利。

影响职业意识形成的因素：一是家庭因素，主要有家庭的文化、经济状况、生活条件、社会关系、家庭主要成员的职业和社会地位等；二是社会因素，主要包括社会风气、文化传统、政治宣传、学校教育等方面对毕业生世界观、人生观、价值观等的影响。另外，个人的心理和生理特征、受教育程度、个人的生活状况、社会经历等也会不同程度地影响职业意识的形成。

职业意识的培养涉及方面较多，具体包括以下内容。

（1）诚信意识

古人曰：人无信不立，人而无信，不知其可。“作为大学生，更应该明确：在市场经济中，人格信誉是自身最宝贵的无形资产、每个人的立身之本。”这是前北京大学校长许智宏于2001年6月3日在“信用中国论坛”上对大学生们的谆谆告诫。市场经济是信用经济，一个企业、一个职业人的市场信誉是可以用价值来度量的。所谓名牌、品牌可以作为无形资产、产权交易就是这个道理。对于毕业生而言，培养他们的诚信意识，具体可通过以下一些做法。

一是校园德育教育系统化和社会德育宣传规范化相结合，引导毕业

生养成诚信的意识。在开展社会德育宣传活动时，要使全社会的人都认识到诚信的重要性、不守信给社会和国家带来的危害，强化守诚信光荣、不守诚信可耻的观念，形成守诚信者受尊重、不守诚信者遭鄙视的社会氛围。从单位到社区、家庭，开展不同形式的宣传活动，如典型事例、文艺节目等，造成强大的声势，号召人人都做守诚信的人。

二是建立多层次的规章制度，保障信用秩序，引导毕业生诚实守信。规章制度能充分体现诚信的价值观。例如，优秀员工的评定制度、优秀管理干部的选拔制度、奖金的评选制度、违纪违规的惩罚制度，都应体现诚信的基本内涵要求，通过制度使毕业生用诚信规则约束自己，自觉执行诚信规范，养成良好的行为习惯。

三是逐步建立起大学生个人信用评估体系，引导大学生终生诚信，珍惜自己的信用。同时，建立大学生的诚信档案。

（2）团队意识

团队意识就是与人合作共处的意识。“一个篱笆三个桩，一条好汉三个帮。”我们生活在以人为本的社会里，在人类这种以群为居住特点的生存空间内，一个人不可能孤立地完成他的一生。无论什么事，只有团结起来，才是明智之举。不但中国近代历史给了我们这种启示，就是千百年来民间淳朴的教育方式也无不体现着这种道理：一双筷子很容易被折断，十双筷子就会牢牢抱成团。只有团结，才更有力量。毕业生都非常渴望把自己的知识转化为社会财富，但往往又不能与别人精诚协作，不能清晰地认识自我和他人的关系、了解个人在集体中的地位和角色，不善于从他人的角度考虑问题。王选院士曾经说过：“软件是一个集体性的劳动，人才必须组织起来，围绕一个目标，才有价值”，“中国不缺少有才华的年轻人，而是缺少团结合作的精神”。著名的“霍桑实验”表明：在群体中工作的个体，其工作成效受人际关系、心理氛围等社会的、生理的因素影响较大。由此可见，如果毕业生能够与单位的领导、同事在思想和行为上都互相尊重谅解，在工作上互相支持，在生活上互相关心爱护，并且放弃自私自利的狭隘思想，培养合作精神，增强团体意识，那么他将成为一个广受欢迎的人、一个快乐的人、一个成功的人。

广泛与人交往合作是刚参加工作的毕业生获得机遇的源泉。虽然我

们生活在一个靠竞争取胜的社会，但社会需要的不是你死我活的争斗。竞争不是相互残杀，而是共同发展，单靠孤军奋战是很难取得成功的。为了在科技迅猛发展的今天，各种距离由于网络关系而日益缩短，包括我们的生活节奏在内，为了更加广泛地与人交往合作，我们应努力把自己的人际关系网络化，让生活变得更加紧凑，节拍更加有力，跟上时代的步伐。在现实生活中，成功的人大多是有关系网的人。这种网络由各种不同的朋友组成：有过去的旧友，有近交的新朋；有男的，有女的；有前辈，有同辈或晚辈；有地位高的，有地位低的；有不同行业和不同特长的，也有不同地方的……这样的关系网，才是一个比较全面的网络。也就是说，在一个人的关系网络中，应该有各式各样的人，他们能够从不同角度为你提供不同的帮助。当然，你也要根据他们不同的需要为他们提供不同的帮助。这张关系网的面越广，遇到机遇的概率就越高。有许多机遇就是在与朋友的交往中出现的，朋友漫不经心的一句话，朋友的帮助、朋友的关心等都可能化作难得的机遇。

毕业生就业之后，要培养自己的团队意识首先需要处理好与上级的关系、与同级的关系、与下级的关系。

与领导相处要善于领会上级意图，善于分析上级想要做什么和正在做什么，自觉、主动地为自己创造机会，使上级了解和信任自己；与上级发生分歧时，不要在公共场合跟上级做对；不要急于表现，多听听别人是怎么说的，多做点事情；体谅上级的苦衷，正确看待上级的“官架子”；尊重上级，维护上级的威信，但不单纯去“迎合”、“奉承”、“讨好”、“拍马”；与上级争吵顶撞之后，主动与上级交心，心平气和地交换意见，多做自我批评，主动积极地消除误解、解决矛盾。

与同级相处要注意个人修养，谦虚谨慎，少说多做，与人为善；跟同事友好相处，不要好心办坏事，使得人产生擅权越位的感觉；同舟共济，正确地对待分工与合作；以友谊为重，宽以待人，严于律己，多一点同情与理解，切忌嫉妒，消除分歧，避免冲突，减少内耗。

与下级相处要相信下级，放手用人，放手让下级担负起工作的责任，把工作交给下级。广纳贤才，使用比自己更精明的人，多培养自己的下级，让他的办事能力不断提高；学会宽容和谅解，从下级那里获得了解和信任；

关心、爱护下级，准确地称赞与批评，使下级感到自己的重要性。

(3) 服务意识

服务是一种产品，讲求质量。毕业生需要掌握其特征，包括服务人员素质的依赖性、服务质量标准的动态性、服务质量的短暂性、服务质量的起伏性、服务质量构成的综合性、服务的窗口性。服务业是社会精神文明建设的窗口，透过这个窗口，可以看到一个国家、一个民族的精神状态和文明程度。

优质服务绝对不是照章办事，而是在动态中了解不同客户的需求，因人而异，并使其高兴而来、满意而归；有娴熟的业务技能，有浓厚的服务意识；还要有一定的服务技巧，包括形体动作、表情、语言艺术、公关知识与技巧。因此，可以从以下几个方面的途径来提高自己的服务质量：娴熟的业务技能、积极乐观的工作态度、亲切自然的待人技巧、严密高效的工作程序、沟通合作的团队精神。

(4) 质量意识

曾任美国质量管理协会主席的哈林顿说过："现在世界正在进行一场第三次世界大战，这场大战不是用枪炮的流血战争，而是一场商业战、贸易战，战争的关键武器就是质量。"只有通过认知质量，才能获取信誉的保障。

首先，应了解质量管理的方法。质量管理的方法有许多，这里只介绍常见的几种。一是全面质量管理（TQM），它是人们最常使用和了解的术语之一。TQM 源于美国军方的质量管理运动。"全面"指的是质量管理的执行，需要组织中每一层次的每个员工的参与。二是全面质量控制（TQC）、持续质量改进（CQI）、全面质量改进（TQI）。它们强调了质量概念的各个主要因素，包括公司的工作流程和系统的持续改进。"质量控制"通常指在工作的某一环节上或产品生产出来以后的质量检测。三是零缺陷管理（ZDM）。它是由质量管理权威之一的可劳斯比提出的概念，它的前提是系统可以处于没有缺陷的状态。四是统计过程控制（SPC），包括使用统计分析来控制工作系统的质量。具体说来，SPC 需要设置过程界限并减少超过控制界限的变异。它源于 1930 年贝尔实验室的休哈特的研究。

其次，追求高质量应克服的几种心理。一是雇佣心理。员工应真正认识到工作对自己、企业及社会的价值所在，不能形成一种旧式的人身、工作、质量和经济等各方面的依附。二是惰性心理。人都是有惰性的，特别是在同一环境工作一段时间后，适应了新的环境，如果环境没有大的改变，人就会变得机械和懒惰，表现为不注重于专业技术的学习，质量素质差，质量观念淡薄，对企业和个人发展的前途信心不足。所以在平时的工作中，要注意提醒自己“得荣思辱、居安思危”。质量工作永无止境，任何优越性和长处，都会在某一时期变为缺陷和短处，只有不断开拓，才能永远领先一步。三是攀比心理。攀比不是竞争，虽然二者有共同之处。竞争是以工作绩效的质量来加以对比，而攀比却是一种讲形式、重手段、轻实效的畸形竞争心理。如果产生这种心理，很容易造成在工作中只比劳动报酬，不比工作质量、工作效率的现象。此种心理具有一定的惯性，难以克服，要特别注意。四是妒忌心理。人们由于某种欲望没有得到满足或缺乏使之得到满足的现实条件，就会产生一种畸形心理——妒忌。此种心理会导致内斗现象，不仅损害个人的发展，也损害企业的发展。若把精力放在内耗上，势必影响工作质量。妒忌的消除方法是，把妒忌化作一种动力，把矛盾变为一种竞争，使竞争公开化、标准化，使工作质量成为竞争的标准。

（5）自律意识

自律意识的养成是促进毕业生综合素质提高的重要途径。自律是一种以从业大学生为主体，在管理者的引导下实现受管理者的自我控制、自我评价、自我发展和自我完善的心理机制，是受管理者内因作用的体现。自律意识的养成是一个人走向成熟的标志。它在规范人们的言行、实现确定的目标、完善个性品格方面起着重要作用。毕业生增强自律意识的途径很多，主要可以从以下方面去努力。首先，加强毕业生的法制教育，强化社会责任感；其次，增强毕业生的自律意识，激发自律意识的内在动力；再次，通过实践教育，提高毕业生鉴别力、创造力；最后，营造良好的职业文化，明确美丑、善恶导向。

（6）规范意识

规范是人类为了满足需要而建立或自然形成的，是价值观念的具体

化。规范有约定俗成的风俗，也有明文规定的法律条文、群体组织的规章制度。各种规范之间相互联系、相互渗透、互为补充，共同调整着人们的各种社会关系。规范规定了人们活动的方向、方法和式样，规定了语言和符号使用的对象和方法。规范体系具有外显性，了解一个社会群体以及社会的文化，往往要从认识规范开始。我们常见的社会规范主要有习俗规范、道德规范、宗教规范、纪律规范、法律规范、价值规范等。当然，建立社会规范的神圣价值并在实践中履行，是社会对每一个公民提出的基本要求。我们每一个人的努力躬行，都是在为社会秩序稳定和社会结构完善作出实质贡献。因此，时刻不要忘记这句话："从我做起"。

（7）责任意识

社会学家戴维斯说过："放弃了自己对社会的责任，就意味着放弃了自身在这个社会中更好的生存机会。"让毕业生认识到自己所做的每件事情对自己、对他人、对集体所担负的责任，是保证他们获得良好学习机会、掌握专业技能的前提。为此，首先要组织好规章制度的学习，明确各项责任。其次，对于毕业生在实际学习、生活过程中体现出的技能方面的长处和不足，要教育他们懂得相互取长补短、尊重与帮助他人、富有爱心与合作精神。总之，应该在多方面对毕业生提出明确的要求，并及时进行监督检查，使他们明白每个人都应该承担属于自己的责任。

2. 自我形象的了解和塑造

毕业生到新工作单位，往往是同事关注的焦点，因为其他人对新同事还缺乏足够的了解，即使是已经接触过的人事部门和个别领导，其了解和认识多半也是浅层次的。因此，同事试图通过观察、接触，更多地了解、认识新来者。在大多数情况下，同事不会直截了当地询问打听，一切都有赖于毕业生的自我表现。

（1）不可忽视的"第一印象"

通常，凭着丰富的社会阅历和敏锐的洞察力，领导和同事通过一定接触，甚至仅仅是旁观，就会形成先入为主、轻易拂之不去的"第一印象"。心理学研究表明，第一印象在人与人相互认识和交往过程中的作用是十分重要的，主要可以用以下理论解释。

1）光环作用（亦称晕轮效应）。人们在交往过程中，有时只看到一

个人某一方面的特点比较突出，从而掩盖了他的其他特点和本质。第一印象容易产生“晕轮效应”，因此要充分重视第一印象，为以后顺利地开展工作创造条件。同时，在初与人打交道时，也要注意自己的言行，争取给人留下好的第一印象。

2）定式作用（亦称定式效应）。第一印象如何，会对以后的发展形成一个固定的趋势——别人可以据此来决定以后对新人的态度。由于第一印象是直接输入、直接处理外界信息的过程，感性成分和非理性成分很大，因此，职场新人需要从步入职场开始就努力树立好的第一印象。

刚刚奔赴工作岗位的毕业生，要想树立良好的第一印象，自身良好的道德品质和文化素养是前提和基础，除此之外还要注意运用一些实用性技巧，这些技巧有的看似细节，但不可缺少。

1）服饰整洁，注重仪表。一个单位里人们都会比较关注新来的同事，有些人还喜欢评头论足。所以，毕业生一定要注意衣着整洁、大方，并与自己的身份相符，与单位的一贯风格相协调。服装不一定要很高档，但一定要保持整洁，而且不能过于怪异。一般说来，着装应考虑工作性质和环境的不同。女性衣着不要过于华丽或浓妆艳抹，以干练、庄重为最好；男性应注意定期理发刮须，不宜蓬头垢面，着装一般以整洁、朴实为好。

2）举止得体，言谈亲切。初到工作单位，一个人的言谈举止极为重要。对于大学毕业生来说，骄傲、自卑、拘束、较真儿都是刚上班时容易犯的错误，所以一定要注意举止文明、彬彬有礼、落落大方、言谈亲切。到了单位后要礼貌地向大家作简要的自我介绍，然后态度真诚地请教有关工作方面的问题，注意细心观察，区别对待，不要冒失莽撞地大发议论。

3）虚心好学，不耻下问。新到一个单位，能不能给周围的同事留下良好的第一印象，还得看是否虚心好学。虽然是大学毕业生，掌握了不少基础理论和专业知识，可能比一些同事的学历高，但走上工作岗位，必须树立“从零开始”的思想，从一点一滴做起，从小事干起，不能眼高手低，好高骛远。如果在办公室工作，对于接电话、打开水之类的小事也要认真对待；如果在车间工作，也不能轻视擦机器、拖地之类的体

力活。要放下架子，不耻下问，不怕吃苦，虚心向前辈和同事学习，向周围有经验的师傅、技术人员和工人学习，因为他们在实践中积累了许多经验，这些都是在课本上学不到的。

4）遵章守纪，诚实守信。遵守单位的规章制度和纪律，遵守时间，讲求信用，这既是工作中的要求，又是人际交往中的一种美德，同时也是每个职场人必须具备的基本条件。初到工作单位，要严格遵守单位的规章制度，积极主动地做好自己力所能及的工作，切忌在工作时间懒散、闲谈、长时间电话聊天、上网玩游戏、干私活。在与人交往中，一定要诚实、守信、不失约、不失信。如果没有时间观念，大大咧咧，不遵守纪律，懒散懈怠，消极被动地对待工作，便不可能赢得别人的信赖和尊敬。

尽管第一印象具有暂时性、表面性等特征，但是良好的第一印象有助于毕业生与同事融为一体，有助于职业生涯的起步与发展。建立良好的第一印象不是最终目的，这只是第一步，还需要坚持不懈地努力下去，以良好的品质、正直的为人、出色的工作去建立更深层次的长期印象。

（2）自我形象的塑造

国家有国家的形象，单位有单位的形象，个人有个人的形象。大学毕业生刚到一个新的工作环境，同事们总是会以一种好奇，甚至挑剔的眼光打量新人，他们会观察新人的一言一行、一举一动，并在他们的心中或私下评头论足。自我形象决定了某个主体在其他主体心目中的位置和印象。毕业生在群体中的形象如何决定了他在单位中的位置。因此，一定要注意自我形象的塑造。

自我形象主要指毕业生在与他人交往中，他人心目中对毕业生的印象。这个印象与毕业生的外表、气质、思想和言行表现是相关联的。反过来，所有这一切又决定毕业生是否塑造了一个成功的自我形象。在职业适应期中，毕业生都会有意或无意地塑造着自己的形象，尤其需要注意树立良好的第一印象。因为先入为主的印象通常最鲜明，最深刻，使人拂之不去、经久难忘，它能形成一种定式，长期影响着周围人们的评价。

一个人若没有好的形象，会永远得不到领导的重用。大学刚毕业进

入单位工作，这是从毕业生到职业者的转换，如果不注意塑造良好的自我形象，把大学中的血气方刚，固执己见和一些“懒”、“散”、“狂”的坏习惯带到单位里去，必将会尝尽苦头。某名牌大学研究生李某，毕业后分配到某工科大学教政治理论课，讲课时无所顾忌，还时常乱发牢骚。学生反映到教务处，教务处长找李某谈话，把学生的意见转达给李某，希望李某改进方法，改正态度。这一下可把李某惹恼了，他竟拍案而起道：“老子在××大学时就想怎么讲就怎么讲，用得着你教我？××大学的研究生讲课都不行，还有谁能行？”不久，李某就被学校解聘了。李某的教训在于不注意自我形象，仍旧以大学时代的行为方式来界定自己做教师以后的行为，显然不能适应新的环境。

但凡有抱负的青年学子都希望能实现自己的目标，展现自己的才能。只有保持积极的自我形象，调整好自己的心态，主动地适应新的环境，才会走向成功。为此，必须做到以下三方面。一是要克服自负的心理，虚心向周围的同事学习。自负一词在心理学上指过高地估计自己的能力，失去了自知之明。自负心理在一些刚刚迈出校门的毕业生身上表现比较突出。有的毕业生自视甚高，认为自己年轻，有知识，读书多，身价自然高，不愿从事基层工作，认为那是大材小用。实际上往往是大事做不好，小事又不做。其实，书本的知识总是要付诸实践的。二是克服封闭戒备的心理，将自己尽快融入环境，被环境所接纳。面对新的环境，有的毕业生出于自我保护的意识，把自己“包裹”起来，置于群体之外，无疑使自己陷于冷漠、孤独、失意中。三是克服懒惰的心理，不断顽强拼搏，奋发向上。人生需要奋斗，生活需要追求，未来需要创造。毕业生刚刚走上工作岗位，暂时还只能处在较低的职位层次上。职位低，相应地便会带来活动环境有限、生活待遇不高、施展才华的机会较少等问题。这个时候更要多磨炼、多学习、多作贡献，要培养自己雷厉风行的作风。雷厉风行在工作中表现为：思维敏锐，对新事物、新思想的捕捉能力强；对经济生活和社会生活信息的获得和消化迅捷；对事物本质的认识和对具体问题的综合分析客观实际；在行动中体现为办事效率高，工作频率快，不拖泥带水，有胆识，有魄力，敢想敢干，有创造能力，遇事不犹豫，不回避；目

标明确，意志坚定，敢于承担义务和责任。“懒”、“散”、“狂”是社会上经常批评大学生的坏毛病，拖沓、懒散是大学生的通病。毕业生到工作单位之后要树立一种充满朝气、快节奏、高效率的、洋溢着生命活力的当代青年知识分子形象。

3. **职业角色的适应和转变**

从大学生到一个合格的职工，有一个转变过程，实现这个转变，是毕业生成长成才的必经之路。各个单位在促进毕业生这一转变过程中，都做了大量工作，形成了一套行之有效的制度。对新参加工作的毕业生进行职前教育、上岗培训等，可使毕业生在较短时间内完成从学生到职业人角色的转变。当然更重要的还是毕业生自己应该积极努力，做到主动适应职业角色的要求。

立足新环境，要想适应工作、适应社会、适应职业角色，毕业生首先要树立新的意识，主要包括角色意识、人际关系意识、责任意识、独立意识、协作意识和学习意识等。

入职培训也是值得重视的。培训对于刚刚走上工作岗位的大学生的角色转换是非常重要和必要的。它不仅仅是让新员工了解单位基本情况，熟悉规章制度和工作程序，掌握工作岗位必需的技能，更重要的是通过培训来树立新员工的集体主义观念，使新员工了解并接受企业文化和价值观，培养其人际协调能力和奉献精神。从某种意义上讲，入职培训也是考查新员工的过程，因此单位都非常重视，并依此择优录用，分配岗位。毕业生一定要以认真的态度把握好充实自己、表现自己和提升自己的良机。事实证明，很多毕业生就是因为入职培训期间显露才华、表现出色而被委以重任的。

毕业生进入单位后，要及时地明确所承担岗位的职能、责任、权利和义务。每当接受一项具体工作时，要清楚个人承担的是什么任务、任务的目标和要求、完成任务的时间等。这样可以避免不知道该做什么、该怎么做而显得不知所措或工作不积极，也可避免因工作过于主动而显得越俎代庖。

大学毕业生由于缺乏工作经验，在很多时候难免会出现失误。这个时候切记不能急躁，要正确地认识失误，实事求是地承认失误，并积极

稳妥地处理情况。事后要认真地分析原因，总结经验教训，要敢于向领导和同事开展自我批评，勇于承担责任，切不可一味强调别人的问题或者找其他借口推脱。靠辛勤的汗水去创造工作成绩，才能得到领导和同事的认可、赞誉和信任。毕业生刚到一个单位，各方面情况还不熟悉，埋头工作，苦干实干尤为必要。尤其是刚开始工作，领导也许不会轻易委以重任，这时候不要对组织布置的工作“层次”心存不满，认为与自己的能力和身份不符，一定要认真对待。一开始就能脚踏实地的人容易得到大家的认同，从而为进一步发展打下良好的基础。

干完一项工作，认真的思考和总结对一个职场新人来说是十分必要的。通过总结，可以发现自己做得好的一面，以后继续发扬；通过总结，可以发现工作中的失误以及遗漏的问题，下次注意改进；通过总结，可以发现工作中的问题，提出新的观点和措施，特别是能够结合实际，制定出节约劳动、提高效益的技术改造方案，取得显著成绩，周围的职工更会对你刮目相看。认真的思考和总结可以锻炼提高业务素质、管理水平和人际沟通能力，能够帮助毕业生快速成长。

毕业生的首次就业，并不一定就是终身的职业选择。由于最初择业时某些条件的限制以及其他种种因素，一部分毕业生在就业后对自己的职业并不满意。对此，应当进行具体分析。一方面，要珍惜第一次职业的选择，认真地、实事求是地分析自己对职业不满意的原因，如果是因为自己眼高手低，那么就应当自觉地调整自己，从点滴做起，踏踏实实地工作；如果是因为自己能力不够，那么就应当虚心学习，不断提高自己的素质，仅仅抱怨单位是没道理的。另一方面，如果确实是因为客观的原因，经过自己的努力和调整仍然难以适应现有的职业岗位，则可以谨慎地重新选择职业。在人才市场逐步开放的今天，人才流动是个人发展的要求，也是社会发展的需要。毕业生可以随着社会需求的变化，根据自身的实际条件，适当调整奋斗方向，把握好重新选择的机会，在大千世界中找到更适合自己的职业。

4. **人际关系的建立和和谐**

人际关系是人与人之间心理上的距离，是以一定的群体为背景，在互相交往的基础上，经过认识的调节、感情的体验、行为的交往等手段

而形成的，是人们长期交往的结果。在现代市场经济社会中，衡量一个人素质的标准之一，就是社交能力。如果不擅交际，不能建立起和谐的人际关系，既有损身心健康，也影响事业前途。

在社会生活和工作环境中，和谐的人际关系，使人感到生活在文明、温暖的群体中，可以不断地从中得到锻炼、充实，汲取营养，健康成长。没有良好的人际关系，就会使人在社会上“立足不稳”。对于刚刚走上工作岗位的毕业生来说，建立和谐的人际关系的意义主要体现在以下几个方面。

消除孤独和陌生感。大学生毕业以后初到新的单位，走进完全陌生的天地，生活和工作环境一下发生了根本的变化，对身边的同事不了解，对周围的环境不熟悉，一切都感到陌生，因而容易觉得寂寞、孤独。如果大学生一开始就能注意建立和谐的人际关系，尽快与周围的人融为一体，便可以顺利打开局面，融入新的环境；保持身心健康。有些毕业生走上工作岗位后，会出现工作不顺心、心情不愉快、思想包袱重的现象，大多都是人际关系难以应付造成的。建立和谐的人际关系，可以消除隔阂，增进理解，改变氛围，有利于促进身心健康，以良好的心态投身工作和生活；促进工作和生活的顺利进行。和谐的人际关系，可以使人感到工作顺心，生活惬意。如对工作不熟悉，大家会热情指导；工作出现失误，人们会给予理解和安慰；在工作中需要同事的配合，人们也会积极响应；在生活遇到困难时，人们会给予热心帮助；取得成绩时，人们会告诫你戒骄戒躁，继续努力。

建立良好的人际关系具体要注意以下几个方面。

（1）尊重、诚恳与主动

不论是与上级领导相处，还是与同事协调工作，都应该以尊重、诚恳和主动为前提。尊重他人，诚实守信，主动随和，热情助人，这样的人容易受到大家的欢迎和青睐。尤其要注意的是，每个人难免在工作上出点纰漏，作为下级或同事，关键时刻要帮人一把，应该主动在力所能及的情况下做补救的工作，不可冷眼旁观。

（2）建立尊重领导的上下级关系

与领导相处，要对他的背景、工作习惯、奋斗目标以及好恶等都有一定的了解。

在与领导交谈时，要用心倾听，真正弄懂领导的意图；在领导最后决断之前，应及时提供所有的意见、建议和设想，不能隐瞒情况，以便领导做出正确的决定；一旦领导确定了行动方案，就不应再争论，不要干扰领导的决定；一般情况下，不是大是大非的问题，常常越级报告、当众争辩，是不成熟的表现。此外还要注意不要将工作和生活混为一谈。

（3）建立融洽、和谐的同事关系

要以“平等、团结、宽容”为原则与同事相处；不要卷入是非矛盾之中，拉帮结派、搞小团体；与同事工作时，碰到什么困难或疑惑，应主动向同事请教，不必单枪匹马地“创新”；同事之间有了矛盾，最好当面交谈解决，沟通思想，消除误会，避免留下后遗症；此外，过多地亲近一个同事、不合群及热衷于探听别人隐私的人在单位里都是不受欢迎的。

在职场里，除了业务素质要过硬以外，人际关系也是需要悉心经营的。很多毕业生不注意细节，导致在人际关系方面出现了这样那样的问题，以致影响了职业生涯的发展。与同事多沟通一些共同感兴趣的话题，可以避免无谓的争辩，不要因出言不逊而伤害感情，影响和谐相处。这样才能增加交往的广度，建立良好而广泛的人际关系。

5. **奋斗目标的制定和践行**

毕业生在大学期间，可以说是由于远大志向激励而勤奋学习的阶段；步入社会以后，则是通过承担社会和社会义务，亲身体验和实践的阶段。毕业生进入社会，由于环境、任务等方面的变化，奋斗的目标和方向也就不同。此时，应尽快摆正自己的位置，确立前进的方向和目标。一个没有明确目标的人，就像一叶扁舟，在茫茫大海上随风逐浪，听凭命运的摆布。但如果有了自己的目标，那么人生的航船，就有了明确的航向。人生目标就像航标灯一样，指引并激励着自己扬起风帆，搏击风浪，直到驶向人生的彼岸。要制定自己的目标，必须看清时代的主流、弄清自己的理想及起跑线。没有理想，就没有前进的方向。弄不清自己的起跑线，理想就会变成不切实际的空想；或者在为理想奋斗的过程中，

因看不到现实的希望而感到悲观和沮丧。弄清自己的起跑线，就是要弄清楚自己的现状，以便制定的目标有现实可行性。

刚进入职业岗位的毕业生可以从掌握职业行为规范和职业技能开始，积极主动地通过参加岗前培训或向前辈和同事请教，尽快熟悉并掌握这些规范，并在工作中以规范来约束自己的行为。同时要努力熟悉和提高职业技能。例如，刚走上教师岗位的师范毕业生必须认真学习备课的艺术、讲授的艺术、组织管理的艺术、板书的艺术，力争上好第一堂课，并逐步形成自己独特的教学风格。要制定自己的目标，必须树立自己的目标理念，同时要说明为什么选择自己所确立的理想。一个单位有一个单位的理念，并依靠这种理念来指引单位内各成员的一切活动。如清华大学的“厚德载物”，诺基亚的“科技以人为本”等，都是本单位的理念。个人的目标理念是人生的航标灯。马克思最喜欢的格言是“人所固有的我无不具有”。这句格言由马克思说来，就有了一种特殊的意义——在这里既有对人的淳朴的极力追求，也有对值得怀疑的事物绝对正确的坚决抵制。爱因斯坦曾经说过：“对真理和知识的追求并为之奋斗，是人的最高品质之一。”也正是这个理念指引着他成为20世纪最伟大的物理学家和富有探索精神的哲学家、思想家。

当莘莘学子结束寒窗生活，迈向充满诱惑的五彩世界后，一种奉献社会、实现自我的愿望油然而起。历史也从来没有像今天这样，给青年人如此多的自由选择的机会。选择是生命的意义所在，生活是选择的艺术。要制定自己的目标，必须把自己的目标具体清楚地表达出来。在认识自己的位置、作用、能力的基础上，根据具体情况，从身心健康、个人的发展、家庭的责任、专业的成就、人际关系、经济实力等方面着手，制定出自己的总体目标、长期目标和近期目标。

要成就一番事业，必须锁定自己的目标。一旦确定下自己的目标，就要不惜代价去努力，直到成功。要干一行，爱一行，钻一行，争取干出成绩。人应该设计一个比较稳定的长远目标，老老实实按一条道路走到底。刚就业的大学生还不知道世事的艰难，今天想干这个，明天想干那个；今天想考这个，明天想考那个，结果做了许多无用功。在人生的道路上，是意志坚强还是意志薄弱，是知难而进还是知难而退，是锲而不舍还是半途而废，都将极大影响事业的成败。纵观所有事业上有成就的人，他们不仅具有高尚的个人品格，同时还具有坚强的意志。他们相信凡事只要坚持下去，就必能找到通往成功的路，他们有着“永不放弃”的个性，而不是在工作上、职业上不安分，盲目地“跳槽”。

第三节 职业发展

社会的发展直接推动着职业的发展，职业的发展也对社会发展产生重要作用，同时也对人们的择业观念产生较大的影响。毕业生了解社会进步与职业发展变化的情况和它的发展趋势及一般规律，对其树立正确的择业观念，切合实际地选择职业有着重要的意义。

一、职业发展的内涵

人类历史上职业的产生和发展，是随着社会生产力的发展和科学技术的进步而不断分化和更新的，职业发展反过来又促进了社会生产力的提高以及生产社会化、专业化的进程和科学技术的进步。它不但表现为人类改造自然能力的提高，而且由于职业之间、岗位之间劳动的联系和交换方式的日益密切，从而推动着生产关系的发展。

1. **职业分工越来越细**

在职业产生初期，种类少，发展缓慢。随着社会的发展，职业种类增加的速度逐渐加快，分工也越来越细。如农业，最早是指种植业，农民所从事的劳动包括各种作物从播种到收获的一系列活动。后来随着生产力的发展，出现了粮食作物种植与经济作物种植的区分。经济作物种植又分为棉花种植、果树种植、茶桑种植等，于是产生了棉农、果农、茶农等。现代农业的发展使种植活动本身也产生了一系列的分工，如种子、肥料、植保、耕作、收获、加工等一系列农业社会服务体系的出现，体现了职业的进一步分化，标志着农业专业化的形成。再如计算机出现

后，有了硬件、软件、操作员、专门的计算机教师、计算机销售和计算机维修等不同的职业。

2. **职业内容不断更新**

同一职业在不同的时代会随着社会的发展和科学技术的进步而具有截然不同的内容。如邮政业，古代是靠骑马传送信件；现代除了使用飞机、火车、汽车传送邮件外，还广泛使用电话、传真、卫星通信、网络等手段。又如刑事警察这一职业，远比上个世纪的一般侦探要求要高得多，因为完成刑侦任务需要掌握现代知识和掌握使用现代工具的本领，要通晓法学、法律和犯罪心理学，掌握侦探技术、电子技术、鉴定技术、擒拿技术、驾驶技术等。社会发展了，职业内容也在不断地发生变化，从业者的观念、知识、技能也必然随之更新。

3. **职业结构大调整**

19 世纪初，在一些工业发展快的国家，从事制造业、运输业、采矿业等工业活动的劳动力逐渐超过了从事农业生产的劳动力。20 世纪，一些工业国家又进入服务业取代制造业的时代。交通运输、邮电通信、商业、饮食业、行政管理、社会福利、文化教育、卫生、体育、信息服务等在职业中占了很大比重。职业结构的变化，简单地说就是从事农业生产和工业生产的人数在逐渐减少，从事服务行业的人数在不断增加。随着社会经济的进一步发展和产业结构的不断调整，我国的服务行业也必将得到较大的发展。

4. **新型职业不断产生**

新科学技术的不断运用是新型职业不断产生的动力和源泉。每次新的技术革命，都必然有大批新型职业产生；同时，有部分传统职业被淘汰，如蒸汽机对整个机械制造业、运输业、纺织业等都产生了巨大影响。石油和电力的应用，导致了城市电气化，并促进了汽车、飞机、电话、无线电、化学工业、塑料工业等一大批新型行业与新型职业的产生。以原子能、计算机、空间技术和以现代生物科学为标志的新技术革命，正在开辟着许许多多高新科技产业及一大批新的职业领域。据统计，现在每年平均有 600 多种新职业在产生，同时有 500 多种传统职业被淘汰，这就意味着越来越多的人将转移自己的职业岗位。

5. **现代职业要求不断提高**

随着职业内容的不断更新和新型职业的不断产生，现代职业除了物力、财力的要求越来越高以外，对从业人员的素质也提出了更高的要求。新资源的开发、新技术的发明与应用、生产工具的革新、生产组织的改革和管理水平的提高，都要求人们必须有更高的科学技术知识和操作技能，同时要求人们打破旧的传统观念，解放思想，开阔思路，树立时间观念、效率观念、竞争观念、组织纪律观念和合作观念。由于职业的不断发展与变化，从业人员转换职业将越来越频繁。

现代职业活动越来越需要手脑并用，即使是劳动密集型职业，也不再是纯体力劳动。随着大量新技术的广泛应用，职业活动对体力的要求相对下降，而对智力的要求则相对上升。知识与技能越来越成为人们谋求职业和胜任职业的基本条件。

二、职业发展的目标

1. **终身学习**

终身学习是当今这个飞速发展的时代向我们提出的要求，是学习型社会构建的需要。远古时代，由于生产力发展水平低下，人类历史演进的速度极其缓慢。而从 19 世纪至今仅 200 年的时间里，社会发展的速度大大加快。曾有人估算，截至 1980 年，人们掌握的科学知识的 90%，是第二次世界大战后的 30 余年间获得的；而到 2000 年，人类的知识总量又翻了一番。过去，一个人凭着从学校学得的十几门知识，在工作岗位上基本够用。但现在，假如仅仅满足于在学校学得的那点东西，不注意及时“充电”，就会被远远甩在后面。拿军队后勤战线来说，现代战争打的是后勤。军队后勤知识密集、科技密集、知识更新快，对干部的科学文化素质和更新知识的能力提出了更高的要求。高新技术带动生产力突飞猛进，不断改变着我们的生存环境和生存方式，更需要我们不断提高对新知识、新科技的掌握能力，以及对新环境、新变化的应对能力。毫无疑问，这种能力只能从学习中来。不学习，就会成为科盲，就会被

飞速发展的社会所淘汰。正因为看清了这种逼人的形势，现在世界上许多国家及其军队除了相互展开激烈的综合国力竞争和人才竞争以外，还开始了一场学习的竞赛。

终身学习是指社会每个成员为适应社会发展和实现个体发展的需要，贯穿于人的一生的、持续的学习过程。终身学习就是要使学习跨越单纯学校教育的时段，使学习从单纯的求知谋生手段，发展成为人们自觉自愿的生活方式和提升生命价值的过程，使“活到老、学到老”真正成为每个人坚定不移的追求和信念，使全社会形成热爱学习、追求知识的良好风气。

终身学习要求大学毕业生在学习型社会构建中要有不断学习的欲望，要有自觉学习的习惯，要有自主学习的能力；不断从工作中、生活中获取新知，通过学习提高个人的思想水平、工作技能，并且陶冶情操、丰富人生；拓展多种学习渠道，学会多元学习方式。

毕业生应牢固树立终身学习的理念，积极参加学习型社会创建活动，整合学习资源，利用学习的开放阵地、完善的学习设施，采取多种学习方式，精选学习内容，为自身职业长期发展奠定坚实的基础。记住：人人应成为学习之人，处处应成为学习之所，时时应成为学习之时，事事应成为学习之机。

2. 职业培训

根据美国施恩（E.H.Schein）教授职业生涯发展理论的观点，职业培训的主要任务是：了解熟悉组织；接受组织文化；融入工作群体；尽快取得组织成员资格；成为一名有效的成员；适应日常的操作程序。这一阶段对于毕业生来说，自己扮演的角色就是实习生，就是新手。

3. 善用职业资源

每一个毕业生都怀着一种美好的憧憬，渴望早日成功。要实现心中的梦想，从踏上工作岗位的那一天起，就必须脚踏实地，一步一个脚印，用实际表现证明自己；同时也要善用职业资源，才能在生存中求得发展，向自己心目中的目标靠拢。

善用职业资源，一要弄清从事职业的政策、法规、信息资源，充分

明白决策、规章、制度等对职业的要求，及时掌握职业信息资源，才能做到事半功倍，避免做无用功，否则“前程有忧”。二要充分利用职业物质设备资源，本着勤俭节约、艰苦奋斗的思想，把职业中的现有物质设备资源用好管好，为创造骄人业绩发挥最大效能。三要充分利用职业内外的人际关系资源和人力资源，努力为自己营造一个良好的、和谐的氛围，做到互帮互助，优势互补。四是积极挖掘职业中潜在的资源，在职业中始终保持开拓创新的不竭动力和活力。

4. **成功的职业心理要求**

（1）强烈的渴望

成功的从业者必须是一个想当元帅的士兵，强烈渴望成功是从业者最基本的条件。在如此快节奏、高竞争的现代社会中，如果你自己不渴望成功，那么幸运的光环又如何能罩在你的头上呢？那些天赋奇缘的故事只存在于童话和传奇小说中——没有什么奇遇白白等着你，也没有什么仙人剑侠会来挽救你，除非你先救自己。自己不渴望成功的人是永远扶不起的“阿斗”。

（2）坚定的信心

信心起作用的过程是这样的：相信“我确实能做”的态度，产生了能力、技巧与精力这些必备条件，每当相信“我能做到”时，自然就会想出“如何去做”的想法。信心是成功的秘诀。拿破仑·希尔曾经说过：“我成功，是因为我志在成功。”如果没有这个目标，拿破仑·希尔必定没有毅然的决心与信心，当然成功也就与他无缘。

信心对于成功者来说具有重要意义，成功者大都有碰壁的经历，但坚定的信心使他们能愈挫愈勇，搜寻到隐藏着的“门”或通过总结教训而更有效地谋取成功。有人说：成功的欲望是创造和拥有财富的源泉。人一旦拥有了这一欲望并经由自我暗示和潜意识的激发后形成一种信心，这种信心便会转化为一种“积极的感情”。它能激发潜意识，释放出无穷的热情、精力和智慧，进而帮助其获得巨大的财富与事业上的成就。所以，有人把信心比喻为“心理建筑的工程师”。

在每一个成功者的背后，都有一股巨大的力量——信心在支持和推动着他们不断向自己的目标奋进。拿破仑·希尔曾说：“有方向感的信

心，可令我们每一个意念都充满力量。当你有强大的自信心去推动你的成功车轮，你就可平步青云，无止境地攀上成功之岭。”

（3）坚强的意志

当我们把眼光放在成功者的荣誉、鲜花和金钱上的时候，又有多少人想过他们背后所经历的苦难呢？相关调查发现，每一部创业史都是一部辛酸史，所谓的成功者，只不过是那些没有被苦难所压倒，而终于笑到了最后的人。

苦难和挫折本身并不能造就成功者，造就成功者的是他们对待挫折的态度。一个聪明的人并不会把生活设想得过于美好；相反，他们只不过是有迎接苦难和挫折的心理准备，还有坚强的意志。

本章小结和启示

1）作为即将步入工作岗位的毕业生，关键是完成由校园角色到社会角色的转换。能否成功实现角色转换是摆在每一个毕业生面前的问题，如果角色转换得迅速、到位，其职业生涯就会得到相对顺利的发展。

2）职业适应，是毕业生需要掌握的概念之一，其内容、影响因素和培养方法能够帮助毕业生在职业生涯初期站稳脚跟、顺利度过职业适应期以及更好的职业生涯发展。

3）职业发展是大学生毕业后进入职场的重要目的和梦想，只有得到职业的更好发展才能真正实现凌云壮志和远大抱负。面对职业发展，毕业生需要制定适合自身的发展目标，诸如终身学习观念、积极参加职业培训、善用职业资源并了解更多职业成功的心理要求。

启示性阅读

大学生经营自我的策略

1972年，美国当代营销大师阿尔·里斯与杰克·特劳特在美国《广

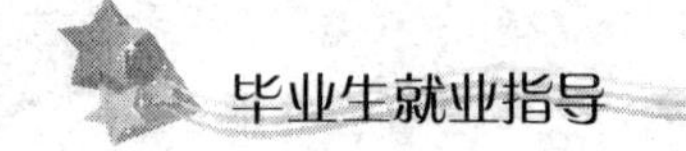

告时代》杂志上发表了文章《定位新纪元》，首次提到了“定位”这个概念。而在今天，“定位”两字已是营销学者和营销人员在做营销战略和规划时的专业词汇。定位法则带给营销者的是一次观念上的革新，如果结合职业生涯，同样也会给我们带来许多启示。

1. 资源法则

资源是成功的基础条件。在生活中，大部分资源以物质形态出现，如金钱以及其他所有能看得见的财产；另有一些资源则以非物质形态出现，如知识、技能、思想、精神、理念以及自身的素质等；还有的资源介于两者之间，如人际关系、父母的传承或特殊的机遇等。假如月收入是100元，那就表明所拥有的资源在100元的水平上；假如月薪是1万元，那就表明所拥有的资源处在1万元的水平，包括能力、朋友圈子以及知识等。此外，时间是一种需要特别珍惜的资源。合理地利用时间，做该做的事，就会离成功越来越近。

2. 领先法则

做得更好不如成为第一优越。首创品牌通常可以保持领先地位，原因是它们往往就是该类产品的代名词。在市场经济中，每个人也同样是商品，必须遵守这个法则。可在现实生活中，许多人不想当第一，或者不知如何当第一。他们往往这样想：公司也不是我的，何必干得那么卖力。还有一种想法：工资又少，待遇又低，等找到待遇好的公司再“玩命”干。第一种人，不管干什么工作都不可能是最好的，因为他们没有积极主动地工作；第二种人，他们也许很有才能，但不想发挥，时间一长，很可能养成不好的工作态度，影响以后的职业发展。因此，一定要明确知道自己喜欢干哪类工作，选准方向后，就可以在该行业不断地积累资源，最终走向成功。

3. 长效法则

不要只注重“杀鸡取卵”的短期效果。一个企业有短期的销售目标，也会有长期的发展计划。职场中的人也一样，不但要有近期目标，也要有长远打算。许多人之所以不能成功、不能实现自己的梦想，往往并不是缺少能力，而是缺少正确的方向和明确的目标。

成功者与平庸者的区别就在于：成功者始终有一个明确的目标、清晰的方向和十足的信心；平庸者却终日浑浑噩噩、优柔寡断，迈不出决定性的第一步。

4. 牺牲法则

人的欲望往往是无限的，如果不能合理地利用自己的欲望，就应该学会放弃。

5. 坦诚法则

承认不足并将缺点转化成优点。做事先做人，把自己培养成一个道德高尚的人，不管事业成功与否，最起码做人是成功的。不断地改进自己的短处，才能不断地走向完美。需要注意的是：坦诚法则要灵活运用，否则会弄巧成拙。

6. 成功法则

用“成功”博取成功。对于刚开始奋斗的创业者来说，营造成功者的形象尤其重要。对于形象来说，衣物的质量远比数量更为重要。检查一下衣橱经常会发现，有很多衣服只穿过几次，如果付两倍的价钱买一半的数量时，就会发现很合算，并始终觉得自己处于一种最佳状态。

7. 失败法则

失败需要正确面对，在很多情况下，失败并不是什么坏事。从另一个方面看，有创造力的思考者会了解失败的潜在价值，会将失败当做垫脚石，来产生新的创意。在现实生活中，如果非常害怕失败，会使孕育创新的机会大为减少。如果一个人很少失败，也许只能表示该人不是很有创造力。

8. 炒作法则

在生活中，不但要学会在成功法则中展示自己，也要学会如何宣传自己。简单地说，宣传就是为自己营造一个光环，让人们对你产生更好的印象。人的认识活动有一种“润泽性”，比如一个人的某一品质被认为是好的，他就被一种积极的光环所笼罩，反之，该人就被赋予其他不好的品质，这就是“光环效应”。

案例思考

“你不要以为进来了就了不得了。”当着办公室所有人的面，黄楚的主任，一位50多岁的老太太，指着他的鼻子大发脾气，“连简单的报告都写不好，文笔也不怎么样！”黄楚上班后写的第一份报告就这样被主任重重地摔在了桌上。“我当时特别委屈，感觉很没有面子。”22岁的黄楚刚从湖南大学毕业，就职于北京某IT公司。遭此打击后，好几天他都在同事面前抬不起头。“没想到自己连报告和申请都写不好。”再加之刚进单位时，总是做些杂活，黄楚干得很郁闷，几次想跳槽。

蔡丽丽今年研究生毕业后，进入了北京某出版社，第一次报选题就顺利通过，但这种自信没有保持多久，自认为会很有市场的第二个选题被全票否决。“没有一个人支持我，现在想起那种孤立无助的感觉，我还一阵害怕。”蔡丽丽说。她理想中的出版社，“工作应该很有挑战性，而且付出会有很大的回报”。但让她颇感失落的是，“由于销售回款特别慢，一些奖励变成了空头承诺”。这种情况出现几次后，蔡丽丽产生了强烈的挫折感，不想做的念头经常冒出来。“最初拿到一份书稿，看得很认真，一心想编好，现在就不想看了；最初报选题，满怀希望能通过，现在感觉报与不报都是一个样，反正都看不到回报。”

思考：作为初涉职场的毕业生，如何调整自我适应职场生活，接受新的挑战？

第七章 创业素质养成

就业与创业是毕业生等需要从事职业的人共同关注的话题。毕业生创业本身就是一项创新型事业，没有现成经验可以借鉴，一切都有待于创业者自己去摸索。通过本章的介绍，希望毕业生能够掌握关于创业的常识，创业中可能面临的问题与对策，以及创业者素养的培养，从而取得理想的业绩。

第一节 创业常识

就业不等于创业，所有就业的人也并不等于一定能创业，但创业一定能够就业，也就是有了自己的职业。大学生通过本节的学习，可以了解创业常识，在一定程度上认识创业的意义、创业面临的主要问题与对策，为大学生自身创业提供一定的理论指导。

一、创业的内涵和因素

“创业”一词由“创”和“业”两个字组成。所谓“创”就是创造，也可以理解为创新；而“业”则可以是企业，也可以是事业、家业等。因此，“创业”的内涵也极为丰富。掌握创业的概念对学习创业学至关重要，因此它是创业学的研究对象。

（一）定义

从“创业”这个概念的意义来看，它一般用在以下三种情况：一是突出过程的开拓和创新，强调开端的艰辛和困难；二是突出过程开拓和创新的意义；三是侧重于在前人的基础上有新的成就和贡献。这样，各种主体、各行各业都可以在最一般的、普遍的意义上使用这个概念。在社会中，它常常与“创新”、“开创”、“创造就业”、“创造性”、“雄心”、“坚持”、“成就”和“成功”等联系在一起。

发达国家使用这个概念时意向比较集中，与经济事物息息相关，所指关系比较明晰。发达国家的创业学家认为创业是一个创造、增长财富的动态过程，是一个发现和捕捉机会并由此创造新产品或服务，实现其潜在价值的过程。概括起来说，创业是把产品、服务、点子等，通过组织团队、开发产品、申报专利、组织生产、开展营销、策划宣传、开拓市场等一系列运作，最后成为经济事业，使组织或个人增长财富的过程。

（二）类型

人们的创业活动是多种多样的，创业的分类也比较复杂。针对创业的目标——创建新企业来讲，创业可以分为三种：自主创业、脱胎创业、二次创业。自主创业又称独立创业，是指创业者个人或创业团队白手起家进行创业。创办企业意味着创业者要从事企业的经营活动，这与受雇于别人拿工资的情况是完全不同的。人们出于多种原因创办企业：有些人是为了体现自身价值而创办企业，有些人是为了改变生存方式而创办企业，还有些人可能是因为下岗和失业等原因而决定创业。不管因何种原因创业，都要明白，创业既有好处，也有烦恼和困难。

（三）创业的因素

创业是一个企业的创建过程。大学生对创业因素进行学习了解，有利于更好地实现创业成功。

1. 成功创业的内因

(1) 人的因素

毫无疑问，人是创业活动的主体。创业离不开人，而人的因素又包括以下内容。

1）创业者：创业者可以是人，也可以是一个团队。创业对于创业者来说就是一种行为。我们知道，人的行为背后存在动机，而动机又是

由需要引起的。有研究人员将创业产生的历史动因归纳为：争取生存的需要、谋求发展的需要、获得独立的需要、赢得尊重的需要和实现自我价值的需要。这种归纳方法同样适用于对创业动机的解释。创业者的动机直接影响创业过程，因而创业者的价值观和信念会左右创业内容，影响企业的生存和发展。

2）企业内部的人际关系：人在社会上不是孤立的个体，而是生活在与他人的关系之中，需要得到他人的支持。我们在理解协作时，首先联想到的是两个以上的人。创业过程中人的因素除了创业者以外，还包括企业内部的人际关系。只有处理好这些关系，才能真正发挥团队的作用，形成合力，使有限的人力资源发挥更大的作用。

3）企业外部的人际关系：人的因素还包括企业外部的人际关系。企业不是一个封闭的体系，而是一个开放的系统，它还要与外部的供应商、客户、当地政府部门、社区等发生相互联系。所以，创业过程中人的因素还包括企业外部的人际关系。

（2）组织因素

组织因素是协作体系的核心，只有通过组织的作用才能创造新的价值。人是所有管理因素中唯一具有能动性的资源，但是这种能动性要通过组织才能实现。具体到创业活动中，组织因素具有至少四项功能：决策功能、创建功能、激励功能、领导功能。

2. 成功创业的外因

（1）物的因素

创业过程中物的因素主要包括资金、技术、原材料和产品、生产手段等。

（2）社会因素

社会因素是协作体系的一个重要部分，创业中的社会因素包括两方面的含义：社会对创业活动的认可和所创的事业符合社会发展的要求。

二、创业的一般过程和意义

很多人（包括大学生）都希望有一个理想的事业，创业者都希望能一创即成。有人甚至开玩笑地说出理想中的事业模型：睡觉睡到自然醒，数钱数到手抽筋，钱多事少离家近，位高权重责任轻。当然，这种事业是没有的。其实，创业既不像有的人想得那么简单，也不像有的人想得那么复杂。它是有规律可循的。只要我们精心准备、把握机会，走出一条成功的创业之路还是大有希望的。

（一）创业的一般过程

一般来说，企业的成长是一个连续的过程，很难严格区分各个阶段。为了便于理解，先将创业过程划分为以下四个阶段。

1. 发现和评估市场机会

创业者最初创业的动力往往是发现了一个新的市场需求，或者发现市场需求大于市场供给能力，或者认为能够开启新的市场需求。但是，这样的市场机会并非只有创业者一个人认识到，其他的竞争者也许同样准备加入这个行列。因此，并不是每个市场机会都需要付出行动去实现它，而是评估这个机会所能带来的回报和风险，以及所能创造的服务（产品）的生命周期。它能否支持创业者长期获利，或者能否在适当的时候及时退出是决定创业与否的主要因素。如果能满足这两个条件，则说明市场机会具有可行性。

2. 准备和撰写创业计划书

创业计划书是说服自己，更是说服投资者的重要文件。创业计划书要求使创业者深入地分析目标市场的各种影响因素，并能够得到基本客观的认识和评价。同时，创业计划书将促使创业者认真分析创业过程必须获得的创业资源，了解自己已经获取的资源、需要获取的资源，以及获取这些资源的途径和方法，使创业者在创业之前，能够对整个创业过程进行有效的把握，对市场机会的变化有所预警，从而降低进入新领域所面临的各种风险，提高创业成功的可能性。

一份成功而有吸引力的创业计划书要能使一个创业家认识到潜在的障碍，并制订出克服这些障碍的战略对策。一份完整而成功的创业计划书应具有两大特点：第一是组织结构清楚、简单，很容易让人读懂；第二是内容一定要详细准确，条理分明。

一般来讲，一份创业计划书的内容应包括下列项目。

1）摘要。摘要主包括：创业动机、目标、内容。

2）产品和服务。主要包括：产业概况、产业背景、产业定位、产品和服务、成长策略与投资规模。

3）市场研究分析。主要包括：消费者分析、市场分析、竞争者分析、可行性分析、市场规模与趋势、预测销售额。

4）行销计划。主要包括：整体行销策略、定价、服务、广告。

5）营运计划。主要包括：营运时间、营运地点选择、营运策略与计划。

6）人事管理。主要包括：组织机构、员工人数、股东结构、投资金额及比例。

7）财务规划。主要包括：成本控制、损益预估、资产负债表情况、预计现金流量表、未来偿债计划。

8）投资回收预估。主要包括：投资报酬预估年限、财物目标。

3. 创业资源的有效获取

创业需要对创业资源予以区别对待，对与创业十分关键的资源要加以严格的控制和使用，使其发挥最大价值。对于创业者来说，掌握尽可能多的资源有益无害。当然还有一个问题是如何在适当的时机获得适当的所需资源。创业者应有效地组织交易，以最低的成本和最少的控制去获取所需的资源。

创业过程中最艰难的是什么？网易总裁丁磊的答案是："创业过程中起步阶段最艰难，有资金的问题，也有人员的问题。我是靠50万元起家的，而那50万元也是我日积月累攒下来的。所以有志于创业的大学生朋友，一定要明白为创业积累资金的重要性。起步之后，还要遇到销售和管理等各个方面的问题。"对于一个有志于创业的人来说，艰难困苦、百折不挠，是必备的基本素质。

对多数大学生创业者来讲，寻找资本支持是一件重要的工作。没有足够的资本创业，就必须从外部寻求风险资本的支持。创业者往往通过朋友或业务伙伴把创业计划书送给一家或更多的风险资本公司。如果风险家认为创业计划书有前途，就会与创业班子举行会谈。同时，风险资本家还会通过各种正式或非正式渠道，了解这些创业者以及他们的发明情况。

如果创业者的创业计划书（一般是经过某种修正之后）被风险资本家所认可，风险投资家就会向该创业者投资。这时，创业者和风险资本家的“真正”联合就开始了，一个新的企业也就诞生了。之所以说创业者和风险资本家的联合是“真正”的联合，是因为风险资本家不仅是这个新成立公司董事会的成员，而且还要参与新企业的经营管理。

在新的企业开办五六年后，如果获得成功，风险资本家就会帮助它“走向社会”，办法是将它的股票广为销售。这时，风险资本家往往收起装满了的“钱袋”，到另一个有风险的新创企业去投资。大多数风险资本家都希望在五年内能得到相当于初始投资的10倍收益。当然，这种希望并不总是能够实现的。在新创办的企业中，有20%～30%会夭折，60%～70%会获得一定程度的成功，只有约5%的新企业会发大财。

4. **新创企业的成功管理**

从企业发展的生命周期来看，新创企业需要经过初创期、早期成长期、快速成长期和成熟期。在不同的阶段，企业的工作重心有所不同。因此创业者需要根据企业不同的成长时期来采取不同的管理方式和方法，以有效地控制企业成长，保持企业健康地发展。比如，在初创期和早期成长期，创业者直接影响着企业的命运。在这一时期，集权的管理方式灵活而富有效率。而到快速成长期和成熟期，分权的管理方式才能使企业获得稳步的发展。

此外，企业的创办者不可能万事皆通，他可能是技术方面的天才，但对管理、财务和营销可能是外行；他也可能是管理方面的专家，但对技术却一窍不通。因此，建立一个由各方面专家组成的团队，对创办的风险企业是十分必要的。一个平衡且有能力的团队，应当包括有管理和技术经验的骨干和财务、营销、工程以及软件开发、产品设计等其他领域的专家。为建立一个精诚合作、具有献身精神的团队，创业家必须使其他人对未来充满信心。电子游戏公司“活影”1979年开张时，它的主要创业家是来自唱片公司的吉姆·利维。他很快召来另外四个合伙创办人，他们是被阿塔里公司解雇的电子游戏设计师。活影公司得到了70万美元的风险资本，推出一种影像游艺机，风靡一时，在1981年，其销

售额迅速达到6000万美元。利维说，如果没有那四个合伙创办人，他很难得到能确保活影公司开张的风险资本。

（二）创业的意义

在21世纪，创业成为人们广泛关注的一个重要问题。创业有着重要的社会意义和经济意义，主要表现在以下几个方面。

1. 创业有利于人生价值的实现

人生价值包含了人生的自我价值和社会价值两个方面。人生的自我价值，是个体的人生活动对自己的生存和发展所具有的价值，主要表现为对自身物质和精神需要的满足程度；人生的社会价值，是个体的人生活动对社会、他人所具有的价值。人的社会性决定了人生的社会价值是人生价值的最基本内容。衡量人生社会价值的标准是个体对社会和他人所作的贡献。个体对社会和他人的生存和发展贡献越大，其人生的社会价值也就越大；反之，人生的社会价值就越小。如果个体的人生活动对社会和他人的生存和发展不仅没有贡献，反而起到某种反作用，那么，这种人的社会价值就表现为负价值。

大学生创业是在强大的压力下做最符合自身优势条件的事。为了投入的安全和目标的实现，创业者必然会充分调动自己的极限潜能，进行物质和身心的最大投入，努力把事业干好，以求最好的回报，满足自身及家人的生存需要。事业的好坏是以满足社会的需求为标准的。当事业有了一定发展以后，继续创业便成了一种追求，追求事业的更大发展，追求以自己的劳动和聪明才智为中国特色社会主义的真诚奉献。而创业者又有自主的决策权，因此更能发挥自己的最大优势，给社会以最大的回报。因此，创业能最大限度地满足自己和帮助别人，实现最大的人生价值。

2. 创业有利于大学生的顺利就业

我国从1977年恢复高考到1990年期间，大学毕业生实行的是“统招统分”的计划分配制度，这种计划分配制度主要是由政府解决大学毕业生的就业问题。但随着经济社会的发展和就业形势的变化，“统招统分”的制度已不能很好地解决大学生的就业问题，大学生的择业和创业问题开始浮出水面，并引起社会的普遍关注。

尤其是1999年大学扩大招生以后，大学生急剧增加，加上工业化、城市化的不断推进，农业生产效率的提高，大批农民工需要产业转移而涌进工厂和城市。工厂和城市暂时不能满足来势凶猛的新增就业人口的现状，造成了大学生就业难的问题。以四川省的大学生为例，除了前面的因素外，还面临两个问题：四川地处西部，经济相对落后，就业岗位少；盆地意识浓，不愿意出远门，有一种“天府之国”优越感，忽视了外面的“精彩世界”。又如，作为新升本科院校的学生，除前面的因素外，还有另外两个问题：学校才升格，其社会知名度和认知度都还不高；部分院校地处非中心城市，就业信息受限。

虽然一些新升本院校的毕业生近几年通过学校、师生的共同努力，一次性就业率较高。但我们必须清醒地认识到毕业生面临的就业形势仍然十分严峻，在找不到好工作的情况下，应把命运掌握在自己的手上，争取自己创业。这样一方面可以增强大学生自己的动手操作能力、组织协调能力、心理承受能力、团队合作精神和社会适应能力，另一方面也是解决当前大学生就业的一条有效途径，既为自身解决了就业问题，又为国家分担了困难。

3. 创业有利于促进经济的发展

创业活动带来了技术创新和组织突破，是经济发展的主要动力；创业活动带来了新的产品、服务和物质财富；创业活动创造了大量就业机会；创业活动使社会收入的分配更趋公平等。创业对经济发展的促进作用在实践中已被成功的事实证明。改革开放30多年来，我国中小企业迅速崛起，在数量和质量上不断提高。新的中小企业已经成为中国经济新的增长点，它们吸纳了大量的城镇就业人口和农村剩余劳动力，同时提供了大量的产品与服务，对中国的经济持续高速增长起到了重要作用。而这些中小企业，正是大量的创业者通过艰苦的创业活动建立起来的。在美国，创业已经成为经济持续增长奇迹的“秘密武器”。

三、创业面临的主要问题和对策

在就业形势极为严峻的情况下，大学生创业不失为一种较好的解决就业的途径，而且有利于促进科技创新与提高科学技术水平，在繁荣经济发展的过程中不断扩大就业。近年来，政府与高校为促进大学生创业作了积极的努力，也取得了一定的效果，但是受多种因素的限制，大学生创业的总体状况并不乐观，有必要通过社会、政府、高校与大学生等群体的共同努力，创造积极条件，有效促进大学生创业。

1. 创业面临的主要问题

在大学生创业取得成效的同时，还存在一些来自大学生自身、相关外部环境等多方面的问题，使得大学生创业的整体效果并不理想。大学生由于年龄、阅历与知识等方面的局限，在创业过程中面临较多的心态、知识、经验、技术与资金等方面的困难。

（1）心态问题

正确认识创业风险，拥有应对风险的心理准备和良好心态，是创业成功的必要条件。大学生由于年龄及阅历等方面的限制，缺乏创业风险认识，以及应对创业可能遭遇风险的必要心理准备和良好心态，创业前景由此受到影响。

（2）知识限制

创业需要企业注册、管理、市场营销与资金融通等多方面的丰富知识。缺乏相应的知识储备，仓促创业不仅难以融到必需的资金，而且在残酷的市场竞争中也常常碰壁。

（3）经验限制

受年龄、知识阅历、生活经历的限制，大学生很难拥有关于创业的直接经验与间接经验，创业一般局限于“纸上谈兵”。在这种情况下，大学生创业及其运营肯定会遇到各种不可预见的问题和困难。

（4）技术限制

理工类大学生受学识的限制，拥有可创业技术的大学生只可能是少数。而对于那些文科类大学生来讲，却很难拥有可以创业的技术。技术的缺乏直接限制了大学生创业，因此在激烈的市场竞争中大学生创业必将遭遇较多的困难。

（5）资金问题

大学生涉世之初，很难有足够的创业资金，从社会上融资或获取无息及贴息贷款是必然选择。大学生创业由于风险较大，获取必需的创业资金较难。一般存在两种问题，一是急于获得资金而不惜贱卖技术，二是过于珍惜技术而不肯作出适当的让步。这些问题都决定了大学生创业在资金方面难以获得支持或资助。

大学生创业除了自身存在的问题之外，社会上还尚未形成有利于大学生创业的氛围，政府出台的创业培训、创业扶持、政策支持与优惠措施等现有政策有待进一步健全和落实，高校的创业培训教育与创业促进也有待进一步加强。虽然这些因素并非决定大学生创业成败的关键因素，但相关有利的外部条件缺乏，直接影响到大学生的创业能力与创业水平，也对大学生创业前景产生了重要影响。

2. **解决创业问题的对策**

为促进大学生创业，需要采取多种措施和对策。

（1）完善创业法律制度，为创业保驾护航

在努力落实现有大学生创业支持政策的基础上，进一步完善大学生创业的法律法规和政策制度，如知识产权法、合同法、保险法、税法等。出台符合当地大学生创业实践的措施，积极提供开办创业园区、政策场地、资金支持等优惠条件，开展创业法规知识培训讲座等，从政策上为大学生创业提供法律依据，为他们保驾护航，奠定坚实的基础。

（2）采取措施，推广创业做法

采取体现学校鲜明特色的创业措施，推广许多高校开设创业学课程、成立创业指导中心与高科技创业园区等做法，缓解大学生的就业压力，促进大学生创业。例如，北京大学创立了包括融资服务（Money）、营销服务（Market）与管理服务（Mentor）于一体的“3M”创业模式；复旦大学开设了创业学课程并成立了创业中心；中山大学定期举办创业大赛，为大学生创业大赛优胜者提供场地的支持；还有其他一些高校也分别出台了相关优惠措施等。这些创业培训与创业指导的措施与做法，都缓解了大学生的就业压力，有力地支持、促进了大学生创业，提高了

科技创新水平。

（3）共同努力，营造创业氛围

为积极促进大学生创业，有必要从提高科技创新水平促进就业的高度入手，通过社会、政府、高校与大学生自身等群体的共同努力，努力培育有利于促进大学生创业的良好环境，形成全社会创业的整体和谐氛围，为大学生创业提供用武之地和施展才华的空间。

（4）开展创业实践，积累创业经验

在具备良好创业环境的基础上，大学生自身创业水平与能力的高低，是决定创业成功与否的最重要环节。为此，建议政府相关部门和高校组织创业大赛、模拟创业、创业实验实习等，大学生应积极主动地参与其中。这些活动的开展让大学生不断学习创业知识，提高创业技术，积累创业经验。大学生创业指导专家、上海市创业教育培训中心校长徐本亮分析认为，如今的创业市场虽然商机无限，但对资金、能力、经验都有限的大学生创业者来说，并非“弯腰就能拾到地上的财富”。

大学生创业必须具备四大硬件：创业知识的储备、资金的准备、技术和兴趣以及个人能力的提升。大学生创业只有根据自身特点，找准“立锥之地”，才能闯出一片真正适合自己的新天地。

第二节　创业者素质培养

在了解创业常识等基本理论的基础之上，大学生还需要掌握创业者必需基本素质和能力，充分认识到培养自身创业能力素质势在必行，才能为创造一流业绩奠定基础。

一、创业者的基本素质和能力培养

经济领域对解决就业问题的期待给高等教育改革提出了更高的要求。从大学生的实际出发，根据经济社会的发展变化，培养大学生的创业意识、创业能力和创业精神，让大学生在学会生存的基础上学会创业，应当成为大学生自我培养的基本目标和重要任务。

1. 创业者的基本素质

创业者的表现形形色色，成功的途径各不相同，有关创业者素质的界定也不尽相同，纵观中外成功创业者走过的道路，下列基本素质应该是共同具备的。

（1）创造性思维素质

创造性思维是指能够以较高的质量和效率获取知识，并能根据市场需求灵活运用所学知识开发出新产品和新技术的思维方式。创造性思维素质不仅注重对知识的学习能力，更强调发现问题和解决问题的能力。长期以来，我国大学生偏重于知识的被动接受、记忆和吸收，忽略了创造性思维素质的培养，这是大学生创业者必须克服的困难。

（2）经济与管理素质

创业者不仅要精通本专业的知识，更需要具备经济头脑和管理素质。科技必须应用于生产，生产出的产品或服务必须适应市场需要。在这一过程中，开发、生产和销售必须符合市场原则和机制，创造企业才有生存和发展的可能，这必然涉及资源配置、预测决策、经济分析、经济核算、成果转让、成本费用等一系列经济问题。同时，在激烈的市场竞争中，企业的目标是追求利润最大化，在这一目标引导下，企业不仅要靠产品、技术来追求效益，更要靠科学管理来提高效益。因此，创业者必须掌握现代管理的理念和方法，才能从系统整体观念出发，统筹、协调、控制和优化各项资源。

（3）法律意识和素质

市场经济本质上就是法治经济。随着市场经济的逐步成熟与完善，相关法律规范已经渗透到经济领域的生产、交换、分配、消费的各个环节和层面。我国加入 WTO 后与国际市场接轨，风险投资、企业股份制改造、法人治理结构的建立，以及各类新型市场的培育与发展都离不开法律，具备法律素质、懂法并善于用法已是人才素质结构中不可或缺的重要元素。创业者必须熟悉和了解市场、社会和企业等内外部环境的法律法规及其运行机制，更为重要的是要能以法律为武器，规范自己和企

业的行为，保护自己和企业的合法权益。

（4）修养与心理素质

创业者还必须具备良好的道德修养与心理素质，具体表现为：富有理想，乐观与自信，具有紧迫感，勇于面对风险，具有坚韧的毅力等。这些潜质于在校学习期间就应当注意培育与塑造。心理健康可以使人心情愉快、精力充沛、头脑敏捷、想象丰富、行为协调，可以从根本上提高工作效率，激发创造性。

2. 创业者的基本能力

（1）与时俱进的学习能力

有位哲人讲过：人们对于自己没有经历的事往往是不能理解的。很多人创业不成功就是因为他们太自负，不能从其他成功者身上学到一些优点。能虚心采纳别人建议的创业团队会得到很多经验，相应的成功率也会高些。

（2）执行力

有些人喜欢夸夸其谈，初次创业往往都不会成功。创业者都需要少说多做，不要把自己的思维搞得太乱，而是致力于将美妙的想法凝结成结果。再好的创意如没有得到执行，也只能是空想。同样的创意两个人去做，谁的执行力更强，谁的经验更丰富，谁就更容易成功。

（3）自我管理能力

作为最基本的创业能力，自我管理能力可以促进其他能力的发展。自我管理能力包括：准确地知觉、评价自身具有的长处以及周围环境的关系；评价、建立并追求实现一生发展的职业与个人目标；平衡工作与个人生活；学习新的知识、技能与行为态度；理解自己与他人的个性与态度；理解并依据自己和他人的工作动机与感情来采取行动；在有压力的情况下自觉地管理好自我。

（4）管理沟通能力

这种能力为其他能力提供系统的支持。它包括：以接受者想要的方式给别人传递信息、观念与情感；给别人提供建设性的反馈；为了搜寻共有的意义和理解，积极地倾听；有效地运用并解释言语与非言语沟通；接受信息，理解观念、思想与情感；有效地运用如互联网等手段的联系方式。

（5）管理差异能力

它包括：培育一个能包容不同性格特征的个体的环境；重视每一个个体与群体特征的独有价值，并向那些具有不同性格、经验、观点与背景的人学习；包容、尊重每个个体的独特性；协调团队一起有效地工作，对与自己有职位差异的人运用政府法规、政策、制度进行管理。

（6）管理道德的能力

它包括：确定并描述合乎道德的准则与原则；具有与别人不同的价值观和在决策与行为活动中明辨是非的能力；在思考决策行为的过程中评价道德问题的重要性；在个人职权范围内，运用政府以及员工的行为规则来作出决策和行为；在工作关系中为人正直，尊重其他员工；在沟通中表现出诚实与开放，限制在法律、保密以及竞争的情况范围内的行为。

（7）跨文化的管理能力

它包括：理解、识别并接受不同民族与文化的共性与差异性；以开放的心态来处理关键的组织与发展策略的能力；理解并激发具有不同价值观与态度的员工；用与自己有工作关系的个体的母语进行沟通；从全球的视角来管理与处理相关的事物。

（8）管理团队的能力

它包括：确定所在团队的类型与环境的能力；参与并领导团队设置清晰的绩效目标的能力；开发、支持、利用或领导群体来实现组织目标的能力；评价某人的绩效及评价与目标有关的团队的能力。

（9）管理变革的能力

它包括：在诊断、发展、灵活执行方面运用前面的八种能力，并在特殊情况中诊断出变革的压力与阻力；在个人的职责范围内认识到需要在人员、任务、策略、结构与技术等方面作出调整或彻底的转变的必要性，并加以实施的能力；运用变革的系统模型以及其他加工模式实现组织变革的能力；在不断追求卓越、富有创造力以及全新的方法或目标的过程中寻求、学习、分享并运用新知识的能力。

二、创业精神的培养

1. 增强意识，树立自信

由于高校扩招，大学毕业生面临巨大的就业压力。这就需要大学生进行创业意识的培养，面对创业的风险勇往直前，坚强自信。

（1）增强创业意识

要想取得创业的成功，创业者必须具备自我实现、追求成功的强烈的创业意识。大学生要加强对创业的必要性和重要性的认识，认识越深刻，需求越强烈；认识越清楚，创业方向、步骤越明确。强烈的创业意识，能帮助创业者克服创业道路上的各种艰难险阻，将创业目标作为自己的人生目标。

大学生要把对创业的认识提高到理论化、系统化、周密化的程度，为将来的创业奠定坚实的思想基础。把被动创业变为主动创业，创业意识强烈并且思想准备充分才能获得更好的创业机会，甚至还能帮助别人就业。

大学生转变就业观念要做到“三破三立”，即破等待安置的旧观念，立自主创业的新观念；破一业而终的旧观念，立从事多职的新观念；破安于现状的旧观念，立开拓进取的新观念。培养创业意识的目的，是使大学生明白创业是实现远大理想、创造辉煌人生的一种途径，也是社会进步和发展的需要。

（2）树立创业自信

自信是创业成功的基石。美国著名心理学家马斯洛认为：事实上，绝大多数人一定有可能比现实中的自己更伟大一些，只是缺乏一种自信。自信就是对自己充满信心。

有志于创业的大学生，一定要注意培养自信心。自信心能赋予人主动积极的人生态度和进取精神，使人不依赖、不等待，信念坚定，顽强拼搏，直到成功。信念是生命的力量，是创业之本，是创业的原动力。大学生要相信自己有能力，有条件去开创自己未来的事业，相信自己能够主宰自己的命运，成为创业的成功者。

创业极具挑战和风险，只有敢于冒风险，破除依赖心理和胆怯心理，勇敢地接受创业的挑战，才能成为一个真正的创业者，这是当代大学生应有的精神品质和时代风貌。

2. 敢于怀疑，突破传统

（1）树立创业的激情和理念

传统的思维会阻止革新、创造，阻碍社会前进的步伐。生活在不同时代的人，无不打上这个时代的烙印，人们总会用已认同和掌握了的某种理论、观点和方法，即传统的思维定式，去看待和认识新现象、新事物和新问题。这种传统的思维定式在现实中往往是行不通的，也是非常危险的。这表现为传统的定式思维随着社会的发展逐渐过时，在新问题面前也就无能为力，对解决就业、创业的现实问题毫无意义。大学生一定要有激情和走向成功的理念，唯有如此，才能感染自己和其他人。成功创业者的经验告诉我们，创业是一件残酷的事情，1%的成功者是从99%的失败者身上跨过去的。最困难的时候往往是最需要坚持的时候。当所有的人都感到绝望了，恰恰需要执著的创业者去感染客户、感染员工、感染合作伙伴、感染所有人。

（2）把握当今创新的时代主题

当今的时代是一个需要创新的时代。前进者是一步步、一代代以几何级数高速前进的，落后者同样是一步步、一代代以几何级数高速落后的。前进者开放、聪慧、革新，诸利尽得；落后者愚昧、贫穷、封闭，诸弊俱至。新的科技成就已对世界的产业结构、劳动结构、贸易结构、生产方式、生活方式乃至精神文化生活等产生了深刻的影响，引起了巨大的变革。同时，面对国际市场有限的现状，世界经济秩序加速改变的状态将长久不衰地持续下去，新加入者越来越难以撼动已形成的经济体系。要对根深蒂固的势力提出挑战，势必付出极大的代价。那些了解目前形势，并且也在作必要牺牲的，将会在未来享受到既不可同日而语，又难以想象的财富；而那些缺乏创新、资源和决心，未能未雨绸缪的，将会在将来失去有限的机会。

（3）敢冒风险，开拓创新

人类的历史是冒险的历史，也是突破传统的历史。敢冒风险、开拓创新是自我突破并实现创业的重要条件。要敢于做别人不敢做的事，敢于走别人不敢走的路，敢于突破传统观念的束缚，不怕曲折和失败。只

有具备独创精神和创造性思维，敢闯禁区、敢越雷池的风格，才能插上希望的翅膀，在无限的天空展翅飞翔。

邓小平同志是社会主义改革开放的总设计师、改革开放理论的缔造者。改革开放这一使全体中国人民富裕起来的创新理论的产生，是与邓小平同志敢于怀疑、突破传统的人格品质分不开的。这种人格品质，在邓小平小时候就表现出来。那时，青城山一道士化缘来到广安，认为佛手山靠近渠江的半山坡上有一块风水宝地，谁家女性老人死后埋葬于此，其后人必将荣华富贵、升官发财。不久，邓小平的母亲淡氏去世，他的父亲用自家的好田地去换大地主家的山坡地，以将他母亲埋葬于此。墓碑上需刻墓联一幅。邓小平身为长子，又是最有文化的人，这一任务自然就由他来完成。少年时代的邓小平就对封建迷信极其反感，坚信荣华富贵、升官发财，不是先天赋有、神灵赐予的，而是靠后天的努力，自己创造出来的。于是提笔写下了“阴地不如心地，后人须学好人”，以此来警示后人。

3. 善于观察，大胆设想

机会总是眷顾那些仔细观察，然后大胆设想，并且努力求证的人。客观世界里，真与假、正确与错误、复杂与简单、宏观与微观等错综复杂地交织在一起。只有善于观察、勤于思考的人，才能拨开云雾看见太阳，提出问题，解决问题，推动科技和社会的前进。

牛顿在苹果树下休息时，仔细观察苹果的下落方向，提出问题——为什么苹果只落向地面？于是大胆设想物体之间存在引力。经过科学实验和理论研究，发现了万有引力定律。哥德巴赫在研究数学时，观察到偶数等于两个素数之和，于是大胆设想“任何一个偶数等于两个素数之和”的命题，这就是著名的哥德巴赫猜想。科学发展往往是科学家通过观察先提出假想，然后进行论证。每证实一个命题，科学就向前发展一步；同样，科学理论一旦运用到经济领域，经济就向前跨进一步。

创业者要仔细观察生产实践过程，提出产品的改进和工艺流程的创新；要仔细观察市场的变化，适时改变经营理念，及时捕捉发展商机；要仔细观察实验现象，甚至连意外现象也要重视，不断创造出新产品。日本医学家梅泽滨夫，在培养青霉素时，意外发现试管壁有一种新霉素，

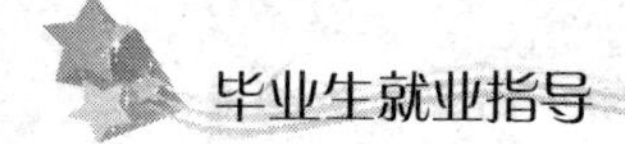

经研究发现这种新霉素比青霉素更具杀菌作用，这就是现在广泛应用的卡那霉素。

4. **坚强毅力，持之以恒**

坚强毅力、持之以恒是指为了实现自己所制定的理想目标坚持不懈、努力奋斗的心理状态。人的大脑有140亿个神经细胞，一生中只被激活使用其中很少的一部分，每个人都有极大的潜力可挖。只要按照既定目标努力奋斗，就完全可以做到“笨鸟先飞”，取得事业上的成功。中外历史上这样的范例不胜枚举。

大学生创业之路是非常艰辛的，既受经验欠缺、资金不足、市场变化无穷、技能不强等因素的制约，同时还要考虑如何降低创业成本、争取最大的经济效益。因此，只有不畏艰险、披荆斩棘、勇往直前的人才会到达胜利的彼岸。

毅力来源于信心、信念，来源于人对理论、主张、目标的认同。如果高度认同，就会形成坚定的信念，表现出排除干扰、持之以恒为之奋斗的坚强毅力。黄继光为社会主义信念敢于用胸口堵机枪；李嘉诚为了创业的梦想，放弃高额薪水，踏踏实实从推销员工作开始，一步一个脚印，成为了当今世界华人的首富。

大学生通过多方论证，一旦选择了符合自身条件的创业项目，就不要轻易放弃。创业过程中总会遇到这样或那样的困难，创业者不应轻言失败，而应想方设法克服困难、勇往直前。

5. **专注的精神**

越大的事情越难以成功。创业之初的小企业应该抓准一个点做深、做透，这样才能积累所需的资源。即使是大公司，走多元化的发展道路也不乏失败的案例；而一家小公司如果到处去做实验只会更快地耗尽自己原本不多的资源。很多创业者都栽在不够专注上。这是因他们自己没有想清楚“做什么”这个最初始的问题。今天在这里打一口井，明天在那里打一口井，最后哪儿也挖不出水，地面上只是留下了许多坑而已。

有所不为才能有所为，“专注”可以让创业者将所有的资源都凝聚在一个点上。

三、成功创业者的素质和培养

创业者创业的过程，总是伴随着优势与劣势。如何发挥优势、摒弃劣势、创造一流业绩，这是创业者应该经常思考，不能回避的问题。

1. **打造创业团队，形成创业合力**

在当今市场经济非常发达、市场竞争异常激烈的情况下，仅靠提高创业人员的个人能力而无有效的团队协作是没有生命力的。人始终是企业最宝贵的资源，一个创业企业能否获得成功与发展，创业团队的因素至关重要。了解创业团队组建的构成要素、有效团队的特征，招聘、配置、考核团队成员，处理团队冲突等，对创业者而言具有重要意义。要想取得成功，创业企业就应充分运用人力资源，尤其要努力形成强大的团队合力，不断提高创业团队的创造力、凝聚力和战斗力。只有建设一流队伍、培育一流作风，才能创造一流业绩。

2. **挖掘创业潜力，整合创业资源**

根据创业的过程及创业者对创业的构想，需要挖掘创业潜力、整合创业资源，这是创造一流业绩的又一重要举措。具体来讲，就是要优化营销管理、人力资源管理、财务管理、技术管理、文化管理，这对创业企业的拓展、产业的扩大，将会产生积极而重要的作用。

本章小结和启示

1）大学生创业，首先就要了解“创业”的内涵、分类及其影响因素，从问题的本质出发。

2）创业不仅仅是一项大学生单一的创新活动，它更是一个复杂且连续的过程，可以大致划分为：发现和评估市场机会、准备和撰写创业计划书、创业资源的有效获取、新创企业的成功管理。

3）21 世纪创业成为了人们广泛关注的一个重要问题，它有着重要

的社会意义和经济意义。创业有利于人生价值的实现，有利于大学生的顺利就业，有利于促进经济的发展。

4）在大学生创业取得成效的同时，还存在一些来自大学生自身、相关外部环境等多方面的问题，使得大学生创业的整体效果并不理想。大学生由于年龄、阅历与知识等方面的局限，在创业过程中面临较多的心态、知识、经验、技术与资金等各种问题。

5）创业者的表现形形色色，成功的途径各不相同，综合中外成功创业者的奋斗经历，下列基本素质应该是共同具备的：创造性思维素质、经济与管理素质、法律意识和素质、修养与心理素质。创业者还具有一些基本的能力，如与时俱进的学习能力、自我管理能力、管理沟通能力等九种能力。

6）创业精神的培养和成功创业者的素质养成旨在给毕业生提供一个学习蓝本。世界是变化万千的，随着就业市场的动态变化、就业观念的与时俱进，大学生需要更加富有个性地理解创业、实践创业、努力创业。

郭晓春：行万里路，做大写人

“北大奥林匹克文化协会”：于理想中汲取力量

出生于1983年3月13日的郭晓春是个地道的东北女孩，有着一双灵动大眼睛的她热情坚强，敢想敢做。2002年，她从长春外国语学校毕业被保送到北京大学外国语学院，自此开启了在中国最高学府的一路征程。

从大一到大四，郭晓春历任班级团支书、学院团委副书记、学生会主席、团总支书记等职务。很多人都觉得学生干部会因为工作繁杂而导致成绩下降。但是郭晓春始终告诉自己不能把工作多作为学习成绩不尽如人意的理由，她的成绩在本科四年里一直没有掉出过班级前两名。

然而，对于这一切，她并不满足，而是希望能够凭借自己多年的学生工作经验，成立一个可以实现自己梦想的社团，这个想法在大三时逐

渐成形。那是2005年的一天，郭晓春在校园里散步，突然灵机一动：为什么不开办一个与奥运文化相关的协会呢？一是可以为大家提供一个了解奥林匹克文化的平台，二是希望北大学子能够为奥运会做一些力所能及的事情。当时“奥运”两字时常出现在同学们口中，但类似的团体却没有先例可循，这更加激发了郭晓春的斗志。

当时已经到了大三下学期，同学们不是忙着考研、保研，就是准备找工作，只有郭晓春做了一件与自己前途“不相干”的事情。在协会成立初期，没有会员她就找朋友、同学，没有经费就千方百计去拉赞助。在很短的时间内，她和协会的干部筹办了人文奥运系列讲座、迎奥运倒计时1000天“放飞理想”签名活动。时间紧迫，团队也刚刚成立不久，但靠着大家的通力合作，最终取得了圆满的成功，并且受到了北京电视台和中国教育电视台的关注和报道。

同时，郭晓春也在不经意间写就了两个第一：该社团是全国第一家以奥林匹克文化为主题的学生社团；做志愿者培训的过程中，她越发感觉到我国在这个领域迫切需要向国外学习，第一次坚定了出国学习的想法。

“Up with People”：从游历中丰富自己

“机会只会被有准备的人把握”，郭晓春就是这句话的验证者。2007年1月到6月，郭晓春参加了“Up with People”全球杰出青年领袖培训项目，与来自全球19个国家的73名优秀青年共同访问了美洲、欧洲和东南亚等地的近10个国家。这次机会的得来，也得益于她平时的细心观察。

那还是在几年前的一天，郭晓春在《环球时报》上看到了一则关于“Up with People”的报道，其中的活动内容让她很感兴趣。她四处查找该项目的网站，并积极准备好申请事宜。最终，自身综合素质得以完美体现，offer顺利拿到，而那年全国总共只有包括郭晓春在内的五个人得到了这次机会。

其实，当时类似的国际交流项目很多，郭晓春之所以选择“Up with People”，是因为这个项目注重文化实践，每到一个城市，项目组都会安排大家住到当地居民的家中，来开展活动，有时还会得到与当地政经要人谈话的机会。对于这种“读万卷书，行万里路”的游学方式，郭晓春神往已久。事实证明，她也从这半年的文化交流实践中学到了许多书本上没有的东西，这对于她的专业学习和开阔视野都有着不小的帮助，在她心中，世界越来越大。

从美国到欧洲，从欧洲到东南亚，郭晓春和国际志愿者们一路游历一路成长。飓风过后的新奥尔良满目疮痍，他们便为新奥尔良人民搭建灾后临时居所；在泰国的孤儿院目睹失去父母的孩童，他们便陪护孩子们玩游戏；他们还在瑞典的土地上种下两百多棵小树，也为土著居民进行文艺表演，甚至为地方政要出谋划策……无论是在暴雨中交通不便的柬埔寨，还是在风车转悠、郁金香芬芳的荷兰，抑或是繁荣奢华、视野辽阔的帝国大厦，郭晓春都和同伴以积极顽强的心态应对每一个挑战，感知旅途中每一处独特风景。这些以前生活不曾有的经历不仅带给她新鲜感和探索欲，而且使她重新审视自己，思考一些更深层的东西。

在新墨西哥州的一个小镇上，志愿者们的工作是帮一个农场翻土，并收拾田间的树枝。可是农场里遍地都是牛粪，光是在其间站一小会儿，鞋子上就会沾满污秽。郭晓春看着半冻半融的牛粪，起初心里还有些犹豫，但是放眼望去，伙伴们都在挥洒自己的汗水，她很快就融入了工作中。事后，郭晓春笑着说："原来这个世界上很多事情自己还见得太少。自己还要多学多看多听，原来理解的学习定义太狭隘了，其实我们每时每刻都在汲取生命课堂中的精华，只要行动了，我们就在不断成长，不断收获。"

在国外的那段时间，郭晓春也在用实际行动维护着祖国的荣誉。"Up with People"团队里有四个日本青年，一次，他们问郭晓春，"为什么很多中国人不喜欢日本人？"得知日本青年不了解日本侵华那段历史后，郭晓春和几个中国志愿者自发组织了"中日关系论坛"。论坛上，来自中国和日本的青年们痛苦地追溯了那段充满血泪杀戮的灰暗历史。在场的中国青年哭了，因为心头太多纠结的情愫；日本青年哭了，他们震惊于这段自己从未正视过的历史；德国的青年也流泪了，他们想到了二战时自己先辈经历的不堪回首的岁月。

“奥运冠军论坛”：在困难中优雅前行

自 2008 年开始，“冠军论坛”被国际奥委会设立为奥运会的必有项目、奥运会开幕前重要的文化活动之一。而2008年，北京奥组委授权北大主办这次文化盛宴，恰逢北京大学110周年校庆。郭晓春所创办的奥林匹克文化协会当仁不让地成为“冠军论坛”最理想，同时也最合适的工作团体。

然而，“冠军论坛”在筹备之初便遇到了不少困难。当时北京奥组委没有划拨任何资金支持，在巨大的赛会筹备压力之下，也没有过多精力顾及北大方面遇到的困难和提出的要求。除了资金以外，工作人员也极其缺乏，只有创办论坛之初的十个人，除了三位是老师外，其他的都是学生。郭晓春深知此次任务的艰难，但她丝毫没有想过放弃。“这世上没有过不去的山，也没有蹚不过的河”，带着这样的决心，郭晓春和团队废寝忘食，马不停蹄地工作着。最终，在许智宏校长以及各界的帮助下，在国际合作部老师的带领下，郭晓春和她的同伴克服了困难，将“冠军论坛”成功地展现在了世人面前。

很快，“冠军论坛”便得到了所有嘉宾和观众的高度评价，在社会上引起了强烈反响。央视综合频道、经济频道、奥运频道、新闻频道多个栏目对论坛进行了深入报道；水均益主持的《高端访谈》栏目专门采访了凯文·高斯帕和艾伦·斯奈德。以搜狐网为代表的网络媒体和《人民日报（海外版）》、《光明日报》、《21世纪经济报道》等卓有影响的报刊以及大批海外媒体也对论坛进行了全方位报道，使“2008奥运·冠军论坛”成为奥运前夕社会争相评说的文化热点。

“我自己也不好说这次‘冠军论坛’举办得有多成功，但是，我已经竭尽全力抓住了这次机会，并锻炼了自己。”从最初的三五个人，发展到了后来近80人的工作团队，其间的不易可想而知。郭晓春非常注重在尝试的过程中学到真正有用的东西。在“冠军论坛”结束之后，她说：“我抱着学习的态度，不惧怕挫折，只要能够从中学到东西。小时候我父亲常对我说，要拿大笔，写大字，做大写的人。想做什么就要付出行动，只要认为自己是对的，再怎样艰难也要撑下去，不然就对不起自己这颗心。”

案例思考

丁磊的成长之路

一个人想要实现自己的目标，除勤奋外，还要积极进取和创新。从创业到现在，丁磊每天都在关心新的技术，密切跟踪互联网新的发展，每天工作16个小时以上，其中有10个小时是在网上，他的邮箱有数十个，每天都会收到上百封电子邮件。

他认为，虽然每个人的天赋有差别，但首先要有理想和目标。尤其是年轻人，无论工作单位怎么变动，重要的是怀抱理想，而且决不放弃努力。

丁磊出生在一个高级知识分子家庭，他四五岁的时候，也很淘气，但不是像别的孩子一样整天在外面调皮捣蛋，而是喜欢呆在家里摆弄他的小玩意：一些电子管、半导体之类的东西——丁磊的父亲是宁波一个科研机构的工程师，后来丁磊迷上无线电，很大程度上是受了父亲的影响。初一的时候，他组装了自己的第一台六管收音机，能接受中波、短波和调频广播，在当地一时传为佳话，都说丁家出了个“神童”，长大以后一定是当科学家的料。

大学时期的丁磊，用传统眼光看，并不是一个好学生。除了第一个学期他每天按时作息之外，其他三年多时间，第一节课他是从来不去上的，因为他很困惑，难道书本上的知识一定要老师教才会吗？同时，他觉得眼睛还没睁开就去听课效率一定不好。

丁磊说，大学四年，他最大的收获就是学会了思考。而思考这种意识形态的东西，是任何人都无法强行灌输的。

因为没有听第一堂课，又不得不做作业，所以他会很努力地去看老师上一堂课讲的东西，会很努力地去想老师想传达什么样的消息。在这个过程中，他很快掌握了一门重要的技巧，那就是思考的技巧。

后来在接触到互联网的时候，他才知道这种技巧对他是多么的重要。因为互联网刚进入中国的时候，没有人知道它是什么样子的，也没有一本书很系统地告诉你互联网的整个结构、里面的软件以及其他一些

东西。

走这样一条路，丁磊经历了比别人更多的困难。丁磊最苦的日子是2001年9月4日。这一天，网易因误报2000年收入，违反美国证券法而涉嫌财务欺诈，被纳斯达克股市宣布从即时起暂停交易。随后又出现人事震荡。丁磊经历了无数个不眠之夜，他也曾心灰意冷过，但家人的鼓励起了很大的作用。父亲说："人生哪能不遇到挫折，挺一挺也就过去了，大不了从头再来，你还年轻，有点失败的经验未必是坏事。"苦难没有把他压倒，直到2003年，网易股价再创历史新高。

从垃圾股到今日的中国概念"明星"，网易的起死回生犹如神话。对此，丁磊说："我已经38岁了，从意气风发的时期到了成熟思考的阶段。因此我的心情不会随股价的涨跌而变化，特别是我个人不会因为财富的多少影响到我的生活、工作及思考问题的方式。"

参考文献

[1] 李洋，张奕，等．职业指导——职业生涯规划教程[M]．北京：中国劳动社会保障出版社，2005．

[2] 朱烈烈，胡军生，等．大学生求职测评手册[M]．北京：中国城市出版社，2002．

[3] 张建东，线联平．大学生就业案例教程[M]．北京：中国人民大学出版社，2002．

[4] 欧阳晓．大学生创业教育讲座[M]．北京：知识出版社，2004．

[5] 邓长青．大学生就业指导概论[M]．武汉：华中科技大学出版社，2005．

[6] 罗明晖，龙键飞．大学毕业生就业指南[M]．武汉：华中科技大学出版社，2005．

[7] 罗晓路．择业的艺术[M]．北京：高等教育出版社，2004．

[8] 张敏强．大学生职业规划与就业指导[M]．广州：广东高等教育出版社，2005．

[9] 宿春礼．谋职必读的 N 个故事[M]．北京：石油工业出版社，2005．

[10] 杨春明，孟昭德．求职应聘细节制胜[M]．北京：地震出版社，2005．

[11] 桦君．成功求职 22 条黄金法则[M]．北京：中国纺织出版社，2003．

[12] 曹广辉．职业生涯规划与择业[M]．2 版．北京：高等教育出版社，2008．